2023

Abitur

Original-Prüfungsaufgaben
mit Lösungen

D1922600

Hamburg

Deutsch

STARK

13. neu bearbeitete und ergänzte Auflage
www.stark-verlag.de

Inhalt

Abiturprüfung 2022 (Auswahl) .... **www.stark-verlag.de/mystark**

Sobald die Original-Prüfungsaufgaben 2022 freigegeben sind, kann eine Auswahl davon als PDF auf der Plattform MyStark heruntergeladen werden (Zugangscode vgl. Farbseite vorne im Buch).

Autorinnen und Autoren

Silke Nippert-Bussacker (Einführungskapitel)

Christian Berg (S. 15 ff., 76 ff.); Sigrid Deinzer-Kneip (EA 2019/3); Christian Heigel (S. 107 ff.); Jennifer Hermann (S. 88 ff.); Angela Horwitz (S. 49 ff.); Ina Krenzke (EA 2021/2); Lucie Küppers (S. 117 ff.); Dr. Monika Lindinger (S. 55, 56 ff.); Silke Nippert-Bussacker (EA 2018/4); Luzia Scheuringer-Hillus (S. 65 ff.); Alisa Schlegel (S. 1 ff., 28 ff., 40 ff., 100 ff., 138 ff., GA 2021/3); Petra Wurm (EA 2021/4); Redaktion (S. 127 ff., EA 2019/4, EA 2020/4)

Vorwort

Liebe Abiturientinnen und Abiturienten,

Sie werden 2023 die zentral gestellte schriftliche Abiturprüfung im Kernfach Deutsch nach den Vorgaben der Profiloberstufe ablegen. Dieses Buch wird Ihnen helfen, sich optimal auf Ihre Prüfungen vorzubereiten.

Im einführenden Kapitel „**Hinweise und Tipps zum Abitur**" lernen Sie die Vorgaben kennen, an denen sich die Prüfung ausrichten wird. Sie erfahren, was Sie wissen müssen über Aufgabenarten, über Themen und Lektüren, über Bearbeitungsweise sowie Bewertungskriterien.

15 **abiturähnliche Übungsaufgaben** zu den Themenbereichen für das Jahr 2023 eignen sich ideal zur Vorbereitung auf das Abitur. Dabei bereiten Sie drei Übungsaufgaben speziell auf die **Analyse** bzw. die **Erörterung pragmatischer Texte** vor, die Ihnen auf erhöhtem Anforderungsniveau zusätzlich zur Wahl stehen wird.

Hilfreiches Trainingsmaterial sind auch die ausgewählten **Original-Prüfungsaufgaben der Jahre 2018 bis 2022**, die Ihnen zeigen, was in der Abiturprüfung auf Sie zukommen kann.

Zu jeder der vorliegenden Aufgaben finden Sie praxisnahe **Lösungsvorschläge**, die Ihnen helfen, Aufgabenstellungen zu verstehen und das eigene Schreiben darauf abzustimmen. Jedem Lösungsvorschlag sind **Hinweise und Tipps** vorangestellt, die Ihnen aufgabennahe Hilfestellungen zu Aufbau und Inhalt Ihres Aufsatzes und zu einer aufgabengerechten Schreibstrategie anbieten. **Hinweise am Rand** ermöglichen es Ihnen, der thematischen Entwicklung des Aufsatzes zu folgen und sinnvolle Strukturmerkmale sowie Anforderungen der Operatoren zu erkennen.
Sollten nach Erscheinen dieses Bandes noch wichtige Änderungen in der Abitur-Prüfung 2023 von der Behörde für Schule und Weiterbildung bekannt gegeben werden, finden Sie aktuelle Informationen dazu im Internet unter:
www.stark-verlag.de/mystark.

Wir wünschen Ihnen eine effektive Vorbereitung auf Ihr Abitur und eine erfolgreiche Prüfung.

Die Autorinnen und Autoren und der Verlag

Hinweise und Tipps zum Abitur

1 Grundlagen

1.1 Vorgaben für die Abiturprüfung Deutsch

Zentraler Bestandteil der Profiloberstufe sind die von Ihrer Schule entwickelten **Profile** mit sprachlichem, naturwissenschaftlichem, gesellschaftswissenschaftlichem, künstlerischem, sportlichem oder beruflichem Schwerpunkt. Bei der Auswahl Ihrer Belegfächer sind folgende drei Aspekte zu beachten:

- verbindliche Kernfächer,
- zu Profilbereichen zusammengefasste Fächer
- und weitere gemäß den Belegverpflichtungen zu wählende Fächer.

Deutsch gehört neben Mathematik und einer weitergeführten Fremdsprache zu den sogenannten **Kernfächern**. Die Kernfächer müssen von allen Schülern belegt werden: Mindestens zwei Kernfächer sind auf **erhöhtem Anforderungsniveau** zu belegen, ein Kernfach kann auf **grundlegendem Anforderungsniveau** belegt werden. Der Unterricht in den Kernfächern wird in den vier Semestern der Studienstufe durchgängig mit vier Unterrichtswochenstunden unterrichtet. Mindestens zwei der drei Kernfächer sind Prüfungsfächer, davon muss in mindestens einem Kernfach die schriftliche Prüfung auf erhöhtem Anforderungsniveau abgelegt werden. In welchen Fächern Sie die Abiturprüfung ablegen wollen, legen Sie zu Beginn des dritten Semesters fest.

Die **Abiturprüfung** besteht aus vier Teilprüfungen, drei schriftlichen und einer mündlichen. Die **mündliche Abiturprüfung** wird in Form einer Präsentationsprüfung oder der klassischen dreißigminütigen Prüfung (mit einer Vorbereitungszeit von weiteren 30 Minuten) durchgeführt. Diese kann auf erhöhtem oder grundlegendem Niveau abgelegt werden, je nachdem, auf welcher Niveaustufe Sie das Fach belegt haben. Zwei **schriftliche Prüfungen** müssen Sie auf erhöhtem Anforderungsniveau ablegen (mindestens eine davon in einem Kernfach). Die schriftlichen Abituraufgaben im Fach Deutsch werden wie in fast allen anderen Fächern zentral gestellt.
Zwei Aufgaben stammen von der Hamburger Schulbehörde (Aufgabe 1 und 3), die Aufgaben 2 und 4 werden dem **gemeinsamen Aufgabenpool** aller Bundesländer entnommen. Diese Aufgaben werden auf der Grundlage der Bildungsstandards für die Allgemeine Hochschulreife in enger Zusammenarbeit der Länder mit dem IQB (Institut für Qualitätsentwicklung im Bildungswesen) entwickelt. Die **vierte Aufgabe** (**Analyse/Erörterung pragmatischer Texte**) müssen nur die Schülerinnen und Schüler bearbeiten, die Deutsch **auf erhöhtem Niveau** belegt haben.

Die schriftliche Abiturprüfung findet am Ende des vierten Semesters statt, Termin der Deutsch-Prüfung ist voraussichtlich der 26. April 2023. Die mündliche Abiturprüfung wird wahrscheinlich Ende Juni abgehalten.

1.2 Zeitrahmen und Ablauf der schriftlichen Prüfung

In der schriftlichen Abiturprüfung im Fach Deutsch werden Ihnen im grundlegenden Anforderungsniveau drei, im erhöhten Anforderungsniveau vier **unterschiedliche Aufgaben** vorgelegt, von denen Sie **eine auswählen**. Zur Bearbeitung stehen Ihnen 255 Minuten (grundlegendes Anforderungsniveau) beziehungsweise 315 Minuten (erhöhtes Anforderungsniveau) zur Verfügung. Die Arbeitszeit schließt Lese- und Auswahlzeit ein.

Zu Beginn der Arbeitszeit sollten Sie rasch eine Auswahl treffen, damit Sie möglichst schnell mit der Arbeit an Ihrem Thema beginnen können. Sicher werden Sie in Ihrer Vorbereitung auf die Abiturprüfung mindestens einen der zentral gestellten Schwerpunkte genauer und intensiver vorbereitet haben. Überprüfen Sie, ob Sie die Fragestellung zum Themenbereich in der Kopplung mit dem Aufgabentypus sicher bearbeiten können, denn die Auswahl der richtigen Aufgabe kann den Erfolg Ihrer Arbeit maßgeblich beeinflussen. Sie sollten die Aufgabenstellungen, die für Sie in die engere Wahl kommen, auf die folgenden Fragen hin überprüfen:

- Welche Aufgabe liegt mir? Wo kann ich meine Stärken am besten einbringen?
- Spricht mich eine der Aufgabenstellungen inhaltlich besonders an?
- Welches sind die Schwerpunkte der Aufgabe? Komme ich mit ihnen zurecht?
- Welche Operatoren liegen vor? Bin ich mir der damit verbundenen Anforderungen bewusst?
- Habe ich für die Lösung der Aufgabenstellung interessantes Zusatzwissen? Verfüge ich beispielsweise über Kenntnisse zum Leben und Werk des entsprechenden Autors oder über epochenspezifisches Wissen?

Haben Sie sich für eine Aufgabe entschieden, sollten Sie möglichst nicht mehr wechseln, denn das wäre verschenkte Zeit.

Der weitere **Prüfungsverlauf** könnte sich folgendermaßen darstellen:

- Lesen Sie die Aufgabenstellung der von Ihnen ausgewählten Aufgabe nochmals genau durch.
- Notieren Sie sich kurz, was von Ihnen verlangt wird. Damit verdeutlichen Sie sich die Aufgabenstellung.
- Machen Sie sich noch einmal die Anforderungen der Operatoren bewusst.
- Lesen Sie das vorgegebene Textmaterial und machen Sie sich erste Randnotizen.
- Beginnen Sie dann mit der genauen Textarbeit. Arbeiten Sie dabei mit den Ihnen vertrauten Markierungen, mit Farben und Randnotizen.
- Entwerfen Sie eine Stoffsammlung. Machen Sie sich dazu die notwendigen Notizen, welche Aspekte Sie ansprechen wollen.
- Entwerfen Sie eine Gliederung für Ihre Abiturklausur, indem Sie Ihre Aufzeichnungen ordnen.

- Beginnen Sie mit der Ausarbeitung Ihrer Klausur. Arbeiten Sie Punkt für Punkt die Gliederung ab und vergewissern Sie sich immer wieder, ob Ihre Ausführungen stimmig und überzeugend sind.
- Prüfen Sie, ob Sie die Aufgabenstellung im Blick behalten und die Anforderungen der Operatoren erfüllen.
- Am Ende der Arbeitszeit lesen Sie Ihren Text noch einmal durch, nehmen eventuell Verbesserungen vor und kontrollieren Rechtschreibung und Grammatik.

Legen Sie die Prüfung auf **erhöhtem Niveau** ab, können Sie sich an folgender Vorgabe orientieren: Entscheiden Sie sich in den ersten 15 Minuten für eine Aufgabe. Nehmen Sie sich für die Textarbeit und Planung Ihrer Arbeit circa 120 Minuten Zeit. Schließen Sie den Schreibprozess in weiteren 120 Minuten ab, dann bleiben Ihnen noch 60 Minuten für die Überarbeitung. Da Ihnen bei einer Prüfung auf **grundlegendem Niveau** 255 Minuten zur Verfügung stehen, ist es ratsam, sich in den ersten 15 Minuten für eine Aufgabe zu entscheiden. Für die Vor- und Textarbeit sollten Sie 100 Minuten, für den Schreibvorgang ebenfalls 100 Minuten einplanen, sodass Ihnen für die abschließende Überarbeitung noch 40 Minuten zur Verfügung stehen. Diese Vorgaben sind jedoch lediglich ungefähre Richtwerte. Nutzen Sie die Zeit der Prüfungsvorbereitung, um die für Sie **optimale Zeiteinteilung** herauszufinden, denn manche Schreiber benötigen mehr Zeit für die Vorarbeit, andere für das eigentliche Schreiben, wieder andere konzentrieren sich auf eine gründliche Überarbeitung ihres Textes.

1.3 Hilfsmittel

Als Hilfsmittel stehen Ihnen die offiziell festgelegten **Referenztexte** zur Verfügung, die Ihnen von der Schule vorgelegt werden müssen. Diese dürfen jedoch keinerlei Schülerkommentare oder -notizen enthalten. Des Weiteren dürfen Sie ein **Rechtschreibwörterbuch** verwenden.

2 Prüfungsstoff

Die **rechtlichen Regelungen** zur Durchführung der Abiturprüfung mit zentraler Aufgabenstellung finden sich in der Ausbildungs- und Prüfungsordnung zum Erwerb der Allgemeinen Hochschulreife (APO-AH) vom 25. März 2008 in der jeweils geltenden Fassung:
https://www.hamburg.de/contentblob/1332736/92226f69571c56335c668fcf3962a9e8/data/bsb-apo-ah-18-03-2009.pdf

In der Prüfung werden Aufgaben zu **drei beziehungsweise vier Schwerpunktthemen** gestellt. Diese werden rechtzeitig vor Beginn der Oberstufe bekannt gegeben. Die Themen berücksichtigen meist die literarischen Gattungen Lyrik, Epik und Dramatik. Mindestens eines der benannten Schwerpunktthemen wird um eine verbindliche Komponente zur Sprachreflexion erweitert. Für das Abitur 2023 wird dies das dritte

Schwerpunktthema sein. Jedes Schwerpunktthema ist bei der Abiturprüfung durch eine Aufgabe einmal vertreten. Grundsätzlich sind für das grundlegende und das erhöhte Niveau die gleichen Themen vorgegeben. Für das erhöhte Niveau werden jedoch zusätzliche Anforderungen hinsichtlich Umfang, Anspruch und Komplexität sowohl der Aufgabenstellung als auch der in der Abiturprüfung vorgelegten Materialien gestellt und es wird Ihnen eine vierte Aufgabe zum Aufgabenformat „Analyse/ Erörterung pragmatischer Texte“ aus dem länderübergreifenden Pool vorgelegt.
Folgende Schwerpunktthemen sind für die **Abiturprüfung 2023** vorgegeben:

Schwerpunkt I: „Wer treten wollte, mußte sich treten lassen“ – Autorität und Gehorsam in Werken des 20. und 21. Jahrhunderts
Dieses Thema ist Schwerpunkt im Rahmen des Semesterakzentes „Literatur und Sprache des 20./21. Jahrhunderts“. Verbindlich im Unterricht zu behandelnde Texte und Medien sind:

- Heinrich Mann: *Der Untertan* (1914)
- Michael Haneke: *Das weiße Band – Eine deutsche Kindergeschichte* (Spielfilm, DE/AT/FR/IT 2009)
- Zusätzlich soll auf erhöhtem Anforderungsniveau folgender Text herangezogen werden: Michael Haneke: *Gewalt und Medien* (Vortrag, 1995).

Folgende Aspekte sollten Sie bei Ihrer **Prüfungsvorbereitung** besonders beachten:

- die Analyse von Textstrukturen,
- die Bedeutung und Wirkung sprachlicher und formaler Gestaltungsmittel,
- die Verwendung fachspezifischer Begriffe zur Beschreibung und Erschließung literarischer Texte,
- die Anwendung von Verfahren der Filmanalyse und ihren Analysekategorien (Aufbau, Erzählstruktur, Einstellungsgrößen, Perspektiven, Kamera- und Objektbewegung, Beleuchtung, Mise en scène, Montage, Dialogführung, Wort-Bild-Ton-Beziehung),
- die Analyse des Zusammenhangs von Darstellungsmitteln und ihrer Wirkungsweise in unterschiedlichen Medien,
- die Kenntnis von textexternen Bezügen (insbesondere von biografischen, sozial- und literaturgeschichtlichen Bezügen) und deren Einbeziehung in die Deutung bzw. Erörterung.

Auf **erhöhtem Niveau** müssen Sie zudem die Fiktionalität und Virtualität medialer Inszenierungen analysieren und bewerten können. Für Ihre Wertung sollten Sie auch auf ein größeres und komplexeres Kontextwissen zurückgreifen können. Außerdem sollten Sie in der Lage sein, auch komplexere Texte zu verstehen, auch solche, die höhere Anforderungen an Kontextwissen und Sprachverständnis stellen.

Schwerpunkt II: Lyrik
Dieses Thema ist Schwerpunkt für die Interpretation eines literarischen Textes. Als verbindliche Referenztexte fungieren repräsentative deutschsprachige Gedichte von der Aufklärung bis zur Gegenwart.

Folgende Aspekte sollten Sie bei Ihrer **Prüfungsvorbereitung** beachten:
- die Anwendung analytischer sowie handlungs- und produktionsorientierter Texterschließungsmethoden,
- die Untersuchung der Textstrukturen und der Wirkung sprachlicher Mittel,
- die Verwendung fachspezifischer Begriffe zur Beschreibung und Erschließung literarischer Texte,
- die Beschreibung von Deutungsproblemen und einen produktiven sowie reflektierten Umgang mit Mehrdeutigkeit,
- das Herstellen von textexternen Bezügen (insbesondere kultur- und literaturgeschichtliche) zur Deutung der Gedichte,
- das aspektgeleitete Vergleichen von Texten im Hinblick auf relevante Motive, Themen und Strukturen. Dabei beschränkt sich der Textvergleich nicht auf lyrische und epische Texte.

Auf **erhöhtem Niveau** müssen Sie komplexere Texte erschließen, auch solche, die höhere Anforderungen an Kontextwissen und Sprachverständnis stellen. Die Schulbehörde empfiehlt Ihnen für einen produktionsorientierten Zugang zur Erschließung lyrischer Texte den Band *Wie schreibe ich ein Gedicht?* von Dirk von Petersdorff (Stuttgart 2013).

Schwerpunkt III: Woyzeck

Dieses Thema ist Schwerpunkt im Rahmen des Semesterakzentes „Literatur und Sprache des 19./20. Jahrhunderts". Verbindlicher Referenztext ist:
- Georg Büchner: *Woyzeck* (Dramenfragment, 1836/37)
- Zusätzlich auf erhöhtem Anforderungsniveau sind ausgewählte Dokumente zur Entstehungsgeschichte zu betrachten.

Folgende Aspekte sollten Sie bei Ihrer **Prüfungsvorbereitung** beachten:
- die Untersuchung der Wirkung sprachlicher und rhetorischer sowie dramaturgischer Gestaltungsmittel,
- die Anwendung analytischer sowie handlungs- und produktionsorientierter Texterschließungsmethoden,
- das Erfassen von Handlungsmotiven und Konflikten,
- die Untersuchung der Wirkung der lyrischen Elemente im Drama (Lieder),
- das Herstellen (insbesondere biografischer, sozial- und literaturgeschichtlicher) textexterner Bezüge zur Deutung des dramatischen Textes,
- die Erörterung unterschiedlicher Deutungsansätze des Werks auf der Basis Ihres Textverständnisses sowie Ihres literatur- und rezeptionsgeschichtlichen Wissens.

Auf **erhöhtem Anforderungsniveau** müssen Sie zusätzlich komplexere Texte und Zusammenhänge erschließen, auch solche, die höhere Anforderungen an Kontextwissen und Sprachverständnis stellen. Die verbindliche Komponente zur Sprachreflexion besteht darin, dass Sie die Figurensprache (Sprachregister, Sprechweise etc.) unter Berücksichtigung sprachlich-rhetorischer Mittel und die Gestaltung konzeptioneller Mündlichkeit und ihrer Wirkung analysieren können müssen.

Schwerpunkt IV (nur erhöhtes Anforderungsniveau): Sprache/Medien/Lesen
Dieses Schwerpunktthema bezieht sich auf den Unterrichtsgegenstand „textbezogenes Schreiben“. Dabei müssen Sie über das methodische Wissen verfügen, zu strittigen Sachverhalten eine eigene differenzierte Argumentation zu entwickeln. Im Abitur 2023 wird in diesem Zusammenhang die Analyse/Erörterung pragmatischer Texte gefordert.

Folgende Aspekte sollten Sie bei der **Prüfungsvorbereitung** beachten:
- die Erschließung von komplexen Texten, auch solchen, die höhere Anforderungen an Kontextwissen und Sprachverständnis stellen,
- die systematische Analyse von Textstrukturen und die Anwendung kriteriengeleiteter Untersuchungsverfahren,
- die Untersuchung von Aufbau und Intention eines argumentativen Textes,
- die Analyse der Argumentationsstruktur eines Textes, das Erfassen auch seiner impliziten Argumentationsbestandteile (Prämissen) und die Rekonstruktion übergeordneter Theorien und Problemstellungen,
- die Analyse der Wirkung von sprachlichen Mitteln,
- die fundierte Beurteilung einer Argumentation und von Argumentationsstrategien,
- die Anwendung differenzierter Argumentationsmuster und Argumentationsstrategien,
- die Verwendung begrifflich präziser und stilistisch wirksamer Formulierungen.

Gemäß den einheitlichen Prüfungsanforderungen im Fach Deutsch werden in Hamburg im Rahmen der Schwerpunktsetzung **literarische und pragmatische Texte** sowie **Medienprodukte** als Gegenstand der Analyse beziehungsweise Erörterung herangezogen. In der Aufgabenstellung im Abitur können Ihnen **unterschiedliche Textsorten** vorgelegt werden, die Sie dann in Ihrer Analyse aufeinander beziehen sollen. So kann zum Beispiel ein Gedicht oder ein Romanauszug einem theoretischen Text gegenübergestellt werden.

Hinweise zum Prüfungsstoff und den verbindlichen Lektüren finden Sie auch in der offiziellen Information „Abitur 2023. Regelungen für die zentralen schriftlichen Prüfungsaufgaben“ im Internet unter:
https://www.hamburg.de/contentblob/14959666/d807ec0f0c562c966d4c9a786a8c910a/data/abitur-a-heft-2023.pdf

3 Aufgabenarten

Jede Abituraufgabe kann in zwei bis drei Teilaufgaben untergliedert sein. Dabei können Ihnen folgende Aufgabenarten vorgelegt werden: die Interpretation literarischer Texte, die Analyse pragmatischer Texte, die Erörterung literarischer oder pragmatischer Texte, Mischformen aus diesen drei Aufgabenarten, das materialgestützte Verfassen informierender oder argumentierender Texte, eine kreative/produktive Teilaufgabe im Anschluss an eine der drei erstgenannten Aufgabenarten.

Zur genaueren Verdeutlichung kann die folgende Tabelle mit den Grundmustern der Aufgabenarten dienen:

	Textbezogenes Schreiben				Materialgestütztes Schreiben	
Aufgabenart	Interpretation literarischer Texte	Analyse pragmatischer Texte	Erörterung literarischer Texte	Erörterung pragmatischer Texte	Materialgestütztes Verfassen informierender Texte	Materialgestütztes Verfassen argumentierender Texte

Quelle: Bildungsstandards im Fach Deutsch für die Allgemeine Hochschulreife (Beschluss der KMK vom 18. 10. 2012), S. 24

3.1 Interpretation literarischer Texte

Bei dieser Aufgabenstellung geht es um die Analyse und Interpretation eines fiktiven Textes. Zugrunde liegt ein Text beziehungsweise ein Ausschnitt aus einem lyrischen, epischen oder dramatischen Werk. Lesen Sie die Vorlage zunächst mehrmals, markieren Sie Auffälliges und formulieren Sie Fragen an den Text. Dabei ist es von großer Bedeutung, die Aufgabenstellung im Blick zu behalten.
Oft bietet es sich an, der Analyse eine Zusammenfassung des Inhalts voranzustellen und den Text – sofern es sich um einen Auszug handelt – in den Werkkontext einzuordnen. Ihre Untersuchung der Textvorlage sollte formale und sprachliche Gestaltungsmittel einbeziehen und deren Wirkung aufzeigen. Analysieren Sie auffällige Motive und Bilder. Häufig gibt die Aufgabenstellung auch einen Aspekt vor, auf den sich Ihre Analyse konzentrieren sollte.
Stützen Sie Ihre Interpretation durch geeignete Belege aus dem Text. Achten Sie darauf, korrekt zu zitieren, das Zitat in den Zusammenhang einzubauen und es zu erläutern.

Für die Prüfungssituation kann es hilfreich sein, wenn Sie über ein **Repertoire an Fragen** je nach Gattung verfügen, mithilfe derer Sie an den Text herangehen können:

Interpretation eines Gedichts
- Wer spricht in dem Gedicht? Tritt ein lyrisches Ich in Erscheinung? Wie spricht es?
- Welche Entwicklung findet in dem Gedicht statt? Gibt es eine Handlung?
- Welche Versgruppen beziehungsweise Strophen gehören zusammen?

- Wie ist ein Motiv umgesetzt und inwieweit wandelt es sich?
- Welcher Zusammenhang besteht zwischen Inhalt, Form und Sprache? Wie stützen formale und sprachliche Gestaltungsmittel den Inhalt?

Interpretation eines Dramenauszugs
- Welche Figuren treten auf? Sind diese gleichberechtigt oder liegt eine Hierarchie vor? Welche Redeanteile haben die Figuren?
- Welcher Konflikt spielt in der Szene eine Rolle? Wie spitzt sich die Auseinandersetzung zu?
- Wo ist ein Einschnitt, ein Wende- oder Höhepunkt in der Szene?
- Welche Rolle spielen der Schauplatz und die Requisiten?
- Was tragen die Regieanweisungen zum Verständnis bei?
- Wie charakterisieren Figurenrede, Gestik und Mimik die auftretenden Figuren? Was wird zwischen den Zeilen offenkundig?
- Welche Funktion hat die Szene im Drama?

Interpretation eines epischen Textes
- Welches Thema, welche zentralen Motive prägen den Text?
- Welche Figuren treten auf und was erfährt der Leser über sie?
- Wie macht sich der Erzähler bemerkbar? Welche Perspektive nimmt er ein?
- Wird linear-chronologisch erzählt oder mit Rückblenden und Vorwegnahmen?
- Entsteht ein realistisches Abbild unserer Wirklichkeit oder gebraucht der Autor fantastische/absurde/groteske Elemente?
- Wo findet das Geschehen statt? Gibt es einen Bezug zwischen Ort und Inhalt? Welche Stimmung/Atmosphäre wird durch den Ort erzeugt?

3.2 Analyse pragmatischer Texte

Bei dieser Aufgabenstellung geht es um die Analyse eines Sachtextes. Lesen Sie den Text gründlich durch und verdeutlichen Sie sich die vom Autor aufgestellten Thesen und Forderungen. Oft wird von Ihnen verlangt, den Text zusammenzufassen und unter einem bestimmten Aspekt zu erschließen. In diesem Zusammenhang ist es auch wichtig, sich mit den sprachlichen Besonderheiten und den Argumentationsstrukturen des Textes zu beschäftigen.
Auch hier helfen Ihnen grundsätzliche Fragen an den Text bei der Erschließung:
- Welche Hauptthese stellt der Autor auf? Was sind die untergeordneten Thesen?
- Welche Beispiele führt der Autor an? Bezieht er sich dabei auf Autoritäten?
- Welche Gliederung ist erkennbar: Wo werden Thesen, Begründungen, Beispiele angeführt?
- Welche Sprechakte werden verwendet (*Der Autor behauptet/kritisiert/empfiehlt etc.*)? So lässt sich am besten die Argumentationsstruktur des Textes bestimmen.
- Wo sind die Schlüsselstellen des Textes? Es bietet sich an, diese direkt zu zitieren, um sie zu kommentieren und zu erläutern.

3.3 Erörterung literarischer oder pragmatischer Texte

Bei dieser Aufgabenstellung kommt es darauf an, einen literarischen oder pragmatischen Text unter einer vorgegebenen oder selbst gewählten Fragestellung zu betrachten. Dabei beleuchten Sie einen komplexen Sachverhalt von verschiedenen Seiten, wägen mögliche Sichtweisen ab und entwickeln einen eigenen kritischen Standpunkt. Bei der Erörterung eines **literarischen Textes** liegt Ihnen häufig ein Zitat oder ein Textausschnitt eines Werkes vor, aus dem eine These zu entnehmen ist, die es zu erörtern gilt. Als Belege dienen Ihnen Zitate aus dem entsprechenden Werk beziehungsweise Beispiele anderer literarischer Texte. Bei der Erörterung eines **pragmatischen Textes** bezieht sich die Aufgabenstellung oft auf einen kommentierenden, meinungsbildenden Text, zum Beispiel einen Zeitungsartikel. Beide Aufgaben verlangen von Ihnen eine überzeugende Argumentation zu einer Leitfrage, die sich auf repräsentative Beispiele und nachvollziehbare Begründungen stützt.

3.4 Materialgestütztes Verfassen informierender oder argumentierender Texte

Bei diesem Aufgabentyp wird Ihnen ein **Materialdossier** zu einem bestimmten Thema vorgelegt, das Ihnen als Grundlage für die eigene Textproduktion dienen soll. In der Regel wird dieses Dossier nicht nur zusammenhängende Texte, sondern auch sogenannte **diskontinuierliche Texte**, also Bilder, Grafiken etc., enthalten. Die Materialien müssen zunächst kritisch ausgewertet und um eigene Kenntnisse erweitert werden. Es geht dabei nicht darum, die Materialien detailliert zu analysieren, sondern darum, diese mit Blick auf die Aufgabenstellung inhaltlich zu sichten und über die Verwendung einzelner Informationen oder Argumente zu entscheiden. Sie sollen entweder einen informierenden Text schreiben, in dem Sie sich fundiert zu einem vorgegebenen Thema äußern, oder einen **argumentierenden Text** verfassen, in dem Sie klar Stellung zur entsprechenden Problematik beziehen. In beiden Fällen müssen Sie den von der Aufgabe benannten **kommunikativen Kontext** berücksichtigen. Je nachdem, ob also z. B. ein Kommentar oder ein Leserbrief für eine Tageszeitung oder aber ein Artikel für eine Schülerzeitung geschrieben werden soll, müssen Sie dem spezifischen Adressatenkreis gerecht werden und ein passendes sprachliches Register verwenden. Erwartungen und Interessen der potenziellen Leser sollten beachtet werden.

3.5 Gestaltendes Interpretieren und adressatenbezogenes Schreiben

Der produktive Umgang mit literarischen oder pragmatischen Texten bildet zumeist die zweite Teilaufgabe einer Arbeitsanweisung. Im ersten Schritt ist die Vorlage zu erschließen, wobei Sie sich neben der Analyse von gestalterischen Mitteln vor allem den inhaltlichen Aspekten und – bei pragmatischen Texten – der Argumentationsstruktur zuwenden. Im zweiten Schritt werden Sie selbst produktiv. Bei der **gestaltenden Interpretation** auf der Grundlage eines **literarischen Textes** müssen Sie Stilebenen und Kommunikationsbezüge so ausarbeiten, dass sie zu den Figuren passen. Dabei wird von Ihnen verlangt, dass Sie beispielsweise einen Textauszug umschreiben, sodass er das Geschehen aus der Sicht einer bestimmten Figur schildert.

Auch könnte die Aufgabenstellung fordern, Figuren in ein fiktives Gespräch zu verwickeln, einen inneren Monolog oder einen Tagebucheintrag zu verfassen. Eine Form des gestaltenden Umgangs mit **pragmatischen Texten** ist das **adressatenbezogene Schreiben**. Nach der Analyse der Textvorlage verfassen Sie eine Antwort auf diese. Das soll in Form eines argumentierenden journalistischen Textes, also zum Beispiel eines Kommentars, eines Essays oder einer Glosse, geschehen. Diese subjektive Art der Textgestaltung lässt Ihnen mehr Freiheiten als die klassische Texterörterung. Achten Sie aber dennoch darauf, Ihre Argumentation logisch aufzubauen sowie sprachlich überzeugend darzustellen. Der Adressatenbezug soll klar erkennbar sein: Passen Sie Inhalt und Gestaltung dem vorgegebenen Kontext (zum Beispiel Kommentar in einer Schülerzeitung, Leserbrief in der Zeitung etc.) an.

4 Anforderungsbereiche (AFB)

Bei der Bearbeitung der Aufgaben müssen Sie folgende Anforderungen beachten:

Anforderungsbereich I
Reproduktion: Er umfasst das Wiedergeben von Sachverhalten und Kenntnissen im gelernten Zusammenhang sowie das Beschreiben und Anwenden geübter Arbeitstechniken und Verfahren in einem wiederholenden Zusammenhang.

Anforderungsbereich II
Transfer: Er umfasst das selbstständige Auswählen, Anordnen, Verarbeiten und Darstellen bekannter Sachverhalte unter vorgegebenen Gesichtspunkten in einem durch Übung bekannten Zusammenhang sowie das selbstständige Übertragen und Anwenden des Gelernten auf vergleichbare neue Zusammenhänge und Sachverhalte.

Anforderungsbereich III
Problemlösung: Er umfasst das zielgerichtete Verarbeiten komplexer Sachverhalte mit dem Ziel, zu selbstständigen Lösungen, Gestaltungen oder Deutungen, Folgerungen, Begründungen und Wertungen zu gelangen.
Sie wählen dabei selbstständig aus den gelernten Arbeitstechniken und Verfahren aus, die Ihnen zur Bewältigung der Aufgabe geeignet erscheinen, und wenden sie in einer neuen Problemstellung an. Dabei sollten Sie das eigene Vorgehen kritisch beurteilen.

Der Schwerpunkt der Abituraufgaben liegt meist auf den Bereichen II und III.

5 Operatoren

Die in den zentralen schriftlichen Abituraufgaben verwendeten Operatoren werden in der folgenden Tabelle definiert. Entsprechende Formulierungen in den Klausuren der Studienstufe sind ein wichtiger Teil Ihrer Vorbereitung auf das Abitur.
Neben Definitionen und Beispielen enthält die Tabelle auch Zuordnungen zu den Anforderungsbereichen I, II und III, wobei die konkrete Zuordnung auch vom Kontext der Aufgabenstellung abhängen kann und eine scharfe Trennung der Anforderungsbereiche nicht immer möglich ist.

Operator und AFB	**Definition**	**Anwendungsbeispiel**
analysieren (I, II, III)	einen Text aspektorientiert oder als Ganzes unter Wahrung des funktionalen Zusammenhangs von Inhalt, Form und Sprache erschließen und das Ergebnis der Erschließung darlegen	*Analysieren Sie den Text im Hinblick auf die Wirkung der sprachlichen Mittel.* *Analysieren Sie den vorliegenden Essay.*
beschreiben (I, II)	Sachverhalte, Situationen, Vorgänge, Merkmale von Personen bzw. Figuren sachlich darlegen	*Beschreiben Sie Inhalt und Gedankenführung des Textes.*
beurteilen (II, III)	einen Sachverhalt, eine Aussage, eine Figur auf Basis von Kriterien bzw. begründeten Wertmaßstäben einschätzen	*Beurteilen Sie auf der Grundlage der vorliegenden Texte die Entwicklungstendenzen der deutschen Gegenwartssprache.*
charakterisieren (II, III)	die jeweilige Eigenart von Figuren/Sachverhalten herausarbeiten	*Charakterisieren Sie den Protagonisten im vorliegenden Textauszug.*
darstellen (I, II)	Inhalte, Probleme, Sachverhalte und deren Zusammenhänge aufzeigen	*Stellen Sie die wesentlichen Elemente des vorliegenden Kommunikationsmodells dar.*
einordnen (I, II)	eine Aussage, einen Text, einen Sachverhalt unter Verwendung von Kontextwissen begründet in einen vorgegebenen Zusammenhang stellen	*Ordnen Sie den folgenden Szenenausschnitt in den Handlungsverlauf des Dramas ein.*
erläutern (II, III)	Materialien, Sachverhalte, Zusammenhänge, Thesen in einen Begründungszusammenhang stellen und mit zusätzlichen Informationen und Beispielen veranschaulichen	*Erläutern Sie anhand der Textvorlage die wesentlichen Elemente der aristotelischen Dramentheorie.*
erörtern (I, II, III)	auf der Grundlage einer Materialanalyse oder -auswertung eine These oder Problemstellung unter Abwägung von Argumenten hinterfragen und zu einem Urteil gelangen	*Erörtern Sie die Position der Autorin.*
gestalten (II, III)	ein Konzept nach ausgewiesenen Kriterien sprachlich oder visualisierend ausführen	*Gestalten Sie eine Parallelszene zu I.4 mit den Figuren X und Y.*

in Beziehung setzen (II, III)	Zusammenhänge unter vorgegebenen oder selbst gewählten Gesichtspunkten begründet herstellen	*Setzen Sie die Position des Autors in Beziehung zum Frauenbild des vorliegenden Textauszugs.*
interpretieren (I, II, III)	auf der Grundlage einer Analyse Sinnzusammenhänge erschließen und unter Einbeziehung der Wechselwirkung zwischen Inhalt, Form und Sprache zu einer schlüssigen Gesamtdeutung gelangen	*Interpretieren Sie das vorliegende Gedicht.*
sich auseinandersetzen mit (II, III)	eine Aussage, eine Problemstellung argumentativ und urteilend abwägen	*Setzen Sie sich mit der Auffassung des Autors auseinander, inwiefern […]*
überprüfen (II, III)	Aussagen/Behauptungen kritisch hinterfragen und ihre Gültigkeit kriterienorientiert und begründet einschätzen	*Überprüfen Sie, inwieweit die These zutrifft, die Kunstauffassung der Autorin spiegle sich im vorliegenden Text wider.*
verfassen (I, II, III)	auf der Grundlage einer Auswertung von Materialien wesentliche Aspekte eines Sachverhaltes in informierender oder argumentierender Form adressatenbezogen und zielorientiert darlegen	*Verfassen Sie auf der Grundlage der Materialien einen Kommentar für eine Tageszeitung.*
vergleichen (II, III)	nach vorgegebenen oder selbst gewählten Gesichtspunkten Gemeinsamkeiten, Ähnlichkeiten und Unterschiede herausarbeiten und gegeneinander abwägen	*Vergleichen Sie die Naturschilderung in den vorliegenden Gedichten.*
zusammenfassen (I, II)	Inhalte oder Aussagen komprimiert wiedergeben	*Fassen Sie die Handlung der vorliegenden Szene zusammen.*

6 Allgemeine Tipps für die Abiturklausur

6.1 Praktische Tipps

Die Übungsaufgaben und die Auswahl der zentral gestellten Aufgaben bieten Ihnen vielfältiges Übungsmaterial für die Prüfungsvorbereitung. Nutzen Sie die jeder Aufgabe vorangestellten Hinweise und Tipps, um sich Anregungen für Ihre eigene Lösung zu holen, und schreiben Sie, denn Übung macht hier tatsächlich den Meister.

Bevor Sie jedoch mit dem eigentlichen Schreiben beginnen, sollten Sie sich ausreichend Zeit für die **Textarbeit** und für die **Planung Ihrer Klausur** nehmen. Markieren Sie die Texte farbig, machen Sie sich Randnotizen und sammeln Sie Ihre Ideen in Stichworten oder Mindmaps. Eine **Gliederung** kann dabei hilfreich sein, Ihre Arbeit sinnvoll und übersichtlich zu strukturieren. Teilen Sie sich Ihre Zeit so ein, dass Sie am Ende Ihre Klausur noch einmal überarbeiten und gründlich durchlesen können, denn Schreiben ist ein Prozess und sicherlich lassen sich noch Verbesserungen vornehmen.

6.2 Hinweise zu den Bewertungskriterien

In die Bewertung der Abituraufgabe fließen die inhaltliche und methodische Leistung sowie die sprachliche und formale Darstellung mit ein.

Besonders gewichtet werden dabei folgende Aspekte:
- das präzise Formulieren der Aussagen,
- das logische Entwickeln von Gedanken und das Gewichten nach deren Bedeutung,
- die klare Gliederung der Ausführungen,
- flüssige Überleitungen,
- das Belegen der Ergebnisse durch ausgewählte und korrekt zitierte Textstellen,
- die Verwendung einer aufgabengerechten Sprachform,
- die Berücksichtigung von Fachsprache,
- die differenzierte Erläuterung zentraler inhaltlicher und formaler Aspekte,
- die argumentative Begründung von Wertungen,
- der normgerechte Gebrauch der Sprache, das heißt Sicherheit in Rechtschreibung, Zeichensetzung und Grammatik,
- eine lesbare Schrift im Rahmen einer leserfreundlichen Gestaltung.

Bei der Erörterungsaufgabe wird besonders auf folgende Kriterien geachtet:
- das präzise Erschließen des Themas und ein schlüssiger Aufbau,
- das strukturierte, zielgerichtete, schlüssige und sprachlich korrekte Argumentieren, das durch passende Beispiele gestützt wird,
- die Darlegung und Begründung des eigenen Standpunktes,
- ein angemessener Grad der Reflexion,
- die korrekte Verwendung der Begrifflichkeiten,
- anschauliche und repräsentative Beispiele.

Viel Erfolg!

Deutsch (Hamburg) – Grundlegendes Anforderungsniveau
Abiturähnliche Übungsaufgabe 1

Aufgabenart
Interpretation und Vergleich literarischer Texte

Thema
„Wer treten wollte, mußte sich treten lassen" – Autorität und Gehorsam in Werken des 20. und 21. Jahrhunderts

Verbindlicher Referenztext
Heinrich Mann: *Der Untertan*

Teilaufgaben

1. Interpretieren Sie den Auszug aus Carl Sternheims Komödie *Der Snob.* (60 %)
2. Vergleichen Sie den wechselseitigen Umgang von Christian Maske und Sybil Hull mit den in Heinrich Manns Roman *Der Untertan* geschilderten Beziehungen von Diederich Heßling zu Agnes Göppel und Guste Daimchen. (40 %)

Carl Sternheim (1878–1942): Der Snob. Komödie in drei Aufzügen (1914)

Christian Maske, der Protagonist von Sternheims Komödie, hat als Generaldirektor beruflich Karriere gemacht und plant nun auch seinen gesellschaftlichen Aufstieg. Die erste Szene zeigt ihn im Dialog mit seiner Geliebten Sybil Hull.

DER ERSTE AUFZUG

Möbliertes Zimmer Christian Maskes.

Erster Auftritt

CHRISTIAN: […] ich habe auch mit dir ernst zu reden.

SYBIL: Ich muß heim.

CHRISTIAN: Der gestrige Tag war in meinem Leben ein Abschnitt. Vier Jahre, die du mit mir lebst, sahst du mich von Tag zu Tag meinem Ziel näher kommen. […] Die unter meiner Mitwirkung gegründeten afrikanischen Minen prosperieren, es ist kein Zweifel, der gestern in der Sitzung des Aufsichtsrats gemachte Vorschlag, mich zum Generaldirektor der Gesellschaft zu ernennen, wird von den Aktionären akzeptiert.

SYBIL: Welcher Erfolg!

CHRISTIAN: Ich besitze heimlich ein Fünftel der Aktien, die ich kaufte, als sie niemand mochte. Was ich, nunmehr im Sattel, an Möglichkeiten des Vermögens und sozialer Stellung für mich voraussehe, ist glänzend.

SYBIL: Wer wies zuerst auf deine kaufmännischen Talente und machte dem traurigen Studium der Philologie[1] ein Ende?

CHRISTIAN: Du hobst mich aus dem tiefsten Elend, lehrtest mich Kleider anständig tragen, gabst mir, soweit es in deiner Macht stand, Umgangsformen.

SYBIL: Was warst du für eine Erscheinung in zu kurzen Hosen und ausgefransten Ärmeln!

CHRISTIAN: Gabst dich selbst dazu und Geld bisweilen.

SYBIL: Das Entscheidende zuletzt – mich selbst. Lebenssache.

CHRISTIAN: Ganz klar möchte ich einmal vor uns beide hinstellen, wie tief ich dir verpflichtet bin; an so entscheidendem Tag zurückblicken …

SYBIL: Laß das.

CHRISTIAN: Voll Dankbarkeit, um mich alsdann zu vergleichen und es für immer zu vergessen.

SYBIL: Das wäre bequem.

CHRISTIAN: Ich trete in kein neues Viertel meines Lebens, ohne daß aus dem vergangenen die Schuld bezahlt ist. In dieses Buch habe ich nach bestem Wissen und Gewissen aufgezeichnet, was du an Aufwendungen für mich geleistet. Dazu wurde die Summe fünfprozentig von mir verzinst.

SYBIL: Christian!

CHRISTIAN: Möglichkeiten, die du durch den Umgang mit mir versäumtest, sind ins Auge gefaßt, und ich kam auf eine Summe von vierundzwanzigtausend Mark, die ich dir schulde, und die du heute überwiesen erhältst.

SYBIL *nach einer Pause*: Mit Empfindlichkeiten zu kommen …

CHRISTIAN: Die du selbst in entscheidenden Dingen mir aberzogen, mit eisernem Besen aus mir herausgekehrt hast. Heute ist Abrechnung. Kein Fehler in der Addition und im Kalkul! Unsere Beziehungen im Vergangenen sind durch meine wirtschaftliche Gebundenheit in ihrem langen Charakter erklärt. Für die Zukunft hätte ich solche Begründung vor mir selbst nicht mehr. Um den nötigen Glauben an die Wirklichkeit meiner neuen Stellung zu haben, muß sich mit ihr alles um mich entsprechend ändern. Entweder du ziehst diesen Schluß der Vernunft …

SYBIL: Er heißt?

CHRISTIAN: Wie sage ich es? Einfach mehr Distanz in Zukunft. Die genannte Summe und eine monatliche Apanage[2] zwischen uns gesetzt, sorgt schon dafür.

SYBIL: Ich bin in Empfindungen zerrissen.

CHRISTIAN: Du weißt, ich habe nach deinen Lehrsätzen recht. Nur schmerzt es, sie auf dich angewendet zu sehen. Ich trete in das öffentliche Leben. Nirgends ein Fehler im Kalkul.

SYBIL: Die Welt gestattet dir zwar eine bezahlte …

CHRISTIAN *hält ihr den Mund zu*: Und so weiter.

SYBIL: Bin ich denn in deinem Leben der einzige Punkt, der für die Zukunft bedenklich war? Gibt es nichts, das dich entscheidender in deinem Trieb, bürgerliches Ansehen zu gewinnen, stören könnte als ich in meiner bisherigen Stellung zu dir?

CHRISTIAN: Du weißt es.

SYBIL: Willst du folgerichtig handeln …

CHRISTIAN: Ich mache kein Hehl daraus. Was ich selbst bin, Erscheinung und Gedankenwelt, dafür bürge ich der Welt. Aber meine Eltern, dir ist es bekannt, sind Leute aus dem Volk.

SYBIL: Tauchst du also jetzt in die Welt auf …

CHRISTIAN: Laß mich meine Gedanken selbständig denken. Du weißt, ich kann's. Leute aus dem Volk. Meine gute Mutter besonders.

SYBIL: Sie konnten dir das gesellschaftlich Primitivste nicht beibringen.

CHRISTIAN: Der Weg, den ich mache, ist durch meine Geburt ein besonders ungewöhnlicher. Daß es falsch wäre, durch Hervorzerren der Erzeuger den Abgrund zwischen Herkommen und errungener Stellung offenbar zu erhalten, liegt auf der Hand. Es wäre mehr als töricht-geschmacklos.

SYBIL: Und da du heute nur den guten Geschmack anbetest …

CHRISTIAN: Ironien auf dem schlechten Gewissen deiner eigenen Vergangenheit wirken nicht. Was weiß irgend jemand von *deinen* Eltern? Du hast sie einfach unterschlagen, still gemordet. Vielleicht saß dein Vater im Zuchthaus? Hieß er wirklich Hull?

Er lacht: Du hättest doch den Reiz, von dem du lebst. Er hatte in jedem Falle Eigenschaften, da der Glanz solcher Tochter von ihm ausging.

Du unterbrachst mich mit deiner Zwischenrede. Die Differenz zwischen Herkunft und Heute ist erläutert. Doch kommt noch hinzu: das Bewußtsein, überhaupt zu verdanken, sei es das Leben, ist in meiner Rüstung ein schwacher Punkt. Wie alles in meiner Welt aus mir entstand, wie ich nur auf mich beziehe, für mich hoffe und fürchte, muß ich frei sein von Rücksicht auf jedermann, um zu marschieren. Und so fürchte ich Vater und Mutter.

SYBIL: Was willst du tun? Ihnen eine Summe bieten, daß sie fortbleiben?

CHRISTIAN: Mein Vater ist nicht schüchtern; hier verlangt er sie selbst.

SYBIL: Du hast gelernt mit Geld umgehen.

CHRISTIAN: Ich habe allerhand gelernt.

SYBIL: Und da du konsequent bist, muß, wer dich liebt, zwar schweren Herzens zustimmen.

CHRISTIAN: Die gleiche Einsicht hoffe ich von den Eltern. Wir sind einig?

SYBIL: Ich erlebe die Änderung gerade: dich aus einer gewissen Entfernung mit einer Spur von Unterwürfigkeit ansehen.

CHRISTIAN: Dinge gewinnen nicht an Wahrheit, wenn man sie ausspricht; wenn man sie tut.

SYBIL: Doch an Klarheit.

CHRISTIAN: Kluger Kopf.

SYBIL: Ich liebe dich, Christian. Du bist der Fehler in der Rechnung meines Lebens. Ich gäbe die vierundzwanzigtausend für deinen Besitz jetzt.

CHRISTIAN: So verdienst du in Not und Elend zu sterben. Da nimm einen Kuß umsonst. – Du hast mir die Krawatte verschoben.

SYBIL: Sie saß schon vorher infam[3].

CHRISTIAN: So viel ich von dir lernte, das allein faßte ich nicht: den tadellosen Sitz einer Krawatte. Zeig ihn mir zum hundertsten Male.

SYBIL *bindet die Krawatte um den Hals einer großen Vase*:
Zuerst einfaches Schlingen des Knotens. Zweitens Unterlegen des einen Endes als Masche. Durchziehen des anderen drittens.

CHRISTIAN: Steht rechts ein Stück vor.

SYBIL: Man schneidet's mit der Schere fort.

CHRISTIAN: Kostet jedes Binden eine Krawatte.

SYBIL: Und bringt ein: die Anerkennung der Verstehenden.

CHRISTIAN: Worauf es bei allen Dingen ankommt.

SYBIL, *tiefer Knicks*: Ergebene Dienerin, Herr Generaldirektor.

CHRISTIAN: Keinen Scherz.

SYBIL: Ich habe vollkommen begriffen.

Sybil exit.

Carl Sternheim: Der Snob. Komödie in drei Aufzügen. In: ders.: Aus dem bürgerlichen Heldenleben. Neuwied/Berlin: Luchterhand 1969, S. 140–146.

1 Philologie: Sprach- und Literaturwissenschaft
2 Apanage: regelmäßige finanzielle Zuwendung
3 infam: eigentlich: bösartig, hier im Sinne von: schlecht, falsch

Hinweise und Tipps

*Der Operator „**interpretieren**" der **ersten Teilaufgabe** verlangt von Ihnen eine genaue Analyse und **Deutung des Dramenauszugs**, wobei Sie Inhalt, formale Elemente und sprachliche Gestaltung der Szene untersuchen müssen. Lesen Sie sich den gegebenen Auszug zunächst durch. Dabei können Sie bereits inhaltliche und sprachliche Auffälligkeiten farbig markieren oder am Rand notieren. Da es sich bei der Szene um einen Dialog zwischen zwei Personen handelt, sollten Sie Ihr besonderes Augenmerk auf die **Gesprächsanalyse** legen. Stellen Sie sich dazu zum Beispiel folgende Fragen: Wer spricht hier miteinander? Verläuft die Unterhaltung ausgewogen oder wird sie von einem der beiden Gesprächspartner dominiert? Wo wechselt das Thema oder die Atmosphäre? Wer ist dafür verantwortlich? Nur mit einer aufmerksamen Lektüre spüren Sie die unterschwelligen Töne, die zeigen, wann sich die Stimmung verändert. Wenn Sie solche Stellen ausgemacht haben, wird es Ihnen leichtfallen, den Auszug in **Sinnabschnitte** einzuteilen. Diese können Sie dann der Reihe nach durchgehen und auf Sprache, Form und Inhalt untersuchen.*

*Bevor Sie mit dem Schreiben beginnen, müssen Sie sich entscheiden, wie Sie vorgehen wollen. Stellen Sie die Analysen von **Inhalt**, **Form** und **Sprache** getrennt dar oder verweben Sie alles miteinander? Die zweite Variante ist zwar anspruchsvoller, dafür aber eleganter. Sie vermeiden so Wiederholungen und zeigen, dass Sie alle Bestandteile des Dramenauszugs zueinander in Beziehung setzen können. Wichtiger als einzelne **rhetorische Mittel** ist die Art und Weise, wie die beiden Figuren miteinander sprechen. Welche Worte benutzen sie, wie gestalten sie ihre Sätze? Dies lässt Rückschlüsse auf ihre jeweiligen Charaktere zu.*

*Beginnen Sie Ihren Aufsatz am besten mit einer **Einleitung**, die zum Thema hinführt und den Textauszug kurz vorstellt. Danach folgt Ihre **Interpretation** nach Sinnabschnitten. Gehen Sie sowohl auf den Inhalt der einzelnen Teile ein als auch auf deren jeweilige Bedeutung und weisen Sie alle Ihre Feststellungen am Text nach. Wählen Sie besonders prägnante formalsprachliche Mittel aus und beschreiben Sie diese in ihrer **Funktion und Wirkung**. Am Ende sollten Sie Ihre Ergebnisse zur **Figurencharakteristik** und **Kommunikationssituation** zusammenfassen.*

*Die **zweite Teilaufgabe** fordert Sie zu einem **Vergleich literarischer Texte** im Hinblick auf die dargestellten **Mann-Frau-Beziehungen** auf. Sie sollen den gerade interpretierten Auszug aus Sternheims Komödie Heinrich Manns Roman Der Untertan gegenüberstellen, wobei Sie auf Ihr **schulisches Wissen** zurückgreifen müssen. Die Aufgabenstellung gibt Ihnen vor, dass Sie sich auf den **Umgang der jeweiligen Partner miteinander** konzentrieren sollen. Dabei werden für den Untertan explizit die Beziehungen Diederich Heßlings zu **Agnes Göppel** und **Guste Daimchen** genannt. Diese Zweiteilung hilft Ihnen bei der Strukturierung des zweiten Teils Ihres Aufsatzes: Stellen Sie Diederichs Beziehung zu Agnes kurz vor, um danach auf einzelne **Unterschiede und Gemeinsamkeiten** einzugehen, die diese Liebe im Vergleich mit dem Paar in „Der Snob" aufweist. Betrachten Sie dabei sowohl die Rolle des Mannes als auch diejenige der Frau. In gleicher Weise sollten Sie dann verfahren, wenn es um Diederich und Guste geht. Skizzieren Sie auch hier kurz allgemein, wie deren Beziehung aussieht, und widmen Sie sich anschließend dem Vergleich. Am*

Ende können Sie in einem ***Schlussteil*** *die jeweils von Sternheim und Mann gewählte Darstellung thematisieren. So zeigen Sie, dass Sie auch über gattungstheoretisches Wissen verfügen.*

verwendete Textausgabe:

Heinrich Mann: Der Untertan. Stuttgart: Reclam 2021.

Lösungsvorschlag

Teilaufgabe 1
Einleitung
Thema, Autor, Titel, Erscheinungsjahr, Inhalt und Aufbau

Die Redewendung „**über Leichen gehen**" drückt aus, dass jemand skrupellos und ohne Rücksicht auf andere Menschen seine Ziele verfolgt. Zwar kommt dabei nicht wirklich jemand zu Tode, aber es kann durchaus passieren, dass derjenige, der den eigenen Erfolg über alles andere stellt, ein paar gebrochene Herzen zurücklässt. Als eine solche Person erweist sich auch **Christian Maske**, der Protagonist in Carl Sternheims 1914 erschienenem Drama *Der Snob*, der im vorliegenden Auszug seiner **Geliebten Sybil Hull** den **Laufpass gibt**. Die Szene lässt sich in **fünf Sinnabschnitte** einteilen, die sowohl durch ihren unterschiedlichen Inhalt als auch durch Veränderungen im Gesprächsverlauf voneinander abgegrenzt werden können.

Hauptteil
Interpretation
1. Sinnabschnitt: Erfolgsmeldungen Christians

Der erste Sinnabschnitt (Z. 1–12) beginnt mit **Christians Eröffnung**, er habe ein ernstes Gespräch mit Sybil zu führen (vgl. Z. 1). Seine Geliebte scheint zu ahnen, dass dieses unangenehm für sie verlaufen könnte, und reagiert ausweichend („Ich muß heim.", Z. 2). Darauf geht ihr Freund jedoch nicht ein, sondern setzt zu längeren Ausführungen an, die in Sprachstil und Inhalt an eine **einstudierte politische Rede** erinnern (vgl. Z. 3 ff.). Man hat hier nicht den Eindruck, als würde Christian im Privaten allein mit seiner Geliebten sprechen, sondern als würde er einem größeren Publikum seine kürzlichen **wirtschaftlichen Erfolge** im afrikanischen Minengeschäft vermelden. Es ist deshalb nicht unwahrscheinlich, dass Sybils bewundernder Ausruf „Welcher Erfolg!" (Z. 9) ironisch gemeint ist. Unbeeindruckt setzt Christian sein Eigenlob fort und betont die finanziellen und gesellschaftlichen Aufstiegsmöglichkeiten, die sich ihm nun eröffnen, was seinen **Wunsch nach sozialer Anerkennung** offenbart (vgl. Z. 10 ff.).

2. Sinnabschnitt: Rückblick auf die Vergangenheit und Christians Aufstieg

Sybil schafft es erst im zweiten Sinnabschnitt (Z. 13–26), dem Gespräch eine andere Richtung zu geben, als sie mithilfe von **rhetorischen Fragen** („Wer wies zuerst auf deine kaufmännischen Talente und machte dem traurigen Studium der Philologie ein Ende?", Z. 13 f.) auf ihre **Rolle bei Christians Erfolg** hinweist. Und tatsächlich steigt Christian wie ein folgsamer Schüler auf die Wendung ein und blickt in Form einer Aufzählung auf die Vergangenheit sowie die **Verdienste Sybils** zurück, die ihn „aus dem tiefsten Elend" (Z. 15) geholt habe. Obwohl diese Aussage sicher hyperbolisch verstanden werden muss (ein Philologiestudium ist kaum das, was man sich gemeinhin unter „tiefstem Elend" vorstellt), greift Sybil sie auf und erinnert ihren Freund daran, wie armselig er einmal war (vgl. Z. 17 f.). Dabei ist es bemerkenswert, dass sie sich in ihrem Ausruf nur auf Äußerlichkeiten bezieht („zu kurz[e] Hosen und ausgefranst[e] Ärme[l]", Z. 17 f.), die bei ihrem Geliebten aber gleich verfangen, da es ihm hauptsächlich um sein **gesellschaftliches Ansehen** geht. Sybil gelingt es also, ihre Bedeutung für Christians Aufstieg zu betonen, sodass dieser anerkennen muss, dass sie ihm „[s]ich selbst [...] und Geld" (Z. 19) zur Verfügung gestellt hat. Dabei bleibt Sybil in ihrer **Rolle als Christians Mentorin**, wenn sie ihn in Form einer knappen Ellipse korrigiert und verlangt, „[d]as Entscheidende zuletzt" (Z. 20) zu nennen, nämlich „[s]ich selbst" (Z. 20). Die verkürzten Sätze dienen hier dazu, ihre **Emotionen zu verschleiern**, die aufkommen, da es sich bei ihrer Unterstützung für Christian um eine „Lebenssache" (Z. 20), also ihren Lebensinhalt gehandelt hat. Es muss für sie also wie ein Schlag ins Gesicht sein, wenn Christian sich im Anschluss daran wieder in **formelle Floskelhaftigkeit** flüchtet („Ganz klar möchte ich einmal vor uns beide hinstellen, wie tief ich dir verpflichtet bin", Z. 21 f.). Auch hier klingt er erneut nicht wie ein Liebender, der mit seiner Freundin spricht, sondern wie ein Geschäftsmann, der eine Rede hält. Verstärkt wird dieser Eindruck durch die **wirtschaftlichen Ausdrücke**, die Christian verwendet (vgl. „verpflichtet [sein]", Z. 21 f.; „[s]ich [...] vergleichen", Z. 24), wenn er sagt, dass er einen **Schlussstrich** unter sein Verhältnis mit Sybil ziehen will („es für immer zu vergessen", Z. 24 f.). Seine Freundin wird dementsprechend immer einsilbiger (vgl. Z. 23, 26), weil sie merkt, dass sie auf verlorenem Posten steht.

3. Sinnabschnitt: Wunsch Christians nach Neuanfang und Reaktion Sybils

Der nächste Sinnabschnitt (Z. 27–55) zeigt dann deutlich, dass Christian einen **völligen Neuanfang** anstrebt. Auch hier hebt er die **Beziehung** mit Sybil wieder auf eine **ökonomische Ebene**, da er in einem Büchlein festgehalten hat, was seine Geliebte „an Aufwendungen für [ihn] geleistet" (Z. 29) hat. Es setzt dem Ganzen die Krone auf, dass er die an Sybil zu zahlende Summe sogar verzinsen will. Ohne den entsetzten Ausruf seiner Geliebten (vgl. Z. 31) zu beachten, fährt er mit der **Entemotionalisierung der Beziehung** fort, wenn er ankündigt, Sybil „vierundzwanzigtausend Mark" (Z. 33) überweisen zu wollen und dabei auch „Möglichkeiten, die du durch den Umgang mit mir versäumtest" (Z. 32), einberechnet zu haben. Wie tief **Sybil davon getroffen** ist, lässt die Regieanweisung erkennen: Sie kann erst *„nach einer Pause"* (Z. 35) weitersprechen und weist dann vorsichtig darauf hin, dass Christian sie verletzt hat. Sobald seine Freundin ihm aber einen Spiegel vorhält, reagiert Christian mit besonders langen Ausführungen und betet herunter, was er alles (von ihr) gelernt hat. Wie wenig er bereit ist, sich auf ein wirkliches Gespräch über die Beziehung einzulassen, zeigen wiederum **Wirtschaftsvokabeln** wie „Heute ist Abrechnung." (Z. 37) oder „Kein Fehler in der Addition und im Kalkul!" (Z. 37 f.). Er führt sein Verhältnis mit Sybil allein auf wirtschaftliche Gründe zurück (vgl. Z. 38 f.), die jetzt weggefallen seien. Seinen Vortrag beendet er mit einer angedeuteten Drohung und der impliziten **Aufforderung an Sybil, sich** zukünftig von ihm **fernzuhalten**. Dabei lässt sich Christian nicht zu einer gefühlsechten Äußerung hinreißen, sondern kleidet seinen Wunsch in **sachlich-neutrale Worte** (vgl. Z. 44 f.). Die Verantwortung für seine Unerbittlichkeit schiebt er letztlich wieder Sybil zu, die es nicht ertragen könne, ihre „Lehrsätz[e] […] auf [s]ich angewendet zu sehen" (Z. 47 f.). Indirekt bezeichnet er seine Geliebte als „Fehler im Kalkul" (Z. 49) und verhindert jeglichen Einwand ihrerseits, indem er ihr den Mund zuhält. Trotzdem bestürmt sie ihn mit Fragen und führt ihm vor Augen, dass er nach seiner Logik auch noch andere Bindungen abbrechen muss (vgl. Z. 52 ff.).

4. Sinnabschnitt: Offenbarung von Christians Skrupellosigkeit

Im folgenden Sinnabschnitt (Z. 56–83) fungiert **Sybil als Stichwortgeberin**, die dafür sorgt, dass Christian seine ganze Grausamkeit darlegt. So offenbart er, dass er **völlig mit seiner Vergangenheit brechen** will. Im weiteren Verlauf des Gesprächs weist er allerdings Sybils Redeanstöße explizit zurück („Laß mich meine Gedanken selbständig denken.", Z. 62) und macht auch auf der Ebene der Gesprächsführung deutlich, dass er sich von ihr emanzipieren und **alle Abhängigkeiten abschütteln** will. Das Wiederaufgreifen von bereits exakt genauso gebrauchten Worten („Leute aus dem Volk", Z. 60 und 63) und die Verwendung von Nominalisierungen (vgl. Z. 66 f.) betonen die **Formelhaftigkeit von Christians Äußerungen**, der sich genauso von seinen Eltern wie von Sybil lossagen will, da ihm seine Herkunft in seiner neuen Position im Weg stehen könnte. Sybils ironischen Einwurf (vgl. Z. 69) weist er in Form eines Gegenangriffs zurück: Mit harschen Worten („still gemordet", Z. 72) hält er ihr vor, dass sie sich im Hinblick auf ihre Eltern genauso schändlich verhalten habe wie er. Überheblich teilt er **Gemeinheiten gegen Sybil** aus, wenn er sie lachend auf ihre (weiblichen) Reize reduziert (vgl. Z. 74 f.). Vielleicht merkt er, dass er dabei ist, sich zu einem **emotionalen Ausbruch** hinreißen zu lassen, weshalb er im nächsten Moment wieder umschaltet und auf den Höhepunkt seiner Ausführungen zusteuert. Er will sich –

nach dem Motto: „Wer liebt, ist verletzlich" – von allen Beziehungen lossagen und nur noch **egozentrisch** für sich selbst leben, „um zu marschieren" (Z. 80 f.). Die Militärmetapher zeigt, dass er zukünftig **ohne jede Rücksichtnahme** agieren wird. Unterstrichen wird dies noch durch eine **Umkehrung des vierten Gebots** („Du sollst Vater und Mutter ehren"), wenn er seine Eltern „fürchte[t]" (Z. 80), was nichts anderes heißt, als dass er Angst davor hat, dass sie ihn blamieren könnten. Der zynische Vorschlag von Sybil, seine Eltern ebenso wie sie mit Geld abzuspeisen (vgl. Z. 82), ist vielleicht ein letzter **Versuch, ihm seine Unmenschlichkeit vor Augen zu führen**. Doch Christian gibt unumwunden zu, dass sein Vater genau das gefordert habe (vgl. Z. 83). Christian scheint also bereits aus einer verkorksten geldgierigen Familie zu kommen.

5. Sinnabschnitt: Gefühlsäußerungen und Liebeserklärung von Sybil

Zu Beginn des nächsten Sinnabschnitts (Z. 84–98) kehren Sybil und Christian zum Anfang des Gesprächs und zu den **Lernerfolgen Christians** zurück. Resigniert muss Sybil akzeptieren, dass sie Christian nicht mehr von seinem Weg abbringen kann, verbindet das aber mit einem zunächst noch unpersönlich geäußerten **Eingeständnis ihrer Liebe**, in dem fast so etwas wie Verzweiflung mitschwingt („wer dich liebt, [muss] schweren Herzens zustimmen", Z. 86 f.). Christian geht darüber geschäftsmäßig hinweg und ist augenscheinlich froh, dass eine Einigung erzielt werden konnte (vgl. Z. 88). Als Sybil in Worte fasst, wie sie Christian zukünftig begegnen soll („aus einer gewissen Entfernung mit einer Spur von Unterwürfigkeit", Z. 89 f.), reagiert dieser mit Ablehnung und inszeniert sich als Mensch der Tat (vgl. Z. 91 f.). Dennoch beharrt seine Geliebte in Form eines Reims („Wahrheit", Z. 91; „Klarheit", Z. 93) darauf, dass Dinge durch Worte deutlicher hervortreten, und **erklärt ihm offen ihre Liebe** (vgl. Z. 95) und ihre **Abkehr von einem durchkalkulierten Leben** ohne Gefühle („Fehler in der Rechnung meines Lebens", Z. 95). Auch auf diese Selbstoffenbarung geht Christian nicht weiter ein, sondern hält das **Gespräch auf einer geschäftlichen Ebene**, indem er Sybil „einen Kuß umsonst" (Z. 97 f.) anbietet.

6. Sinnabschnitt: Verstecken von Emotionen hinter abschließendem Geplänkel

Die durch den **angedeuteten Flirt** aufkommende Emotionalität unterbindet Christian im letzten Sinnabschnitt (Z. 98–113), indem er zu einer Äußerlichkeit zurückkehrt und Sybil vorwirft, ihm „die Krawatte verschoben" (Z. 98) zu haben. Diese oberflächliche Aussage lässt sich auch metaphorisch deuten, da sie Christians Ansicht zum Ausdruck bringt, dass eine **Liebesbeziehung** seine **Karriere durcheinanderbringen** würde. Im weiteren Gesprächsverlauf kommt Christians ganze Lächerlichkeit zum Vorschein, wenn er glaubt, der tadellose Sitz einer Krawatte sei das Einzige, was er in den vergangenen Jahren nicht gelernt habe (vgl. Z. 100 f.). Stattdessen hat er es verlernt, ein Mensch zu sein, und sieht keine Alternative zur **Trennung von seiner Lebensgefährtin**. Auch Sybil hat dies erkannt und versucht ein letztes Mal, die für sie tragische Situation wie einen Scherz aussehen zu lassen (vgl. Z. 110), was Christian zurückweist. Damit ist das **Ende der Beziehung** der beiden besiegelt.

Charakterisierung von Christian und Sybil

Christian und Sybil sind in dem vorliegenden Auszug **Gegenspieler**. Während **Christian** zu einem **gefühllosen und egoistischen Geschäftsmann** geworden ist, dem sein gesellschaftliches und wirtschaftliches Vorankommen über alles geht (vgl. Z. 38 ff., 76 ff.), tritt **Sybil** seiner nüchternen Sachlichkeit mit dem **Mut der Verzweiflung** entgegen. Sie hält ihrem Geliebten seine **Charakterlosigkeit** vor, obwohl sie es war, die ihm vieles davon beigebracht hat (vgl. Z. 35 ff., 70 ff.). Auch sie ist also eigentlich berechnend und auf Erfolg sowie gesellschaftliche Anerkennung aus (gewesen) (vgl. Z. 47), ihr sind jedoch ihre **Gefühle für Christian** in die Quere gekommen. Sie hat sich in ihn verliebt (vgl. Z. 95) und ist erschüttert, mit welcher Konsequenz er das von ihr Gelernte auf sie anwendet (vgl. Z. 95 f.). Christian scheint mit seiner Herkunft und seinen Bindungen auch seinen Charakter abgelegt zu haben, da er wie das **Abziehbild eines gesellschaftlichen Emporkömmlings** wirkt (nicht umsonst trägt er den sprechenden Nachnamen „Maske“). Er hält gelehrt klingende Vorträge (vgl. Z. 3 ff., 32 ff.), in denen er aber eigentlich nur Gelerntes wiedergibt, sodass man ihm eine **charakterliche Leere** bescheinigen kann. Die zwischenmenschliche **Entfremdung** prägt auch die **Sprache** des Dialogs: Sie wirkt getragen-distanziert, **künstlich** und alltagsfremd.

Analyse der Kommunikationssituation

Sybil hat Christian durchschaut (vgl. Z. 86 f., 112), aber dennoch ist sie ihrem Geliebten im Gespräch zumindest **auf den ersten Blick unterlegen**, da sie durch ihre echten Gefühle für ihn verletzbar ist. Somit kann es nicht weiter verwundern, dass **Christian** den **Hauptanteil des Gesprächs** bestreitet, während **Sybil** ihm weitgehend als **Stichwortgeberin** dient (vgl. Z. 57, 61) oder versucht, seine Vorträge zu unterbrechen (vgl. Z. 23, 43). Diese Rollenverteilung spiegelt einerseits das Verhältnis der beiden wider, bei dem **Sybil lange Zeit als Mentorin** oder Erzieherin **von Christian** fungiert hat. Andererseits zeigt sich an ihren geringen und häufig unterbrochenen Gesprächsanteilen aber auch, dass sie nicht mehr zu ihrem Geliebten durchdringt. Dieser hat sie nur **für seinen Aufstieg benutzt** und will sie jetzt wie ein lästig gewordenes Anhängsel abschütteln. Dennoch kann man Sybil auch bescheinigen, dass sie dem **Gespräch** durch ihre Einwürfe an mehreren Stellen eine **neue Richtung** gibt. Beispielsweise sind es ihre rhetorischen Fragen (vgl. Z. 13 f.), die Christian auf die gemeinsame Vergangenheit zurückblicken lassen, sie zwingt ihren Freund dazu, auszusprechen, dass er die Trennung wünscht (vgl. Z. 43 ff.), und sie erreicht durch ihre Nachfragen, dass Christian sich zur Lossagung von seinen Eltern bekennt (vgl. Z. 61, 64, 82). Zwar erscheint die Kommunikation nicht als gleichberechtigt, jedoch lässt sich auch nicht ohne Weiteres sagen, wer der überlegene Gesprächspartner ist.

Teilaufgabe 2

Überleitung zum Vergleich

Überlegenheit ist eine Eigenschaft, die für **Diederich Heßling**, den Protagonisten von Heinrich Manns 1914 fertiggestelltem Roman ***Der Untertan***, eine immense Bedeutung hat. Einerseits bewundert er jede ihm übergeordnete Macht und sehnt sich aufgrund eigener Schwäche danach, in einem größeren Machtgefüge aufzugehen und sich einer Autorität zu unterwerfen. Andererseits triumphiert er selbst gnadenlos über schwächere Personen, indem er das Verhalten der von ihm bewunderten Autoritäten nachahmt. Gerade im Kontakt mit Frauen tritt Diederichs **autoritärer Charakter** deutlich hervor. Deshalb ist es interessant, seine **Beziehungen zu Agnes Göppel und Guste Daimchen** näher zu betrachten und sie dem Verhältnis von Christian Maske und Sybil Hull vergleichend gegenüberzustellen.

Diederich und Agnes

kurze Charakterisierung der Beziehung

Als Student lernt Diederich **Agnes Göppel**, die Tochter eines Berliner Geschäftsfreunds seines Vaters, kennen und fühlt sich, fast gegen seinen Willen, zu der ruhigen und zurückhaltenden jungen Frau hingezogen. Allerdings hat sie mit Mahlmann bereits einen anderen Verehrer, dem Diederich sich unterlegen fühlt. Trotz der Konkurrenz werden Diederich und Agnes schließlich ein Paar. Nach einer ersten **gemeinsamen Nacht** schwelgt Diederich im **Liebesglück** und lässt sich zu Treueschwüren hinreißen, **kehrt sich** bald darauf aber **von Agnes ab**. Als Herr Göppel ihn auffordert, Agnes zu heiraten, lehnt Diederich mit der scheinmoralischen Begründung ab, nur eine Jungfrau als Gattin akzeptieren zu können. Er ist zwar traurig über das zerstörte Glück, empfindet aber auch Freude über seine eigene **Unerbittlichkeit**.

Unterschiede

charakterliche Verschiedenheit der beiden Frauen und unterschiedliche Beeinflussung der beiden Männer durch die Frauen

Im Vergleich mit dem Paar in Sternheims *Der Snob* fällt zunächst auf, dass Agnes ein vollkommen anderer Charakter ist als die **selbstbewusste Sybil**, die durchaus weiß, was sie von Christian erwartet und was dieser ihr zu verdanken hat (vgl. Z. 13 f.). **Agnes** dagegen ist anspruchslos, bedürftig und jederzeit **bereit, sich Diederich unterzuordnen**. So bittet sie ihn beim ersten Alleinsein in Diederichs Wohnung: „Sei lieb mit mir! Ich hab nur dich!“ (S. 75) Sie **weckt echte Gefühle in Diederich**, da sie seine weiche Seite anspricht und ihn mit ihrer Begeisterung für Kunst und Musik ansteckt. Durch die Liebe zu ihr **nimmt Diederich die Welt emotionaler wahr** und nach der Trennung von Agnes vergießt er sogar bitterliche Tränen (vgl. S. 108). Genau diese **Gefühlsintensität** ist es aber auch, die Diederich die Beziehung beenden lässt, weil er die **Ablehnung seiner eigenen Weichheit** auf Agnes projiziert und sie bestrafen muss, um der Rollenvorstellung vom harten Mann gerecht zu werden. Bei Sybil und Christian dagegen ist es genau umgekehrt: **Christian** hat früher Philologie studiert, sich also geisteswissenschaftlich betätigt, hat sich im Laufe der „Erziehung" **durch Sybil** aber alle „Empfindlichkeiten" (Z. 35) abtrainiert und ist **zu einem gefühllosen Geschäftsmann geworden**. Während Christian durch Sybil erst auf diesen Weg gebracht wurde (was diese am Ende der Beziehung bereut), wäre **für Diederich** an der Seite von Agnes auch ein **anderer Lebensweg möglich gewesen**, wenn er nicht seine empfindsame Seite unterdrückt hätte.

echte Gefühle bei Diederich vs. Zweckbeziehung vonseiten Christians

Ein weiterer Unterschied ist, dass **Diederich Agnes liebt** und ihr das in Momenten, in denen er seine Gefühle zulässt, auch überschwänglich sagt (vgl. S. 99 f.). Die beiden erleben **intensive Momente der Zweisamkeit** und Diederich spürt, dass er mit Agnes glücklich sein könnte („So schön kommt es im ganzen Leben nicht wieder!", S. 77). Es ist die **von der Gesellschaft deformierte Seite** Diederichs, die ihn dazu bringt, seine Gefühle für Agnes zu leugnen. Zwar weiß man nicht, ob Christian einmal ähnlich für Sybil empfunden hat, doch in der vorliegenden Szene geht er auf die Liebeserklärung von Sybil nicht ein (vgl. Z. 95 ff.). Zudem erklärt er, dass er nur aus Gründen der **wirtschaftlichen Abhängigkeit** vier Jahre mit ihr zusammengeblieben ist (vgl. Z. 38 f.), scheint also **keine echten Gefühle** für seine Freundin zu haben. Dies gibt er allerdings unumwunden zu und schiebt bei der Trennung **keine moralischen Gründe** vor, wie es Diederich gegenüber Herrn Göppel tut: „[M]ein moralisches Empfinden verbietet mir, ein Mädchen zu heiraten, das mir ihre Reinheit nicht mit in die Ehe bringt." (S. 107) Heinrich Manns Protagonist versteckt sich hier hinter der Moral einer **scheinheiligen Gesellschaft**, obwohl er Agnes eigentlich deshalb zurückweist, weil er sich eine bessere Partie erhofft.

Gemeinsamkeit

Grund für die Trennung: Opfern der Beziehung für gesellschaftlichen Aufstieg

Im Endeffekt haben beide Männer also den **gleichen Grund für die Trennung:** Sie **opfern** ihre **Beziehung ihrem Karrierestreben** und zeigen so ihre **charakterliche Ähnlichkeit**. Ihr Selbstwertgefühl gewinnen sie nicht über die Liebe zu einer Frau, im Gegenteil: Diederich muss **Agnes als Person abwerten**, weil sie ihn schwach erscheinen lässt und seine Gefühle für sie ihm Angst machen. Und auch Christian geht zum **Angriff auf Sybil** über, als diese ihm mit ihren Vorhaltungen zu nahetritt (vgl. Z. 70 ff.). In beiden Fällen greift also der Mechanismus, dass die Männer ihre Freundinnen schlechtmachen müssen, um ein **eigenes Fehlverhalten oder Versagen zu kompensieren**.

Bei der Frau, die Diederich Heßling schließlich heiratet, handelt es sich um **Guste Daimchen**, die eigentlich mit seinem Gegenspieler Wolfgang Buck verlobt ist. Diederich streut jedoch das Gerücht, dass die beiden Halbgeschwister sein könnten, und sorgt so dafür, die **reiche und selbstbewusste Guste** ehelichen zu können. Sie ist ihm nach außen eine treusorgende **Gattin**, während er sie mit der **Prostituierten Käthchen** betrügt.

Diederich und Guste
kurze Charakterisierung der Beziehung

Betrachtet man Guste und Diederich im Vergleich zu Sybil und Christian, fällt zunächst der **Unterschied des gesellschaftlichen Status** der beiden Frauen auf. **Diederich** macht Guste offiziell zu seiner Frau, bekommt **drei Kinder** mit ihr und führt nach außen hin ein mustergültiges Familienleben. **Guste** ist also **in die soziale Ordnung integriert** und auch nach der Hochzeit wichtig für Diederichs Ansehen. Genau das Gegenteil ist bei Christian und Sybil der Fall. Als **Christian** gesellschaftlichen und wirtschaftlichen Erfolg hat, ist ihm daran gelegen, seine **Geliebte loszuwerden**, da diese ein schlechtes Licht auf ihn werfen könnte (vgl. Z. 40 ff.).

Unterschied
gesellschaftliche Stellung der beiden Frauen

Dabei ist es Sybil, der er seinen sozialen Aufstieg überhaupt erst zu verdanken hat (vgl. Z. 13 f.). Dies verbindet die beiden mit Diederich und Guste, weil Heßling sich aus einem ähnlichen Grund für Guste entschieden hat. Er ist der Meinung, dass ihr **Reichtum seiner sozialen Stellung förderlich** ist, was sie ihm auch unverhohlen unter die Nase reibt: „Wer mein Geld kriegt, mit dem geht es überhaupt nicht bergab." (S. 192) Und Diederich ist „erschrocken vor Hochachtung" (S. 113), als er das erste Mal von Gustes Millionenerbe hört, das seiner Papierfabrik zum Erfolg verhelfen kann. Seine Beziehung zu Guste hat also genauso wie Christians Liebelei mit Sybil einen **geschäftlichen Bezug**. Liebe sucht man bei Christian und Diederich vergeblich, sondern eine Frau ist für sie nur insofern nützlich, wie sie dem **gesellschaftlichen Fortkommen** dient. Beide Männer haben einen zweckmäßigen Blick auf ihre jeweilige Beziehung. Augenscheinlich wird dies auch in ihren **sprachlichen Äußerungen** gegenüber ihrer jeweiligen Partnerin: So gedenkt Diederich selbst in der Hochzeitsnacht „Seiner Majestät unseres allergnädigsten Kaisers", dem „tüchtige Soldaten" (S. 398) geliefert werden sollen, während Christian zu Sybil von „Aufwendungen" (Z. 29) spricht, die er ihr „verzins[en]" (Z. 30) wird.

Gemeinsamkeiten
Wahl der Frau aus ökonomischen Gründen

Trotzdem lässt sich bei beiden Paaren feststellen, dass die **Frauen** in der Beziehung **teilweise das Sagen** haben. **Sybil** hat Christian erst **Umgangsformen beigebracht** und ihn gesellschaftstauglich gemacht (vgl. Z. 15 f.). Auch vier Jahre später durchschaut sie seine Beweggründe und steuert über ihre Einwürfe das Gespräch. Guste, die ebenso wie Sybil **Selbstbewusstsein** und eine gewisse Resolut-

teilweise tonangebende Rolle der beiden Frauen
→ Kompensation vonseiten der Männer durch Herabwürdigung

heit auszeichnen, lässt sich von Diederich nicht unterbuttern, was ihm, der zu jeder Macht aufschaut, **eine Art von Respekt** vor ihr einflößt („So eine könnte man getrost heiraten.“, S. 112). Besonders **im ehelichen Schlafzimmer kehren sich die Rollen der beiden um** und Guste darf ihren Ehemann demütigen und unterwerfen. Allerdings wird am nächsten Morgen die Ordnung wiederhergestellt, indem Diederich sich gleich die Rechenbücher vorlegen lässt und seine **Frau** vor allen Dienstboten **herabwürdigt**. Ähnliches ist bei Christian zu beobachten, der seine **Abhängigkeit von Sybil** durch eine **kühl kalkulierte Trennung** ausgleicht.

Schluss
parodistische Darstellung eines Machtmenschen und Egoisten

Bei allen Unterschieden im Einzelnen stellen beide Texte einen **Machtmenschen und Egoisten** dar: Sowohl für Christian als auch für Diederich **zählt** letztlich **nur das eigene Vorankommen**, dem jegliche familiäre und emotionale Bindungen geopfert werden. **Frauen** sind für beide Männer **nur Mittel zum Zweck** und werden nach ihrer Bedeutsamkeit für den eigenen Aufstieg beurteilt. Obwohl Carl Sternheim und Heinrich Mann ganz unterschiedliche Gattungen gewählt haben, setzen sich beide auf parodistische Weise mit ihren Protagonisten auseinander – Sternheim in einer **Komödie** und Mann in einem **satirischen Roman**. Durch die Zuspitzung und Überzeichnung werden die **Hauptfiguren** der Lächerlichkeit preisgegeben und dadurch **kritisiert**. Doch auch die **Gesellschaft** kommt nicht ungeschoren davon, da sie der Grund dafür ist, dass die Männer zu dem werden, was sie sind: ein Snob bei Carl Sternheim und ein autoritärer Charakter, der ideale Untertan, bei Heinrich Mann.

Deutsch (Hamburg) – Erhöhtes Anforderungsniveau
Abiturähnliche Übungsaufgabe 2

Aufgabenart
Interpretation und Vergleich literarischer Texte

Thema
„Wer treten wollte, mußte sich treten lassen" – Autorität und Gehorsam in Werken des 20. und 21. Jahrhunderts

Verbindlicher Referenztext
Heinrich Mann: *Der Untertan*

Teilaufgaben

1. Interpretieren Sie den Auszug aus Theodor Fontanes Roman *Effi Briest*. (60 %)
2. Vergleichen Sie Innstetten mit Diederich Heßling aus Heinrich Manns Roman *Der Untertan* in Bezug auf das jeweilige Verständnis von Ehre und Konventionen. Berücksichtigen Sie dabei den gesellschaftskritischen Gehalt der beiden Texte. (40 %)

Theodor Fontane (1819–1898): Effi Briest (1895)

Effi Briest, aus märkischem Landadel, wird 17-jährig mit dem wesentlich älteren und ehrgeizigen Baron Geert von Innstetten verheiratet. Die Ehe verläuft zunächst ruhig und korrekt. In Kessin, wo Innstetten Landrat ist, fühlt sich Effi einsam, da sie nur in die Rolle der Mutter und Gattin gedrängt ist. Sie lässt sich auf eine kurze Affäre mit Major Crampas ein und empfindet es als Befreiung, als Innstetten nach Berlin versetzt wird. Nach sechs Jahren erfährt Innstetten vom Ehebruch seiner Frau, als er durch Zufall ihre alten Liebesbriefe entdeckt. Er bittet seinen Kollegen, Geheimrat Wüllersdorf, zu sich.

[…] Wüllersdorf trat ein und sah auf den ersten Blick, dass etwas vorgefallen sein müsse.

„Pardon, Wüllersdorf", empfing ihn Innstetten, „dass ich Sie gebeten habe, noch gleich heute bei mir vorzusprechen. Ich störe niemand gern in seiner Abendruhe, am wenigsten einen geplagten Ministerialrat. Es ging aber nicht anders. Ich bitte Sie, machen Sie sich's bequem. Und hier eine Zigarre."

Wüllersdorf setzte sich. Innstetten ging wieder auf und ab und wäre bei der ihn verzehrenden Unruhe gern in Bewegung geblieben, sah aber, dass das nicht gehe. So nahm er denn auch seinerseits eine Zigarre, setzte sich Wüllersdorf gegenüber und versuchte, ruhig zu sein. „Es ist", begann er, „um zweier Dinge willen, dass ich Sie habe bitten lassen: erst um eine Forderung zu überbringen und zweitens um hinterher, in der Sache selbst, mein Sekundant[1] zu sein: das eine ist nicht angenehm und das andere noch weniger. Und nun Ihre Antwort."

„Sie wissen, Innstetten, Sie haben über mich zu verfügen. Aber eh ich die Sache kenne, verzeihen Sie mir die naive Vorfrage: muss es sein? Wir sind doch über die Jahre weg, *Sie*, um die Pistole in die Hand zu nehmen, und *ich*, um dabei mitzumachen. Indessen missverstehen Sie mich nicht, alles dies soll kein ‚Nein' sein. Wie könnte ich Ihnen etwas abschlagen. Aber nun sagen Sie, was ist es?"

„Es handelt sich um einen Galan meiner Frau, der zugleich mein Freund war oder doch beinah."

Wüllersdorf sah Innstetten an. „Innstetten, das ist nicht möglich."

„Es ist mehr als möglich, es ist gewiss. Lesen Sie."

Wüllersdorf flog drüber hin. „Die sind an Ihre Frau gerichtet?"

„Ja, ich fand sie heut' in ihrem Nähtisch."

„Und wer hat sie geschrieben?"

„Major Crampas."

„Also Dinge, die sich abgespielt, als Sie noch in Kessin waren?"

Innstetten nickte.

„Liegt also sechs Jahre zurück oder noch ein halb Jahr länger."

„Ja."

Wüllersdorf schwieg. Nach einer Weile sagte Innstetten: „Es sieht fast so aus, Wüllersdorf, als ob die sechs oder sieben Jahre einen Eindruck auf Sie machten. Es gibt eine Verjährungstheorie, natürlich, aber ich weiß doch nicht, ob wir hier einen Fall haben, diese Theorie auch gelten zu lassen."

„Ich weiß es auch nicht", sagte Wüllersdorf. „Und ich bekenne Ihnen offen, um diese Frage scheint sich hier alles zu drehen."

Innstetten sah ihn groß an. „Sie sagen das in vollem Ernst?"

„In vollem Ernst. Es ist keine Sache, sich in jeu d'esprit[2] oder in dialektischen Spitzfindigkeiten zu versuchen."

„Ich bin neugierig, wie Sie das meinen. Sagen Sie mir offen, wie stehen Sie dazu?"

„Innstetten, Ihre Lage ist furchtbar, und Ihr Lebensglück ist hin. Aber wenn Sie den Liebhaber totschießen, ist Ihr Lebensglück sozusagen doppelt hin, und zu dem Schmerz über empfangenes Leid kommt noch der Schmerz über getanes Leid. Alles dreht sich um die Frage, müssen Sie's durchaus tun? Fühlen Sie sich so verletzt, beleidigt, empört, dass einer weg muss, er oder Sie? Steht es so?"

„Ich weiß es nicht."

„Sie müssen es wissen."

Innstetten war aufgesprungen, trat ans Fenster und tippte voll nervöser Erregung an die Scheiben. Dann wandte er sich rasch wieder, ging auf Wüllersdorf zu und sagte: „Nein, so steht es nicht."

„Wie steht es denn?"

„Es steht so, dass ich unendlich unglücklich bin; ich bin gekränkt, schändlich hintergangen, aber trotzdem, ich bin ohne jedes Gefühl von Hass oder gar von Durst nach Rache. Und wenn ich mich frage, warum nicht? so kann ich zunächst nichts anderes finden als die Jahre. Man spricht immer von unsühnbarer Schuld; vor Gott ist es gewiss falsch, aber vor den Menschen auch. Ich hätte nie geglaubt, dass die *Zeit*, rein als Zeit, so wirken könne. Und dann als zweites: ich liebe meine Frau, ja, seltsam zu sagen, ich liebe sie noch, und so furchtbar ich alles finde, was geschehen, ich bin so sehr im Bann ihrer Liebenswürdigkeit, eines ihr eignen heiteren Charmes, dass ich mich, mir selbst zum Trotz, in meinem letzten Herzenswinkel zum Verzeihen geneigt fühle."

Wüllersdorf nickte. [...] „ja, wenn es so liegt, Innstetten, so frage ich, wozu die ganze Geschichte?"

„Weil es trotzdem sein muss. Ich habe mir's hin und her überlegt. Man ist nicht bloß ein einzelner Mensch, man gehört einem Ganzen an, und auf das Ganze haben wir beständig Rücksicht zu nehmen, wir sind durchaus abhängig von ihm. Ging' es, in Einsamkeit zu leben, so könnt' ich es gehen lassen; ich trüge dann die mir aufgepackte Last, das rechte Glück wäre hin, aber es müssen so viele leben ohne dies ‚rechte Glück', und ich würde es auch müssen und – auch können. Man braucht nicht glücklich zu sein, am allerwenigsten hat man einen Anspruch darauf, und den, der einem das Glück genommen hat, den braucht man nicht notwendig aus der Welt zu schaffen. Man kann ihn, wenn man weltabgewandt weiterexistieren will, auch laufen lassen. Aber im Zusammenleben mit den Menschen hat sich ein Etwas ausgebildet, das nun mal da ist und nach dessen Paragraphen wir uns gewöhnt haben, alles zu beurteilen, die andern und uns selbst. Und dagegen zu verstoßen, geht nicht; die Gesellschaft verachtet uns, und zuletzt tun wir es selbst und können es nicht aushalten, und jagen uns die Kugel durch den Kopf. Verzeihen Sie, dass ich Ihnen solche Vorlesung halte, die schließlich doch nur sagt, was sich jeder selber hundertmal gesagt hat. Aber freilich, wer kann was Neues sagen! Also noch einmal, nichts von Hass oder dergleichen, und um eines Glückes willen, das mir genommen wurde, mag ich nicht Blut an den Händen haben; aber jenes, wenn Sie wollen, uns tyrannisierende Gesellschafts-Etwas, das fragt nicht nach Charme und nicht nach Liebe und nicht nach Verjährung. Ich habe keine Wahl. Ich muss."

„Ich weiß doch nicht, Innstetten ..."

Innstetten lächelte. „Sie sollen selbst entscheiden, Wüllersdorf. Es ist jetzt zehn Uhr. Vor sechs Stunden, diese Konzession will ich Ihnen vorweg machen, hatt' ich das Spiel noch in der Hand, konnt' ich noch das eine und noch das andere, da war noch ein Ausweg. Jetzt nicht mehr, jetzt stecke ich in einer Sackgasse. Wenn Sie wollen, so bin ich selber schuld daran; ich hätte mich besser beherrschen und bewachen, alles in mir verbergen, alles im eigenen Herzen auskämpfen sollen. Aber es kam mir zu plötzlich, zu stark, und so kann ich mir kaum einen Vorwurf machen, meine Nerven nicht geschickter in Ordnung gehalten zu haben. Ich ging zu Ihnen und schrieb Ihnen diesen Zettel, und damit war das Spiel aus meiner Hand. Von dem Augenblicke an hatte mein Unglück und, was schwerer wiegt, der Fleck auf meiner Ehre einen halben Mitwisser, und nach den ersten Worten, die wir hier gewechselt, hat es einen ganzen. Und weil dieser Mitwisser da ist, kann ich nicht mehr zurück."

[...] „Innstetten, es ruht alles in mir wie in einem Grabe."

„Ja, Wüllersdorf, so heißt es immer. Aber es gibt keine Verschwiegenheit. Und wenn Sie's wahrmachen und gegen andere die Verschwiegenheit selber sind, so wissen *Sie* es, und es rettet mich nicht vor Ihnen, dass Sie mir eben Ihre Zustimmung ausgedrückt und mir sogar gesagt haben: ich kann Ihnen in allem folgen. Ich bin, und dabei bleibt es, von diesem Augenblicke an ein Gegenstand Ihrer Teilnahme (schon nicht etwas sehr Angenehmes), und jedes Wort, das Sie mich mit meiner Frau wechseln hören, unterliegt Ihrer Kontrolle, Sie mögen wollen oder nicht [...]. Habe ich Recht Wüllersdorf, oder nicht?"

Wüllersdorf war aufgestanden. „Ich finde es furchtbar, dass Sie recht haben, aber Sie *haben* recht. Ich quäle Sie nicht länger mit meinem ‚Muss es sein'. Die Welt ist einmal, wie sie ist, und die Dinge verlaufen nicht, wie *wir* wollen, sondern wie die *andern* wollen. Das mit dem ‚Gottesgericht', wie manche hochtrabend versichern, ist freilich ein Unsinn, nichts davon, umgekehrt, unser Ehrenkultus ist ein Götzendienst, aber wir müssen uns ihm unterwerfen, solange der Götze gilt."

Innstetten nickte.

Sie blieben noch eine Viertelstunde miteinander, und es wurde festgestellt, Wüllersdorf sollte noch denselben Abend abreisen. Ein Nachtzug ging um zwölf.

Dann trennten Sie sich mit einem kurzen: „Auf Wiedersehen in Kessin."

Fontane, Theodor: Effi Briest, in: Keitel, W. (Hrsg.): Theodor Fontane – Sämtliche Werke, Bd. 4, München 1963, S. 233–237 (für Prüfungszwecke gekürzt).

1 Sekundant: Beistand, Zeuge bei einem Duell
2 jeu d'esprit (frz.): Gedankenspiel

Hinweise und Tipps

*Der Operator „**interpretieren**" der **ersten Teilaufgabe** verlangt von Ihnen eine genaue Analyse und Deutung des epischen Textes, wobei Sie Inhalt, formale Elemente und sprachliche Gestaltung untersuchen müssen. Am besten lesen Sie sich den gegebenen Auszug mehrmals durch. Dabei können Sie inhaltliche und sprachliche Auffälligkeiten farbig markieren oder am Rand notieren. Suchen Sie nach **Sinnabschnitten** in dem wiedergegebenen Gespräch und überlegen Sie sich Überschriften, die den Inhalt des jeweiligen Abschnitts auf den Punkt bringen.*

*Bevor Sie mit dem Schreiben beginnen, müssen Sie sich entscheiden, wie Sie vorgehen wollen. Wollen Sie **Inhalt**, **Form** und **Sprache** getrennt voneinander darstellen oder alles miteinander verweben? Die zweite Variante ist zwar anspruchsvoller, dafür aber die elegantere Lösung. Sie vermeiden so Wiederholungen und zeigen, dass Sie alle Bestandteile des Romanauszugs zueinander in Beziehung setzen können.*

*Beginnen Sie Ihren Aufsatz mit einer **Einleitung**, die zum Thema hinführt und den Textauszug kurz vorstellt. Es bietet sich an, Ihre **Interpretation** genäß den von Ihnen ermittelten Sinnabschnitten zu entfalten. Gehen Sie sowohl auf den Inhalt der einzelnen Teile ein als auch auf deren jeweilige Bedeutung. Besonderes Gewicht kommt bei der Epik-Interpretation dem **Erzählverhalten** zu. Bleibt es gleich oder können Sie Passagen identifizieren, die aus einer anderen Perspektive erzählt werden? Wie ist die Erzählzeit gestaltet? Der Auszug besteht im Wesentlichen aus einem Entscheidungsgespräch, dessen argumentative Struktur Sie nachzeichnen müssen. Welche*

Positionen vertreten die Gesprächspartner jeweils? Überzeugt die eine Seite die andere? Zu welchem Ergebnis gelangen die beiden Figuren? Wie ist die Sprache gestaltet? Erlaubt Sie Rückschlüsse auf den Gemütszustand oder den Charakter des Sprechers?

Belegen Sie Ihre Aussagen immer am Text. Behalten Sie schon bei Ihrer Interpretation die von der zweiten Aufgabe vorgegebenen Vergleichsaspekte im Hinterkopf – sie können Ihnen eine elegante ***Überleitung*** *ermöglichen.*

Die ***zweite Teilaufgabe*** *fordert Sie zu einem* ***Vergleich literarischer Texte*** *im Hinblick auf zwei vorgegebene Aspekte auf. Sie sollen die Einstellung der beiden Figuren zu Ehre und Konventionen herausarbeiten und einander gegenüberstellen. Diederich Heßling ist Ihnen aus der unterrichtlichen Behandlung von Manns Roman vertraut. Ein Vergleich soll den Blick öffnen für* ***Gemeinsamkeiten, Ähnlichkeiten und Unterschiede****. Rekapitulieren Sie die Romanhandlung, wobei der Fokus auf den gegebenen Aspekten liegen muss. Eine reine Nacherzählung würde an der Aufgabenstellung vorbeigehen. Suchen Sie dann geeignete* ***Unteraspekte****, die Ihnen eine systematische Gegenüberstellung der beiden Texte erlauben: Wie gehen Innstetten bzw. Heßling mit Konventionen um? Akzeptieren oder hinterfragen sie sie? Welche Rolle spielt Ehre für sie? Innstetten will ein Duell bestreiten. In welchen Zusammenhängen tauchen Duelle im „Untertan" auf? Entspricht der Umgang der Figuren mit Frauen den damaligen Konventionen? Die Aufgabenstellung verlangt explizit eine Berücksichtigung der* ***gesellschaftskritischen Stoßrichtung****, d. h., Sie müssen vergleichend herausarbeiten, wie sich die beiden Texte zu Verhältnissen im Kaiserreich positionieren. Hier hilft nicht nur der Blick auf die* ***inhaltliche Entwicklung****, sondern auch auf die* ***erzähltechnische Gestaltung*** *weiter.*

Ein prägnantes ***Fazit*** *sollte Ihren Vergleich abschließen. Dieses kann auch einen Gegenwartsbezug enthalten, um die zeitlose Bedeutsamkeit der literarischen Werke zu unterstreichen.*

Verwendete Textausgabe: Heinrich Mann: Der Untertan. Stuttgart: Reclam 2021.

Lösungsvorschlag

Teilaufgabe 1

Einleitung

Autor, Gattung, Titel, Jahr, Thema

„Kein Mensch muss müssen!" Der Protagonist aus Lessings Drama *Nathan der Weise* fordert aus aufklärerischer Überzeugung, dass jeder Mensch frei und selbstbestimmt handeln könne. Ein solch optimistisches Welt- und Menschenbild hat in Theodor Fontanes 1895 erschienenem Roman *Effi Briest* keine Gültigkeit mehr: In dem vorliegenden Auszug gelangt Baron von Innstetten zu der Einsicht, dass er sich den gesellschaftlich vorgegebenen Zwängen beugen muss, auch wenn er ihre Fragwürdigkeit durchschaut und auch wenn er damit sein Lebensglück zerstört.

kurze Zusammenfassung des Inhalts

Nachdem Geert von Innstetten durch alte Liebesbriefe von einer Affäre seiner Frau Effi erfahren hat, fasst er in einem Gespräch mit seinem Kollegen Wüllersdorf den Entschluss, den ehemaligen

Liebhaber seiner Frau zum Duell zu fordern. Diese folgenschwere **Unterredung** durchläuft **vier Phasen**.

abschnittsweise Interpretation

Gespräch von Innstetten und Wüllersdorf

1. Sinnabschnitt: Innstettens Absicht, sich zu duellieren, und Erläuterung der Hintergründe

In der **ersten Phase des Gesprächs** (Z. 1–30) eröffnet Innstetten dem Besucher seine **Absicht, sich zu duellieren**, und erläutert die **Hintergründe**. Nur schwer kann er seine innere Erregung verbergen – ein personaler Erzähler gibt einen Einblick ins Innenleben der Figur und verrät, dass Innstetten am liebsten seine „verzehrend[e] Unruhe" (Z. 8) durch Bewegung kompensiert hätte, sich dann aber doch zurückhält. Seine Entschuldigung dafür, dass er Wüllersdorf so spät am Abend hergebeten hat, sowie die lapidare Feststellung „Es ging aber nicht anders." (Z. 5) verdeutlichen zudem die **Dringlichkeit** seines Anliegens. Umgehend und ohne weit auszuholen, knapp und in militärischer Kürze bittet Innstetten Wüllersdorf, in seinem Namen eine Duellforderung zu überbringen und sich ihm bei diesem Zweikampf als Sekundant zur Verfügung zu stellen. Zwar versichert der Angesprochene zweimal, dass Innstetten auf ihn zählen könne (vgl. Z. 14, 17 f.), doch rahmen die Beteuerungen seiner Loyalität die kritische Frage „muss es sein?" (Z. 15) ein. Mit einer Anspielung gibt er zudem zu verstehen, dass sie beide sich in einem reiferen Alter befinden, in dem man sich nicht sofort und leichtfertig duelliert. Diesen grundsätzlichen Erwägungen folgt ein rascher Wechsel von Fragen und Antworten, die immer knapper ausfallen und zuletzt nur noch aus Ellipsen oder einem Nicken bestehen. Wüllersdorf bringt so den Auslöser für Innstettens Entschluss in Erfahrung. Auch hier bleibt Innstetten knapp und schmückt nichts aus: Der Verweis auf den „Galan [s]einer Frau" (Z. 19) reicht aus, um **Effis Ehebruch zu offenbaren**, ihre Liebesbriefe dienen als Beweis. Effi hat ihren Mann vor mehr als sechs Jahren, als sie noch in Kessin lebten, mit Innstettens Freund, Major Crampas, betrogen.

2. Sinnabschnitt: Argumente gegen ein Duell

– Verjährung

Nachdem die Ausgangslage umrissen ist, kreist der Dialog der beiden Männer im Folgenden um die Frage, ob der Ehebruch zwangsläufig ein Duell nach sich ziehen muss. Die **zweite Phase** der Unterredung (Z. 31–62) widmet sich den **Argumenten, die gegen einen Zweikampf sprechen**. Indem Wüllersdorf auf die Tatsache, dass die Affäre bereits einige Jahre zurückliegt, in Schweigen verfällt, zwingt er Innstetten, seine Haltung zu rechtfertigen und die Frage nach der Verjährung in den Raum zu stellen (vgl. Z. 33 f.). Dabei interessiert sich Wüllersdorf nicht für theoretische Erörterungen, die er als „dialektisch[e] Spitzfindigkeiten" (Z. 38 f.) abtut, sondern er will den Blick auf die **praktischen Konsequenzen** lenken. Seiner Meinung nach setzt eine Aufforderung zum Zweikampf ein Gefühl der Empörung und des Verletztseins voraus. Mit dem Duell würde Innstetten seine eigene psychische Lage nicht verbessern, sondern sein Lebensglück vielmehr durch eine Bluttat erst recht zerstören, was Wüllersdorf durch eine saloppe Formulierung unterstreicht: Innstettens „Lebensglück [wäre] sozusagen doppelt hin" (Z. 43). Mit der Wiederholung der Schlüsselbegriffe „Leid" und „Schmerz" malt er dunkle Zukunftsaussichten aus (vgl. Z. 44).

– Zerstörung des eigenen Lebensglücks

Als Wüllersdorf vehement mit **Fragen** darauf drängt, dass Innstetten sich seiner Motivation bewusst wird, indem er ihm mit einer Klimax mögliche Beweggründe – „verletzt, beleidigt, empört" (Z. 45 f.) – aufzählt, **offenbart** sein Gesprächspartner **seine Gefühlslage**. Während sich seine vorherigen Äußerungen stets auf das Nötigste beschränkten, bricht nun geradezu ein Wortschwall aus Innstetten hervor. Typisch für eine solche **schonungslose Selbsterforschung** ist die Häufung des Personalpronomens „ich" (vgl. Z. 53 ff.). Mit einer Reihung von Emotionen gewährt er Einblick in sein Unglück und tastet sich redend an seine Motive heran. Dabei muss er trotz der ihm zugefügten Kränkung eingestehen, dass er **keinerlei Hass und Rachegedanken** verspürt. Die Redensart, dass es eine „unsühnbar[e] Schuld" (Z. 56) gebe, hält er aufgrund seiner eigenen Erfahrung für nicht zutreffend. Zu seinem eigenen Erstaunen lassen ihn die vielen Jahre, die zwischen dem Ehebruch und seiner Entdeckung liegen, die Affäre frei von Hass betrachten. Effis Verrat und seine Liebe stehen sich antithetisch gegenüber („und so furchtbar ich alles finde, was geschehen, ich bin so sehr im Bann ihrer Liebenswürdigkeit", Z. 59 f.). Er **liebe seine Frau immer noch**, sodass er ihr, folgte er seinem Herzen, verzeihen müsste. Die Metapher vom „letzten Herzenswinkel" (Z. 61) verrät seine innersten Empfindungen, deutet aber auch schon an, dass Innstetten nicht auf seine Gefühle hören wird.

– kein Rachewunsch, sondern Liebe zu Effi

Folgerichtig bringt nun die **dritte Gesprächsphase** (Z. 63–106) wie in einer klassischen Erörterung die **Argumente, die für ein Duell sprechen**. Mit **monologischen Passagen** dominiert Innstetten fortan die Unterredung, selbstironisch nennt er seine Erwägungen eine „Vorlesung" (Z. 78). Wüllersdorf ist nur noch Stichwortgeber.

3. Sinnabschnitt: Argumente für ein Duell

Trotz aller Gründe, die für das Verzeihen sprechen – die Verjährung der Affäre, seine ungebrochene Liebe zu Effi, das Fehlen von Rachegefühlen –, glaubt Innstetten sich **in seiner Entscheidung nicht frei**, da er nicht einsam und losgelöst vom Sozialgefüge existiert. Das „Muss", dem er sich unterwirft, ist ein **Resultat des menschlichen Zusammenlebens**. Aufgrund des Indefinitpronomens „man" bzw. des Personalpronomens „wir" und der Reihung kurzer Parataxen erscheinen seine Ausführungen als allgemeingültige Regel: „Man ist nicht bloß ein einzelner Mensch, man gehört

– Macht sozialer Zwänge

einem Ganzen an, und auf das Ganze haben wir beständig Rücksicht zu nehmen, wir sind durchaus abhängig von ihm." (Z. 65 ff.) Dabei kontrastiert Innstetten zwei Lebensweisen – die des Einsiedlers, der „weltabgewandt weiterexistier[t]" (Z. 73) und sich um die Meinung anderer nicht kümmert, und diejenige des Gesellschaftswesens, das sich den Normen des „Ganzen" unterwerfen muss. Er findet keine konkreten Worte für diesen **Zwang**, dieses „**Etwas**" (Z. 74), das auf alle zwischenmenschlichen Prozesse einwirkt. Ein Verstoß gegen die ungeschriebenen, doch verbindlichen Gesetze der Gesellschaft würde den Einzelnen der allgemeinen Verachtung preisgeben, bis er diese völlig verinnerlicht und sein Selbstwertgefühl eingebüßt habe, sodass ihm nichts bliebe als der Suizid (vgl. Z. 76 ff.). Eine polysyndetische Reihung („und", Z. 77) veranschaulicht **Zwangsläufigkeit und Ausweglosigkeit** der Entwicklung. Innstetten weiß nur zu gut, dass er nicht der Einzige ist, der in diesem Dilemma steckt, doch findet er keine andere Lösung, als sich aus **Rücksicht auf die Konventionen und seinen sozialen Status** zu beugen und denjenigen, der seine Ehre beschmutzt hat, zu töten. Er erkennt die **Fremdbestimmung**, wenn er von dem „**uns tyrannisierende[n] Gesellschafts-Etwas**" (Z. 82 f.) spricht, das weder Gefühle noch Barmherzigkeit duldet. Die Personifikation lässt das abstrakte System aus Regeln und Konventionen wie eine Macht wirken, die ihren eigenen Gesetzen gehorcht. Trotz seiner Einsicht begehrt Innstetten nicht dagegen auf, sondern passt sich resigniert an. Der Einzelne erscheint so als Sklave des unpersönlichen Ganzen. „Ich habe keine Wahl. Ich muss." (Z. 84), lautet sein unumstößliches Fazit.

– Mitwisserschaft Wüllersdorfs

Allerdings räumt er ein, dass er selbst einen weiteren Grund geschaffen hat, warum das Duell unausweichlich ist. Die Metaphern, dass er „das Spiel aus [s]einer Hand" (Z. 94) gegeben und sich in eine „Sackgasse" (Z. 89) manövriert hat, besagen nichts anderes, als dass er **sich selbst in Zugzwang gebracht** hat: Indem er Wüllersdorf zu sich gebeten und ihn erst zum „halben", dann zum „ganzen [**Mitwisser**]" (Z. 96 f.) gemacht hat, ist der „Fleck auf [s]einer Ehre" (Z. 95) nicht länger seine Privatangelegenheit. Auch wenn der Kollege Verschwiegenheit verspricht, fürchtet Innstetten das Mitleid des anderen. Er will kein „Gegenstand [von dessen] Teilnahme" (Z. 103) sein und fortan in dem Bewusstsein leben, dass Wüllersdorf sein Verhalten gegenüber Effi kritisch beäugt.

4. Sinnabschnitt: Einschwenken Wüllersdorfs auf Innstettens Linie und konkrete Absprachen

Damit sind alle Argumente ausgetauscht. Der **letzte Abschnitt** des Gesprächs (Z. 107–116) mündet daher in eine **Schlussfolgerung**. Wüllersdorf muss Innstetten Recht geben. **Trotz aller Kritik fügt er sich ebenfalls resigniert in die Konventionen:** „Die Welt ist einmal, wie sie ist, und die Dinge verlaufen nicht, wie *wir* wollen, sondern wie die *andern* wollen." (Z. 108 ff.) Sowohl Innstetten als auch Wüllersdorf wissen, dass der adelige **Ehrenkultus** nichts anderes als „**Götzendienst**" (Z. 111) ist, doch sie wagen es nicht, sich über Traditionen hinwegzusetzen und nach ihrem eigenen Rechtsempfinden und gegen die Gesellschaft zu handeln. Sie gehorchen, „solange der Götze gilt" (Z. 112). Die Metapher des Götzen entlarvt dabei die **Hohlheit und Falschheit der vorherrschenden Werte**. Nachdem die Frage nach der Rechtmäßigkeit des Duells geklärt ist, widmen sich die beiden Männer der konkreten Planung: Noch am Abend will Wüllersdorf nach Kessin reisen und Crampas fordern. Innstetten wird ihm folgen und ihn vor Ort wiedertreffen.

erzählerische und sprachliche Gestaltung

Aufgrund der Dominanz des Dialogs und der weitgehend **neutralen Position des Erzählers**, der nur Gestik und Mimik der Gesprächspartner schildert, sich aber **jeder Wertung enthält**, hat der Romanauszug einen stark **szenischen Charakter** und nähert sich so einem Dialog im Drama an. Erzählzeit und erzählte Zeit sind dadurch fast identisch. Der so erzeugte Eindruck von **Unmittelbarkeit** wird noch verstärkt durch die Sprache der Figuren, die der **mündlichen Redeweise** nachempfunden ist. Elisionen zeigen an, dass am Wortende Vokale verschluckt werden („Ging' es", Z. 67; „hatt' […] konnt'", Z. 87 f.). Der Satzbau ist weitgehend **parataktisch** gehalten, ab und an sogar **elliptisch** (vgl. Z. 13, 26, 38). Auch wenn die Sprache mit den vielen Fragen und konkretisierenden Aufzählungen die innere Anspannung der Figuren widerspiegelt, ist sie stets wohlgewählt. Dabei greifen beide auch immer wieder auf gängige **Redewendungen** zurück („Blut an den Händen haben", Z. 81 f.; „das Spiel noch in der Hand [haben]", Z. 88; „es ruht alles in mir wie in einem Grabe", Z. 98). Innstetten selbst kritisiert implizit dieses Zurückgreifen auf vorgeprägte **Floskeln** („so heißt es immer", Z. 99), doch nutzt er sie ebenso, wie er die fragwürdigen gesellschaftlichen Regeln mitträgt.

gesellschaftskritische Aussage: Ohnmacht des Einzelnen gegenüber Konventionen

Dadurch, dass nur die beiden Figuren, nicht aber ein moralisierender Erzähler das Funktionieren des „Gesellschafts-Etwas" aufdecken, ist die **Kritik** umso schärfer. Die humanere Position Wüllersdorfs, der das Ärgste vermeiden will, wird widerlegt. Im vollen Bewusstsein, einem **sinnentleerten Automatismus** zu gehorchen, fügt Innstetten sich den Erwartungen der Gesellschaft, die auch ihn geprägt haben und aus denen er nicht ausbrechen kann. Eine Verweigerungshaltung würde in seinen Augen das soziale Aus und über kurz oder lang den Suizid bedeuten. Als hohem Beamten und Adeligen bleibt somit dem Baron von Innstetten kaum eine andere Wahl, als den vorgegebenen Weg zu beschreiten, den Liebhaber seiner Frau zu fordern und damit seine Familie zu zerstören. Da er in seinen Entscheidungen nicht frei ist, sondern fremdbestimmt handelt, erscheint er **eher als Opfer denn als Täter**.

Normen und Konventionen sind das Korsett, das jedes Sozialgefüge zusammenhält. Im **wilhelminischen Kaiserreich** – so offenbart Fontanes Roman – war dieses allerdings so eng geschnürt, dass die Individuen nicht mehr selbstbestimmt handeln konnten. Nicht nur *Effi Briest*, auch Heinrich Manns 1914 fertiggestellter Roman *Der Untertan* führt das **Verhältnis von Individuum und Gesellschaft** im Kaiserreich vor. Wie der Landrat Geert von Innstetten nimmt Manns Protagonist **Diederich Heßling** die Position eines **gesellschaftlichen Würdenträgers** ein. Der Roman zeichnet seinen beruflichen und charakterlichen Werdegang nach, der von einer starken Fixierung auf Obrigkeiten geprägt ist. Zwar ist Heßling nicht von Adel, doch gelingt es ihm, seinen Einfluss stetig auszuweiten, in seiner Heimatstadt Netzig zum Stadtverordneten, zum Generaldirektor einer Papierfabrik sowie zum Haupt der Kaiserpartei aufzusteigen. Sein Ideal ist es, sich devot der politischen Macht zu beugen, aber auch selbst rücksichtslos Macht über die ihm Untergebenen auszuüben.

Teilaufgabe 2
Überleitung
Vorstellung des Vergleichstextes

Innstetten wie Heßling verstehen sich als **Stützen der Ordnung**, die das System und seine Regeln mittragen. **Innstetten durchschaut** dabei scharfsinnig die **Fragwürdigkeit des „Gesellschafts-Etwas“**, dennoch ist sein **Pflichtgefühl** gegenüber dem größeren Ganzen zu stark, um sich daraus zu befreien.

Vergleich
Haltung gegenüber der Gesellschaft

Auch Diederich **Heßling** steht hinter dem konservativ geprägten Gemeinwesen. Anders als Innstetten **bejaht** er es bis auf wenige Momente voll und ganz. Er genießt es geradezu, in Korporationen aufzugehen und beispielsweise die unsinnigen Regeln seiner Burschenschaft Neuteutonia mit Worten oder dem Degen zu verfechten. Als ihm bei einer Veranstaltung seine Tanzpartnerin ausgespannt wird, ist er sofort überzeugt, diese „Schmach“ mit einem **Duell** sühnen zu müssen. Solche Zweikämpfe werden von den Neuteutonen aus völlig nichtigen Anlässen vom Zaun gebrochen und zielen darauf, einen „freudige[n] Blutverlust für die Ehre der Farben“ (S. 440) zu bringen. Als jedoch nach damaligem Verständnis ein tatsächlicher Grund vorliegt, auf eine Ehrverletzung zu reagieren – der Leutnant von Brietzen hat Heßlings Schwester Emmi nach einer Affäre sitzen gelassen und damit entehrt –, unterlässt Diederich es, den treulosen Mann zu fordern. Zum einen wohl aus Feigheit, zum anderen aus **Verehrung für Adel und Militär**, die für ihn beide die Macht repräsentieren. Im Gegensatz zu Innstetten **befriedigt es ihn, sich zu unterwerfen**, auch wenn er dadurch – wie im Fall Emmis – selbst gedemütigt wird: „Die

Ausrichtung auf abstraktes Größeres

Macht, die über uns hingeht und deren Hufe wir küssen! [...] Gegen die wir nichts können, weil wir alle sie lieben! Die wir im Blut haben, weil wir die Unterwerfung darin haben!“ (S. 68) Heßling geht es stets darum, der Macht zu ihrem Recht zu verhelfen und auf niedrigerer Ebene diese selbst auszuüben. Beide Romanfiguren richten sich nach einem **Abstraktum** aus: Während **Heßling die politische Macht verabsolutiert**, die sich für ihn in der Person des Kaisers Wilhelm II. manifestiert, **respektiert Innstetten das übermächtige „Etwas“** als Inbegriff der **sozialen Zwänge**. Die von Wüllersdorf ins Gespräch gebrachte Metapher „**Götzendienst**“ enthüllt, dass sowohl er als auch Innstetten die Ordnung zwar stützen, sie aber zugleich kritisch-distanziert betrachten. **Heßling** verehrt dagegen den **Kaiser wie Gott**. Jede Kritik an ihm und der Hohenzollern-Dynastie weist er scharf zurück und strengt gegen den Fabrikanten Lauer sogar einen Prozess wegen Majestätsbeleidigung an. In seinem Auftreten, mit seinem spitz zulaufenden Bart, dem blitzenden Blick sowie den markigen Sprüchen bemüht er sich, den **Herrscher zu kopieren**.

Verständnis von Moral und Pflicht

Seine Identifikation mit der Macht und sein großsprecherisches Eintreten für die nationale Sache können allerdings nicht kaschieren, dass Heßling sehr wohl seine **eigene Karriere** verfolgt und dafür auch auf unlautere Mittel zurückgreift: Er sät Gerüchte, verleumdet den alten Buck, dessen Liberalität und angesehene Stellung in Netzig ihm ein Dorn im Auge sind. Er profitiert von dubiosen Aktienverschiebungen und paktiert mal mit der kaiserlichen Seite, repräsentiert durch den Regierungspräsidenten von Wulckow, mal mit der Arbeiterbewegung, repräsentiert durch den Maschinenmeister Napoleon Fischer, um das eigene **Vermögen zu vermehren sowie seinen politischen Aufstieg voranzutreiben**.

Heßling ist bereit, sich **moralisch zu verbiegen**, um die vermeintlichen deutschen Werte – Aufrichtigkeit, Keuschheit, Treue etc. – durchzusetzen. Die mehrfach wiederholte Phrase, dass man auch eine Plicht gegenüber sich selbst habe, ist eigentlich nur eine Rechtfertigung dafür, **hart zu anderen zu sein** – etwa um die Geliebte Agnes und ihren verzweifelten Vater von sich zu stoßen. Seine Affäre mit Agnes dient ihm dann perfiderweise als Ausrede dafür, dass er sie nicht heiraten wird – schließlich sei sie keine Jungfrau mehr. Tatsächlich geht es Heßling nur um den eigenen Vorteil. Wenn **Innstetten** dagegen seinem Pflichtgefühl gehorcht, ist er auch **hart gegen sich selbst** und nimmt in Kauf, dass er das eigene Lebensglück zerstört. In seiner Konsequenz wirkt Innstetten authentischer und weniger heuchlerisch als Heßling, der wankelmütig ist und stets ein Schlupfloch zur Durchsetzung seiner Interessen sucht.

Wäre er in Innstettens Lage, könnte man sich vorstellen, dass er seine untreue Frau sadistisch demütigen würde. Zwar wird auch Innstetten Effis bürgerliche Existenz vernichten, jedoch bereitet ihm dies keinerlei Genugtuung. Vielmehr gesteht er, dass er seine Frau weiterhin liebt. Umso verstörender ist es, dass er nicht einmal in Erwägung zieht, sie wegen der alten Affäre zur Rede zu stellen und um eine Erklärung zu bitten. Der **Ehemann verfügt über seine Frau**. Dieses **patriarchalische Denken** kennzeichnet auch Diederich Heßlings Umgang mit seinen Familienmitgliedern: Er zeigt wenig Empathie für seine Mutter oder seine Schwestern; seine Frau Guste hat zwar viel Geld in die Ehe gebracht, muss sich aber ebenso Heßlings Willen beugen.

Dominanz des Mannes in der Familie

Gemeinsamkeiten lassen beide Männer in der Sorge um ihren guten Ruf erkennen. Eng mit dem Ansehen ist die **Ehre** verknüpft, die wie eine Fassade moralische Integrität vorspiegelt. Innstetten würde es nicht ertragen, dass andere von dem Ehebruch seiner Frau wissen und ihn in der Folge bemitleiden oder gar verachten. Aus **Angst vor dem sozialen Aus** unterwirft er sich den Normen, die verlangen, eine Beschmutzung der Ehre mittels Blutvergießen zu bereinigen. Es sind nicht persönliche Affekte, Wut, Rachsucht oder Kränkung, die ihn veranlassen, gleich drei Leben zu zerstören: dasjenige von Effi, das ihres früheren Liebhabers sowie sein eigenes. Vielmehr treibt ihn die Sorge um seinen guten Ruf und um seine **gesellschaftliche Stellung** als hoher Beamter und Adeliger. Heßling geht es dagegen um die Absicherung seiner Karriere. Auch er lebt in der steten Angst vor sozialer Ächtung; bei ihm handelt es sich aber nicht um einen Fehltritt seiner Frau, sondern vielmehr um seine moralisch und politisch fragwürdigen Aktionen, die auffliegen könnten – so etwa die Tatsache, dass er Herrn Lauer zur Majestätsbeleidigung provoziert hat oder dass er heimlich mit Napoleon Fischer kooperiert, den er eigentlich als Vertreter des Umsturzes hasst, aber braucht, um die liberale Partei zurückzudrängen und die Zustimmung für ein Standbild von Wilhelm I. zu erreichen. Während bei Fontane ein als sinnlos erkannter Ehrbegriff demaskiert wird, an den sich trotzdem alle halten, ist die Ehre in Heinrich Manns Roman noch weiter heruntergekommen zur leeren Worthülse. Immer wieder gibt Heßling sein Ehrenwort und pocht auf die Ehre seiner Korporation, seiner Familie, seines Namens. Doch handelt es sich dabei stets nur um ein Lippenbekenntnis (z. B. „Ich weiß, was ich der Ehre meiner Korporation schulde“, S. 73), das zu taktischen Zwecken eingesetzt wird. Er tut dann oft das Gegenteil des zuvor Gesagten.

Stellenwert von Ehre und gutem Ruf

Sowohl Innstetten als auch Heßling sind **Vertreter und Verteidiger der überkommenen Ordnung**. Diese konservative Einstel-

Gesellschaftskritik

lung wird in beiden Romanen **kritisch hinterfragt**. Bei **Fontane** sind es die **Figuren selbst** – die Beamten Innstetten und Wüllersdorf –, die in einer angespannten Unterredung die Problematik des Ehrverständnisses und der Konventionen erörtern. Obwohl sie wissen, dass viel gegen den Status quo spricht, stellen sie die Gesellschaft nicht grundsätzlich infrage. Dass sie **voller Resignation die Schwächen des Systems akzeptieren**, muss den Leser bzw. die Leserin befremden. Die Gesellschaftskritik von Fontanes Roman entfaltet sich somit in der schonungslosen Analyse, die die Figuren selbst vornehmen. **Heinrich Manns** *Untertan* ist zwar ebenso ein realistisch erzählter Roman, der aber stark **satirische Züge** trägt. Diederich Heßling ist als **Prototyp eines autoritären Charakters** überzeichnet, der nach oben buckelt und nach unten tritt. Dank der stellenweise **personalen Erzählhaltung** wird ein direkter Einblick in Heßlings egoistische und heuchlerische Gedankengänge ermöglicht. Durch seine kritiklose Vergötterung der Macht, durch seine Darstellung als optisches Abziehbild des Kaisers, durch die Gegenüberstellung von edlen Worten und selbstsüchtigen Taten wird die **Figur des Untertans entlarvt** und zusammen mit dem zugehörigen gesellschaftlichen System **der Lächerlichkeit preisgegeben**. Die Überspitzung erlaubt es der Leserin bzw. dem Leser, sich von Heßling zu distanzieren und ihn abzulehnen. Beim realistischer gezeichneten Innstetten fällt eine solch rasche Verurteilung schwerer.

Fazit

Leserinnen und Leser müssen selbst entscheiden, welche Form der Gesellschaftskritik – die subtile oder die beißende – die größere Wirkung auf sie ausübt. Beiden Romanen gelingt es, das Augenmerk auf den **Stand des Einzelnen in der Gesellschaft** zu lenken und eine Frage von überzeitlicher Gültigkeit aufzuwerfen: Wo bin ich frei, wo muss ich müssen?

Deutsch (Hamburg) – Grundlegendes Anforderungsniveau
Abiturähnliche Übungsaufgabe 3

Aufgabenart

Vergleichende Untersuchung eines Romanauszugs und eines Films

Thema

„Wer treten wollte, mußte sich treten lassen" – Autorität und Gehorsam in Werken des 20. und 21. Jahrhunderts

Verbindlicher Referenztext

Michael Haneke: *Das weiße Band* (Film)

Teilaufgaben

1. Interpretieren Sie den Auszug aus Hermann Hesses Roman *Unterm Rad.* (60 %)
2. Vergleichen Sie den im Textauszug dargestellten Ephorus mit der Figur des Lehrers in Michael Hanekes Film *Das weiße Band.* (40 %)

Hermann Hesse: Unterm Rad (1905/1906, Auszug)

Der ehrgeizige und fleißige, aber sozial isolierte Schüler einer renommierten Klosterschule Hans Giebenrath findet in dem intelligenten und schwärmerischen Hermann Heilner erstmalig einen Freund. Dieser trotzt den strengen Regeln und hohen Ansprüchen der Klosterschule. Für Hans ergeben sich aus dieser Freundschaft mit Hermann neue Perspektiven auf das Leben.

Je inniger und glücklicher Hans an seiner Freundschaft hing, desto fremder wurde ihm die Schule. Das neue Glücksgefühl ging brausend wie ein junger Wein durch sein Blut und durch seine Gedanken, daneben verlor Livius[1] so gut wie Homer[2] seine Wichtigkeit und seinen Glanz. Die Lehrer aber sahen mit Schrecken den bisherigen tadellosen Schüler Giebenrath in ein problematisches Wesen verwandelt und dem schlimmen Einfluß des verdächtigen Heilner unterlegen. Vor nichts graut Lehrern so sehr wie vor den seltsamen Erscheinungen, die am Wesen früh entwickelter Knaben in dem ohnehin gefährlichen Alter der beginnenden Jünglingsgärung hervortreten. An Heilner war ihnen ohnehin von jeher ein gewisses Geniewesen unheimlich – zwischen Genie und Lehrerzunft ist eben von alters eine tiefe Kluft befestigt, und was von solchen Leuten sich auf Schulen zeigt, ist den Professoren von vornherein ein Greuel. Für sie sind Genies jene Schlimmen, die keinen Respekt vor ihnen haben, die mit vierzehn Jahren zu rauchen beginnen, mit fünfzehn sich verlieben, mit sechzehn in die Kneipen gehen, welche verbotene Bücher lesen, freche Aufsätze schreiben, den Lehrer gelegentlich höhnisch fixieren und im Diarium[3] als Anführer und Karzerkandidaten[4] notiert werden. Ein Schulmeister hat lieber einige Esel als ein Genie in seiner Klasse, und genau betrachtet hat er ja recht, denn seine Aufgabe ist es nicht, extravagante Geister heranzubilden, sondern gute Lateiner, Rechner und Biedermänner[5]. […] Und so wiederholt sich von Schule zu Schule das Schauspiel des Kampfes zwischen Gesetz und Geist, und immer wieder sehen wir Staat und Schule atemlos bemüht, die alljährlich auftauchenden paar tieferen und wertvolleren Geister an der Wurzel zu knicken. […] Nach gutem, altem Schulgrundsatz wurde auch gegen die beiden jungen Seltsamen, sobald man Unrat witterte, nicht die Liebe, sondern die Härte verdoppelt. Nur der Ephorus[6], der auf Hans als fleißigsten Hebräer[7] stolz war, machte einen ungeschickten Rettungsversuch. Er ließ ihn auf sein Amtszimmer rufen […]. Der Ephorus war kein unebener Mann, es fehlte ihm nicht an Einsicht und praktischer Klugheit, er hatte sogar ein gewisses gutmütiges Wohlwollen gegen seine Zöglinge, die er mit Vorliebe duzte. Sein Hauptfehler war eine starke Eitelkeit, die ihn auf dem Katheder[8] oft zu prahlerischen Kunststückchen verleitete und welche ihn nicht dulden ließ, seine Macht und Autorität nur im geringsten bezweifelt zu sehen. Er konnte keinen Einwurf vertragen, keinen Irrtum eingestehen. So kamen willenlose oder auch unredliche Schüler prächtig mit ihm aus, aber gerade die Kräftigen und Ehrlichen hatten es schwer, da schon ein nur angedeuteter Widerspruch ihn reizte. Die Rolle des väterlichen Freundes mit aufmunterndem Blick und gerührtem Ton beherrschte er als Virtuos, und er spielte sie auch jetzt.

„Nehmen Sie Platz, Giebenrath“, sprach er freundschaftlich, nachdem er dem schüchtern eingetretenen Jungen kräftig die Hand gedrückt hatte.

„Ich möchte ein wenig mit Ihnen reden. Aber darf ich du sagen?“

„Bitte, Herr Ephorus.“

„Du wirst wohl selber gefühlt haben, lieber Giebenrath, daß deine Leistungen in letzter Zeit etwas nachgelassen haben, wenigstens im Hebräischen. Du warst bisher vielleicht unser bester Hebräer, darum tut es mir leid, eine plötzliche Abnahme zu bemerken. Vielleicht hast du am Hebräischen keine rechte Freude mehr?“

„O doch, Herr Ephorus.“

„Überlege dir's nur! So etwas kommt vor. Du hast dich vielleicht einem anderen Fach besonders zugewendet?“

„Nein, Herr Ephorus.“

„Wirklich nicht? Ja, dann müssen wir nach andern Ursachen suchen. Kannst du mir auf die Spur helfen?“

„Ich weiß nicht … ich habe meine Aufgaben immer gemacht …“ […]

„Oder hast du Kopfweh? Du siehst freilich nicht übermäßig blühend aus.“

„Ja, Kopfweh habe ich manchmal.“

„Ist dir die tägliche Arbeit zuviel?“

„O nein, gar nicht.“

„Oder treibst du viel Privatlektüre? Sei nur ehrlich!“

„Nein, ich lese fast nichts, Herr Ephorus.“

„Dann begreife ich das nicht recht, lieber junger Freund. Irgendwo muß es doch fehlen. Willst du mir versprechen, dir ordentlich Mühe zu geben?“

Hans legte seine Hand in die ausgestreckte Rechte des Gewaltigen, der ihn mit ernster Milde anblickte.

„So ist's gut, so ist's recht, mein Lieber. Nur nicht matt werden, sonst kommt man unters Rad.“

Er drückte Hans die Hand, und dieser ging aufatmend zur Türe. Da wurde er zurückgerufen.

„Noch etwas, Giebenrath. Du hast viel Verkehr mit Heilner, nicht wahr?“

„Ja, ziemlich viel.“

„Mehr als mit andern, glaube ich. Oder nicht?“

„Doch, ja. Er ist mein Freund.“

„Wie kam denn das? Ihr seid doch eigentlich recht verschiedene Naturen.“

„Ich weiß nicht, er ist nun eben mein Freund.“

„Du weißt, daß ich deinen Freund nicht besonders liebe. Er ist ein unzufriedener, unruhiger Geist; begabt mag er sein, aber er leistet nichts und übt keinen guten Einfluß auf dich. Ich würde es sehr gerne sehen, wenn du dich ihm mehr fernhalten würdest. – Nun?“

„Das kann ich nicht, Herr Ephorus.“

„Du kannst nicht? Ja warum denn?“

„Weil er doch mein Freund ist. Ich kann ihn doch nicht einfach im Stich lassen.“

„Hm. Aber du könntest dich doch etwas mehr an andere anschließen? Du bist der einzige, der sich dem schlechten Einfluß dieses Heilner so hingibt, und die Folgen sehen wir ja schon. Was fesselt dich denn gerade an ihn besonders?“

„Ich weiß selber nicht. Aber wir haben einander gern, und es wäre feig von mir, ihn zu verlassen.“

„So so. Na, ich zwinge dich nicht. Aber ich hoffe, du kommst allmählich von ihm los. Es wäre mir lieb. Es wäre mir sehr lieb.“

Die letzten Worte hatten nichts mehr von der vorigen Milde. Hans konnte nun gehen.

Hermann Hesse: Sämtliche Werke. Hrsg. von Volker Michels. Band 2, Die Romane. Frankfurt a. M.: Suhrkamp 2001, S. 212–215. Rechtschreibung und Zeichensetzung folgen der Textquelle.

1 Livius: römischer Geschichtsschreiber
2 Homer: griechischer Dichter, Verfasser der Odyssee und der Ilias
3 Diarium: hier: Lehrerkalender und Notizbuch für die Noten
4 Karzer […]: Zelle zum Einsperren von Schülern
5 Biedermann: braver, angepasster Bürger
6 Ephorus: griechischer Begriff für Schulleiter der Klosterschule
7 Hebräer: hier: Schüler des Hebräischen
8 Katheder: Lehrerpult (als erhöhtes Podest angelegt)

Hinweise und Tipps

*Bei der in der ersten Teilaufgabe verlangten **Interpretation** müssen Sie eine **umfassende Deutung** des vorliegenden Textes unter inhaltlichen, formalen und sprachlichen bzw. erzähltechnischen Aspekten vornehmen. Es empfiehlt sich, das Material mehr-fach gründlich zu lesen und mit verschiedenfarbigen Stiften zu bearbeiten. Suchen Sie nach Zäsuren, mit deren Hilfe Sie den Text in **Sinnabschnitte** gliedern können. Sie können **Inhalt, Aufbau und Sprache** in getrennten Blöcken untersuchen. Um Wiederholungen zu vermeiden und die Wechselwirkung der drei Bereiche aufzuzeigen, liefert der folgende Lösungsvorschlag eine **integrierte Darstellung**. Achten*

Sie darauf, Aussagen zu Erzähltechnik und Sprache immer durch geeignete Beispiele zu stützen und mit Zitaten zu belegen. Ein Blick auf die zweite Teilaufgabe zeigt Ihnen, dass die Aspekte Anpassung und Aufbegehren beim Vergleich im Mittelpunkt stehen sollen. Berücksichtigen Sie diese daher auch in Ihrer Deutung des Hesse-Textes und bereiten Sie so inhaltlich die Gegenüberstellung mit dem Johnson-Roman vor. Sie werden erkennen, dass der Auszug nicht nur reine Handlungspassagen, sondern auch wertende Erzählerkommentare enthält. Ziehen Sie Rückschlüsse auf ***Intention und Stoßrichtung des Textes****, die Sie zuletzt in einem* ***Fazit*** *bündeln sollten.*
In der ***zweiten Teilaufgabe*** *sollen Sie den im Textauszug dargestellten* ***Ephorus mit der Figur des Lehrers*** *aus Michael Hanekes Film „Das weiße Band“* ***vergleichen****. Formulieren Sie dazu zunächst eine* ***Überleitung****, die Ihre Interpretation der ersten Teilaufgabe mit dem Film verknüpft. Für den geforderten* ***Vergleich*** *ist es wichtig,* ***Gemeinsamkeiten und Unterschiede*** *der beiden Lehrpersonen herauszuarbeiten. Überlegen Sie dazu zunächst, wodurch sich die beiden Figuren jeweils auszeichnen, fragen Sie sich aber auch, welche Stellung sie in ihrem* ***Umfeld*** *einnehmen und wie sie im* ***Umgang mit ihren Schülern*** *gezeigt bzw. beschrieben werden. So werden Sie darauf kommen, dass die Lehrer* ***vordergründig einiges gemeinsam*** *haben, sich aber in ihren* ***Absichten*** *doch stark voneinander* ***unterscheiden****. Bilden Sie übergeordnete* ***Vergleichskategorien****, die sich klar voneinander abgrenzen lassen, und beziehen Sie sich bei der Gegenüberstellung immer wieder auf den Text bzw. den Film. Am Schluss sollten Sie dann ein* ***Fazit*** *formulieren, das zum Beispiel begründet, warum der Lehrer und der Ephorus doch im Großen und Ganzen sehr unterschiedlich auftreten.*

Lösungsvorschlag

Teilaufgabe 1

Einleitung

Autor, Titel, Gattung, Erscheinungsjahr, Thema

Dem einzigen Freund die Treue halten und die schulische Laufbahn gefährden – oder den Kontakt abbrechen und von den Lehrern gefördert werden. Vor dieser Entscheidung steht der ehrgeizige Klosterschüler Hans Giebenrath, Protagonist in Hermann Hesses 1905/06 entstandenem Roman Unterm Rad. Der vorliegende Auszug zeichnet ein sehr **kritisches Bild der Schulpädagogik um 1900**, der es nur darauf ankommt, Kinder zu angepassten Mitgliedern der Gesellschaft zu erziehen, und die dabei wahre Begabungen erstickt.

Untersuchung von Inhalt, Form, Sprache

1. Abschnitt: situative Einführung (Hans' Freundschaft alarmiert Lehrer)

Die **Freundschaft** mit dem künstlerisch veranlagten Mitschüler Hermann Heilner löst einen tiefgreifenden **Wandel in Hans Giebenraths Biografie** aus: Der Einzelgänger erfährt zum ersten Mal in seinem Leben, was Freundschaft bedeutet. Der erste **Sinnabschnitt** des Romanauszugs (Z. 1–6) liefert eine Einführung in die Situation, indem er die Auswirkungen dieser Bindung beschreibt. Die Freundschaft versetzt Hans in Euphorie und berauscht ihn „wie ein junger Wein“ (Z. 2), wobei dieser Vergleich darauf hindeutet, dass Hans dem unbekannten Glücksgefühl wehrlos ausgeliefert ist. Der Freund hat nun Priorität für ihn, was zwangsläufig zu einer **Entfremdung von der Schule** und einem Bedeutungsverlust des Lernstoffs führt. Exemplarisch genannt werden die antiken Autoren Livius und Homer (vgl. Z. 3), die als Pars pro Toto für das schulische Bildungswissen stehen und angesichts einer realen sozialen Beziehung ihre Strahlkraft verlieren. Der **auktorial agierende Erzähler** liefert die **Reaktion der Lehrerschaft** auf die veränderte Lage. Wenn Giebenrath als „problematisches Wesen" bezeichnet wird, das unter den „schlimmen Einfluß des verdächtigen Heilner" (Z. 6) geraten sei, wird offensichtlich die Wortwahl der Lehrer wiedergegeben.

2. Abschnitt: Charakterisierung von Lehrern und deren Geniefeindlichkeit

Der konkrete Fall bietet Anlass für einen **Exkurs zum generellen Selbstverständnis der Lehrer** (Z. 6–22). Ausgehend von der Hochbegabung Heilners, leicht abfällig als „Geniewesen" (Z. 9) bezeichnet, wird aus Lehrersicht die Problematik zu intelligenter und selbstbewusster Schüler erörtert. Besonders gefährlich erscheint Lehrern die Pubertät, die metaphorisch als „gefährliche[s] Alter der beginnenden Jünglingsgärung" (Z. 8) klassifiziert wird. Mit diesem Neologismus ruft der Autor das Bild von schäumendem Most auf, der bei der Alkoholgärung entsteht und der sich später in einen edlen Wein verwandeln kann, wie auch ein pubertierender Schüler zu einem „extravagante[n] Geis[t]" (Z. 18) heranwachsen kann. Indem der Erzähler in seinem Kommentar eine „tiefe Kluft" zwischen „Genie und Lehrerzunft" (Z. 9 f.) auslotet und so tut, als wäre es naheliegend und normal, dass Lehrer „Genies" verabscheuen, stellt er voll **Ironie** den **Pädagogen ein schlechtes Zeugnis** aus. Sein Spott gilt ihrem Unvermögen, mit Hochbegabten umzugehen und deren Talente zu fördern. Stattdessen betrachten sie junge Menschen mit großem intellektuellen Potenzial nur unter dem Gesichtspunkt von Disziplinproblemen. Eine asyndetische Reihung von Relativsätzen staffelt chronologisch die jeweiligen „Vergehen" der Genies – vom Rauchen über das Sich-Verlieben bis hin zur Verachtung der Lehrer. Sie erhalten den Status von „Anführer[n] und Karzerkandidaten" (Z. 15 f.), d. h. von Aufwieglern, die mit Arrest bestraft werden müssen. Entlarvend ist das ironische Fazit, das der Erzähler zieht: „Ein Schulmeister hat lieber einige Esel als ein Genie in seiner Klasse" (Z. 16 f.). Als Aufgabe der Schule wird definiert, „Biedermänner" (Z. 18 f.), also normale, **durchschnittliche Mitglieder der Gesellschaft zu erziehen** und nicht etwa hervorstechende Begabungen zu erkennen. Es geht nicht darum, Schüler bei der Entwicklung ihrer individuellen Anlagen voranzubringen, sondern die **Intelligenten als besonderen Stör-**

Ziel der Schule: Förderung des Mittelmaßes

faktor auszuschalten, da sie das ganze autoritäre System destabilisieren könnten. Das **Ideal** bildet dabei das **Mittelmaß**.

Die alliterierende Metapher vom „Kamp[f] zwischen Gesetz und Geist" (Z. 19 f.) betont, dass die Schule, die in einem Atemzug mit dem Staat genannt und ebenso wie dieser als übermächtiges Abstraktum personifiziert wird, mit **Bedacht Begabungen zerstört**. Die „paar tieferen und wertvolleren Geister [werden] an der Wurzel [geknickt]" (Z. 21 f.), wobei auch diese Pflanzenmetapher zu verstehen gibt, dass die jungen Persönlichkeiten keine Gelegenheit erhalten, heranzureifen und sich zu entfalten. Bezeichnenderweise ist die ganze Passage (Z. 10–22) im **Präsens** gehalten, formuliert also nicht nur eine Schlussfolgerung zur konkreten Geschichte von Hans und Hermann, sondern fällt ein **allgemeingültiges Urteil über die Institution Schule**.

zerstörerische Kraft von Schule und Staat

Nach diesem generellen vernichtenden Urteil über das Schulsystem kehrt der Text zum konkreten Fall zurück. Der **dritte Sinnabschnitt** (Z. 22–35) berichtet von der **Reaktion der Lehrer** auf die freundschaftliche Beziehung von Giebenrath und Heilner und stellt den Ephorus vor, der sich der Sache höchstpersönlich annimmt. Bezeichnend ist, dass die Lehrerschaft – obwohl sie an einer kirchlichen Einrichtung unterrichtet und folglich auch die christlichen Ideale der Liebe und Barmherzigkeit leben sollte – dem Freundespaar nicht mit doppelter Liebe, sondern **doppelter Härte** begegnet (vgl. Z. 23 f.). Die antithetische Fügung macht auf die **widersinnige pädagogische Maßnahme** aufmerksam. Da die beiden jungen Männer nicht der Norm bzw. der Masse entsprechen, werden sie metaphorisch mit „Unrat", also Abfall in Verbindung gebracht (vgl. Z. 23). Der **Ephorus** fürchtet um Hans nicht als Menschen, sondern als seinen fähigsten Hebräisch-Schüler. Darum **interveniert** er und versucht, ihn auf die rechte, d. h. den Regeln gerecht werdende Bahn zurückzuführen.

3. Abschnitt: Härte der Lehrer im Fall von Hans

Ein Einschub **charakterisiert** dabei den **Schulleiter** der Klosterschule als **ambivalenten Menschen** (vgl. Z. 26–35). So wird er einerseits mit einer Litotes als „kein unebener Mann" (Z. 26) beschrieben, der klug ist und seinen Schutzbefohlenen „gutmütiges Wohlwollen" (Z. 27) entgegenbringt. Andererseits wird ihm eine selbstgefällige Eitelkeit vorgeworfen, die ihn zur Demonstration seiner rhetorischen Fähigkeiten veranlasst und sein großes **Machtbewusstsein** speist: Er muss immer **recht behalten** und duldet keinen Widerspruch, was nur für „willenlose oder auch unredliche Schüler" (Z. 31 f.) von Vorteil ist, wohingegen diejenigen mit einer eigenen Meinung anecken. Metaphern aus dem Theaterbereich entlarven sein **gütiges Verhalten als gespielt** und als Taktik: „Die

4. Abschnitt: Charakterisierung des Ephorus

Rolle des väterlichen Freundes mit aufmunterndem Blick und gerührtem Ton beherrschte er als Virtuos, und er spielte sie auch jetzt." (Z. 34 f.) Nach dieser Vorstellung ist dem Leser klar, dass Hans nichts Gutes von dem Ephorus zu erwarten hat.

5. Abschnitt: Konflikt Ephorus – Hans

Der **letzte, zeitdeckend erzählte Sinnabschnitt** (Z. 36–86) enthält die **Unterredung** der beiden, die weitgehend in Form der direkten Rede wiedergegeben wird. Indem der Schulleiter sein Gegenüber duzt, ihn als „lieber Giebenrath" (Z. 40) oder sogar als „lieber junger Freund" (Z. 57) anspricht, bemüht er sich, eine **vertrauensvolle, beinahe freundschaftliche Atmosphäre** zu schaffen. Doch die Verteilung der Redeanteile verrät, dass es sich um eine **komplementäre Kommunikationssituation** handelt und sich der Lehrer gegenüber dem Schüler in einer überlegenen Position befindet. Der Ephorus führt ein entwickelndes **Frage-Antwort-Gespräch**, während Hans kurz und fast einsilbig antwortet, was auf seinen Respekt, aber auch auf seine Verunsicherung hindeutet (vgl. Z. 44, 47, 50). Gleich zu Beginn thematisiert der Lehrer den Leistungsabfall Giebenraths und gibt vor, gemeinsam mit ihm nach den Ursachen zu suchen – obwohl er schon längst das Urteil gefällt hat, dass die Freundschaft mit Heilner Hans schadet. So können in der Unterredung mangelnde Freude, gesundheitliche Probleme, ein zu großes Arbeitspensum oder Privatlektüre als Gründe für das Nachlassen von Hans ausgeschlossen werden (vgl. Z. 43–56). Schließlich nimmt der Ephorus dem Schüler das Versprechen ab, sich künftig zu bemühen, wobei er als „Gewaltige[r], der ihn mit ernster Miene anblickte" (Z. 59 f.), wie ein **mahnender Mentor** auftritt, dabei aber mit einer **latenten Drohung** deutlich macht, dass Hans sich in einer schwachen, gefährdeten Position befindet: „Nur nicht matt werden, sonst kommt man **unters Rad**." (Z. 61 f.) Es bleibt offen, ob sich die Redensart hier auf die Schule oder gar das Leben allgemein bezieht. Bei einem Nachlassen der Strebsamkeit laufe man Gefahr, überrollt zu werden. Als Repräsentant der Schule vermittelt der Ephorus die geforderten Tugenden Gehorsam, Unterordnung, Fleiß und Ehrgeiz.

Gesprächsverhalten: Ephorus taktisch, dominant – Hans: verunsichert

Das für den Schüler unangenehme Gespräch scheint bereits vorbei, Hans glaubt sich erleichtert in Sicherheit (vgl. Z. 63), da ruft ihn der Schulleiter zurück und gibt sein eigentliches **Ziel** zu erkennen: Er will die in seinen Augen unheilvolle **Freundschaft von Giebenrath und Heilner unterbinden**. Dabei geht er taktisch vor und befragt Hans erst allgemein über dessen Beziehung zu dem Mitschüler, obwohl er die Antworten bereits weiß. Aber als der Ephorus sein Erstaunen über das ungleiche Freundespaar zum Ausdruck bringt, **bekennt sich Hans** mit schlichten Worten **zu Heilner**: „[E]r ist nun eben mein **Freund**." (Z. 70) Indem er mehrfach das

eigentliche Intention des Ephorus: Zerstörung der Freundschaft

Hans' Loyalität zum Freund

Wort „Freund" wiederholt (vgl. Z. 69, 70, 77), verdeutlicht er die Wichtigkeit dieser sozialen Bindung für ihn. Die kritische Ermahnung, sich lieber von Heilner fernzuhalten, da der einen schlechten Einfluss ausübe, weist Hans mit einfacher und bestechender Logik zurück: Er müsse Heilner die Treue halten, „[w]eil er doch [s]ein Freund" sei (Z. 77). Die Ursachen für die beiderseitige Sympathie vermag er nicht zu erklären, was der Schulleiter nicht nachvollziehen kann. Daher umschreibt er die Freundschaft der beiden Jungen in Metaphern, die eine psychische Abhängigkeit oder Gefangenschaft nahelegen („Was fesselt dich", Z. 80; „Aber ich hoffe, du kommst allmählich von ihm los", Z. 83 f.). Da er offenbar spürt, dass er bei Hans nichts erreicht, beschließt der Ephorus das Gespräch mit einem **Appell**, sich von Heilner abzuwenden, und betont in zwei kurzen, fast identischen Sätzen sein **persönliches Interesse an dem Ende dieser Beziehung** („Es wäre mir lieb. Es wäre mir sehr lieb.", Z. 84). Der Erzähler kommentiert, dass diese grußlose Verabschiedung die „vorig[e] Milde" (Z. 85) vermissen lässt, und demaskiert so erneut das **gütige Auftreten des Lehrers als Theater** (vgl. Z. 34 f.). Aufgrund der vorangehenden Charakterisierung des Lehrers weiß der Leser von dem Bestreben des Ephorus, sich immer durchzusetzen und recht zu behalten. Hans' widerständiges Verhalten muss daher seinen Zorn provozieren.

Fazit: Kritik an Bildungssystem

Der Romanauszug demonstriert den **Zusammenprall von Schüler- und Lehrerinteressen**. Die Schule wird als Institution dargestellt, die den Willen ihrer Schutzbefohlenen bricht und diese gefügig macht. Passive willenlose Mitläufer sind dort eher gewünscht als mitdenkende kritische Geister, die aus der Reihe tanzen. **Es zählen nur Leistungen und Noten**, wohingegen die Persönlichkeitsentwicklung sekundär erscheint. So wird im Falle Giebenraths nicht positiv registriert, dass ein Außenseiter endlich sozialen Anschluss gefunden hat oder dass er den Wert der Freundschaft verteidigt. Indem er sich einem freidenkerischen, also problematischen Mitschüler anschließt, wechselt er aus Lehrersicht quasi die Seiten: von den fleißigen angepassten Schülern zu den aufsässigen „Seltsamen" (Z. 23). Der typische Lehrer ist offenbar nur ein **Erzieher zu gesellschaftlich konformem Verhalten**, der Schüler mit eigenen Ideen und kritischem Geist zurechtstutzt. Der Text kritisiert scharf ein **desaströses Bildungssystem** und das ihm zugrunde liegende Menschenbild.

moralische Integrität von Hans

Giebenraths Verhalten wirkt auf dieser Folie vorbildhaft: Er steht mutig und treu zu seinem Freund. Seine erste Freundschaft überhaupt hat seinem Leben eine neue Qualität verliehen und die Schule in den Hintergrund treten lassen, und er weigert sich, all das wieder aufzugeben. Mit seinem **aufrechten und integren Handeln** kann er in einer autoritär geprägten Welt, die nach den Regeln von „Staat und Schule" (Z. 20) funktioniert, nur scheitern und muss wohl – wie es auch der Romantitel nahelegt – „unterm Rad" enden.

Teilaufgabe 2

Überleitung zum Vergleich

Sowohl in dem Romanauszug von Hermann Hesse als auch in Hanekes Film Das weiße Band geht es um das **Thema Erziehung**, weshalb es nicht weiter verwundern kann, dass in beiden Werken **Lehrpersonen** eine zentrale Rolle spielen. Beide Handlungen sind am Anfang des 20. Jahrhunderts angesiedelt und es ist interessant, den Lehrer im Film und den im Textauszug dargestellten Ephorus auf **Gemeinsamkeiten und Unterschiede** zu untersuchen.

Vergleich des Lehrers und des Ephorus

Gemeinsamkeiten

Autoritätsposition gegenüber Schülern

Zunächst einmal sind beide Männer durch ihre **Autoritätsposition** gegenüber ihren Schülern gekennzeichnet. Sie unterrichten zu einer Zeit, in der ein Lehrer per se jemand war, dem man **Respekt** zu zollen und dem man mit Höflichkeit sowie mit **Ehrerbietung** gegenüberzutreten hatte. Dies zeigt sich sowohl bei Hesse als auch in Hanekes Film am grundsätzlichen Verhalten der Schüler gegenüber ihrem Lehrer. Als **Giebenrath** zum Ephorus gerufen wird, tritt der Schüler „schüchtern" (Z. 37) ein und adressiert den Schulleiter bei jeder Antwort **höflich** mit „Herr Ephorus" (Z. 39, 44, 47, 56). Auch die **Schülerinnen und Schüler** im Film grüßen ihren Lehrer bei jeder Begegnung mit „Guten Tag, Herr Lehrer!" und neigen **unterwürfig** den Kopf vor ihm. In beiden Fällen ist die **Lehrer-Schüler-Hierarchie** also fest verankert und wird zumindest auf formaler Ebene nie angezweifelt.

Einnehmen einer vordergründig wohlwollenden Haltung gegenüber Schülern

Trotz dieses klaren Autoritätsverhältnisses werden beide **Lehrpersonen** als **gutmütig und wohlwollend** ihren Schülern gegenüber dargestellt. Der Ephorus wird vom auktorialen Erzähler explizit so beschrieben (vgl. Z. 26 ff.) und der **Lehrer** wird als **sanfter Mann** gezeigt, der in seinem Privatleben zurückhaltend um die erst 17-jährige Eva wirbt, sie tröstet und sich **engagiert** um seine Schüler kümmert. So ist er ehrlich entsetzt, als er beim Angeln Martin auf einer Brücke balancieren sieht, und hält bei Schulschluss den behinderten Karli an der Hand, als er mit ihm auf dessen Mutter wartet. Als er Karli nach dem Weggang seiner Mutter allein zu Hause vermutet, will er der Sache nachgehen und bittet sogar den Verwalter, mit ihm gemeinsam ins verriegelte Haus der Hebamme einzudringen, um nach dem Jungen zu sehen. Beide Lehrer scheinen also **zumindest auf den ersten Blick ein über die Schule hinausgehendes Interesse** am Wohl ihrer Schüler zu haben.

fragende Gesprächsführung

Zudem ähneln sich die beiden Erzieher auch in der **Art**, **wie sie mit ihren Zöglingen sprechen**. Beide wollen ihren Schülern **Antworten entlocken** und haben es sich zum Ziel gesetzt, etwas von den

Jugendlichen in Erfahrung zu bringen. Dafür stellen sie ihnen **Fragen**, mit denen sie sich dem **Kern des Gesprächs annähern**. Der **Ephorus** befragt Giebenrath zunächst zu seinen **schulischen Interessen**, seiner **Gesundheit** und seinem **Freizeitverhalten**, bevor er auf seine Freundschaft zu Heilner zu sprechen kommt. Ähnlich geht der **Lehrer** in Hanekes Film vor, allerdings redet er weniger um den heißen Brei herum, sondern beginnt gleich mit Dingen, die in seinen Augen wirklich mit dem zu lösenden Sachverhalt zu tun haben. So **fragt** er **direkt**, was die Kinder vor dem Haus der Hebamme wollen, ob Anni, die Tochter des Arztes, der mit seiner Familie das Dorf verlassen hat, ihnen nichts von ihrer Abreise erzählt hat oder ob sie etwas über die merkwürdigen Vorfälle wissen.

Unterschiede: Verlogenheit des Ephorus vs. ehrliche Absichten des Lehrers

Diese **Direktheit des Lehrers** im *Weißen Band* könnte vordergründig den Anschein erwecken, als wäre er weniger einfühlsam als der Ephorus, der über unverfänglichere Themen erst einmal das Eis brechen will, bevor er zu seinem eigentlichen Anliegen kommt. Allerdings liegt das eher daran, dass der **Ephorus in seiner Güte nicht ehrlich** ist, sondern diese nur virtuos zu spielen vermag, wie der auktoriale Erzähler vor der Wiedergabe des Gesprächs verrät (vgl. Z. 34 f.). Der **Lehrer** in Hanekes Film dagegen ist wahrhaft **aufrichtig** und hat ein **echtes Interesse** an der Aufklärung des Falls. Nur deswegen dringt er manchmal vehementer in die Kinder, zum Beispiel als Erna ihm von ihren Träumen berichtet oder als er Klara und Martin mit seinen Vorwürfen konfrontiert. Im Allgemeinen ist er aber sanftmütig und ernsthaft **besorgt um das Wohl der ihm anvertrauten Kinder**, sowohl bei Martins Balanceakt auf der Brücke als auch nach Karlis Misshandlung sowie nach Annis plötzlichem Verschwinden. Er genießt zwar durch sein Amt **Autorität und Ansehen**, **missbraucht beides** aber **nie** zur Unterdrückung Schwächerer, was ihn positiv von den anderen Autoritätspersonen in seinem Umfeld abhebt.

zielgerichtete Befragung des Ephorus vs. offene Kommunikation des Lehrers

Dazu passt es auch, dass er mit seiner **Gesprächsführung**, die zwar oberflächlich betrachtet der des **Ephorus** ähnelt, ein ganz anderes Ziel verfolgt. Für den Ephorus geht es bei seiner Unterredung mit Giebenrath nur darum, den **Schüler von Heilner fernzuhalten**. In den Augen des Ephorus steht von vornherein fest, dass die aus seiner Sicht **ungesunde Freundschaft** der Grund für Giebenraths nachlassende schulische Leistungen ist. Seine anfänglichen **Fragen** sind deshalb **nur vorgeschoben**. Sie sollen seinen Schüler in einer **falschen Sicherheit** wiegen und ihm das Gefühl geben, der Lehrer stünde ihm wohlwollend gegenüber. Sobald der Ephorus aber merkt, dass Giebenrath durchaus in der Lage ist, Widerworte zu geben und auf seinen Standpunkt zu beharren, verlegt er sich auf kaum verhohlene **Drohungen** (vgl. Z. 61 f., 83 ff.). Der warmherzige und sensible **Lehrer** im *Weißen Band* kommuniziert dagegen **offen** und verfolgt als einziger Dorfbewohner wirklich das **Ziel, die Verbrechen aufzuklären**. Es geht ihm bei seinen Unterredungen mit den Schülern einzig und allein darum, die **Wahrheit ans Licht zu bringen**, und nicht darum, seinen Schülern Gehorsam einzubläuen. Für ihn **steht nicht von vornherein fest**, was das Gespräch ergeben soll, sondern er ist auf die Mitarbeit der Schüler angewiesen. Der Ephorus dagegen will Giebenraths Wahrheiten gar nicht hören, sondern er verfolgt nur das **Ziel**, ihn wieder zu einem **gehorsamen Schüler** zu machen.

reines System- und Leistungsdenken des Ephorus vs. Verzicht auf Machtdemonstration des Lehrers

Dies liegt auch daran, dass dem **Ephorus** nur an der **Leistung** seiner Schüler gelegen ist und er (wie auch die übrigen Lehrer der Klosterschule) ein Problem mit Schülern hat, die sich der schulischen **Zucht und Ordnung** entziehen (vgl. Z. 6 ff.). Er hat **keinerlei echtes Interesse an der Persönlichkeitsbildung** der ihm anvertrauten Jugendlichen, sondern es geht ihm nur darum, ihnen ihre Rolle im **autoritären System** zu verdeutlichen. Diesem haben sie sich zu unterwerfen, da sie sonst „unters Rad“ (Z. 62) kommen könnten. Träumereien, Freundschaften, die erste Liebe, die Formung eigenständiger Gedanken – all das sind für den Ephorus Zeichen eines schlechten Einflusses und Niedergangs, die den Heranwachsenden mit „**Härte**“ (Z. 24) ausgetrieben werden müssen. Auch im *Weißen Band* sind die Kinder im Allgemeinen dieser Einstellung der Autoritätspersonen unterworfen, doch bildet der **Lehrer** hier eine **Ausnahme**. Für ihn spielt auch die **Persönlichkeitsbildung** eine Rolle und er **sieht vom Einsatz „Schwarzer Pädagogik“ ab**, die zum Beispiel der Pfarrer gegenüber seinen Kindern ausübt, wenn er seine ganze Familie mit Essensentzug bestraft, als Klara und Martin ohne das Wissen der Eltern zu lange weggeblieben sind. Der Lehrer dagegen wird **nie in einer strafenden Rolle** gezeigt und sein übriges Verhalten lässt eher vermuten, dass ihn Erziehungsmethoden wie die des Pfarrers entsetzen. Die **Schüler könnten ihm vertrauen**, da er es zum Beispiel für sich behält, dass er Martin beim Balancieren auf dem Brückengeländer erwischt hat. Zudem erzählt er Ernas Eltern nichts von ihren Träumen, die sie ihm gestanden hat. Er nutzt dieses Wissen nur, als er glaubt, damit zur **Aufklärung der Verbrechen** beitragen zu können, aber nicht, um Erna oder den anderen Kindern seine Autorität zu demonstrieren.

Fazit

Genau dieses **Interesse an Wahrhaftigkeit** ist es wahrscheinlich auch, das am Ende des Films zur **Drohung des Pfarrers** führt, den Lehrer ins Gefängnis werfen zu lassen, wenn er seinen Verdacht öffentlich äußert. Der Theologe, der normalerweise keine Probleme damit hat, seine Kinder zu züchtigen, weist die Unterstellung des

Lehrers, Klara und Martin könnten an den Verbrechen im Dorf beteiligt gewesen sein, vehement zurück. Dies tut er nicht etwa, weil er eine Bestrafung von seinen Kindern abwenden will, sondern er **fürchtet die Schande**, die die Wahrheit für ihn und seine Familie bedeuten könnte. Zudem spürt er vielleicht, dass man das Verhalten der Kinder bei genaueren Nachforschungen auf seine **Erziehungsmethoden zurückführen** könnte, was er um jeden Preis vermeiden will. Wie beim Ephorus zeigt sich, dass **autoritär agierende Personen** immer **von der Angst getrieben** werden, ihre Autorität einzubüßen, weil sie ohne diese mit leeren Händen dastehen würden. Der **Lehrer** hat solche Befürchtungen nicht und erweist sich damit als **echte Autorität**, da er **nicht auf ständige Respektsbezeugungen angewiesen** ist. In einem von Obrigkeitsdenken und Machtstreben geprägten Umfeld muss er damit aber zwangsweise am **autoritären Charakter seiner Mitmenschen** und Vorgesetzten scheitern.

Deutsch (Hamburg) – Erhöhtes Anforderungsniveau
Abiturähnliche Übungsaufgabe 4

Aufgabenart
Vergleichende Untersuchung eines Films und eines Romanauszugs

Thema
„Wer treten wollte, mußte sich treten lassen" – Autorität und Gehorsam in Werken des 20. und 21. Jahrhunderts

Verbindlicher Referenztext
Michael Haneke: *Das weiße Band* (Film)
Michael Haneke: *Gewalt und Medien*
Heinrich Mann: *Der Untertan*

Teilaufgaben

1. Analysieren Sie das Szenenbild aus Michael Hanekes Film *Das weiße Band* unter Berücksichtigung von Hanekes Aussagen zur Darstellung von Gewalt in seinem Vortrag *Gewalt und Medien*. (40 %)

2. „Die Frage heißt nicht: Was darf ich zeigen? Sondern: Welche Chance gebe ich dem Zuschauer, das Gezeigte als das zu erkennen, was es ist?"
   Erörtern Sie, inwiefern das Zitat auf Heinrich Manns Roman *Der Untertan* zutrifft. (60 %)

Filmstill aus *Das weiße Band*

picture alliance / Everett Collection | ©Sony Pictures/Courtesy Everett Collection

Hinweise und Tipps

In der ***ersten Teilaufgabe*** *sind Sie dazu aufgefordert, ein* ***Szenenbild*** *aus Michael Hanekes Film „Das weiße Band" zu* ***analysieren****. Formulieren Sie dazu zunächst eine* ***Einleitung****, die zum Thema Ihres Aufsatzes hinführt. An dieser Stelle können Sie auch die* ***Handlung*** *des Films kurz* ***zusammenfassen****. Konzentrieren Sie sich dabei aber nur auf die Handlungsstränge, die für die Analyse des Filmbilds wichtig sind, um sich nicht in unnötigen Details zu verlieren. Da Ihnen der Film aus dem Unterricht bekannt ist, dürfte es Ihnen nicht weiter schwerfallen, das Filmbild in den* ***Handlungszusammenhang einzuordnen****. Beschreiben Sie dazu in Ihren eigenen Worten, was direkt vor der gezeigten Szene geschehen ist und wie diese die Handlung fortführt. Anschließend müssen Sie das Filmstill genauer analysieren und dabei seinen* ***Inhalt*** *und den* ***Einsatz filmsprachlicher Mittel*** *in einen sinnvollen Zusammenhang bringen. Betrachten Sie dazu sowohl die* ***Kameraführung****, die gewählte* ***Perspektive*** *und die* ***Lichtgestaltung*** *als auch die generelle* ***Bildkomposition****. Fragen Sie sich, warum der Regisseur sich für genau diese Darstellung entschieden haben könnte. So gelingt es Ihnen, die Filmszene umfassend zu deuten. Vergessen Sie nicht, an passenden Stellen auch auf den im Unterricht behandelten* ***Vortrag „Gewalt und Medien"*** *von Michael Haneke Bezug zu nehmen, wie es die Aufgabenstellung von Ihnen verlangt. Beschließen können Sie Ihre Analyse mit einem kurzen* ***Ausblick*** *auf den Fortgang der Handlung nach der gezeigten Szene.*

In der ***zweiten Teilaufgabe*** *sollen Sie ein* ***Zitat*** *Hanekes aus seinem Vortrag „Gewalt und Medien" im Hinblick auf Heinrich Manns Roman „Der Untertan"* ***erörtern****. Dazu müssen Sie nach einer kurzen* ***Überleitung*** *zunächst das Zitat in Ihren eigenen Worten erklären. So zeigen Sie, dass sie es verstanden haben, und stellen das* ***Thema*** *der folgenden Erörterung heraus. Bei dieser macht es wenig Sinn, sie wie sonst üblich nach Pro- und Kontra-Argumenten aufzubauen. Schließlich sollen Sie an dem Ihnen aus dem Unterricht bekannten Roman von Mann zeigen, inwiefern* ***Hanekes Zitat auch auf dieses Werk anzuwenden*** *ist. Fragen Sie sich also, ob der Aussage im Hinblick auf den „Untertan" inhaltlich und formal zuzustimmen ist. In Bezug auf den ersten Teil des Zitats (Überlegung, was man inhaltlich darstellen darf) können Sie Ihr* ***Hintergrundwissen zur Entstehung des Romans*** *einfließen lassen, indem Sie aufzeigen, dass Heinrich Manns Manuskript durchaus der Zensurpraxis des Kaiserreichs unterworfen war. Was den zweiten Teil des Zitats angeht (Wie bzw. mit welchen Mitteln erkennen Leserinnen und Leser den Kern des Gezeigten?), müssen Sie Ihre Kenntnisse zu* ***Aufbau und Form*** *von Manns Roman aktivieren. Wie schafft es Mann, seine Kritik an den obrigkeitsstaatlichen Strukturen des Kaiserreichs zu übermitteln? Berücksichtigen Sie bei der Beantwortung dieser Frage sowohl die* ***erzählerische Gestaltung*** *als auch* ***Sprache und Stil*** *sowie die* ***Gattungszugehörigkeit*** *des Werks. Belegen Sie Ihre Aussagen an passenden Stellen mit ausgewählten* ***Zitaten aus dem Roman*** *und stellen Sie sicher, dass Sie sich immer wieder auf die Erörterungsfrage zurückbeziehen. Formulieren Sie zum* ***Schluss*** *ein abrundendes Fazit, das den Bogen zu Ihrer Einleitung schlägt.*

Verwendete Textausgabe: Heinrich Mann: Der Untertan. Stuttgart: Reclam 2021.

Lösungsvorschlag

Teilaufgabe 1
Einleitung
Vorstellung des Films und kurze Wiedergabe der Filmhandlung

Disziplin, (Unter-)Ordnung und die Erziehung zu einem nützlichen Mitglied der Gesellschaft – das sind die pädagogischen Ideale, die Michael Haneke in seinem Film *Das weiße Band – Eine deutsche Kindergeschichte* aus dem Jahr 2009 infrage stellt. Dessen Handlung ist im Vorkriegsjahr 1913/14 in einem norddeutschen Dorf angesiedelt. Die dortige Gesellschaft ist geprägt von einem strengen **Protestantismus** und einer unüberwindbaren **patriarchalen Hierarchie:** An der Spitze des Dorfes steht der Herr Baron und Familien werden jeweils vom Herrn Vater beherrscht. Frauen und Kinder haben in einem solchen Umfeld einen schweren Stand und bekommen die **männliche Gewalt** sowohl physisch als auch psychisch zu spüren. Die festgefügte Ordnung gerät allerdings ins Wanken, als sich im Dorf innerhalb eines Jahres **mysteriöse Vorfälle** häufen, die mit der Zeit den Charakter **ritueller Bestrafungen** annehmen. Der Versuch, die Verantwortlichen für die Verbrechen zu finden, scheitert unter anderem auch daran, dass die Autoritäten des Dorfes alle selbst etwas zu verbergen haben und einer genaueren **Untersuchung** aus dem Weg gehen. Der Einzige, der weiter nachbohrt und die Kinder des Ortes ins Visier nimmt, ist der **Lehrer**.

Einordnung des Szenenbilds in den Handlungsverlauf

In seiner selbstgewählten **Rolle als Dorfdetektiv** zeigt ihn auch das vorliegende Szenenbild, das am Ende des Films zu verorten ist. Kurz zuvor ist der Lehrer mit einem geborgten Fahrrad auf dem Weg zu seiner Verlobten Eva in die Stadt, als ihn die Hebamme aufhält und eindringlich darum bittet, ihr das Fahrrad zu überlassen. Sie behauptet, zur Polizei fahren zu wollen, da ihr **behinderter Sohn Karli**, der am Vortag schwer **misshandelt** aufgefunden worden ist, ihr anvertraut habe, wer ihn so zugerichtet habe. Nachdem der Lehrer der Frau nach einigem Zögern das Rad übergeben hat, sucht er das **verlassene Haus der Hebamme** auf. Er macht sich Sorgen um den vermeintlich alleingelassenen Karli und will bei dem verletzten Kind nach dem Rechten sehen. Als er die Holztür zum Garten öffnet, erblickt er die **Kinder um Klara**, die älteste Tochter des Dorfpfarrers, die gerade versuchen, einen Blick durch einen geschlossenen Fensterladen ins Haus der Hebamme zu werfen. Vom Lehrer angesprochen, was sie hier tun würden, antwortet Klara, sie hätten von Karlis Verletzungen gehört und würden gerne ihre Hilfe anbieten. Den **Lehrer** macht dieses Verhalten **misstrauisch**, da der behinderte Karli von den anderen Kindern vorher meistens ignoriert oder sogar mit Spott bedacht worden ist. Außerdem erinnert er sich an seine Unterredung mit **Erna**, der Tochter des Gutsverwalters, die ihm kurz vor dem Auffinden des malträtierten Jungen gestanden hat, **von Karlis Misshandlung geträumt** zu haben. Dies erhärtet den Verdacht des Lehrers, dass die **Kindergruppe für die Verbrechen verantwortlich** sein könnte.

Analyse des Szenenbilds

Perspektive und Kameraführung

Das Filmbild fängt den Moment ein, in dem der Lehrer gerade das Holztor öffnet. Die Kamera folgt ihm in **Normalsicht**, sodass die **Betrachter** das Gefühl haben, dem **Lehrer über die Schulter zu schauen** und selbst direkt am Eingang des Gartens anwesend zu sein. Das Filmen durch den **geöffneten Türrahmen** schafft den Eindruck einer **dreifach gestaffelten Beobachtung:** Die Kinder wollen einen Blick auf den im Haus vermuteten Karli werfen, der Lehrer ertappt seine Schülergruppe bei diesem Versuch und der Zuschauer bzw. die Kamera fängt die gesamte Szenerie ein. Durch die **statische Kameraführung**, die das aufgenommene Bild sachlich und neutral darbietet, wird es den Betrachtern **erschwert**, eine **reine Konsumentenhaltung** einzunehmen und sich unreflektiert in das Filmgeschehen hineinziehen zu lassen. Vielmehr werden sie dazu aufgefordert, sich ihre eigene Wahrnehmung bewusst zu machen und sich **vom Gesehenen zu distanzieren**. Dies wird zusätzlich durch die **hohe Tiefenschärfe** verstärkt, die fast surreal anmutet und zu **genauem Hinsehen** auffordert. Mit dieser Darstellung folgt der Regisseur Haneke seinem eigenen, im 1995 gehaltenen Vortrag „Gewalt und Medien" geäußerten **Credo**, dem **Überwältigungscharakter** des Mediums Film **entgegenzuwirken**. Statt sein Publikum einfach als Voyeur Zeuge des (oft gewaltsamen) Geschehens werden zu lassen, verwendet er die oben genannten Mittel, um den **Wahrnehmungsprozess zu verlangsamen** und damit den Zuschauern die Chance zu geben, ihre **eigene Haltung** zum Gezeigten **zu überdenken**.

kontrastreiche Lichtgestaltung

Durch diese Verlangsamung der Rezeption fällt auch der starke **Kontrast im Hell-Dunkel-Verhältnis** auf: Fast der gesamte Vordergrund des Bildes wird von dunklen Tönen dominiert (Holzzaun, Kleidung des Lehrers, Hausmauern), während der Himmel im Hintergrund genauso wie die geschlossenen Holzfensterläden geradezu blendend weiß wirken. Dies lässt sich zweifach deuten: Einerseits könnte die **Helligkeit**, die man nur durch die geöffnete Gartentür richtig sieht, den Forscherdrang des Lehrers untermalen, der auf der **Suche nach der Wahrheit** ist und dieser mit der Entdeckung der Kinder wieder ein Stück näherkommt. Er versucht also, Licht ins Dunkel des Verbrechens zu bringen. Oder aber der Farbkontrast soll verstärkend darauf hinweisen, dass **Karli allein im abgedunkelten Zimmer** zu vermuten ist und als Folge der Misshandlungen vielleicht für immer blind bleiben wird, während die wahrscheinlich dafür verantwortlichen anderen **Kinder** dem Lehrer gegenüber **die Unschuldigen spielen**.

Durch die Anordnung der Figuren entsteht der Eindruck, als würde eine **Konfrontation** zwischen dem **Lehrer** und den Kindern kurz bevorstehen. Dabei wirkt der Lehrer trotz seiner eigentlich überlegenen Position (er ist allein kraft seines Berufes eine Autorität für die Kinder) eher **zögerlich und zurückhaltend**. Indem seine rechte Hand noch auf der geöffneten Tür liegt und er diese noch nicht durchschritten hat, könnte er die Tür jeden Moment wieder zuschlagen und einen **Rückzieher** machen, vielleicht weil ihm vor dem graut, was er in Erfahrung bringen könnte. Die **Kinder** dagegen, von denen nur Klara und hinter ihr ihr Bruder Martin zu sehen sind, sind von weiter weg aufgenommen und wirken dadurch **wesentlich kleiner** als der Lehrer. Auf diese Weise erscheint der **Verdacht**, sie könnten für die schlimmen Taten verantwortlich sein, **umso erschreckender**. Auch hier schafft es Haneke wieder, die reine **Konsumentenhaltung des Publikums aufzubrechen**, und den Zuschauern zu ermöglichen, das Gesehene zu reflektieren: Man möchte am liebsten nicht glauben, zu welchen Taten Kinder fähig sind, und wünscht sich fast, der Lehrer würde seine Nachforschungen aufgeben. Dass der Lehrer mit seiner Vermutung aber wahrscheinlich recht hat, wird durch die wie ertappt, aber auch **trotzig wirkende Körperhaltung** der Kinder angedeutet.

Position der Figuren und Bildkomposition

Auch für den **Lehrer** erhärtet sich durch das Gesehene sein Verdacht und in der nachfolgenden Szene **besucht** er die **Pfarrersfamilie** zu Hause, um Klara und Martin mit dem zu konfrontieren, was er ihnen vorwirft. Die Kinder reagieren darauf aber einsilbig und ausweichend, bis ihr **Vater** nach Hause kommt und dem Lehrer **droht**, ihn ins Gefängnis werfen zu lassen, wenn er seinen Verdacht öffentlich äußert. Der Theologe, der normalerweise keine Probleme damit hat, seine Kinder zu züchtigen, weist den Verdacht des Lehrers, Klara und Martin könnten an den Verbrechen im Dorf beteiligt gewesen sein, vehement zurück. Dies tut er nicht etwa, weil er eine Bestrafung von seinen Kindern abwenden will, sondern er **fürchtet die Schande**, die die Wahrheit für ihn und seine Familie bedeuten könnte. Zudem spürt er vielleicht, dass man das Verhalten der Kinder bei genaueren Nachforschungen **auf seine Erziehungsmethoden zurückführen** könnte, was er um jeden Preis vermeiden will.

Ausblick auf den weiteren Handlungsverlauf

So endet der **Film offen** und man erfährt nicht endgültig, wer die Taten wirklich begangen hat. Es steht aber zu vermuten, dass die **Kinder** sich die alltäglich **erfahrene Autorität und Gewalt** durch ihre Väter zu eigen gemacht haben und diese wiederum **an Schwächeren auslassen**. Eine Spirale, die schwer zu durchbrechen ist und die in der historischen Realität zwanzig Jahre später den Nährboden für die Gewaltherrschaft der Nationalsozialisten bereitet hat.

Fazit

Die im deutschen **Kaiserreich** herrschenden **Werte und Erziehungsideale** wurden aber nicht erst im 21. Jahrhundert in Kunst und Kultur thematisiert, sondern bereits knapp hundert Jahre vor Hanekes Film setzte man sich (auch kritisch) mit diesen auseinander. So verfasste Heinrich Mann bereits ab 1906 seinen **satirischen Roman *Der Untertan***, der allerdings erst nach dem Ersten Weltkrieg vollständig in Buchform veröffentlicht wurde. Darin beleuchtet Mann am Beispiel seines Protagonisten Diederich Heßling die **Entstehung eines autoritären Charakters** unter den Bedingungen der wilhelminischen Gesellschaft, die er damit als machtbesessenen Obrigkeitsstaat entlarvt.

Teilaufgabe 2
Überleitung
Werte und Erziehungsideale des Kaiserreichs in Kunst und Kultur

Obwohl Haneke sich mit dem **Zitat** aus seinem Vortrag *Gewalt und Medien* auf die medialen Gestaltungsmöglichkeiten des ausgehenden 20. Jahrhunderts bezieht, lässt es sich in ähnlicher Form auch **auf Manns Roman anwenden**. Es geht Haneke, wie er schreibt, nicht darum, was man an Inhalten zeigen darf, sondern darum, wie das jeweilige Thema dargeboten wird. Für ihn steht somit die **Frage** im Zentrum, mit welchen Mitteln ein Künstler arbeitet, also **welche Form** er wählt, um seine Rezipienten den **Kern des Gezeigten erkennen** zu lassen. Inwiefern sich auch Heinrich Mann in seinem Roman mit ähnlichen Überlegungen auseinandergesetzt haben muss, soll im Folgenden erörtert werden.

Erläuterung des Zitats als Hinführung zur Erörterung

Zunächst einmal konnte Heinrich Mann, anders als Michael Haneke über hundert Jahre später, nicht so einfach über die erste **Frage nach dem erlaubten Inhalt** hinweggehen. Spätestens als sein Manuskript als Fortsetzungsroman in der Wochenzeitung *Zeit im Bild* abgedruckt werden sollte, behielt sich der verantwortliche Chefredakteur vor, zu **explizite erotische Stellen zu streichen**. Alle übrigen Inhalte wurden zunächst einmal unverändert veröffentlicht, lösten im obrigkeitsgläubigen Kaiserreich aber einen Sturm der Entrüstung aus, sodass spätere **Abschnitte entschärft** werden mussten, um keinen Prozess wegen **Majestätsbeleidigung** zu riskieren. Mann musste also auch **inhaltliche Zensuren** hinnehmen, um seinen Roman publizieren zu können. Umso wichtiger dürfte es ihm gewesen sein, über die verwendeten formalen Mittel die intendierte Botschaft des Romans an seine Leserschaft zu bringen.

Erörterung
Bezug auf den Inhalt: Zensurpraxis des Kaiserreichs

Dabei nutzt Mann verschiedene Möglichkeiten, um seinen Rezipienten die Chance zu geben, seinen Roman als das zu erkennen, was er ist – eine **beißende Kritik an der Untertanenmentalität** der Deutschen und den **Machtstrukturen** des Kaiserreichs.

Bezug auf die Form:

Zunächst einmal trug sein Werk damals noch den expliziten **Untertitel** „Geschichte der öffentlichen Seele unter Wilhelm II.“, der klar-

Untertitel

macht, dass seine Romanfiguren und besonders sein Protagonist Diederich Heßling **prototypisch für die vorherrschenden Befindlichkeiten der deutschen Bevölkerung** stehen und dass diese eng mit der Person des Kaisers verknüpft sind. Am Untertitel lässt sich allerdings (noch) nicht erkennen, ob die öffentliche Seele in **positiver oder negativer Weise** von den Machtstrukturen des Kaiserreichs beeinflusst wurde und wird. Das tritt erst bei der Lektüre des Romans deutlicher zutage.

chronologische und auktoriale Erzählweise

Dieser ist von einer linearen, chronologischen Erzählweise geprägt und zeigt die **prototypische Entwicklung eines autoritären Charakters** anhand verschiedener **Sozialisationsinstanzen**, die Diederich durchläuft. So wird sein Verhältnis zu Mutter und Vater als (Klein-)Kind ebenso beleuchtet wie seine Schullaufbahn und seine Einstellung zu den am Gymnasium herrschenden Machtstrukturen („Nach […] dem Vater, dem lieben Gott, dem Burggespenst und der Polizei, […] nach allen diesen furchtbaren Gewalten geriet nun Diederich unter eine noch furchtbarere […]: die Schule.", S. 12). Fortgesetzt wird die Beschreibung seines Werdegangs mit seinem Chemiestudium in Berlin, wo er der Studentenverbindung Neuteutonia beitritt, und seinem kurzen Intermezzo bei der Armee, bis er nach dem Tod seines Vaters in seine Heimatstadt Netzig zurückkehrt und dort die Leitung der väterlichen Papierfabrik sowie der Familie übernimmt. Das erste Kapitel wird **zeitraffend** und aus kritischer Distanz von einem **auktorialen Erzähler** wiedergegeben, um zusammenfassend die **Herausbildung von Diederichs autoritärem Charakter** zeigen und bewerten zu können. Auf diese Weise kann es der Leserschaft nicht verborgen bleiben, dass Diederichs Entwicklung eine **Negativspirale** darstellt, was kommentierende Bilanzierungen des Erzählers unterstreichen („Diederich empfand stolze Freude, wie gut er nun schon erzogen war. Die Korporation, der Waffendienst und die Luft des Imperialismus hatten ihn erzogen und tauglich gemacht.", S. 100).

Brechung der personalen Erzählweise durch Komik und Satire

In den folgenden Kapiteln I bis VI tendiert das Erzählverhalten dann zwar stark zu einer **personalen Erzählweise**, indem in Form der erlebten Rede **Diederichs Perspektive** auf die Welt eingenommen wird. Allerdings versäumt es Mann nicht, die Ansichten seines Protagonisten durch **Komik und Satire** immer wieder ironisch zu brechen, um dadurch **Diederichs Position kritisch zu entlarven**. Obwohl die Leserinnen und Leser durch die personale Erzählweise sowie durch Abschnitte szenischer Darstellung Diederichs Erlebnisse und Gedankengänge sehr unmittelbar und ungefiltert mitbekommen, holt sie deren **Überspitzung** immer wieder auf den Boden der Tatsachen zurück, zum Beispiel wenn Diederich vom Charakter der Macht schwärmt (vgl. S. 331). Es besteht also nie die

Gefahr einer zu großen Identifikation mit Manns Protagonist, da er wiederholt **ironisiert** wird, sodass kaum jemand auf die Idee kommen dürfte, ihn und seine Sichtweise ernst zu nehmen.

Entlarvung der Machtstrukturen durch Montagetechnik

Um dies zu erreichen, wendet Mann Techniken an, die die **Machtstrukturen des Kaiserreichs** aufdecken und **ins Lächerliche ziehen**. So montiert er zum Beispiel **Bruchstücke echter Kaiserreden** in die Reden Diederichs. In Diederichs Ansprache vor der Belegschaft seiner Fabrik (vgl. S. 106) finden sich demzufolge auffällige Parallelen zu echten Reden Wilhelms II. in Intention, Argumentation, Wortwahl sowie in Gestik und Mimik („Er versuchte, seine Augen blitzen zu lassen, sein Schnurrbart sträubte sich noch höher.", S. 106). Dabei werden die Kaiserreden im *Untertan* **auf eher belanglose Situationen übertragen**, wodurch die Redeinhalte übertrieben klingen und das kaiserliche Auftreten verlacht wird („Mein Kurs ist der richtige, ich führe euch herrlichen Tagen entgegen.", „diejenigen jedoch, welche sich mir bei dieser Arbeit entgegenstellen, zerschmettere ich", S. 106). Die kaiserlichen Worte werden als **hohle Phrasen** gezeigt und in anderem Kontext verwendet, wodurch sowohl ihr eigentlicher Urheber als auch Diederich, der sie einfach unhinterfragt übernimmt, als Karikaturen entlarvt werden.

Verwendung satirischer Merkmale und Mittel

Die Oberflächlichkeit und **Verlogenheit Diederichs** tritt außerdem durch den Einsatz weiterer **satirischer Merkmale und Mittel** deutlich hervor. So weckt schon sein **Nachname Heßling** Assoziationen an Begriffe wie „hässlich" und „klein", die nahelegen könnten, dass Diederich eigene Schwächen kompensieren muss und aus diesem Grund den Wunsch verspürt, in einem größeren Machtgefüge aufzugehen. Zudem legt Mann seinem Protagonisten immer wieder **stereotype Formulierungen** in den Mund, die ihn als Witzfigur offenbaren (beständig geäußerter Wunsch „ganz dabeibleiben zu können", wenn vom Militär die Rede ist, das Diederich damals unbedingt verlassen wollte). In eine ähnliche Richtung weist die **zunehmende Angleichung Diederichs an Kaiser Wilhelm II.** (vgl. S. 100 f.), die Manns Protagonisten als entpersönlichtes Rädchen im gesellschaftlichen Machtgetriebe erscheinen lässt. Diederichs **heuchlerischer Opportunismus** wird außerdem klar ersichtlich, wenn er mit Hochwertwörtern wie „Moral" Eigeninteressen verdeckt und edle Handlungsmotive vortäuscht (zum Beispiel als er begründet, warum er Agnes nicht heiraten könne, vgl. S. 99), oder wenn **Wort und Tat in starkem Kontrast** zueinander stehen. So rühmt Diederich kurz nach dem Weihnachtsfest den Familienfrieden, während die Leserinnen und Leser ganz genau wissen, dass dieses von Konflikten geprägt war (vgl. S. 184 ff., 191). Auf diese Weise stellt Mann sicher, dass **Diederich** so bei seinen Rezipienten ankommt, wie er es beabsichtigt hat, nämlich **als geistloser und machtversessener Mensch**.

In der Anlage erinnert Manns Roman stark an den klassischen **Bildungs- und Entwicklungsroman**, außerdem knüpft er durch die Einbettung der Figuren in ihr jeweiliges Milieu an die **realistischen Romane** des 19. Jahrhunderts an. Beiden Gattungen kann er jedoch nicht uneingeschränkt zugewiesen werden, da er **in entscheidenden Punkten** von diesen **abweicht**. So erfolgt bei Diederich nicht wie in der Klassik üblich die schrittweise Ausbildung einer individuellen, autonomen Persönlichkeit, sondern es wird ganz im Gegenteil die **Entstehung eines angepassten Untertanen** vorgeführt. Der Entwicklungsroman wird also genau in sein Gegenteil verkehrt, sodass der Leserschaft **Mechanismen** und Bedingungen offenbart werden, die **die Herausbildung von Individualität unmöglich machen**. Im Kontrast zum realistischen Roman erfolgt bei Mann außerdem keine wirklichkeitsgetreue Abbildung der Realität, sondern stattdessen eine **satirische Überzeichnung**, die der Gesellschaft den Spiegel vorhält. Ganz im Sinne des Haneke-Zitats haben Leserinnen und Leser in Heinrich Manns Roman also die Chance, das Gezeigte als das zu erkennen, was es ist. Dies gelingt dem Schriftsteller durch eine Vielzahl an inhaltlichen und formalen Mitteln, die er äußerst geschickt einzusetzen weiß.

Durchbrechung gängiger Gattungsmerkmale

Allerdings werden bei Mann **nicht alle Figuren satirisch überzeichnet**, was seinem Roman ein erzieherisches Gepräge verleiht. Indem Figuren wie der alte Buck oder Agnes Göppel von der spitzen Feder des Autors verschont bleiben, werden ihre Ansichten ernst genommen und als glaubwürdig vermittelt. Mann nutzt sie dazu, um der mangelhaften **Wirklichkeit ein Ideal gegenüberzustellen**, das die Leserschaft in Richtung einer freieren und gerechteren Gesellschaft beeinflussen soll.

ABER: keine durchgängige satirische Überzeichnung

Fazit

Rückblick vs. Vorausschau auf Charakter des Nationalsozialismus

Wie in der Einleitung bereits festgestellt, wird im *Untertan* genauso wie im *Weißen Band* die Ausbildung eines Charakters vorgeführt, der schließlich den **Nährboden für die Herrschaft des Nationalsozialismus** ab 1933 bereitet hat. Im Hinblick auf diese Tatsache gibt es allerdings einen deutlichen Unterschied zwischen beiden Werken: Während **Haneke** mit seinem Film **rückblickend** die damaligen Mechanismen und Erziehungsideale untersucht, muss man **Manns Roman** aus dem frühen 20. Jahrhundert geradezu **prophetische Weitsicht** bescheinigen. Schließlich konnte der Schriftsteller damals noch nicht wissen, wohin sich Deutschland entwickeln würde, und trotzdem weist der Roman bereits auf den **Untergang des Kaiserreichs** im Ersten Weltkrieg sowie die **fanatische Anhängerschaft Hitlers** voraus.

Deutsch (Hamburg) – Grundlegendes Anforderungsniveau
Abiturähnliche Übungsaufgabe 5

Aufgabenart
Gedichtinterpretation

Thema
Lyrik

Aufgabe

Analysieren Sie das Gedicht *Das Göttliche* von Johann Wolfgang von Goethe unter besonderer Berücksichtigung des hier entworfenen Menschenbildes.

Johann Wolfgang von Goethe (1749–1832): Das Göttliche (1783)

Edel sei der Mensch,
Hilfreich und gut!
Denn das allein
Unterscheidet ihn
Von allen Wesen,
Die wir kennen.

Heil den unbekannten
Höhern Wesen,
Die wir ahnen!
Ihnen gleiche der Mensch!
Sein Beispiel lehr uns
Jene glauben.

Denn unfühlend
Ist die Natur:
Es leuchtet die Sonne
Über Bös und Gute,
Und dem Verbrecher
Glänzen wie dem Besten
Der Mond und die Sterne.

Wind und Ströme,
Donner und Hagel
Rauschen ihren Weg
Und ergreifen
Vorüber eilend
Einen um den andern.

Auch so das Glück
Tappt unter die Menge,
Faßt bald des Knaben
Lockige Unschuld,
Bald auch den kahlen
Schuldigen Scheitel.

Nach ewigen, ehrnen,
Großen Gesetzen
Müssen wir alle
Unseres Daseins
Kreise vollenden.

Nur allein der Mensch
Vermag das Unmögliche:
Er unterscheidet,
Wählet und richtet;
Er kann dem Augenblick
Dauer verleihen.

Er allein darf
Den Guten lohnen,
Den Bösen strafen,
Heilen und retten,
Alles Irrende, Schweifende
Nützlich verbinden.

Und wir verehren
Die Unsterblichen,
Als wären sie Menschen,
Täten im Großen,
Was der Beste im kleinen
Tut oder möchte.

Der edle Mensch
Sei hilfreich und gut!
Unermüdet schaff er
Das Nützliche, Rechte,
Sei uns ein Vorbild
Jener geahneten Wesen!

Johann Wolfgang von Goethe, Gedichte und Epen, Band I, Hamburger Ausgabe, München 1998, S. 147–149.

Hinweise und Tipps

*Bei der **Analyse** des vorliegenden Gedichts ist es zunächst einmal wichtig, dass Sie aus der Überschrift keine voreiligen Schlüsse im Hinblick auf das Thema ziehen. Verschaffen Sie sich stattdessen erst Klarheit über **inhaltliche Schwerpunkte**, indem Sie sich mit den einzelnen Strophen auseinandersetzen. Einen wesentlichen Hinweis für Ihre Interpretation liefert Ihnen bereits die Aufgabenstellung, in der das in dem Gedicht entworfene **Menschenbild** als besonderer Schwerpunkt Ihrer Analyse vorgegeben wird. Eine der zentralen Leitfragen der Untersuchung lautet daher: Welches Menschenbild vermittelt Goethe in seinem Gedicht und woran wird dies erkennbar? Ausgehend von dieser Fragestellung können Sie eine sinnvolle **Einteilung** in **Sinnabschnitte** vornehmen: Welche der Strophen geben unmittelbar Auskunft über das, was den Menschen in besonderer Weise auszeichnet? Welche thematischen Schwerpunkte lassen sich den anderen Strophen zuordnen und welche Funktion haben diese Strophen für das Gesamtverständnis des Gedichts?*
*Ferner spielt es für die Erschließung dieses Textes eine zentrale Rolle, die **Konzeption des Verhältnisses Mensch/„Höhere Wesen"** (vgl. V. 8) bzw. „Unsterbliche" (vgl. V. 50) näher zu bestimmen. Zu diesem Zweck ist es hilfreich, sich zunächst zu vergegenwärtigen, wie etwa das biblische Verständnis dieses Verhältnisses aussieht: Der Mensch erscheint hier als ein Ab- bzw. Ebenbild Gottes, er ist nach dem Bild Gottes geschaffen – Gott dient gewissermaßen als „Vorbild" für den von ihm erschaffenen Menschen. Vergleichen Sie nun dieses Gottesbild mit der von Goethe präsentierten Vorstellung: Welche zentralen Unterschiede können Sie feststellen und welche Konsequenzen hat diese alternative Sichtweise hinsichtlich des in diesem Gedicht vorgestellten Menschenbildes?*

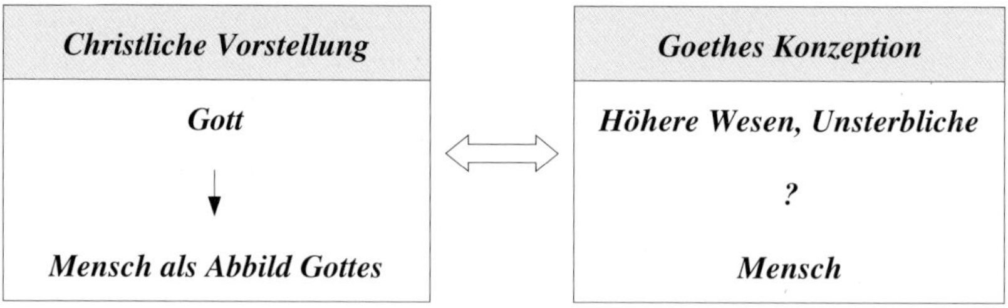

Vor dem Hintergrund dieser Überlegungen können Sie nun mit der Ausarbeitung beginnen. Denken Sie dabei daran, sinnvolle Bezüge zwischen der Form und dem Inhalt des Gedichts herzustellen. In diesem Fall bietet es sich an, Form und Inhalt – insbesondere das Zusammenspiel von ***sprachlicher Gestaltung*** *und* ***inhaltlicher Bedeutung*** *– in einem konzentrierten Durchgang durch die Strophen* ***gemeinsam*** *zu betrachten.*

Lösungsvorschlag

Das Gedicht *Das Göttliche* von Johann Wolfgang von Goethe aus dem Jahr 1783 lässt sich trotz des frühen Entstehungszeitpunktes bereits der literaturgeschichtlichen Epoche der Weimarer Klassik zurechnen. Thema des Gedichts ist die **Sonderstellung** des Menschen, die sich seiner Fähigkeit verdankt, moralisch zu handeln. Diese Moralität wird zum Maßstab, an dem das Göttliche erst seine Glaubwürdigkeit gewinnt.

Einleitung
Titel, Textsorte, Autor, Entstehungszeit, Thema

Die 10 Strophen des Gedichts enthalten fast durchgehend 6 Verse (Ausnahmen: Strophe 3 und 6). Sie sind in einem **freien Rhythmus** verfasst und reimlos. Die rhythmische Freiheit stützt den **emphatischen Grundton** des Gedichts, der sich auch der Tatsache verdankt, dass an die Stelle des häufig in Gedichten als Sprecher anzutreffenden lyrischen „Ich" **das emphatischere „Wir"** getreten ist. Dadurch scheint die Botschaft des Gedichts von Anfang an auf eine breitere Basis gestellt zu sein: Der Leser wird unmittelbar mit einbezogen, das Gesagte gilt gewissermaßen allen Menschen und spiegelt nicht nur die subjektive Empfindung eines Einzelnen wider. Dieser Objektivierung entspricht auch die zum Teil **argumentative Anlage** des Gedichts, die sich schon beim überfliegenden Lesen an der Verwendung von Begriffen wie „denn" (vgl. V. 3, 13) oder „Nur" (V. 37) zeigt.

Aufbau, Metrum, Reimschema

Sprecher

Das Gedicht kann in **vier Abschnitte** gegliedert werden, die jeweils einen inhaltlichen Schwerpunkt haben. In den ersten beiden Strophen wird das Grundthema entfaltet:

Hauptteil
Einteilung in Abschnitte

Die erste Strophe verdeutlicht bereits den stark **appellativen Charakter** des Gedichts: Goethe eröffnet seinen Text mit dem **Imperativ** „Edel sei der Mensch, / Hilfreich und gut!" (V. 1 f.), es wird also **ein sittliches Verhalten vom Menschen gefordert**, das hier durch die verwendeten Adjektive näher bestimmt wird. Der zweite Teil der Strophe (V. 3–6) – eingeleitet durch die Konjunktion „denn" – liefert **die Begründung** für diese Forderung: Dem Menschen wird exklusiv die Fähigkeit zum moralischen Handeln zuge-

Abschnitt 1
Strophe 1: Forderung von sittlichem Verhalten, Begründung der Forderung

sprochen, und diese **Sonderstellung** verpflichtet ihn dazu, diese Fähigkeit auch zu nutzen.

In der zweiten Strophe wird deutlich, dass das ethisch vorbildliche Handeln des Menschen dabei hilft, an die „unbekannten / Höhern Wesen“ (V. 7 f.) zu glauben. Erst durch die praktizierte **Humanität des Menschen** – so die Logik dieser Strophe – wird **das Göttliche** überhaupt **sichtbar**. Auch hier wird wieder mithilfe eines Imperativs „Ihnen gleiche der Mensch!“ (V. 10) eine Handlungsanweisung formuliert: Der Mensch soll sich darum bemühen, den Göttern zu ähneln und auf diese Weise deren Existenz erahnbar zu machen. Schon allein die Tatsache, dass von den höheren Wesen im Plural gesprochen wird, ist ein deutliches Indiz dafür, dass im Hintergrund von Goethes Gedicht nicht ein biblisches Gottesverständnis steht. Auch der Aspekt, dass erst das Verhalten des Menschen und sein gutes Vorbild dazu führen, dass jene Wesen sich erahnen lassen, lässt sich nur schwer mit den Vorstellungen der traditionellen Auffassung der christlichen Religion vereinbaren, in der Gott als Autorität die Prinzipien guten Handelns festlegt.

Strophe 2: Verhältnis Mensch / Höhere Wesen

Im zweiten Teil des Gedichts (Strophe 3–6) wendet sich der lyrische Sprecher der **Natur** zu, die keinen moralischen Prinzipien zu folgen vermag und keinen Unterschied zwischen guten und bösen Menschen macht. Veranschaulicht wird dies durch die positiv besetzten Gestirne „Sonne“, „Mond“ und „Sterne“, die für jeden scheinen – völlig unabhängig davon, ob er nun ein Verbrecher oder ein tugendhafter Mensch ist. Vergleichbares gilt für andere Kräfte der Natur, wie etwa Wind und Ströme oder Donner und Hagel (vgl. V. 20–21), die jeden bedrohen können. Die Personifikation „Und ergreifen / Vorüber eilend / Einen um den andern.“ (V. 23–25) macht das „Launische“ und die Willkür der Natur sinnfällig.

Abschnitt 2

Strophe 3 und 4: Natur macht keinen Unterschied zwischen Gut und Böse

Der Gedanke des Launischen und Zufälligen wird nun in der nächsten Strophe auch auf das „Glück“ übertragen – „**Glück**“ hier wohl **im Sinne von Fortuna**, die als **Inbegriff der Wechselhaftigkeit des Lebens** gesehen werden kann. Schon das personifizierende Verb „tappen“ (vgl. V. 27), das Unbeholfenheit und einen Mangel an Zielgerichtetheit ausdrückt, lässt erahnen, dass die Wohltätigkeiten des Glücks keinesfalls einem geordneten Plan folgen. Dieser Verdacht bestätigt sich im weiteren Verlauf der Strophe. Hier illustrieren starke Kontraste, wie wahl- und planlos Fortuna ihr Füllhorn über den Menschen ausschüttet: Mal profitiert ein unschuldiges Kind (vgl. V. 28 f.), mal der mit Schuld beladene alte Mann, auf den das Pars pro Toto „Schuldigen Scheitel[r]“ (V. 31) hindeutet, das zudem durch die Alliteration hervorgehoben wird.

Strophe 5: Parallele zwischen „Natur“ und „Glück“

In der sechsten Strophe wird schließlich darauf verwiesen, dass auch der **Mensch**, als **Teil der Natur**, **nach unumstößlichen „Gesetzen**“ (V. 33) leben und sterben muss: Es müssen „wir alle / Unseres Daseins / Kreise vollenden“ (V. 34–36). Dies bleibt im Gedicht die einzige Feststellung über den Menschen, die nicht seine Sonderstellung, sondern seine Abhängigkeit von natürlichen Zusammenhängen betont, die auch für alle anderen Lebewesen gilt: Alle, auch die Menschen, sind sterblich, und sind eingebunden in den ewigen Kreislauf von Werden und Vergehen.

Strophe 6: der Mensch unterliegt – wie alle anderen Lebewesen – den Gesetzen der Natur

Diese Feststellung bildet jedoch nur den argumentativen Hintergrund für die Strophen 7 und 8, die erneut die **Sonderstellung des Menschen** hervorheben. Diese kommt ihm offensichtlich zu, obwohl er, wie alle anderen Lebewesen, den Gesetzen der Natur unterworfen ist. **Rhetorisch** unterstreicht der Autor diese Hervorhebung gleich mehrfach – durch das einleitende „Nur“, das diese Strophe von der vorangegangenen abhebt, durch die Inversion „allein“ (V. 37) und durch die paradoxe Hyperbel, dass „das Unmögliche“ (V. 38) dem Menschen eben doch möglich sei. Wurde zuvor die sittliche Gleichgültigkeit der Natur gegenüber der Welt mit Beispielen illustriert, so wird nun die menschliche Sonderstellung exemplarisch ausgeführt:

Abschnitt 3

Strophe 7 und 8: Sonderstellung des Menschen

Der Wechselhaftigkeit der Natur wird die Fähigkeit des Menschen gegenübergestellt, zu **unterscheiden**, zwischen Alternativen **zu wählen** und Verhaltensweisen **zu beurteilen** (vgl. V. 39 f.). Der Mensch erscheint hier als ein freies Wesen, das für seine Handlungen Verantwortung übernehmen kann und muss. Die Verse 41 und 42 lassen sich dabei sogar als ein Hinweis darauf lesen, dass den in Strophe 6 geschilderten Regeln der Vergänglichkeit zumindest begrenzt etwas entgegengesetzt werden kann: Indem der Mensch moralische Prinzipien benennt und nach ihnen handelt, schafft er etwas, was über den „Augenblick“ (V. 41) hinaus Bestand hat. Strophe 8 kann als eine Konkretisierung der in Strophe 7 zunächst noch abstrakter formulierten Gedanken verstanden werden: Aus der Fähigkeit zur Beurteilung erwächst die Kompetenz, nach moralischen Prinzipien zu belohnen und zu bestrafen (vgl. V. 44 f.). Auch diese Kompetenz wird dem Menschen zugerechnet und nicht Gott oder den Göttern (vgl. V. 44–45). Nicht mehr ein oder mehrere höhere Wesen erscheinen hier als ordnende und helfende Kraft, sondern der Mensch selbst: Ihm kommt die Aufgabe zu, zu „Heilen und [zu] retten, / Alles Irrende, Schweifende / Nützlich [zu] verbinden“ (V. 46–48).

Nachdem also in der 7. und 8. Strophe noch einmal das Besondere der menschlichen Existenz hervorgehoben wurde, befasst sich der letzte Teil (Strophe 9 und 10) des Gedichts wieder mit dem **Verhältnis von Göttern und Menschen**. Das Thema der zweiten Strophe wird noch einmal aufgegriffen: Wenn der Mensch der Forderung, moralisch edel und gut zu handeln, gerecht wird, scheinen sozusagen in seinem Handeln die Götter auf. Die Art und Weise, wie wir sie uns vorstellen, ist geformt durch das Beispiel des edlen Menschen: Der Mensch dient **als Folie für die Vorstellung von den Göttern** – nicht umgekehrt. Aus diesem Verhältnis von Göttern und Menschen folgt aber das Gebot, sittlich zu handeln, denn ohne dieses sittliche Handeln wären wir nicht in der Lage, eine Vorstellung vom Göttlichen zu entwickeln.

Abschnitt 4

Strophe 9 und 10: Verhältnis Mensch / Unsterbliche

Die letzte Strophe greift den einleitenden Imperativ des Gedichtbeginns auf. Diese Wiederholung verleiht dem Gedicht nicht nur einen Rahmen, sondern unterstreicht noch einmal die Aufforderung, ethisch zu handeln. Weiter intensiviert wird dieser Appell an den Menschen durch die beiden abschließenden Imperative (V. 57, 59), die zwei wichtige Aspekte der vorangehenden Strophen zusammenfassen: die Ausrichtung des Handelns auf das „Nützliche" und moralisch „Rechte" (V. 58, vgl. V. 48) und den menschlichen Vorbildcharakter für das Göttliche, der nun auch explizit so benannt wird (vgl. V. 59). Von hier aus betrachtet, lässt sich auch der **Gedichttitel „Das Göttliche**" sinnvoll deuten: **Thema des Gedichts sind nicht die Götter**, wie man zunächst annehmen könnte. Im Fokus steht der **Mensch**, dessen Handeln **göttliche Qualität** gewinnen kann, wenn er sich moralisch einwandfreien Prinzipien verpflichtet.

Zusammenfassend lässt sich feststellen, dass Goethe in seinem Gedicht ein **Menschenbild** zeichnet, das im Kontrast zur christlichen Lehre steht: Der Mensch ist **autonom** und **gibt sich seine moralischen Gesetze selbst**, er erhält diese nicht aus der Hand Gottes oder von den Göttern – vielmehr macht erst das moralische Handeln des Menschen, eine Fähigkeit, die ihn von allen anderen Lebewesen unterscheidet, das Göttliche aus. Die **Humanität** erscheint also gewissermaßen als das **Göttliche im Menschen**. Auch wenn der Mensch, wie alle anderen Lebewesen, in den Kreislauf von Leben und Sterben, Werden und Vergehen eingebunden ist, so kommt ihm dadurch doch eine Sonderstellung zu. Sie entspricht aber nicht der biblischen Vorstellung, dass der Mensch der Abglanz Gottes sei, sondern verdankt sich der Vorstellung, dass der Mensch durch sein Handeln ein Verständnis dessen, was wir als göttlich begreifen, (er)schaffen kann.

reflektierte Schlussbetrachtung

Deutsch (Hamburg) – Grundlegendes Anforderungsniveau
Abiturähnliche Übungsaufgabe 6

Aufgabenart
Gedichtinterpretation

Thema
Lyrik

Aufgabe

Interpretieren Sie das Gedicht *Auf dem Canal grande* von Conrad Ferdinand Meyer.

Conrad Ferdinand Meyer (1825–1898): Auf dem Canal grande[1] (1889)

Auf dem Canal grande betten
Tief sich ein die Abendschatten,
Hundert dunkle Gondeln gleiten
Als ein flüsterndes Geheimnis.

Aber zwischen zwei Palästen
Glüht herein die Abendsonne,
Flammend wirft sie einen grellen
Breiten Streifen auf die Gondeln.

In dem purpurroten Lichte
Laute Stimmen, hell Gelächter,
Überredende Gebärden
Und das frevle[2] Spiel der Augen.

Eine kurze kleine Strecke
Treibt das Leben leidenschaftlich
Und erlischt im Schatten drüben
Als ein unverständlich Murmeln.

Conrad Ferdinand Meyer: Ausgewählte Werke. Erster Band. Hrsg. von Willy Brandl. Stuttgart: Kohlhammer 1953, S. 105.

1 Canal grande: großer Kanal, Hauptwasserstraße, die sich mitten durch Venedig zieht
2 frevel (Adjektiv): übermütig, sittenwidrig

Hinweis

Diese Übungsaufgabe des grundlegenden Anforderungsniveaus entspricht der ersten Teilaufgabe der Übungsaufgabe 7 auf erhöhtem Anforderungsniveau. Die ***Hinweise und Tipps*** *zur Bearbeitung sowie den* ***Lösungsvorschlag*** *finden Sie daher auf den Seiten 57 bis 64. Die zweite Teilaufgabe spielt auf dem grundlegenden Anforderungsniveau keine Rolle.*

Deutsch (Hamburg) – Erhöhtes Anforderungsniveau
Abiturähnliche Übungsaufgabe 7

Aufgabenart
Vergleichende Untersuchung eines Gedichts und eines Prosatextes

Thema
Lyrik

Teilaufgaben

1. Interpretieren Sie das Gedicht *Auf dem Canal grande* von Conrad Ferdinand Meyer. (60 %)
2. Zeigen Sie ausgehend von Ihren Ergebnissen vergleichend auf, wie das Motiv der Gondelfahrt in dem Auszug aus Thomas Manns Novelle *Der Tod in Venedig* gestaltet wird. (40 %)

Der Schwerpunkt der Aufgabenstellung liegt auf Teilaufgabe 1.

Material 1
Conrad Ferdinand Meyer (1825–1898): Auf dem Canal grande[1] (1889)

Auf dem Canal grande betten
Tief sich ein die Abendschatten,
Hundert dunkle Gondeln gleiten
Als ein flüsterndes Geheimnis.

Aber zwischen zwei Palästen
Glüht herein die Abendsonne,
Flammend wirft sie einen grellen
Breiten Streifen auf die Gondeln.

In dem purpurroten Lichte
Laute Stimmen, hell Gelächter,
Überredende Gebärden
Und das frevle[2] Spiel der Augen.

Eine kurze kleine Strecke
Treibt das Leben leidenschaftlich
Und erlischt im Schatten drüben
Als ein unverständlich Murmeln.

Conrad Ferdinand Meyer: Ausgewählte Werke. Erster Band. Hrsg. von Willy Brandl. Stuttgart: Kohlhammer 1953, S. 105.

1 Canal grande: großer Kanal, Hauptwasserstraße, die sich mitten durch Venedig zieht
2 frevel (Adjektiv): übermütig, sittenwidrig

Material 2
Thomas Mann (1875–1955)
Der Tod in Venedig

[…] Wer hätte nicht einen flüchtigen Schauder, eine geheime Scheu und Beklommenheit zu bekämpfen gehabt, wenn es zum ersten Male oder nach langer Entwöhnung galt, eine venezianische Gondel zu besteigen? Das seltsame Fahrzeug, aus balladesken[1] Zeiten ganz unverändert überkommen und so eigentümlich schwarz, wie sonst unter allen Dingen nur Särge sind, es erinnert an lautlose und verbrecherische Abenteuer in plätschernder Nacht, es erinnert noch mehr an den Tod selbst, an Bahre und düsteres Begängnis[2] und letzte, schweigsame Fahrt. Und hat man bemerkt, daß der Sitz einer solchen Barke[3], dieser sargschwarz lackierte, mattschwarz gepolsterte Armstuhl, der weichste, üppigste, der erschlaffendste Sitz von der Welt ist? Aschenbach ward es gewahr[4], als er zu Füßen des Gondoliers, seinem Gepäck gegenüber, das am Schnabel reinlich beisammen lag, sich niedergelassen hatte. Die Ruderer zankten immer noch, rauh, unverständlich, mit drohenden Gebärden. Aber die besondere Stille der Wasserstadt schien ihre Stimmen sanft aufzunehmen, zu entkörpern, über der Flut zu zerstreuen. Es war warm hier im Hafen. Lau angerührt vom Hauch des Scirocco[5], auf dem nachgiebigen Element in Kissen gelehnt, schloß der Reisende die Augen im Genuß einer so ungewohnten als süßen Lässigkeit. Die Fahrt wird kurz sein, dachte er; möchte sie immer währen! In leisem Schwanken fühlte er sich dem Gedränge, dem Stimmengewirr entgleiten.

Wie still und stiller es um ihn wurde! Nichts war zu vernehmen als das Plätschern des Ruders, das hohle Aufschlagen der Wellen gegen den Schnabel der Barke, der steil, schwarz und an der Spitze hellebardenartig[6] bewehrt über dem Wasser stand und noch ein Drittes, ein Reden, ein Raunen, – das Flüstern des Gondoliers, der zwischen den Zähnen, stoßweise, in Lauten, die von der Arbeit seiner Arme gepreßt waren, zu sich selber sprach. Aschenbach blickte auf, und mit leichter Befremdung gewahrte er, daß um ihn her die Lagune sich weitete und seine Fahrt dem offenen Meere zugekehrt war. […]

Thomas Mann: Der Tod in Venedig und andere Erzählungen. Frankfurt a. M.: Fischer 1996

1 balladesk: balladenhaft (Ballade: bestimmte Gedichtform, in der eine – oft tragisch endende – Geschichte erzählt wird)
2 Begängnis: Bestattung
3 Barke: kleines Boot ohne Mast
4 Es gewahr werden: etwas erkennen, begreifen
5 Scirocco: heißer Wind, der von der Sahara in Richtung Mittelmeer weht
6 Hellebarde: eine Art Stangenwaffe, die die Funktionen von Spieß und Axt kombiniert

---

Hinweise und Tipps

Der Operator „interpretieren Sie" der ersten Teilaufgabe verlangt von Ihnen, dass Sie den Inhalt, den gedanklichen Aufbau, die Form sowie die rhythmisch-klangliche und sprachlich-stilistische Gestaltung des Gedichts „Auf dem Canal grande" von Meyer gründlich untersuchen und aus dieser Textarbeit heraus das ***Gedicht interpre-***

__tieren__. Ausgehend von Ihren Ergebnissen sollen Sie dann in der zweiten Teilaufgabe einen __Motivvergleich__ mit dem Auszug aus Thomas Manns „Der Tod in Venedig" vornehmen, also die __Gemeinsamkeiten und Unterschiede__ der beiden Texte herausarbeiten, sich dabei allerdings nur auf die jeweilige Gestaltung des vorgegebenen Motivs fokussieren. Es ist somit nicht nötig, den zweiten Text vollständig zu interpretieren.

Für die __Einleitung__ bietet es sich an, persönliche Assoziationen mit dem Urlaubsort Venedig wachzurufen, da die meisten eine Vorstellung von der medial sehr präsenten Stadt haben. Es wäre auch denkbar, Venedig als literarischen Ort, als Mythos zu thematisieren, falls im Unterricht entsprechende Texte (etwa Passagen aus Goethes „Italienischer Reise" oder eben Thomas Manns „Der Tod in Venedig") behandelt wurden.

Im __Hauptteil__ sollten Sie zunächst über den __Inhalt__ des Gedichts informieren, den inneren Aufbau nachvollziehen und eine __Deutungshypothese__ formulieren. Unbedingt notwendig ist es, die __Sprechsituation__ präzise darzustellen, in diesem Fall also herauszuarbeiten, dass sich kein erlebendes Subjekt im Gedicht artikuliert.

Bei der Untersuchung des __Metrums__, des __Rhythmus__ und der – in diesem Fall die Reime ersetzenden – Ausklänge der Versenden ist es wichtig, das Gedicht auch als klanglich-rhythmisches Kunstwerk zu begreifen. Dabei sollten Sie nicht bei der formalen Benennung der entsprechenden Elemente stehen bleiben, sondern auch Überlegungen anstellen, inwieweit diese die im Gedicht angelegte Stimmung mittragen und mit dem Inhalt bzw. der Bedeutung des Textes zusammenwirken.

Bei der Analyse der sprachlich-stilistischen Gestaltung empfiehlt es sich, bestimmte __Erschließungskriterien__ festzulegen und die Sprache nach Leitaspekten zu untersuchen, da es auf diese Weise leichter fällt, fokussiert und zielgerichtet zu schreiben.

Am Ende dieser Teilaufgabe können Sie Meyers Gedicht nochmals als Ganzes in den Blick nehmen und die Deutungsansätze, die sich aus den bisherigen Untersuchungen ergeben haben, zu einer __zusammenhängenden Interpretation__ zusammenführen.

Beim sich anschließenden __Vergleich__ (Teilaufgabe 2) gilt es, die Gemeinsamkeiten und Parallelen sowie die Unterschiede der beiden Texte herauszuarbeiten. Laut Aufgabenstellung sollen Sie sich auf das __Motiv der Gondelfahrt__ konzentrieren. Gehen Sie nach einzelnen __Vergleichsaspekten__ vor, unter denen Sie jeweils den einen und dann den anderen Text betrachten. In einem __Fazit__ können Sie die jeweiligen Bedeutungen des Motivs einander gegenüberstellen. Auch wenn es die Aufgabenstellung nicht verlangt, kann man das Gedicht und den Novellenauszug in den Kontext der literarischen Tradition einordnen und die Interpretation um eine motivgeschichtliche Komponente erweitern.

Im vorliegenden Beispiel wurde zu Übungszwecken ein Ausschnitt aus einer Novelle ausgewählt. Prinzipiell würde sich hier auch ein kurzer, in sich abgeschlossener Prosatext zum Vergleich eignen. Die Herangehensweise an die Aufgabe würde sich dadurch aber nicht ändern.

Lösungsvorschlag

Einleitung

Venedig zwischen Enthusiasmus und Melancholie

Trotz der Touristenmassen: Venedig berührt. Prächtige Kirchen und Paläste säumen die Kanäle, auf denen sich Boote aller Art ihren Weg bahnen. Dem Besucher verschlägt es die Sprache in Anbetracht von **Schönheit und Prachtentfaltung**, doch mischen sich in die Begeisterung für Kunst und Architektur wehmütige Gedanken: Das Strömen des Wassers, hervorgerufen durch den ewigen Wechsel der Gezeiten, lässt die Fundamente der auf Pfählen errichteten Lagunenstadt **marode** werden. Und viele prophezeien ihr, in Zeiten des Klimawandels, den **Untergang**. Womöglich hat diese Mischung aus **Enthusiasmus und Melancholie** gerade die Dichter zu einer großen Zahl an Texten über die Wasserstadt inspiriert.

Teilaufgabe 1

Gedichtinterpretation

Meyers *Auf dem Canal grande*

Im Jahr 1889 erschien Conrad Ferdinand Meyers Gedicht *Auf dem Canal grande*. Die **ersten drei** der vier **Strophen** des Gedichtes geben schlaglichtartige **Momentaufnahmen** dieses Kanals, der berühmten Hauptwasserstraße, die sich mitten durch Venedig zieht: Zu Beginn (Strophe 1) ist die Szenerie in Dunkelheit getaucht. Dann, während der kurzen Zeitspanne des Sonnenuntergangs (Strophe 2/3), beleuchten die letzten, zwischen den Gebäuden hindurchdringenden Strahlen einen Ausschnitt der Wasseroberfläche, Gondeln gleiten dahin und Menschen sind darin erahnbar. Schließlich (Strophe 4) verschwindet alles wieder in der Dunkelheit. Aus den wenigen eindringlichen Szenen ergeben sich in der vierten und **letzten Strophe** existenzielle **Erkenntnisse über die Kürze des Lebens**. Somit beruht die Struktur des Gedichts auf zwei Bauprinzipien: Zum einen gibt es die **Zweiteilung in konkrete Bilder** der abendlichen Szene auf dem Kanal und gedankliche **Reflexion**, zum anderen die aus dem Wechsel Dunkelheit – Licht – Dunkelheit sich ergebende **Rahmenstruktur**.

Inhalt und Aufbau nach zwei Bauprinzipien

Bei all dem tritt (auch sprachlich) **kein lyrisches Ich** in den Vordergrund, das wegen dieser Erkenntnisse betroffen oder melancholisch reagieren würde; kein Sprecher bringt seine pessimistische Haltung zum Ausdruck. Vielmehr sprechen die Bilder für sich selbst.

kein Sprecher im Vordergrund

Durch die jeweils vier Verse umfassenden Strophen ziehen sich **vierhebige Trochäen mit weiblicher Kadenz**. Der so entstehende durchweg alternierende Rhythmus scheint das gleichmäßige Wiegen und **Schaukeln der Gondeln** auf dem Wasser aufzunehmen. Ähnlich wirken die **Enjambements**, die in allen Strophen jeweils die beiden Verspaare verknüpfen und so den Lesefluss vorantreiben. Und doch wird im monoton hingleitenden, wiegenden Rhyth-

Rhythmus und Metrum

klangliche Wirkung

mus Spannung spürbar, denn die Verse enden nicht im Gleichklang des Reims, sondern in **Assonanzen** und verschwommen anklingenden lautlichen Ähnlichkeiten („betten" – „Schatten", V. 1/2; „gleiten" – „Geheimnis", V. 3/4; „grellen" – „Gondeln", V. 7/8; „Lichte" – „Gelächter" – „Gebärden", V. 9–11; „drüben" – „Murmeln", V. 15/16), die eine **geheimnisvoll-schwankende Geräuschkulisse** erzeugen.

Im Gegensatz zur rhythmischen Gestaltung, die das Dahingleiten der Boote in ewiger Gleichförmigkeit suggeriert, steht die nachgerade **dramatische Gestaltung der Lichtverhältnisse** im Gedicht. Diese lässt die Kürze und **Momenthaftigkeit** der für wenige Augenblicke hell ausgeleuchteten Szene umso deutlicher werden. Erstaunlicherweise korrespondiert die Intensität der aus den Gondeln vernehmbaren menschlichen **Laute** und Lebensäußerungen direkt mit der Beleuchtung.

sprachlich-stilistische Gestaltung:

Die Szenerie der ersten Strophe, der von „[h]undert dunkle[n] Gondeln" (V. 3) befahrene Canal grande, ist von **Dunkelheit**, im Klang zunächst von dunklen u-Lauten erfüllt. Die „Abendschatten" (V. 2) „betten / [t]ief sich ein" (V. 1 f.), das Prädikat wirkt träge und scheint die Geräusche zu dämpfen; nur das Platschen des Wassers beim Eintauchen des Ruders ist in der Häufung des t-Konsonanten vernehmbar. Am Ende der Strophe dringt aus der Dunkelheit – als Apposition zum Gleiten der Gondeln – geheimnisvolles **Flüstern** heraus (vgl. V. 4).

geheimnisvolles Flüstern in der Dunkelheit (Strophe 1)

In den beiden Mittelstrophen (Strophen 2 und 3) ändert sich die Beleuchtung schlagartig: „[Z]wischen zwei Palästen" (V. 5) fallen **grelle Lichtstrahlen** herein, die scharfe „zw"-Alliteration zerschneidet die „Abendschatten" (V. 2), und an dieselbe Stelle innerhalb der Strophe tritt nun plötzlich die „Abendsonne" (V. 6), die, ganz anders als ihr träges Pendant, **dynamisch** einen breiten Lichtstreifen auf das Wasser „wirft" (V. 7). Waren die Gondeln zunächst in geheimnisvollem Dunkel den Blicken verborgen, so sind sie nun in den glühenden (vgl. V. 6), „[f]lammend[en]", „grellen" (V. 7) Strahlen der Abendsonne überdeutlich, gleichsam wie im Scheinwerferlicht präsent.

Lebensfreude im grellen Licht (Strophen 2 und 3)

Sichtbarwerden der Gondeln

Auch in den Gondeln herrscht plötzlich **Lebhaftigkeit:** Das „Gelächter" ist so „hell" (V. 10) wie das Licht, das Flüstern der ersten Strophe schwillt mit einem Mal zu „[l]aute[n] Stimmen" (V. 10) an. Die weiter untergehende Sonne taucht die Szene in „purpurrote[s] Lich[t]" (V. 9), das die erotisch aufgeladene Atmosphäre und all das, was sich zuvor im Dunkeln schon angebahnt haben mag, sichtbar macht: „Überredende Gebärden / Und das

Stimmen in den Gondeln

Andeutung von Erotik zwischen den Menschen

frevle Spiel der Augen“ (V. 11 f.). Dabei bleiben die „Gebärden“ und die „Augen“ seltsam körperlos. Die **Menschen**, die einander zu amourösen Abenteuern überreden, werden **nicht greifbar**.

Die **vierte Strophe** verschiebt den Fokus nur um ein Geringes, und doch wechselt der Text die Ebene, weg von den Momentaufnahmen des „Canal grande“ hin zur **allgemeinen Erkenntnis**, ohne dabei das Bild ganz zu verlassen. Das Prädikat „treiben“ (vgl. V. 14) hat nun ein anderes Subjekt: Nicht mehr von Gondeln, sondern vom „Leben“ (V. 14) ist jetzt die Rede, das dahintreibt. Die beiden ersten Verse der vierten Strophe rekapitulieren den Mittelteil des Gedichts und formulieren dann allgemeingültige Aussagen: Das ausgelassene Treiben und erotische Getändel in den Gondeln wird als **leidenschaftliches Leben** (vgl. V. 14) zusammengefasst und in der l-Alliteration gleichsam genussvoll betont. Der „grell[e] / Breit[e] Streifen“ (V. 7 f.) der Abendsonne, der die Szene auf dem Canal grande in verschwenderischem Licht präsentierte, wird nunmehr, wesentlich nüchterner, als „kurze kleine Strecke“ (V. 13) bemessen, zurechtgestutzt durch die alliterierende Doppelung der entsprechenden Adjektive.

Erlöschen des Lebens im Schatten (Strophe 4)

Wechsel zu allgemeingültigen Gedanken

Nach dieser kurzen **Phase von Ausgelassenheit und Lebensfreude** „erlischt“ das Leben „im Schatten drüben“ (V. 15). Das Verb „erlöschen“ bleibt im Bild – das heißt: im Wortfeld – und setzt dem Glühen und Flammen der Abendsonne (vgl. V. 6 f.), der Liebe und Leidenschaft ein Ende. Das Gedicht, das bei den „Abendschatten“ (V. 2) seinen Anfang nahm, kehrt in **kreisförmiger Bewegung** zu den „Schatten“ (V. 15) zurück. Was in der ersten Strophe „[a]ls ein flüsterndes Geheimnis“ (V. 4) verheißungsvoll begann und dann zu lautem, fröhlichem Stimmengewirr anschwoll, endet nun in dunklen u-Lauten „[a]ls ein unverständlich Murmeln“ (V. 16) – als Apposition zum Erlöschen des Lebens „im Schatten drüben“ (V. 15). So mündet diese sanfte **Umschreibung für den Tod** in das ewige Murmeln des Wassers.

Ende der Leidenschaft

Tod als Assoziation von Schatten

Von der letzten Strophe her wird damit die **Gondelfahrt** zu einem **Sinnbild** des Lebens. Vor dem Hintergrund des einförmigen Wiegens der Gondeln im Rhythmus des Gedichtes **vollzieht die Kreisbewegung des Textes den Kreislauf des Lebens nach**. Zugleich führen wenige, intensive Bilder die Kürze und Vergänglichkeit des Lebens vor Augen. Die glückliche Zeit voll Lebensfreude und Leichtigkeit, die Phase, in der man „im Licht steht“, konzentriert sich bildhaft auf das muntere Treiben in den Gondeln im kurzen Moment des Sonnenuntergangs, ehe das Leben wieder im Schatten versinkt, aus dem es gekommen ist.

Die Gondelfahrt als Sinnbild für das Leben

„Das seltsame Fahrzeug, aus balladesken Zeiten ganz unverändert überkommen“ (Z. 3 f.), so heißt es über die Gondel in dem Auszug aus Thomas Manns 1911 entstandener Novelle *Der Tod in Venedig*. Tatsächlich finden sich viele Parallelen und Ähnlichkeiten zwischen den beiden Venedig-Texten, wenn auch nicht ganz „unverändert überkommen“. In manchen Teilen wirkt Thomas Manns Text wie eine Fortschreibung von Meyers Gedicht, so als sei vieles ausgeschrieben, was im Gedicht nur momenthaft aufscheint. Und doch gibt es einige grundlegende Unterschiede.

Teilaufgabe 2

Motivvergleich

Motiv der Gondelfahrt

Wie im Gedicht ist auch in dem Ausschnitt aus Manns Prosatext der Umfang des **äußeren Geschehens** sehr **begrenzt:** Der Protagonist, der nicht mehr ganz junge Schriftsteller Gustav von Aschenbach, hat sich zu einer Reise nach Venedig aufgemacht. Im Hafen besteigt er eine Gondel. Nachdem er, samt Gepäck, darin Platz genommen hat, rudert ihn der Gondoliere aufs offene Meer hinaus.

Begrenztheit des äußeren Geschehens

Ein erster Unterschied liegt in den gattungsspezifischen Eigenheiten der **Darstellungsweise**. Zwar reduzieren beide Texte die Umgebung auf wenige Elemente – bei Meyer gibt es den „Canal“ (V. 1) und „zwei Paläst[e]“ (V. 5), bei Mann den „Hafen“ (Z. 14), die „Lagune“ (Z. 25) und das „offen[e] Mee[r]“ (Z. 25 f.) –, die **Gondel** jedoch, im Gedicht knapp als dunkel (vgl. V. 3) gekennzeichnet, rückt im Erzähltext durch die **detaillierte Beschreibung** ins Zentrum. Die schwarze Barke mit der bequemen Ausstattung (vgl. Z. 4–9) und einem „Schnabel“ (Z. 20) vorne, „der steil, schwarz und an der Spitze hellebardenartig bewehrt“ (Z. 20 f.) über das Wasser ragt, gewinnt solche Präsenz, dass sie die Umgebung zu verdrängen scheint.

Fokus auf bestimmte Elemente

Dominanz der Barke bei Th. Mann

Anders ist auch die jeweilige **Perspektive**, von der aus die Gondelfahrt wahrgenommen wird. Im Gedicht fand sich kein lyrisches Ich. Die Gondelfahrt ist kein Erlebnis eines Sprechers, der die Szenerie des Kanals bewundern oder die Kürze des Lebens bedauern würde. Auch der Novellenauszug setzt mit **allgemeingültigen Überlegungen** ein, zumindest wenn man bei der sprachlichen Gestaltung die **Häufung der unpersönlichen Pronomen** in Betracht zieht. So stellt der Text rhetorische Fragen: „Wer hätte nicht […] Schauder […] und Beklommenheit zu bekämpfen“ (Z. 1 f.), wenn es darum geht, eine Gondel zu besteigen? „Und hat man bemerkt“ (Z. 7), wie bequem die Ausstattung ist? Im Folgenden verengt sich der Fokus auf Gustav von Aschenbach, seine Wahrnehmungen und Empfindungen.

für sich sprechende Bilder

Aschenbachs Perspektive

„Schauder“, „Scheu“ und „Beklommenheit“, mit denen Aschenbach beim Besteigen der Gondel zu kämpfen hat, resultieren aus

Begrenztheit des Geschehens

dem **Gedanken an den Tod**. Auch hier unterscheiden sich die beiden Texte: Während der Tod am Ende des Gedichts, als Verlöschen des Lebens, nur sanft angedeutet wird, bildet er in der Geschichte um Gustav von Aschenbach – angefangen mit dem Titel – den Kern des Ganzen, der explizit verhandelt wird. So wird die „eigentümlich schwarz[e]" (Z. 4) Gondel mit einem Sarg verglichen und „erinnert [...] an den Tod selbst, an Bahre und düsteres Begängnis und letzte, schweigsame Fahrt" (Z. 6 f.).

Stimmen, Gebärden und Geräusche auf dem Wasser

Bemerkenswerte Übereinstimmungen zeigen die beiden Texte auch in der **Wahrnehmung von Stimmen, Gebärden und Geräuschen**. Wohl ist die Absicht hinter den „drohenden Gebärden" (Z. 12) der Ruderer im Prosatext eine andere als die der „[ü]berredende[n] Gebärden" (V. 11), d. h. des werbenden Getändels in Meyers Gedicht. Und das Gezanke der Ruderer, „rauh, unverständlich" (Z. 12), hat zunächst nicht viel von dem „hell[en] Gelächter" (V. 10) und dem Stimmengewirr auf dem „Canal grande". Doch scheint das Wasser, scheint „die besondere Stille der Wasserstadt" (Z. 12 f.) die rauen Stimmen zu transformieren, sie „sanft aufzunehmen, zu entkörpern, über der Flut zu zerstreuen" (Z. 13 f.). Diese Passage des Prosatextes erklärt explizit die **Verwandlung der Stimmen**. Im Ergebnis gleicht dies dem Wesen der Stimmen und menschlichen Laute im Gedicht, denn auch sie wirken „entkörpert" und über dem Wasser zerstreut.

Darstellung der Stimmen in beiden Texten

Bedauern der Kürze

Im weiteren Verlauf gleicht Aschenbachs Gondelfahrt immer mehr dem **Sterben:** Immer entspannter lehnt er sich in die weichen Kissen des Sessels, schließt „die Augen im Genuß einer so ungewohnten als süßen Lässigkeit" (Z. 16) und „entgleite[t]" (Z. 18) mehr und mehr. In dieser Phase empfindet Aschenbach **Bedauern** darüber, dass die Fahrt kurz sein wird (vgl. Z. 16 f.), und wünscht sich, sie möge „immer währen" (Z. 17). Auch diese Facette, die **Kürze der Dauer**, findet sich im Gedicht, in dem das Treiben auf eine „kurze kleine Strecke" (V. 13) beschränkt ist.

Vorstellungen von Sterben und Tod

Schon beim Besteigen der Gondel hatte sich Aschenbach an Tod, Begräbnis und die „letzte, schweigsame Fahrt" (Z. 7) erinnert gefühlt, und so passt in die **Vorstellung von Sterben und Tod** auch die zunehmende Stille (vgl. Z. 19), die er nun empfindet. In ihr ist nichts zu vernehmen als „das Plätschern des Ruders" (Z. 19 f.) (im Gedicht hörbar in den tt-Konsonanten V. 1–3) und das Schlagen der Wellen gegen den Bug (dem der monotone Rhythmus des Gedichts entsprach). In die Stille hinein dringt „ein Drittes, ein Reden, ein Raunen" (Z. 22).

leblose Stille

Hält man das Gedicht noch einmal neben den Novellenauszug, so entspricht diesem „Raunen" das „Murmeln" am Ende der letzten Strophe, als das Leben im Schatten erlischt (vgl. V. 15 f.). Übertragen auf den Vergleichstext würde dies bedeuten, dass Aschenbach durchaus bereit erscheint, sich **genussvoll in den Tod hinübergleiten** zu lassen. Jedoch – der Gedankenstrich (Z. 22) zeigt es an – wird er brüsk aus seinen Todesimaginationen in die Realität zurückgeholt, er „blick[t] auf" (Z. 24) und identifiziert das „Raunen" als geflüsterte Selbstgespräche des Gondoliere. Er empfindet „leicht[e] Befremdung" (Z. 24), vielleicht darüber, noch am Leben zu sein, und der Textausschnitt endet mit dem **Blick über die Weite des offenen Meeres** (vgl. Z. 25 f.).

Aschenbach zurück in die Realität geholt

Beide Texte verarbeiten das Motiv der Gondelfahrt, unterlegen es aber mit einer jeweils anderen **Bedeutung:** In Conrad Ferdinand Meyers *Auf dem Canal grande* ist die Fahrt mit der Gondel ein Sinnbild für das Leben. Damit steht das Gedicht in der Tradition Jahrtausende alter **Vorstellungen von der Lebensfahrt**, vom Lebensschiff, das auf dem Meer Stürmen und Gefahren ausgesetzt ist und schließlich einen sicheren Hafen erreicht oder vielleicht Schiffbruch erleidet. Meyers kurzer Text variiert diesen alten Topos in hoch konzentrierter und dichter Form. In wenigen, reduzierten Bildern wirft er Schlaglichter auf die Daseinsmetapher der Gondelfahrt und spiegelt dabei die philosophische Sichtweise wider, die die Phase heiterer Unbeschwertheit als kurz und schnell vergänglich begreift, bevor das Lebensschiff „im Schatten drüben" „erlischt" (V. 15).

Gondelfahrt als Lebensfahrt bei C. F. Meyer

Die Gondelfahrt Gustav von Aschenbachs in Thomas Manns Novelle ist anders konnotiert: Hier ist die Fahrt mit der „Barke" (Z. 8) **Sinnbild für das Sterben**, für das Hinübergleiten vom Leben in den Tod. Mancher mag hier an den antiken Mythos vom Fährmann Charon denken, der in seinem Boot die Toten über den Acheron in die Unterwelt bringt. Bemerkenswert an diesem Textausschnitt ist, dass der Protagonist Genuss und Süße nicht im lebendigen Leben findet, sondern darin, dem Leben träge zu entgleiten.

Gondelfahrt als Sinnbild für Sterben und Tod bei Th. Mann

So zeigen beide Texte in jeweils eigener Weise, wie sehr die Lagunenstadt mit ihren Kanälen und Gondeln zur literarischen Auseinandersetzung mit existenziellen Gedanken über Dasein, Leben und Sterben inspiriert; sie bieten unterschiedliche Variationen einer Ästhetisierung von vergangener Größe und Verfall. Ja, Venedig berührt.

Schluss

Inspiration Venedig – Ästhetisierung von Größe und Verfall

Deutsch (Hamburg) – Erhöhtes Anforderungsniveau
Abiturähnliche Übungsaufgabe 8

Aufgabenart
Gedichtvergleich

Thema
Lyrik

Teilaufgaben

1. Interpretieren Sie das Gedicht *Die Linde* von Christian Friedrich Daniel Schubart. (60 %)
2. Vergleichen Sie das Gedicht *Die Linde* mit dem Gedicht *kiefer* von Arne Rautenberg im Hinblick auf das Verhältnis der lyrischen Sprechinstanz zur Natur und die sprachliche Gestaltung. (40 %)

Material 1
Christian Friedrich Daniel Schubart: Die Linde (1783)

Warst so schön, breitwipflichter[1] Baum,
Als dir schwollen die Knospen,
Als du Blütendüfte verhauchtest;
Warst so schön!

Dich umsummt' im Lenzabend[2] der Käfer,
Geflügelte Ameisen schwärmten
Wie Mittagswölkchen, die die Sonne
Versilbert, um deinen Blütenzweig.

Die Blüte fiel; da warst du grün
Und stärktest mein Auge,
Das, ans falsche Dunkel meines Kerkers
Gewöhnt, blinzt'[3] im Sonnenstrahl.

Und nun bist du halbnackt;
Der Herbststurm blies um deinen Scheitel
Und deinen Schmuck; die goldnen Blätter
Wälzt nun wogend der Odem[4] des Sturms.

Die schwarzen Äste starren traurend,
Ihrer Decke beraubt, in die Luft.
Dich flieht der Sperling, denn du bist
Ihm nicht mehr Hülle gegen den Sperber. –

Einst knospete ich, o Linde!
Schöner als du. Trug Blüten
Des Knaben, des Jünglings, die süßer
Düfteten als du im Frühlingsschmuck.

Meine geringelte Seidenlocken
Waren schöner als dein grünes Haar.
Schöner als deines Finken und Distelvogels
Scholl mein Gesang und Flügelspiel.

Ich war ein Mann, breitwipflicht
Und lieblich im Sonnenstrahl spielend.
Meines Geistes Fittich[5] deckte die Meinen, –
Wie dein schattender Wipfel den Pilger.

Aber ach! mein Herbst ist gekommen;
So früh ist schon mein Herbst gekommen! –
Das Schicksal blies mit kaltem stürmendem Odem;
Und meine Blätter fielen.

Heiser ist mein Gesang;
Die geflügelte Rechte lahmt
Auf den braunen Tasten
Des goldnen Saitenspiels.

Meine Fantasie, der Riese,
Zuckt ausgestreckt wie ein Geripp
Im Staube. Mein Witz[6], die Rose,
Liegt entblättert, zerknickt.

Fern ist meine Liebe;
Meine Kinder sind ferne; –
Der schwarze, starre, enthaarte Ast
Vermag nicht mehr zu schatten die Lieben!

Schubarts Werke in einem Band. Ausgewählt und eingeleitet von Ursula Wertheim und Hans Böhm. 4. durchgesehene Auflage. Berlin und Weimar: Aufbau Verlag 1988, S. 325 f.

1 breitwipflicht: mit breitem Wipfel (Wipfel: oberster Teil eines Baumes, Krone)
2 Lenzabend: Frühlingsabend
3 blinzen: blinzeln
4 Odem (dichterisch): Atem
5 Fittich (dichterisch): Flügel eines Vogels
6 Witz: hier: Verstand

Material 2
Arne Rautenberg: kiefer (2021)

du vielgesicht mit langen nadeln
nimmst hartes flach und weiches tief
ich wünscht ich wäre so gewesen
als ich dich knorrig in balkonkästen
der mutter als ein kind verachtend sah

heut mag ich deinen geringen anspruch
an die böden schau auf jede
deiner großen schwestern wie sie stürmen
ihre rindenbrust herzeigen als wärs
ein ewig eingefrorner butohtanz[1]

ich glaube zucker fließt durch deine grünen strahlen
in der oktobernacht wenns thermometer jäh
ins klirren sinkt so stehst du schwarz und still
im hinterland der dünen eingekrallt
derweil das ferne meer frenetisch rauscht

schon morgen suche ich an stränden
deine millionenalten tränen
harzig[2] hoff ich wird mir endlich
mein nurmehr noch so eigner wunsch entgegenblinzeln
die sonne möge wieder scheinen

Arne Rautenberg: betrunkene wälder. Gedichte. Heidelberg: Verlag Das Wunderhorn 2021, S. 28

1 Butohtanz: japanischer Ausdruckstanz
2 Bezug auf Bernstein, d. h. fossiles Harz

Erläuterungen zu den Autoren:
Der Dichter, Musiker und Journalist **Christian Friedrich Daniel Schubart** (1739–1791) wurde wegen seiner scharfen Kritik an deutschen Fürsten vom württembergischen Herzog Carl Eugen von 1777 bis 1787 ohne Verhör und Gerichtsurteil auf dem Hohenasperg bei Ludwigsburg eingekerkert. Die ersten vier Jahre war ihm das Schreiben nicht erlaubt, nach acht Jahren durfte ihn seine Familie das erste Mal besuchen.
Arne Rautenberg (*1967 in Kiel) studierte Kunstgeschichte, Literaturwissenschaft und Volkskunde. Er schreibt hauptsachlich Gedichte, ist aber auch als Künstler tätig und zeigt seine Werke in Galerien und Ausstellungen. Er lebt in Kiel, einer Stadt an der Ostsee.

Hinweise und Tipps

Die erste Teilaufgabe verlangt von Ihnen eine detaillierte ***Analyse und Deutung des ersten Gedichts*** *(M 1), „Die Linde" von Christian Friedrich Daniel Schubart. Das* ***zweite Gedicht*** *(M 2), „kiefer" von Arne Rautenberg, wird in Teilaufgabe 2 zum* ***Vergleich*** *herangezogen. Dabei sollen Sie sich schwerpunktmäßig auf das* ***Verhältnis des lyrischen Ich zur Natur*** *und die* ***sprachliche Gestaltung*** *beider Gedichte konzentrieren.*

Es ist sinnvoll, zuerst Ihr Kontextwissen im Hinblick auf die ***Naturlyrik des 18. und 21. Jahrhunderts*** *zu aktivieren, um die beiden Gedichte in einen historischen Zusammenhang einzubetten. Beachten Sie auch die Erläuterungen zu den Autoren unter den Gedichten. Den Hinweis der Aufgabenstellung, das Verhältnis der lyrischen Sprechinstanz zur Natur zu vergleichen, können Sie als Ausgangspunkt aufgreifen, um die* ***ähnliche oder auch unterschiedliche Ausrichtung*** *der Gedichte zu erfassen. Lesen Sie die beiden Werke mindestens zweimal und versuchen Sie, die Gedanken der lyrischen Sprechinstanzen nachzuvollziehen. Achten Sie dabei auf die Situation, in der sich das lyrische Ich jeweils befindet, und* ***notieren*** *Sie Ihre* ***ersten Eindrücke und Beobachtungen****.*

Ihr Aufsatz sollte übersichtlich und zielgerichtet gegliedert sein. Beginnen Sie mit einer ***Einleitung****, in der Sie die* ***Charakteristika der Naturlyrik*** *im 18. und im 21. Jahrhundert knapp umreißen. Stellen Sie anschließend die beiden Gedichte und ihre thematischen Schwerpunkte kurz vor. Im* ***Hauptteil*** *interpretieren Sie zunächst das* ***erste Gedicht****. Gehen Sie hierbei auf wesentliche* ***inhaltliche, formale und sprachliche Aspekte*** *ein und bringen Sie diese in einen sinnvollen Zusammenhang. Ihre Befunde sollten Sie mit passenden* ***Zitaten*** *belegen, um eine Anbindung an den lyrischen Text herzustellen. Analysieren Sie das Gedicht erst einmal ohne Zuhilfenahme der biografischen Hinweise, um das Verhältnis des Menschen zur Natur herauszuarbeiten. Anschließend dürfen Sie die Autorenbiografie in Ihre Deutung einfließen lassen.*

Ziehen Sie danach das ***zweite Gedicht*** *für den geforderten Vergleich heran, indem Sie anhand selbstgewählter Aspekte die beiden lyrischen Texte einander gegenüberstellen. Untersuchen Sie insbesondere das* ***Verhältnis des Menschen zur Natur*** *sowie die* ***sprachliche Gestaltung*** *differenziert. Berücksichtigen Sie dabei sowohl* ***Gemeinsamkeiten*** *als auch* ***Unterschiede****. Achten Sie grundsätzlich auf eine schlüssige, eigenständige und nachvollziehbare Gedankenführung sowie auf die korrekte Verwendung von* ***Fachbegriffen****. Fassen Sie zum Schluss in einer Art* ***Fazit*** *die Ergebnisse Ihres Gedichtvergleichs zusammen. Darüber hinaus können Sie die Gedichte hinsichtlich der Auseinandersetzung mit der Natur und der sprachlichen Gestaltung in die* ***Naturlyrik*** *der jeweiligen Epoche einordnen und entsprechend würdigen.*

Lösungsvorschlag

Einleitung

Kontext: Bedeutung der Natur im 18. und 21. Jahrhundert

Die Auseinandersetzung mit der **Natur** stellt ein **zentrales Thema der Literatur** dar. So wurde in der **Lyrik des 18. Jahrhunderts** das Verhältnis des Menschen zu ihr reflektiert. Die Gedichte des Frühaufklärers Barthold Heinrich Brockes beschreiben beispielsweise unterschiedliche Naturphänomene und betonen deren Schönheit, doch ist es ihr eigentliches Ziel, den Schöpfer zu preisen, der sich in der Natur offenbare. Die Dichter der literarischen Strömung des **Sturm und Drang** dagegen entdeckten die **Natur als individuellen Erlebnisraum** und sahen in ihr eine Lebenskraft, die ihren eigenen Empfindungen entsprach. Auch in **Gedichten des 21. Jahrhunderts** wird die Natur vielschichtig aufgegriffen. Angesichts ihrer Vermarktung und Ausnutzung sowie einer drohenden Klimakatastrophe wird dem Thema in der Literatur wieder wachsende Beachtung zuteil.

Vorstellung der beiden Gedichte

Ein zentrales **Motiv** in der Naturlyrik ist der **Baum**. Dieses greift auch der dem Sturm und Drang zugerechnete Dichter Christian Friedrich Daniel Schubart in seinem Gedicht ***Die Linde*** aus dem Jahr 1783 auf. Die Darstellung der Linde **spiegelt das Leben des lyrischen Ich** und seine sich wandelnden Gefühle wider. Auch der zeitgenössische Dichter Arne Rautenberg verwendet in seinem Gedicht ***kiefer*** aus dem Jahr 2021 das Baummotiv. Damit drückt der lyrische Sprecher seine **Hoffnung auf eine bessere Zukunft** aus. Im Folgenden wird zunächst Schubarts Gedicht analysiert und interpretiert, um es anschließend mit Rautenbergs Gedicht hinsichtlich der sprachlichen Gestaltung sowie des Verhältnisses des lyrischen Ich zur Natur zu vergleichen.

Teilaufgabe 1

Interpretation von Gedicht 1 (Schubart)

Aufbau und Inhalt

In Christian Friedrich Daniel Schubarts Gedicht *Die Linde* gibt der lyrische Sprecher Einblick in seine persönliche Situation: Er **vergleicht die Veränderungen einer Linde** vom Frühjahr bis zum Herbst **mit seiner eigenen Entwicklung** vom kraftstrotzenden Jüngling hin zu einem früh gealterten, einsamen Mann. Das Gedicht lässt sich in **zwei gedankliche Einheiten** gliedern: Der erste Sinnabschnitt umfasst die Strophen 1 bis 5, die der **Darstellung der Linde** gewidmet sind. Die Strophen 6 bis 12 bilden die zweite Sinneinheit, in der das lyrische Ich **sein Leben** mit den Veränderungen der Linde in Bezug setzt.

formale Aspekte

Das in **zwölf Strophen** zu jeweils **vier Versen** gegliederte Gedicht ist **reimlos** und besitzt **kein festes Metrum**. Es wechseln sich vierhebige (z. B. V. 1, 3), dreihebige (z. B. V. 2, 6) und fünfhebige (z. B. V. 5, 11) Verse ab. Der **freie Rhythmus** vermittelt den Eindruck von Dynamik und korrespondiert folglich sowohl mit dem

Wandel der Jahreszeiten als auch mit der **individuellen Entwicklung eines Menschen** im Laufe seines Lebens. Nur am Ende der ersten Strophe (vgl. V. 4) kommt ein zweihebiger Vers vor, der dadurch und aufgrund der Wiederholung der ersten drei Wörter des Gedichts („Warst so schön", V. 1, 4) besonders auffällt. Damit wird die Schönheit der Linde im Frühling hervorgehoben und zugleich Bedauern über die in den folgenden Strophen dargestellten Veränderungen zum Schlechteren ausgedrückt. Der **prosanahe Stil** mit über die Versgrenzen hinausgehenden, teils hypotaktischen Sätzen unterstreicht den **erzählenden Charakter** des Gedichts. Die zeitliche Abfolge wird zudem durch den enthaltenen **Tempuswechsel** deutlich: Die Darstellung der Linde im Frühjahr und Sommer erfolgt im **Präteritum**, während ihre spätherbstliche blätterlose Gestalt im **Präsens** vorgestellt wird. Ebenso werden die Jugend und das Erwachsenenalter des lyrischen Ich im Präteritum, die Gegenwart als alternder Mensch im Präsens beschrieben. Den Übergang verdeutlicht die Zeitform Perfekt: „mein Herbst ist gekommen" (V. 33).

Titel

Der **Titel** *Die Linde* betont die **besondere Bedeutung des Baumes**, mit dem das lyrische Ich sich vergleicht. Zwar liegt der Schwerpunkt auf dem menschlichen Schicksal, denn diesem sind sieben, der Linde nur fünf Strophen gewidmet. Dennoch ist der Titel gerechtfertigt, denn das **lyrische Ich identifiziert sich mit dem Baum**, indem es für die Darstellung seines Lebens metaphorische Umschreibungen verwendet, die einen stetigen **Bezug zur Linde** herstellen. Diese Gleichsetzung des Menschen und seiner Gefühle mit der Natur ist typisch für die Epoche des Sturm und Drang.

1. Sinneinheit: Beschreibung der Linde im jahreszeitlichen Verlauf

Der lyrische Sprecher beschreibt in den ersten beiden Strophen die **Schönheit** der blühenden Linde im **Frühling** und veranschaulicht, wie Insekten sie abends umschwärmen. Überwiegend **helle Vokale**, **positiv besetzte Wörter** (z. B. „Blütendüfte", V. 3, „Versilbert", V. 8) und der vergleichende **Diminutiv** „[w]ie Mittagswölkchen" (V. 7) transportieren Leichtigkeit und Lebensfreude. In der dritten Strophe erläutert das lyrische Ich, wie wohltuend die Linde mit ihren grünen Blättern im **Sommer** ihm erscheint, wenn es – aus seinem dunklen Kerker schauend – im Sonnenlicht blinzeln müsse. Dem Baum wird eine **stärkende Wirkung** zugeschrieben (vgl. V. 10), was eine Sichtweise auf die Natur zum Ausdruck bringt, die für die Epoche des Sturm und Drang kennzeichnend ist. Die Strophen vier und fünf beschreiben **die herbstliche Linde**, deren golden verfärbte Blätter vom Sturm heruntergerissen und umhergeweht werden, bis der Baum schließlich entblättert und einsam ist, da er Vögeln keinen Schutz mehr bieten kann und deshalb von diesen gemieden wird. Die **Personifikation** „Scheitel" (V. 14) und die den kahlen Ästen zugeschriebene Trauer (vgl. V. 17) deuten auf den folgenden Sinnabschnitt voraus, in dem es um das Leben des lyrischen Sprechers geht. Indem das lyrische Ich die **Linde** durchgängig mit „du" (z. B. V. 3, 9, 13, 19) **anredet**, stellt es eine vertraute Ebene her. Es kommuniziert mit diesem Baum und teilt ihm seine Gedanken mit. Dadurch wird allerdings nicht nur die erlebte **Nähe zur Natur**, sondern auch seine **Einsamkeit** deutlich, auf die es in der zwölften Strophe genauer eingeht.

2. Sinneinheit: Lebenserfahrungen des lyrischen Ich

Das lyrische Ich veranschaulicht in der sechsten und siebten Strophe seine **vielversprechende persönliche Entwicklung** in der **Jugend** sowohl hinsichtlich seines Äußeren als auch seiner Begabungen (vgl. V. 27 f.). Durch die Verwendung **naturbezogener Begriffe** wie „knospete" (V. 21) und „Blüten" (V. 22) zur Beschreibung des Menschen sowie durch den **Ausruf** „o Linde!" (V. 21) wird eine Verbindung zum vorher beschriebenen Baum hergestellt. In der achten Strophe hebt das lyrische Ich seine **Fähigkeiten als erwachsener Mann** hervor, der einerseits künstlerisch tätig ist und andererseits seine Familie beschützt. Die letzten vier Strophen sind seinem **Lebensabend** gewidmet. Die Klage über seinen **Alterungsprozess** leitet das lyrische Ich mit dem bedauernden Ausruf „Aber ach!" (V. 33) ein. In der neunten Strophe betont es, dass sein Altern schon früh eingesetzt habe, und zwar aufgrund der **Härte seines Schicksals**. Die damit verbundenen Folgen beschreibt es in den Strophen zehn und elf. Es ist **körperlich geschwächt**, seine Vorstellungskraft liegt darnieder und auch sein Verstand hat an Leistungsfähigkeit verloren. Wie groß seine nun **verschüttete Fantasie** einst gewesen ist, verdeutlicht deren **metaphorische Gleichsetzung** mit einem „Riese[n]" (V. 41), der nun „ein Geripp" (V. 42) ist. In der letzten Strophe betrauert das lyrische Ich – hervorgehoben durch einen **Chiasmus** (vgl. V. 45 f.) –, dass seine Frau und seine Kinder weit entfernt von ihm sind und es ihnen keinen Schutz mehr bieten kann. Beim Rückblick auf sein Leben zieht es **Parallelen** zwischen seiner eigenen Entwicklung und der des Baumes: die frühlingshafte beziehungsweise jugendliche **Schönheit** (vgl. Str. 1 f., 6 f.), die **Potenziale** des ausgewachsenen Baumes und Mannes (vgl. Str. 3, 8) und den **Verlust dieser Möglichkeiten** sowie der Kraft im Herbst oder Alter (vgl. Str. 4 f., 9 ff.). Die dadurch zum Ausdruck gebrachte Parallelisierung der Entwicklung von Mensch und Natur ist typisch für die Naturlyrik des Sturm und Drang.

biografische Deutung

Indem das lyrische Ich in Strophe drei explizit auf das „falsche Dunkel [s]eines **Kerkers**" (V. 11) verweist, betont es die Unrechtmäßigkeit seines erzwungenen Aufenthalts an diesem Ort. Dieser Hinweis kann als Anspielung auf die **persönliche Lebenssituation des Dichters** verstanden werden. Schubart wurde ohne Verhör und

Gerichtsurteil wegen seiner kritischen Haltung gegenüber den absolutistisch herrschenden Fürsten zehn Jahre lang eingekerkert und durfte währenddessen acht Jahre lang seine Familie nicht sehen. Somit liegt eine **biografische Deutung** des Gedichts nahe. Die Verzweiflung des Dichters über die **Ungerechtigkeit seines Schicksals** (vgl. V. 11) ist dabei zugleich eine lyrisch-bildhaft ausgedrückte **Anklage**. Die metaphorische Aussage „Das Schicksal blies mit kaltem stürmendem Odem" (V. 35) macht zwar eine unpersönliche, übernatürliche Instanz verantwortlich, doch ist sie leicht als **Kritik am württembergischen Herzog Carl Eugen** zu entschlüsseln, der die Kerkerhaft angeordnet hat – insbesondere dann, wenn man das Jahr der Entstehung des Gedichts, 1783, berücksichtigt. Zu diesem Zeitpunkt war Schubart bereits sechs Jahre auf dem Hohenasperg eingekerkert, durfte zwar seit zwei Jahren wieder schreiben, hatte jedoch seine Familie seit seiner Inhaftierung nicht gesehen. Somit spiegelt Schubarts Gedicht *Die Linde* seine damalige Situation wider und kann als **dichterisches Zeugnis seiner Einkerkerung** gedeutet werden. Gleichzeitig setzt es der Linde ein Denkmal, die das lyrische Ich – und möglicherweise auch der Dichter – von seinem Gefängnis aus im Blick hat.

Teilaufgabe 2

Vergleich mit Gedicht 2 (Rautenberg)

Inhalt des Rautenberg-Gedichts

Auch in Arne Rautenbergs Gedicht *kiefer* beschäftigt sich das lyrische Ich vor dem Hintergrund einer bestimmten Baumart mit seinen eigenen Gefühlen. In der ersten Strophe beschreibt es die **Kiefer mit ihren charakteristischen Eigenschaften**. Es bedauert im **Rückblick**, dass es als Kind die Kiefer auf dem Balkon **verachtet** habe, anstatt sich an ihrem Verhalten ein Beispiel zu nehmen. So wie die Kiefer sich nur oberflächlich in harten Böden verwurzle, dagegen aber tief in weiche eindringe, sollte auch der Mensch nur das Weiche, sprich Erfreuliche, tief in sein Bewusstsein aufnehmen. Die zweite und dritte Strophe beziehen sich auf die **Gegenwart**. Die lyrische Sprechinstanz verdeutlicht ihre **Liebe** zu Kiefern, indem sie deren Anspruchslosigkeit, imposante äußere Erscheinung und Überlebenskunst bewundert. In der vierten Strophe verweist das lyrische Ich auf die Zukunft. Es tut seine Absicht kund, nach uralten Spuren von Kiefern in Form von Bernstein zu suchen, und äußert die **Hoffnung**, darin die Aussicht **auf künftig bessere Zeiten** gespiegelt zu sehen.

Ähnlichkeiten in der sprachlichen Gestaltung

Personifikation

Ähnlichkeiten zwischen den beiden Gedichten zeigen sich in der **sprachlichen Gestaltung:** In beiden Gedichten werden die Bäume durchgängig **personifiziert** und als Kommunikationspartner ernst genommen. Dadurch werden die Linde und die Kiefer als **Lebewesen** betrachtet, die durch die Beschreibung ihrer Eigenheiten und Ausprägungen einen **individuellen Charakter** erhalten und darüber hinaus eigene **Gefühle** zum Ausdruck bringen können. So blicken beispielsweise die Äste der Linde „traurend" (M 1, V. 17). Parallel dazu werden die Bernsteine, das heißt die fossilen Überreste von Kiefern, in Rautenbergs Gedicht als „tränen" (M 2, V. 17) bezeichnet.

Vergleiche werden in beiden Gedichten herangezogen, allerdings zu unterschiedlichen Zwecken. In Schubarts Gedicht dienen sie dazu, einerseits die Ähnlichkeiten zwischen Baum und Mensch (vgl. M 1, V. 31 f.) und andererseits die **menschliche Höherschätzung** zu verdeutlichen (vgl. M 1, Str. 6 f.). In Rautenbergs Gedicht hingegen betont der Vergleich „ihre rindenbrust herzeigen als wärs / ein ewig eingefrorner butohtanz" (M 2, V. 9 f.) die **Gleichstellung** der Kiefer mit dem Tanz als **menschlicher Ausdrucksform** und schreibt dem Baum somit ein Stück Kultur zu.

Vergleiche zu unterschiedlichen Zwecken

Eine weitere sprachliche Auffälligkeit der beiden Gedichte ist die **metaphorische Ausdrucksweise**. Bei Schubart stellen die Beschreibungen „Und nun bist du halbnackt" (M 1, V. 13) und „deinen Scheitel" (M 1, V. 14) **die Linde auf eine Stufe mit den Menschen**. Doch noch stärker betont die Metaphorik die **Gleichstellung des lyrischen Ich mit dem Baum**. So beschreibt es sein Heranwachsen mit „Einst knospete ich" (M 1, V. 21) und „Trug Blüten" (M 1, V. 22) sowie seine körperliche Kraft als Erwachsener als „breitwipflicht" (M 1, V. 29). Damit wird eine **Identifikation** des Menschen mit der Natur deutlich. Der Mensch sieht sich Sturm-und-Drang-typisch im **Einklang mit der Natur**. Die in Rautenbergs Gedicht verwendete Metapher „grün[e] strahlen" (M 2, V. 11) zeigt dagegen die **Verbundenheit der Natur mit dem Kosmos**, da das Nomen „Strahlen" auf einen Lichtschein verweist, der von Sternen ausgeht. Die Metapher „deine millionenalten tränen" (M 2, V. 17) gesteht der Kiefer eine **Ausdrucksform der Trauer** und des Schmerzes zu, aber auch ein **unvorstellbares Alter**. Damit veranschaulicht die Metapher einerseits eine (gefühlsmäßige) **Nähe** und andererseits eine (zeitliche) **Distanz zwischen Mensch und Natur**. Ähnlich wie bei Schubarts Gedicht wird in der letzten Strophe die **Harmonie** zwischen Natur und Mensch beschworen, denn das lyrische Ich hofft, dass sich beim Anblick des Bernsteins sein Leben zum Guten wendet und seine Sehnsucht nach einer besseren Zukunft gestillt wird.

Metaphorik

Identifikation mit der Natur vs. Zwiespalt zwischen Nähe und Distanz

Sowohl in Rautenbergs als auch in Schubarts Gedicht wird ein **enges persönliches Verhältnis des lyrischen Ich zur Natur** deutlich. Dies zeigt sich bereits in der **Du-Anrede** der Bäume, mit der die beiden Gedichte beginnen, vor allem aber auch in der **bewundernden Haltung** gegenüber der Linde („Warst so schön, breitwipflichter Baum", M 1, V. 1) und der Kiefer („du vielgesicht mit

Ähnlichkeit: enges persönliches Verhältnis zur Natur

langen nadeln“, M 2, V. 1). Des Weiteren werden beide Bäume anschaulich und detailliert beschrieben.

Das lyrische Ich in Schubarts Gedicht stellt sich zunächst über die Natur, indem es sich als der Linde **überlegen** positioniert. Es bezeichnet den Baum als „schön“ (M 1, V. 1, 4), verwendet jedoch als Beschreibung für sich selbst in seiner Jugendzeit den **Komparativ** „schöner“ (M 1, V. 22, 26). Mit der Metapher „Der schwarze, starre, enthaarte Ast/Vermag nicht mehr zu schatten die Lieben!“ (M 1, V. 47 f.), die den letzten Satz des Gedichts bildet, erfolgt schließlich die **Gleichsetzung von Mensch und Natur**, indem sich das lyrische Ich im Bild des herbstlichen Baumes beschreibt. Im Mittelpunkt des Schubart-Gedichts stehen die **sinnlichen Erfahrungen** mit der Linde: Im Frühling erfüllt sie mit ihrem Blütenduft die Luft (vgl. M 1, V. 3) und wird von Insekten „umsumm[t]“ (M 1, V. 5). Im Sommer bewirken die grünen Blätter eine **Stärkung** des menschlichen Auges, wohingegen sie im Herbst golden verfärbt sind und der Sturm sie verweht.

anfänglich Überlegenheit, später Gleichsetzung mit der Natur (Schubart)

Anders als bei Schubart beschreibt das Rautenberg-Gedicht zuerst die **wenig attraktive Erscheinungsform** der Kiefer. Sie wird als „knorrig“ (M 2, V. 4) und somit als krumm und verwachsen bezeichnet. Ihre Besonderheit ist also nicht auf den ersten Blick wahrnehmbar. Doch mit seiner Feststellung „heut mag ich deinen geringen anspruch/an die böden schau auf jede/deiner großen schwestern“ (M 2, V. 6 ff.) betont das lyrische Ich, dass es inzwischen eine **Liebe zu dieser Baumart** entwickelt habe. Dementsprechend hebt es die Anpassungsfähigkeit (vgl. M 2, V. 2 ff., 14) und Genügsamkeit (vgl. M 2, V. 6 f.) der Kiefer hervor. Zudem betont es ihre Widerstandsfähigkeit (vgl. M 2, V. 11 f.), die ihr hilft, den Winter zu überstehen. Dieses **Aufzeigen positiver Eigenschaften** bringt implizit die **Bewunderung** zum Ausdruck, die das lyrische Ich für die Kiefern und somit für die Natur hegt. Zugleich werden in Rautenbergs Gedicht wie bei Schubart eine **melancholische Stimmung** („millionenalt[e] tränen“, M 2, V. 17) und der Gedanke an die **Vergänglichkeit des Lebens und der Natur** deutlich. Das lyrische Ich kündigt durch die Tränen-Metapher an, nach Bernstein, also dem fossilen Harz millionenalter Kiefern, suchen zu wollen. Gleichzeitig sieht es darin auch die Möglichkeit zur **Überwindung der Vergänglichkeit** und zu einem **Neuanfang**. Der Bernstein ist dabei als Symbol für die bessere Zukunft zu verstehen, auf die das lyrische Ich hofft.

anfänglich Verachtung, später Bewunderung für die Natur (Rautenberg)

zwischen Melancholie und Hoffnung

Obgleich das Verhältnis der lyrischen Sprechinstanzen zur Natur in beiden Gedichten ähnlich gestaltet ist, kann ein **unterschiedlicher Fokus** konstatiert werden. In Schubarts Gedicht liegt der **Schwer-**

unterschiedlicher Fokus im Verhältnis Mensch/Natur

punkt auf dem Menschen, der im Aufblühen und Absterben der Natur sein eigenes Schicksal gespiegelt sieht. Dagegen hebt Rautenbergs Gedicht die Überlebensstrategien und vor allem das **Überdauern der Natur** hervor, das dem Menschen **Beispiel und Trost** sein kann. In beiden Gedichten **reflektieren** die lyrischen Sprechinstanzen ihr **persönliches Verhältnis zur Natur** am Beispiel der Linde beziehungsweise der Kiefer.

Epochenzuordnung:
Sturm und Drang bzw. Gegenwartslyrik

Diese **Betonung subjektiver Empfindungen** und die Wahrnehmung von Mensch und Natur als Einheit sind typische Merkmale der literarischen Strömung des **Sturm und Drang**, in der das **fühlende Herz** wichtiger ist als die Vernunft und die wissenschaftliche Erforschung der Natur. Aus der äußeren Beobachtung der Linde zieht der lyrische Sprecher Schlüsse auf die innere Lebensdynamik des Baumes und sieht darin seine eigenen Empfindungen widergespiegelt, was kennzeichnend für die sogenannte **Erlebnislyrik** dieser Epoche ist. Das lyrische Ich in Rautenbergs Gedicht bleibt in seinen Reflexionen dagegen **sachlich-nüchtern** und entspricht damit der typischen Darstellungsweise der zeitgenössischen Lyrik des 21. Jahrhunderts. Allerdings fällt die Aussage „heut mag ich deinen geringen anspruch/an die böden“ (M 2, V. 6 f.) auf, die eine **persönliche Vorliebe** oder auch Liebe zum Ausdruck bringt. Diese Offenheit ist bei zeitgenössischen Gedichten eher ungewöhnlich und unterstreicht die gefühlvolle Verbundenheit des lyrischen Ich mit der Natur.

Fazit

Obgleich zwischen den Naturgedichten von Christian Friedrich Daniel Schubart und Arne Rautenberg 238 Jahre liegen, sie unterschiedlich gestaltet sind und verschiedene Akzente setzen, **vereint** sie die **Liebe zu einer bestimmten Baumart** und die **Verbundenheit** des jeweiligen lyrischen Ich **mit der Natur**. Vor allem aber vermitteln die beiden Gedichte eine nachdenkliche, melancholische Stimmung, mit der die **Vergänglichkeit des menschlichen Lebens** bewusst gemacht wird. Dennoch ist die Natur in der Lage, dem Menschen **Trost** zu spenden. Ein wesentlicher Unterschied der beiden Gedichte liegt in der Darstellung des Verhältnisses des Menschen zur Natur. Während Schubarts Gedicht eine **harmonische Beziehung** beschreibt, in der **Mensch und Natur eine Einheit** bilden und sich das lyrische Ich mit der Linde identifizieren kann, verweist Rautenbergs Gedicht auf eine klare **Distanz zwischen dem Menschen und der Natur** sowie den Naturgewalten. Dennoch kann die Kiefer mit ihrer Anpassungsfähigkeit und Anspruchslosigkeit sowie ihrer Eigenschaft, widrigen Umständen zu trotzen, ein **Vorbild** für den Menschen sein.

Deutsch (Hamburg) – Grundlegendes Anforderungsniveau
Abiturähnliche Übungsaufgabe 9

Aufgabenart
Materialgestütztes Verfassen eines argumentierenden Textes

Thema
Woyzeck

Verbindlicher Referenztext
Georg Büchner: *Woyzeck*

Aufgabenstellung

Ihr Theaterkurs bereitet eine Aufführung von Georg Büchners „Woyzeck" vor und muss sich entscheiden, ob bei der Inszenierung der Schwerpunkt eher auf die im Stück verhandelte soziale Problematik oder aber auf den Liebeskonflikt gelegt werden soll. Verfassen Sie unter Berücksichtigung der Materialien und Ihrer Dramenkenntnis einen Aufsatz für das Programmbuch, in dem Sie sich mit dieser Frage auseinandersetzen und eine begründete Entscheidung treffen.

Wählen Sie eine geeignete Überschrift.

Zitate aus den Materialien werden dem Stil eines solchen Aufsatzes entsprechend ohne Zeilenangabe unter Nennung der Autorin/des Autors und ggf. des Titels verwendet.

Ihr Aufsatz für das Programmbuch sollte etwa 1 000 Wörter umfassen.

Material 1: Zwei Theaterplakate

MPalitzsch / wikipedia, CC BY-SA 4.0.

https://liberalarts.utexas.edu/germanic/_files/pdf/history/WoyzeckPoster2.jpg

Das linke Plakat bezieht sich auf Alban Bergs 1925 uraufgeführte Oper „Wozzeck“, die auf Büchners Stück basiert. Die unterschiedliche Schreibweise des Titels geht auf einen Lesefehler des ersten Herausgebers des Dramas zurück.

Material 2
Michael Hofmann, Julian Kanning: Georg Büchner. Epoche – Werk – Wirkung

[…] Marie hat einen legitimen Anspruch auf die Erfüllung ihrer sinnlichen Bedürfnisse; dieser Anspruch wird auf einen Mann geleitet, der den Eindruck, den er macht, zu einem großen Teil seiner Stellung in der militärischen Hierarchie verdankt. Woyzeck hat wie alle Menschen ein Verlangen nach Glück, einen Anspruch darauf, nicht auf einen Befehlsempfänger und ein Versuchsobjekt reduziert zu werden […].

[…]

Und die Szene, in der Woyzeck Marie umbringen wird, kann als eine pervertierte romantische Liebesszene verstanden werden. Als Marie nämlich sagt: „Was der Mond rot auf geht“, antwortet Woyzeck: „Wie ein blutig Eisen“, und so ist die Farbe Rot, die auf die Liebe als den Ausweg aus Entfremdung und Not verweisen könnte, mit dem rücksichtslosen sinnlichen Begehren verknüpft und (über die Assoziationen „Blut“ und „Eisen“) mit der sich anschließenden Tötung.

Michael Hofmann, Julian Kanning: Georg Büchner. Epoche – Werk – Wirkung. München: C. H. Beck 2013.

Michael Hofmann (*1957) und Julian Kanning (*1983): deutsche Literaturwissenschaftler

Material 3: Ulrich Rasche zu seiner „Woyzeck“-Inszenierung

© Sandra Then / Residenzthater München

Frage: *Dein „Woyzeck“-Bühnenbild ist eine rotierende Scheibe, eine Art Weltscheibe, außerhalb der das bloße Nichts lauert. Auf dieser Scheibe wirken die Figuren der Leere des Universums hilflos ausgeliefert. An ihnen reißen Fliehkräfte, aber die Drehbewegung kennt kein Ziel und keine erlösende Ruhe. Kann man deine Bühne als Metapher für Büchners Geschichtsfatalismus lesen?*

Rasche: Büchners Erkenntnis vom Fatalismus der Geschichte deckt sich auf eine sehr spezielle Weise mit meinen Bühnenbildern. Für „Woyzeck“ habe ich eine Scheibe gebaut, die sich zum Schluss des Abends fast senkrecht aufstellen wird. Die Schauspieler*innen sind dabei unentwegt den sich dort entwickelnden Flieh- und Zugkräften ausgesetzt. Insbesondere Woyzeck, aber auch alle anderen Figuren werden in Büchners Stück stark durch außer ihnen liegende Umstände geformt. Die äußeren Umstände gehören zur Natur oder zur Gesellschaft. Sie bestimmen das Leben und Verhalten der einzelnen Figuren. Immer werden die Figuren in „Woyzeck“ gezwungen, diesen Kräften Widerstand zu leisten oder sich ihnen gegenüber zu verhalten. Wer dem Kräftespiel ausweichen will oder zu schwach ist, wird ausgeschieden.

Woyzeck. Programmheft des Residenztheaters. Spielzeit 2019/2020

Ulrich Rasche (*1969): deutscher Regisseur, dessen Inszenierungen sich durch spektakuläre Bühnenbilder und eine Rhythmisierung der Sprache auszeichnen; seine Inszenierung von „Woyzeck“ hatte 2020 am Münchner Residenztheater Premiere.

Material 4: Hermann Kurzke: Wir arme Leut

[…] Die Mitte des 19. Jahrhunderts kannte Pauperismus und Proletarierelend in schaurigem Umfang – Hungerlöhne, Überforderung, ungesunde Wohnverhältnisse, Epidemien, Kinderarbeit, daraus folgende sittliche Verelendung mit Gewalttaten, Raub und Diebstahl, Trunksucht, Promiskuität[1] und Prostitution. […] Das waren die Rahmenbedingungen in der historischen Wirklichkeit. Aber welche Rolle spielen sie in Büchners Kunst? Woyzeck ist keine Pauperismus-Studie, kein Arbeiter-Ausbeuter-Sozialgemälde wie Hauptmanns *Weber*[2], kein Drama einer heraufziehenden sozialen Revolution, sondern eine Liebestragödie unter Armutsbedingungen. Woyzeck ist arm, aber sein Motiv ist nicht das Geld. Sein Mord ist keine fehlgeleitete Ersatzhandlung für eine andere Gewalttat, die den Reichen und Mächtigen hätte gelten müssen, sondern die Verzweiflungshandlung eines Mannes, dessen verriegelte Welt nur einen einzigen Lichtblick kannte: die Liebe zu Marie. Die kümmerlichen Lebensumstände hatten sich um ihn geschlossen wie ein Sarg, den nur die Liebe eine Ritze weit offen hielt. Maries Untreue schlägt den Sargdeckel zu. Das „Geld reicher Wüstlinge" spielt überhaupt keine Rolle. Maries Fehltritt kommt einerseits aus sozialem Trotz und Körperstolz – sie hat „ein so rothe Mund als die großen Madamen" –, andererseits aus sexueller Sehnsucht. Sie sucht den Stier im Tambourmajor, nicht Geld oder Macht. Büchner hat die Figur des Dritten im Dreieck sehr bewußt gewählt. Ein Tambourmajor war kein wirklicher Major, sondern nur eine Kleiderpuppe im Rang eines Unteroffiziers – der Anführer eines Musikzugs eben, pompös geschmückt, aber weder reich noch mächtig noch gar adelig, wie es die richtigen Offiziere damals sein mußten. Eine soziale Revolution hätte Marie von ihren Sehnsüchten nicht befreien können. Büchner zeigt Menschen, die Gefangene ihrer Triebe und Lebensumstände sind. Er zeigt nicht den Schimmer eines Auswegs. Die Armut ist aussichtslos, nicht nur die geldliche. Alle sind Unterworfene, auch der Doktor, der sich unter dem Diktat der Wissenschaft, und der Hauptmann, der sich unter dem Diktat der Tugend lächerlich macht. Beide haben zwar ihr Auskommen, sind aber keine Geldleute. Nur ganz peripher geht es in diesem Stück um reich und arm, obgleich die wenigen Sätze darüber sehr viel zitiert werden. „Wir arme Leut" sagt Woyzeck, „das hat keine Tugend". Aber würde er die verklemmte Pharisäertugend[3] des Hauptmanns wirklich haben wollen, selbst wenn man ihm einen Hut und eine Uhr und eine Anglaise drein gäbe? Ist er nicht menschlich viel weiter mit seinem „Der Herr sprach: Lasset die Kindlein zu mir kommen"? So lange Marie zu ihm hält, ist Woyzeck auch ohne Geld und Ehering freier und glücklicher als der Hauptmann, der den Mädchen unter die Röcke gafft, wenn sie sie schürzen über den Pfützen. […]

Hermann Kurzke: Georg Büchner. Geschichte eines Genies. München: C. H. Beck 2013.

1 *Promiskuität:* Geschlechtsverkehr mit häufig wechselnden Partnern
2 Gerhart Hauptmanns naturalistisches Drama *Die Weber* von 1892 behandelt den schlesischen Weberaufstand von 1844 und dessen blutige Niederschlagung.
3 *Pharisäer:* hier im Sinne von „Spießer"

Hermann Kurzke (*1943): deutscher Literaturwissenschaftler

Material 5:
Edward McInnes: [Historischer Woyzeck versus Büchners Woyzeck]

[...] Als Büchner an die Gestaltung seines Woyzeck-Dramas herangeht, setzt er sich bekanntlich mit den Prozeßakten und den Clarus-Gutachten[1] intensiv auseinander. Je tiefer er sich aber mit diesen zahlreichen Materialien befaßt, desto klarer, so scheint es, stellt sich ihm seine eigenständige, intuitive Vision vom Leben und Schicksal des Mörders vor Augen. Indem er all die verschiedenartigen Dokumente untersucht, distanziert er sich zunehmend von dem darin enthaltenen Bild des 40jährigen Arbeitslosen, der auf so unspektakuläre und wenig sympathische Weise der Trunk- und Spielsucht verfallen war und eine Reihe gescheiterter sexueller Verhältnisse hinter sich hatte. Büchners Held ist nicht nur viel jünger als der geschichtliche Woyzeck, sondern auch, was wesentlicher ist, in sexueller Hinsicht unerfahren, ja unschuldig. Er hat die Liebe, wie es scheint, erst in seinen späten 20er Jahren kennengelernt und hat sich von Anfang an als Gatten Maries, seiner Geliebten, gesehen. Er sieht ihr gemeinsames Kind (auch dies eine bedeutsame Erfindung Büchners) als Beweis für die Beständigkeit ihrer Bindung und für die Permanenz ihrer menschlichen Verpflichtung zueinander [...].

Es liegt Büchner offensichtlich daran, seinen Helden von der Atmosphäre lähmender Hoffnungslosigkeit, die das Leben des historischen Woyzeck umgab, zu befreien. Sein Protagonist ist nicht mehr der ratlose, sich herumtreibende Mann, den er in den Akten fand, sondern einer, der von einer Liebe ergriffen ist, die sein Dasein erfüllt und ihm Sinn und Ziel verleiht. Wenn Woyzeck Marie seine Frau nennt, dann heißt das nicht nur, daß er im sexuellen Sinne treu ist, sondern auch, daß er für alle Bereiche ihres Wohlergehens Verantwortung übernimmt, indem er etwa für ihre Unterkunft und Ernährung sorgt.

Es wird deutlich, daß diese umfassende Verpflichtung gegen Marie ihn, den ohnehin schon verarmten Soldaten, in eine Tiefe der Armut stößt, die ihm vor dieser Bindung kaum erträglich gewesen wäre. Aber obwohl er eine finanzielle Verpflichtung auf sich nimmt, die seine Mittel weit übersteigt, begreift er sie als selbstverständlich, als etwas, das er nie in Frage stellen könnte. Von diesem Standpunkt des Kampfes um das Überleben aus gesehen, erweist sich die Liebe Woyzecks zu Marie als ein konsequent durchgehaltener Akt der Revolte: ein Aufbegehren gegen eine übermächtige Welt, die sich seiner Liebe widersetzt. Der gehetzte Soldat erscheint als ein Protagonist, der [...] sein innerstes Wollen, das, was seine Individualität und seinen Lebenssinn eigentlich ausmacht, mit einer Unerbittlichkeit behauptet, die letztlich ihn selbst zerstören muß. Denn Büchner macht von Anfang an deutlich, daß Woyzecks verzweifelter Kampf um die Liebe seine Kräfte in solchem Maße überfordert, daß er geistig zusammenbricht [...].

[...]

Büchner gibt uns stets die Möglichkeit, die ergreifende, reine Stärke der Liebe Woyzecks mitzuempfinden, er erlaubt, ja zwingt uns jederzeit, mit einfühlender Sympathie an seinem schrecklichen Schicksal teilzunehmen.

So gelingt es Büchner, im „Woyzeck“ zum erstem Mal in der Geschichte des deutschen Dramas sozialkritische Intention mit tragischer Erfahrung wesentlich und notwendig zu verbinden, rigoros analytische Einsicht mit dem Gefühl der unerbittlichen inneren Notwendigkeit so zusammenzubringen, daß sie sich gegenseitig steigern und sich zu einer provozierenden Synthese vereinigen.

Edward McInnes: Lenz und das Bemühen um realistische Tragödienformen im 19. Jahrhundert. In: „Unaufhörlich Lenz gelesen ...": Studien zu Leben und Werk von J. M. R. Lenz. Herausgegeben von Inge Stephan, Hans-Gerd Winter. Stuttgart/Weimar: Metzler 1994.

1 Der Arzt Johann Christian August Clarus bestätigte in einem Gutachten die Zurechnungsfähigkeit von Johann Christian Woyzeck, der 1821 seine Geliebte erstochen hatte.

Edward McInnes (1935–1996): britischer Literaturwissenschaftler

Material 6: Elias Canetti: Büchnerpreis-Rede (1972)

[...] Woyzeck, Soldat, wie der Aff des Marktschreiers „unterste Stuf von menschliche Geschlecht", von Stimmen wie von Befehlen gehetzt, ein Gefangener, der frei herumläuft, zum Gefangenen vorbestimmt, auf Gefangenenkost gesetzt, immer dasselbe, Erbsen, vom Doktor zum Tier degradiert, der ihm zu sagen wagt: „Woyzeck, der Mensch ist frei, in dem Menschen verklärt sich die Individualität zur Freiheit", und damit nicht mehr meint, als daß Woyzeck fähig sein müßte, sich den Harn zu verhalten, – Freiheit zur Ergebenheit in jede Art von Mißbrauch seiner menschlichen Natur, Freiheit zur Versklavtheit um dreier Groschen willen, die er für seine Fütterung mit Erbsen bekommt.

[...]

Keine zwei Jahre später ist Büchner mit dem „Woyzeck" der vollkommenste Umsturz in der Literatur gelungen: die Entdeckung des Geringen. Diese Entdeckung setzt Erbarmen voraus, aber nur wenn dieses Erbarmen verborgen bleibt, wenn es stumm ist, wenn es sich nicht ausspricht, ist das Geringe intakt. Der Dichter, der sich mit seinen Gefühlen spreizt, der das Geringe mit seinem Erbarmen öffentlich aufbläst, verunreinigt und zerstört es. Von Stimmen und von den Worten der Anderen ist Woyzeck gehetzt, doch vom Dichter ist er unberührt geblieben. In dieser Keuschheit fürs Geringe ist bis zum heutigen Tage niemand mit Büchner zu vergleichen.

https://www.deutscheakademie.de/de/auszeichnungen/georg-buechner-preis/elias-canetti/dankrede

Elias Canetti (1905–1994): bulgarisch-britischer Schriftsteller, der bedeutende Romane, Dramen und anthropologische Studien in deutscher Sprache schrieb; 1972 wurde ihm mit dem Georg-Büchner-Preis der bedeutendste Literaturpreis im deutschsprachigen Raum verliehen; 1981 folgte der Nobelpreis für Literatur.

Material 7:
Jan-Christoph Hauschild: „Woyzeck“ – Aus dem Leben eines Geringsten

[...] *Woyzeck* ist nicht die erste deutsche Sozialtragödie, aber der Füsilier Franz Woyzeck ist die erste subbürgerliche[1] Hauptfigur in der Geschichte des deutschen Dramas, seine Biographie, die Büchner aus zwei Prozessgutachten kannte, ein Musterbeispiel für die ökonomische Deklassierung eines Handwerksgesellen zu Beginn des 19. Jahrhunderts. Lediglich die Mordkatastrophe machte Woyzeck zur spektakulären Variante eines kollektiven sozialen Schicksals.

Die düstere Massenarmut, die zum 19. Jahrhundert ebenso gehört wie Dampfmaschine und Eisenbahn, Agrikulturchemie und Telegraph, ist „Fundament und tragischer Grund“ des *Woyzeck*. In jeder Szene ist Woyzecks soziale Notlage gegenwärtig und greifbar: in den wenigen Habseligkeiten, die er kurz vor der Tat an seinen Stuben- und Bettgenossen Andres verschenkt, ebenso wie in der Möblierung von Maries Wohnung: Ihr Kind hat weder Bett noch Wiege, Marie besitzt nur *ein Stückchen* von einem Spiegel. Über dem Stück liegt eine dumpfe „soziale Werktagsatmosphäre“. In der Darstellung von Armut und entfremdeter, körperlicher Arbeit gelangte Büchner auf eine Stufe der Konkretion, wie sie im Drama erst Jahrzehnte später wieder erreicht wurde. Der Arbeitsalltag im Zeitalter der Frühindustrialisierung hatte eben erst Eingang in die erzählende Literatur gefunden.

Jan-Christoph Hauschild: Georg Büchner. Reinbek bei Hamburg: Rowohlt 2013.

1 *subbürgerlich:* proletarisch (unterhalb der bürgerlichen Schicht)

Jan-Christoph Hauschild (*1955): deutscher Literaturwissenschaftler und Publizist

Material 8:
Paul Rilla: Georg Büchner – und die sublime Langeweile

[...] Was dem Drama „Woyzeck“ zugrundeliegt, ist ein System sozialer Abhängigkeiten, bestimmt durch das „Verhältnis zwischen Armen und Reichen“, wovon in jener Briefstelle[1] als dem „einzigen revolutionären Element in der Welt“ die Rede war. Der Dichter Büchner ist nicht [...] ein anderer als der Politiker Büchner oder gar einer, der aus politischer Enttäuschung literarisch resigniert, einer, der die sublime Langeweile seiner Politik durch „dichterische Überwindung“ kompensiert. Im „Woyzeck“ ist genau das gestaltet, was der Politiker bemerkt hat: die soziale Gebundenheit.

Weil „die Umstände außer uns liegen“, liege es in niemandes Gewalt, kein Dummkopf oder kein Verbrecher zu werden, heißt es in einem Brief Büchners an die Eltern. Woyzeck, der zum Mörder wird, erlebt die Welt in Dumpfheit und Stummheit als ein Spiel unbegreiflicher Gewalten, weil die „Umstände“ ihn nicht dazu gelangen lassen, sich selbst und die Welt mit dem artikulierten Wort zu enträtseln. Die Umstände liegen außer ihm. Sie liegen nicht nur in einem konstant und unveränderlich wirkenden Milieu, sondern in jenem System sozialer Abhängigkeiten, welches oben in einem Kanon gesellschaftlicher Wertungen endet, dessen Gültigkeit umso fragwürdiger wird, je tiefer es auf der sozialen Stufenleiter hinabgeht. Woyzeck steht ganz unten, ganz im Dunkeln. Wie ein Fliegenschwarm umschwirren ihn die Moralbegriffe einer Gesellschaftsordnung, die darauf beruht, daß es dies Oben und dies Unten gibt. Tugend, Vernunft, Willensfreiheit: es summt um ihn, aber es bleibt außer ihm, wie sein Schicksal außer ihm bleibt [...].

Der Mediziner Büchner erkennt die Pathologie des Falles. Der Dichter Büchner artikuliert das Unartikulierte. Er macht die Stummheit beredt. Er deckt die soziale Verflochtenheit auf, aus welcher der Strick gedreht ist, der die Kreatur würgt. Woyzeck ist determiniert. Die Gegentypen sind es nicht minder.

Paul Rilla: Georg Büchner – und die sublime Langeweile. In: Dietmar Goltschnigg (Hrsg.): Georg Büchner und die Moderne: 1945–1980. Berlin: E. Schmidt Verlag 2001.

1 Gemeint ist Büchners Brief vom 19. März 1835 an Karl Gutzkow

Paul Rilla (1896–1954): deutscher Journalist und Literaturwissenschaftler

---

Hinweise und Tipps

Die Aufgabenart des materialgestützten Schreibens ist in der Regel nicht in mehrere Teilaufgaben untergliedert, sondern konfrontiert Sie mit einem komplexen Arbeitsauftrag. Sie sollen im vorliegenden Fall einen ***argumentierenden adressatenbezogenen Text*** *verfassen, der in einem Programmheft zu einer Inszenierung von „Woyzeck" erscheinen soll. Damit sind Ihnen ein* ***situativer Kontext*** *sowie ein* ***kommunikativer Rahmen*** *vorgegeben, die Sie beachten müssen: Ihre Adressaten sind Theaterbesucherinnen und -besucher, ein kulturell aufgeschlossener Personenkreis, der vermutlich über Grundkenntnisse zu Autor und Werk verfügt. Jedoch sollten Sie nicht zu viel voraussetzen, sondern kurz das Drama vorstellen, um das es konkret geht. Zudem wird von Ihnen verlangt, den von der Aufgabenstellung angedeuteten* **Gegensatz zwischen den interpretatorischen Schwerpunkten** *„soziales Drama" und „Liebesdrama" zu entfalten.*

Neben Ihrer ***Werkkenntnis*** *sowie Ihrem literaturgeschichtlichen Wissen steht Ihnen ein* ***Materialdossier*** *zur Verfügung, auf das Sie in Ihrem Aufsatz zurückgreifen sollen. Diese Textsammlung bietet einige anspruchsvolle Quellen, die Sie aber nicht zur Gänze erschließen müssen. Sie sollten vielmehr die zentralen Aussagen herausarbeiten, die Sie für Ihren Text verwenden können: Unterstreichen Sie dafür wichtige Passagen bzw. Formulierungen und halten Sie am Rand der Materialien stichpunktartig deren jeweilige Quintessenz fest. Sammeln Sie dann auf einem Konzeptblatt die Punkte, die für eine Betonung des Liebesaspekts sprechen, und solche, die das Augenmerk eher auf die soziale Gebundenheit lenken.*

Ihren Text müssen Sie ***logisch strukturieren****; überlegen Sie sich eine plausible Gliederung: Sie können – wie im vorliegenden Lösungsvorschlag – wie bei einer klassischen Pro-Kontra-Erörterung in* ***zwei Argument-Blöcken*** *die beiden Lesarten des Dramas einander gegenüberstellen. Sie können Ihre Argumente aber auch freier anordnen, also z. B. eine Erläuterung des Beziehungsdreiecks durch ein Gegenargument relativieren, das Maries Liebesverrat als Folge der sozialen Bedingungen einordnet. Die Aufgabenstellung lässt bereits erkennen, dass eine Fokussierung auf nur*

*eine Lesart (Beziehung oder soziale Zwänge) eine Verengung darstellt. Bemühen Sie sich daher, **differenziert zu argumentieren** und bei Ihrer Entscheidung für die Inszenierungsweise beide Lesarten zu berücksichtigen. Nutzen Sie das Dossier, indem Sie auf wichtige Passagen verweisen oder auch direkt daraus zitieren. (Die Aufgabenstellung gibt vor, dass es ausreicht, beim Zitatnachweis Autor und Werk anzuführen.) Ihnen liegen auch drei Bildmaterialien vor (zwei Plakate und ein Szenenfoto), die Sie nutzen können, um zum Thema Ihres Aufsatzes hinzuleiten oder um Ihre Argumente durch Beispiele zu stützen. Beschreiben Sie dafür kurz die Bilder und benennen Sie deren Grundaussage.*
*Nicht zuletzt sollten Sie Ihre Ausführungen in eine **sprachlich angemessene Form** kleiden: Da Ihr Text sich an eine größere Leserschaft richtet und diese informieren will, sollten Sie einen ansprechenden Stil wählen und bei passender Gelegenheit auch rhetorische Mittel einflechten. Vergessen Sie außerdem nicht, Ihren Aufsatz mit einer geeigneten **Überschrift** zu versehen.*

Lösungsvorschlag

Woyzeck, der Ausgebeutete, oder Woyzeck, der Betrogene? Unsere Sicht auf Georg Büchners Drama

Titel

Einleitung
konkretes Inszenierungsbeispiel (Bezug zu M 3)

Was, wenn die persönliche Welt nicht mehr ist als eine Scheibe – eine Scheibe, die nur einen geringen Radius hat, sodass kaum Raum bleibt zur freien Entfaltung? Eine Scheibe, die sich immer schneller dreht und aufrichtet, die zudem glatt ist, sodass man nur schwer einen sicheren Stand findet und ins Nichts abzurutschen droht? Mit diesem ausdrucksstarken Bühnenbild visualisiert Regisseur Ulrich Rasche am Münchner Residenztheater die **determinierte Existenz von Georg Büchners Antiheld Woyzeck**. Eingeschnürt von Zwängen und Verpflichtungen, hin und her gestoßen, gedemütigt, gehetzt. Die Symbolik des Bühnenbilds ist zugleich eine Interpretation des Dramas. Auf den ersten Blick kann das Publikum erkennen, worum sich die Inszenierung dreht – und das im wahrsten Sinn des Wortes.

Herleitung der Themenfrage (Bezug zu M 1)

Zwar verfügt unser Theaterkurs nicht über die finanziellen, technischen und akrobatischen Mittel, um ein solch spektakuläres Setting einzurichten, doch mussten auch wir entscheiden, wie wir Büchners Drama vorrangig deuten wollen. Soll – wie bei Ulrich Rasche – eher die **soziale Seite** im Mittelpunkt stehen oder verstehen wir die Geschichte des armen Soldaten Franz Woyzeck in erster Linie als **Liebestragödie**? Dabei handelt es sich um **zwei gleichberechtigt nebeneinander existierende Lesarten** des Stücks, wie die abgedruckten Plakate zweier Inszenierungen belegen. Auf dem einen sieht man Woyzeck von oben in eine Kiste gesperrt, die ihm jegliche Bewegungsfreiheit und damit seine menschliche Würde raubt. Zwar ist so der absolute Gegensatz zur Münchner Inszenierung dargestellt – Kauern gegenüber Hetzen –, doch ist die Grundaussage dieselbe: Woyzeck ist eine gequälte Kreatur. Das andere Plakat präsentiert dagegen ein Beziehungsdreieck: In Rückenansicht ist ein Paar zu sehen, doch sucht und findet die Hand der Frau verstohlen die Hand ihres Liebhabers.

Hauptteil
kurze problemorientierte Inhaltsangabe des Dramas

„Woyzeck" erzählt sowohl von einer **scheiternden Beziehung** als auch von **sozialer Ausbeutung**. Um seine Partnerin Marie und ihr gemeinsames Kind zu ernähren, kann Woyzeck sich nicht mit dem geringen Sold begnügen, der ihm als einfachem Soldaten zusteht. Vielmehr muss er **Nebenjobs** annehmen, etwa seinen Hauptmann rasieren oder sich dem Doktor für fragwürdige und **unethische Experimente** zur Verfügung stellen: Dessen radikale Erbsendiät ruiniert Woyzecks physische und wohl auch psychische Gesundheit. Je mehr Aussetzer, desto besser! Denn nur so ist er für den Arzt ein interessanter Casus. Doktor wie auch Hauptmann nutzen ihre Position, um Woyzeck zu schikanieren, sich über seine fehlende Bildung lustig zu machen und seine seelische Zerrüttung zu beschleunigen. Nicht zuletzt geben die beiden Woyzeck zu verstehen, dass **Marie ihn betrügt**. Gegen die großspurige und potente Männlichkeit des Tambourmajors kann Woyzeck nicht ankommen. So muss er es hinnehmen, dass Marie mit dem Nebenbuhler tanzt und von ihm Geschenke bekommt, er muss sogar Prügel einstecken. Der steigende Druck aus **Demütigungen, Belastungen und Wahnvorstellungen** braucht ein Ventil: **Woyzeck tötet Marie.**

Lesart 1: „Woyzeck" als Sozialtragödie (Bezug zu M 7)

In der Literaturgeschichte gilt „Woyzeck" als „**Sozialtragödie**", deren Protagonist durch seine Mordtat „zur spektakulären Variante eines kollektiven sozialen Schicksals" (Jan-Christoph Hauschild) werde. Es braucht das Verbrechen, um die alltägliche Ausbeutung von Proletariern so zu gestalten, dass sie die Rezipienten packt. Und genau darum ging es **Büchner, der etwas verändern wollte** – immerhin hatte er bereits mit dem Flugblatt „Der Hessische Landbote" zu einer sozialen Revolution und einer Umverteilung des Besitzes aufgerufen. Der junge Mediziner war zutiefst bewegt vom **Elend und der ausweglosen Existenz des vierten Standes** – und die „soziale Gebundenheit" war nicht nur Thema des Politikers Büchner, sondern auch des Dichters Büchner, wie der Literaturwissenschaftler Paul Rilla feststellt.

– soziales Anliegen Büchners

(Bezug zu M 8)

Weg mit den gekrönten Häuptern und den hehren Helden der Weimarer Klassik! Die Bühne gehörte nun dem **Geringsten und dem gesellschaftlichen Außenseiter**. Woyzeck ist – trotz äußerer Freiheit – ein „Gefangener", einer, der sich selbst versklaven muss. Mit dieser „Entdeckung des Geringen" gelang Büchner laut Elias Canetti „der vollkommenste Umsturz in der Literatur", zumal der Dichter sein Erbarmen nicht lautstark und selbstgefällig zelebriert, sondern es indirekt durch seine dramaturgische Gestaltung vermittelt. „Er deckt die soziale Verflochtenheit auf, aus welcher der Strick gedreht ist, der die Kreatur würgt." (Paul Rilla) Dank Büchners Drama fällt Licht auf den, der „ganz unten, ganz im Dunkeln" steht und der fürchtet, selbst im Himmel ausgebeutet zu werden und beim Donnern helfen zu müssen. **Woyzeck als Vertreter der „arme[n] Leut"**, die sich keine Tugend leisten können – bis in die Details fängt Büchner die „düstere **Massenarmut**" wie die „entfremdet[e], körperlich[e] Arbeit" (Jan-Christoph Hauschild) der Frühindustrialisierung ein.

– Zuwendung zu den Geringen
(Bezug zu M 6)
(Bezug zu M 8)
– genaue Darstellung der Armut (Bezug zu M 4, M 7)

Um die schonungslose Diagnose Büchners herauszuschälen und um seinem gesellschaftskritischen Anliegen gerecht zu werden, scheint die **Betonung des sozialen Aspekts sinnvoll**. Ein Underdog wehrt sich und zerstört damit erst recht seine Existenz.

Zwischenfazit

Allerdings tötet Woyzeck weder den Doktor noch den Hauptmann, somit keinen Vertreter des ausbeuterischen Systems. Der Literaturwissenschaftler Hermann Kurzke schlussfolgert daher: „Sein Mord ist keine fehlgeleitete Ersatzhandlung für eine andere Gewalttat, die den Reichen und Mächtigen hätte gelten müssen, sondern die Verzweiflungshandlung eines Mannes, dessen verriegelte Welt nur einen einzigen Lichtblick kannte: die Liebe zu Marie." Der **Liebesverrat von Marie** erscheint so als der **wahre Auslöser für die Katastrophe**. Kurzke ordnet das Drama denn auch als „Liebestragödie" und nicht als „Pauperismus-Studie" ein, schließlich geben die elenden Lebens- und Arbeitsbedingungen der Proletarier zwar den Rahmen vor, sind aber nicht der eigentliche Gegenstand der Handlung.

Lesart 2: „Woyzeck" als Liebestragödie
(Bezug zu M 4)
– Liebesbetrug als Grund für Mord

Wie entscheidend die Liebesbeziehung für die Eskalation ist, zeigt ein Blick auf den realen Fall, der dem Drama zugrunde liegt. Anders als der **historische Woyzeck**, ein trunk- und spielsüchtiger Arbeitsloser mit wechselnden sexuellen Affären, führt die **Dramenfigur eine feste Beziehung** und hat sogar ein Kind. Büchners Woyzeck ist „einer, der von einer Liebe ergriffen ist, die sein Dasein erfüllt und ihm Sinn und Ziel verleiht".

– Änderungen gegenüber Vorlage: Liebe als Lebensinhalt Woyzecks
(Bezug zu M 5)

Erst aufgrund der Verantwortung für seine kleine Familie ist er gezwungen, sich aufzureiben. Darum nennt Edward McInnes Woyzecks Kampf um das Lebensnotwendige auch einen „verzweifelte[n] Kampf um die Liebe". Ein Kampf, den er verlieren wird. Aufgrund ihrer beider Armut kann Woyzeck Marie nicht heiraten und sein Kind legitimieren. Doch seine Selbst- und Fremdausbeutung bringt die beiden Partner nicht etwa einander näher, sondern treibt sie auseinander. Infolge des Drucks ist er zudem nicht in der Lage, die sinnlichen Bedürfnisse seiner Partnerin zu befriedigen. **Die Liebe verschärft seine prekäre soziale Lage, die wiederum die Liebe unterminiert.**

– Liebe als Auslöser für prekäre Lage (Bezug zu M 5)

Zudem macht erst die scheiternde Liebe Woyzecks Geschichte für uns interessant. Wie McInnes feststellt, verleiht der **Liebesverrat** der Geschichte ihre **tragische Tiefe** und weckt unsere „einfühlend[e] Sympathie" mit Woyzecks Schicksal.

– Empathie für Woyzeck aufgrund der Liebesgeschichte (Bezug zu M 5)

Unser Theaterkurs hat sich daher entschieden, in unserer Inszenierung das **Beziehungsdrama besonders herauszustellen**. Dabei werden wir auch die Deutung von Michael Hofmann und Julian Kanning aufgreifen, die in der Mordszene eine „pervertierte romantische Liebesszene" sieht: „Was der Mond rot auf geht", staunt Marie und Woyzeck entgegnet: „Wie ein blutig Eisen". Blutrot wird daher der Mond in unserem Bühnenbild sein und in rotes Licht wird dann die folgende Tötung Maries getaucht sein. Rot wie die Liebe, das Blut, die Raserei. Doch auch wenn unser Fokus auf der Beziehung liegt, blenden wir natürlich die „soziale Gebundenheit", die Zwänge und Ausweglosigkeit von Woyzecks Existenz nicht aus.

Fazit

Entscheidung für Schwerpunkt der Inszenierung (Bezug zu M 2)

Die Figuren sind „**Gefangene ihrer Triebe <u>und</u> Lebensumstände**" (Hermann Kurzke). Schließlich **potenzieren sich gesellschaftliche und persönliche Faktoren** wechselseitig und so hat Büchner „sozialkritische Intention mit tragischer Erfahrung" (Edward McInnes) untrennbar miteinander verknüpft. Unsere Inszenierung wird nicht flach sein: Sie wartet nicht mit einer rotierenden Scheibe auf, sondern wird das Oben und Unten visualisieren, das Dunkel, in dem Woyzeck hetzt und buckelt, den Lichtstrahl, den die Liebe zu Marie für ihn bedeutet, und zuletzt das blutige Rot, als er Maries Betrug wahrhaben muss, sein Lebenssinn zerfällt und er zerstört, was er liebt.

differenzierte Abwägung (Bezug zu M 4, M 5)

Deutsch (Hamburg) – Grundlegendes Anforderungsniveau
Abiturähnliche Übungsaufgabe 10

Aufgabenart
Interpretation und Vergleich literarischer Texte

Thema
Woyzeck

Verbindlicher Referenztext
Georg Büchner: *Woyzeck*

Teilaufgaben

1. Interpretieren Sie den vorliegenden Auszug aus Ernst Tollers Drama *Der deutsche Hinkemann* (1923). (60 %)
2. Vergleichen Sie den Auszug aus Tollers Drama mit Georg Büchners *Woyzeck* im Hinblick darauf, wie das Motiv „eine Frau zwischen zwei Männern" inhaltlich ausgestaltet wird. Gehen Sie dabei auch auf die Lebenssituation der Figuren, ihre Beweggründe und auf ihr Verhalten ein. (40 %)

Ernst Toller (1893–1939)
Der deutsche Hinkemann (1923, Auszug aus I, 1)

Im Mittelpunkt des Dramas steht der Kriegsinvalide Eugen Hinkemann, dem im Ersten Weltkrieg die Genitalien weggeschossen worden sind. Davon weiß bisher nur seine Ehefrau Grete, mit der er in ärmlichen Verhältnissen lebt. In der vorliegenden Szene ist Hinkemanns Freund Paul Großhahn zu Besuch bei dem kinderlosen Paar. Im weiteren Verlauf des Dramas betrügt Grete ihren Mann mit Großhahn.

HINKEMANN: [...] Aber [...] die Maschine!! Die zerbricht uns unsere Knochen, ehe wir noch so recht aufgestanden sind. Mir graut vor jedem neuen Arbeitstag, und wenn ich morgens die Arbeit aufnehme, kann ich mir kaum vorstellen, daß man das den ganzen Tag aushalten soll. Und wenn abends die Fabrikglocke geht, stürme ich zum Fabriktor hinaus, als wenn ich besessen wäre.

PAUL GROSSHAHN: Mich drückt die Maschine nicht. Ich bin der Herr und nicht die Maschine. Wenn ich an der Maschine stehe, packts mich mit Teufelslust: Du mußt den Knecht da fühlen lassen, daß du der Herr bist! Und dann treibe ich das heulende und surrende und stöhnende Ding bis zur äußersten Kraftleistung, daß es Blut schwitzt ... sozusagen ... und ich lache und freue mich, wie es sich so quält und abrackert. So, mein Tierchen, rufe ich, du mußt gehorchen! Gehorchen!

Und das wildeste Stück Holz laß ich die Maschine verschlingen und laß es sie formen nach meinem Befehl! Nach meinem Befehl! Sei ein Mann, Eugen, dann bist du der Herr.

HINKEMANN *leise*: Es gibt Fälle auf Erden, wo einer eher ein Gott werden kann als ein Mann.

GRETE HINKEMANN *starrt Großhahn unverwandt an:* Wie wild Sie blicken können, Herr Großhahn.

PAUL GROßHAHN: Och …

HINKEMANN: Der hat das Wildblicken gelernt, aber nicht an der Maschine.

GRETE HINKEMANN: Sondern?

HINKEMANN: Wo, willst du wissen? Bei den Frauensleuten.

PAUL GROßHAHN: Was hat denn son Prolet[1] von seinem Leben? Wenn er auf die Welt kommt, flucht der Alte, daß wieder ein Esser mehr da ist. Hungrig geht er morgens in die Schule, und wenn er abends ins Bett geht, zwiebelt ihm der Hunger das Gedärm. Na, und dann kommt er in die Frohn[2]. Er verkauft seine Arbeitskraft, wie man einen Liter Petroleum verkauft und gehört dem Unternehmer, dem Prinzipal[3]. Er wird … sozusagen … ein Hammer oder ein Stuhl oder ein Dampfhebel oder ein Federhalter oder er wird ein Bügeleisen. Es ist doch so! … Was bleibt sein einziges Vergnügen? Die Liebe! Wo keiner ihm etwas dreinzureden hat? – Die Liebe! Wo er frei ist, wo er dem Herrn Unternehmer und Polizisten sagen kann: Hier ist meine Villa! Eintritt verboten!? – Die Liebe!! Sehen Sie, die reichen Leute haben so viele Sachen, mit denen sie sich amüsieren … Badereisen und Musik und Bücher … […] Für uns Proleten ist die Liebe ganz was anderes als für die reichen Leute. Sie ist für uns … sozusagen … der Lebenskern. Wenn der angefault ist, dann lieber gleich einen Strick. Ist es nicht so, Eugen?

HINKEMANN: Du magst wohl recht haben …

PAUL GROßHAHN: Sie sind eine verheiratete Frau, Frau Hinkemann, man kann deshalb ein offenes Wort mit Ihnen reden. Was hätte unsereiner wohl vom Leben, wenn er nicht jeden Tag einmal bei seinem Mädchen sein könnte.

HINKEMANN *beobachtet gespannt Grete.*

PAUL GROßHAHN: Was sagen Sie, Frau Hinkemann?

GRETE HINKEMANN: Was ich sage? … *Scheu.* Alle Frauen sind nicht gleich.

HINKEMANN *aufspringend:* Ich schaff Arbeit, Grete, da kannst du dich drauf verlassen … ich will dir doch was schenken können zu Weihnachten! …

PAUL GROßHAHN: Kannst dir den Weg sparen.

HINKEMANN: Abwarten, Paule! Auf Wiedersehen, Grete. *Hinkemann verläßt das Zimmer.*

Einige Minuten Stille.

PAUL GROßHAHN: Ein Mann wie ein Ringkämpfer. Ist doch jammerschade, daß der brach liegen muß. Und immer Humor. Sie sind wohl recht glücklich, Frau Hinkemann?

GRETE HINKEMANN *sieht ihn starr an:* Ja.

PAUL GROßHAHN: Ich bin immer neidisch auf den Eugen, wenn ich Sie beide so sehe.

GRETE HINKEMANN *stützt weinend den Kopf in ihre Hände.*

PAUL GROßHAHN: Was ist denn, Frau Hinkemann? ... Ich habe doch nichts Übles gesagt? Sie weinen ja? ... Was ist denn? ... soll ich dem Eugen nachlaufen? Vielleicht erreiche ich ihn noch ...

GRETE HINKEMANN *fassungslos aufweinend:* Mein Kopf zerbricht! ... Mich können sie ins Irrenhaus schaffen! ... Ich schrei! ... Ich schrei! ...

PAUL GROßHAHN *besorgt:* Sind Sie krank, Frau Hinkemann? Kann ich Ihnen helfen? Oder sind Sie gar in guter Hoffnung[4]? ... Da bekommen manche Frauen die Fallsucht[5].

GRETE HINKEMANN: Ach du lieber Herr Jesus, ach du lieber Herr Jesus ... in andern Umständen ... *Krampfhaft auflachend.* in Umständen, daß ich froh wäre, wenn sie mich heut begraben täten ...

PAUL GROßHAHN: Ist der Eugen nicht gut zu Ihnen? Schlägt er Sie?

GRETE HINKEMANN: Ich sags ... ich sags ... ich sags ... ich bin ein armes Menschenkind ... mein Eugen ... mein Eugen ... mein Eugen, der ist ja gar ... der ist ja gar kein Mann ...

PAUL GROßHAHN: Sind Sie wirklich nicht krank, Frau Hinkemann? Vielleicht haben Sie Fieber?

GRETE HINKEMANN: Nee ... mein Eugen ... mein Eugen, den haben sie im Krieg draußen so zugerichtet ... und jetzt ist er ein Krüppel ... ich schäm mich ja so ... ich kanns nicht erklären ... Verstehen Sie mich doch, Herr Großhahn, er ist gar kein Mann mehr ... *Hält sich wie erschreckt über sich selbst den Mund zu.*

PAUL GROßHAHN *prustet einen kurzen, rohen Lachlaut.*

GRETE HINKEMANN: Ach Herr Jesus ... was hab ich nu angerichtet? Was hab ich nu gesagt? Wie Sie mich jetzt auslachen ... pfui! pfui! Das hätt ich nicht gedacht ... das hätt ich Ihnen nicht zugetraut.

PAUL GROßHAHN: Entschuldigen Sie, Frau Hinkemann, es kommt mir nur ... es kommt mir nur so die Kehle herauf ... Wenn ein Mann das hört, da muß er eben lachen. *Entrüstet.* Aber der Eugen, der ist ja ein Egoist! Was hält der Sie? Der liebt Sie nicht, sonst würde er Sie gehen lassen ... *Großhahn streichelt Grete. Grete lehnt sich an ihn.*

GRETE HINKEMANN: Das ist alles viel schwerer, wie Sie sich das denken, Herr Großhahn. Man findet sich nicht zurecht. Eben ist es hell, und dann ist es wieder finstere Nacht ... Der Mensch dauert mich so[6] ... Was war das für ein Mann vor dem Krieg! Das blühende Leben! Aber heute ... nur noch grübeln kennt er. Er hadert mit Gott und hadert mit den Menschen ... Und wenn er mich anschaut, meine ich, er will mich durch und durch schauen, als ob ich ein Ding wäre und kein Mensch. Und manchmal, da fürchte ich mich vor ihm ... da mag ich ihn nicht leiden ... da ekelt er mich! ... *Sich schüttelnd.* Da ekelt er mich! ... Herr Jesus, wie soll das enden? ...

PAUL GROßHAHN *immer zärtlicher werdend:* Weinen Sie nur, Frau Grete, weinen Sie nur ... Tränen, die man zurückhält, sind wie Steine, die einem auf dem Herzen liegen, hat meine Mutter selig immer gesagt ...

GRETE HINKEMANN: Sie werden ihm nichts verraten, Herr Großhahn? Ich ginge ins Wasser!

PAUL GROẞHAHN: Nichts werde ich ihm sagen, Grete. Kein Sterbenswörtchen. Da kannst du ohne Sorge sein. Ich hab schon einmal einen Monat Gefängnis auf mich genommen, weil ich versprochen hatte, reinen Mund zu halten … Da kannst du ohne Sorge sein … Du bist ein junges Weib … guck mich mal an … zum Teufel, du machst es nicht mehr ein Jahr, wenn du dich so weiter grämst … Greteken … Greteken … *Küßt sie.*

GRETE HINKEMANN: Nu werde ich doch schlecht …

PAUL GROẞHAHN: Schlecht? Wie kann schlecht sein, was aus der Natur kommt? … sozusagen … aus dem Blut … Schlecht, mit dem Wort jonglieren die Pfaffen und die Kapitalisten … Schlecht wärst du gegen dich, wenn du einem Mann, der kein Mann ist, die Treue halten wolltest. Und überhaupt Treue. Auch ein Gottseibeiuns fürs arme Volk. Für die reichen Leute ist das längst ein Ammenmärchen. Mein Freund hatte sogar eine Liebschaft mit … einer Frau Kommerzienrat …

GRETE HINKEMANN: Ich höre jemand auf der Treppe … Wenn es Eugen ist …

PAUL GROẞHAHN: Dann will ich lieber gehen … Greteken, magst du mal zu mir kommen? Du weißt, wo ich wohne … Brauchst keine Bange zu haben, mich besucht niemand … Du kannst dein Herz bei mir ausschütten … sozusagen … Du kannst dich ruhig bei mir ausweinen … Kommst du zu mir?

GRETE HINKEMANN: Ich weiß es noch nicht …

PAUL GROẞHAHN: Erinnerst du dich noch, wie wir zusammen am großen Sandhaufen im Stadtpark Burgen bauten, Greteken? … Ich hatte schon ein Auge auf dich geworfen, als du noch eine kleine Milchdirn[7] warst … Greteken, kommst du zu mir?

GRETE HINKEMANN *schüttelt widerstrebend den Kopf.*

PAUL GROẞHAHN *plötzlich brutal:* Ohne Ziererei … Du kommst! …

GRETE HINKEMANN: Ich …

PAUL GROẞHAHN: Du kommst!

GRETE HINKEMANN: Ja …

PAUL GROẞHAHN: Adschö[8] auch, Greteken, adschö. *Großhahn geht.*

GRETE HINKEMANN *allein:* Man ist nur ein armes Weib. Und das Leben ist so verworren.

Ernst Toller: Der deutsche Hinkemann. Eine Tragödie in drei Akten.
Potsdam: Kiepenheuer 1923, S. 7–12.

1 *Prolet:* Proletarier, hier im Sinne von „einfacher Arbeiter“
2 *Frohn:* Frondienst (= im Mittelalter Dienstleistung der Bauern für ihre Grundherren, in der Regel von Zwang geprägt)
3 *Prinzipal:* Arbeitgeber (von lat. *princeps* = Vorsteher, Führer)
4 *in guter Hoffnung sein:* schwanger sein
5 *Fallsucht:* vor allem früher benutzter Begriff für Epilepsie (= plötzlich auftretende Krampfanfälle)
6 *dauern:* jemandem leidtun
7 *Milchdirn:* Milchmädchen = frühere Bezeichnung für Mädchen oder Mägde, die Milch besorgten und anboten
8 *Adschö:* dialektale Form des französischen Abschiedsgrußes „Adieu“

Hinweise und Tipps

Lesen Sie für die Bearbeitung von ***Teilaufgabe 1*** *zunächst mehrfach den vorliegenden Ausschnitt aus Ernst Tollers Drama „Der deutsche Hinkemann". **Markieren** Sie dabei alle Stellen, die Ihnen auffallen, sei es in sprachlicher oder inhaltlicher Hinsicht. Mithilfe von Notizen am Rand des Textes können Sie dabei schon wesentliche Beobachtungen festhalten. Am besten vermerken Sie hier auch schon den inhaltlichen Aufbau des Auszugs, indem Sie ihn in Sinnabschnitte einteilen und deren Inhalt in knappster Form zusammenfassen. Fragen Sie sich dazu, wann eine wichtige Veränderung stattfindet – beispielsweise wenn eine Figur die Bühne betritt oder verlässt oder wenn die Kommunikation eine entscheidende Wendung nimmt. Notieren Sie außerdem auffallende **Stilmittel** und überlegen Sie, welche Wirkung diese haben. Wenn Sie zudem Beobachtungen zu den **Figuren** notieren, fällt es Ihnen später leichter, diese zu charakterisieren.*

*Beginnen Sie Ihre Ausarbeitung mit einer knappen **Einleitung**. In dieser nennen Sie Autor, Titel, Erscheinungsjahr, Textart, Textstelle (Akt und Szene) und den Hauptinhalt des vorliegenden Auszugs. Am besten fassen Sie anschließend **kurz den Inhalt zusammen**, um einen Überblick über den Auszug zu geben. Danach **interpretieren** Sie den Text, wobei Sie neben **inhaltlichen Aspekten** auch auf die **sprachliche Gestaltung** eingehen. Dabei ist es hilfreich, sich an den Sinnabschnitten zu orientieren. Eine andere Möglichkeit ist es, Inhalt und Sprache nacheinander abzuhandeln. Dabei besteht jedoch die Gefahr, sich zu wiederholen. Im folgenden Musteraufsatz werden die beiden Verfahren kombiniert: Die Untersuchung sprachgestalterischer Aspekte, die den gesamten Auszug betreffen, werden der Detailinterpretation der Sinnabschnitte vorangestellt – sprachliche Besonderheiten, die an der jeweiligen Stelle bedeutsam sind, werden dann im Rahmen dieser Detailinterpretation berücksichtigt. Im Anschluss folgt dann noch eine zusammenfassende Charakterisierung der drei Figuren.*

*Eine Herausforderung bei dieser Aufgabe ist der Umfang des Auszugs. Aus zeitlichen Gründen können Sie nicht jeden einzelnen Redebeitrag auswerten – versuchen Sie daher, sich auf die **zentralen Linien und wichtigen Punkte** zu konzentrieren.*

*Runden Sie den ersten Teil Ihrer Ausarbeitung mit einem **Zwischenfazit** ab, in dem Sie Ihre bisherigen Erkenntnisse zusammenfassen.*

*In **Teilaufgabe 2** sollen Sie den interpretierten Dramenauszug mit Büchners Fragment „Woyzeck" vergleichen, das Ihnen aus dem Unterricht bekannt ist. Als Vergleichsaspekt wird das **Motiv „eine Frau zwischen zwei Männern"** genannt. Im Fokus des Vergleichs steht also die Figurenkonstellation. Dabei sollen Sie u. a. die Lebenssituation, die Beweggründe und das Verhalten der Protagonisten behandeln. Es ist sinnvoll, den Vergleich nach den jeweiligen „Rollen" der Figuren aufzubauen (geprellter [Ehe-]Mann / Frau zwischen zwei Männern / Liebhaber) – Sie können aber auch einen anderen Aufbau wählen. Als Vorbereitung des Vergleichs können Sie in einer Tabelle jeweils Unterschiede und Gemeinsamkeiten der Figuren notieren.*

*Ihre Ausarbeitung von Teilaufgabe 2 beginnen Sie mit einer kurzen **Überleitung** zum Vergleich. Anschließend gehen Sie auf die gefundenen **Unterschiede** und **Gemeinsamkeiten** ein. Bei Bedarf können Sie **Textbelege** aus „Woyzeck" in Ihre Argumen-*

*tation einflechten. Halten Sie sich aber nicht zu lange mit der Suche nach passenden Zitaten auf. Am Ende Ihres Aufsatzes ziehen Sie ein **Fazit**, in dem Sie die wesentlichen Erkenntnisse aus dem Vergleich festhalten oder auch einen Ausblick geben.*
Beachten Sie, dass die erste Teilaufgabe in der Bewertung mit 60 % und die zweite mit 40 % gewichtet wird. Der Schwerpunkt der Aufgabe liegt also auf der Interpretation des Auszugs.
Die Textnachweise zu Büchners „Woyzeck" im folgenden Lösungsvorschlag beziehen sich auf diese Ausgabe: Georg Büchner, „Woyzeck", „Leonce und Lena". Hrsg. v. Burghard Dedner. Stuttgart: Reclam 2005. RUB: 18420.

Lösungsvorschlag

Teilaufgabe 1
Einleitung
grundlegende Informationen zum Drama

Ernst Tollers Drama *Der deutsche Hinkemann. Eine Tragödie in drei Akten* von 1923, aus dem der vorliegende Textauszug stammt, handelt von dem Arbeiter Eugen Hinkemann, dem im Ersten Weltkrieg die Genitalien weggeschossen worden sind und den seine Frau Grete mit seinem Freund Paul Großhahn betrügt.

Interpretation
Einteilung in Sinnabschnitte und kurze Inhaltswiedergabe

Der hier behandelte Auszug aus der ersten Szene des ersten Aktes zeigt einen Besuch Großhahns bei den Hinkemanns und lässt sich in **drei Sinnabschnitte** einteilen. Zu Beginn (vgl. Z. 1–49) unterhalten sich Hinkemann und Großhahn über die Fabrikarbeit, die sie sehr unterschiedlich wahrnehmen. Im Folgenden kommt Großhahn auf die in seinen Augen große **Bedeutung der Liebe** zu sprechen, woraufhin Hinkemann den Raum verlässt. Im zweiten Sinnabschnitt (vgl. Z. 50–81) plaudert Großhahn mit Grete über das scheinbare Glück der Hinkemann'schen Ehe und Grete bricht weinend zusammen – auf seine Nachfragen erzählt sie ihm von den fehlenden Genitalien ihres Mannes. Der dritte Sinnabschnitt (vgl. Z. 82–131) zeigt Großhahns Bemühungen, sich ihr **anzunähern**. Schließlich schafft er es, die anfangs zögerliche Grete zu einem Besuch bei ihm zu Hause zu bewegen.

grundsätzliche Merkmale der sprachlichen Gestaltung

Der Haupttext ist in **Prosa** verfasst und bildet – mit Ausnahme von Gretes kurzem Monolog nach Großhahns Weggang – durchgehend einen **Dialog** ab. Die Ellipsen (vgl. Z. 47), Einschübe (vgl. „sozusagen", Z. 35) und die vielen Auslassungspunkte, die Gesprächspausen verdeutlichen, ahmen ebenso eine natürliche, **authentische Mündlichkeit** nach wie die dialektal gefärbte Umgangssprache (z. B. „son Prolet", Z. 23; „Adschö", Z. 129). Letztere unterstreicht auch teilweise die Zugehörigkeit der Figuren zur Arbeiterschicht.

Im ersten Sinnabschnitt verdeutlicht das einleitende Gespräch der Männer über ihre Arbeit an der Maschine schon die erheblichen **Unterschiede in ihrem Charakter und ihrer Belastbarkeit**. Hinkemann erträgt sie kaum, wie u. a. die Bildlichkeit („zerbricht uns unsere Knochen", Z. 1; vgl. auch Z. 5) und die Wortwahl (u. a. „Mir graut", Z. 2) unterstreichen. Sein Freund hingegen empfindet bei der Bedienung der Maschine ein **Machtgefühl**. Bei ihm dominieren kraftvolle Ausrufe, kombiniert mit einer Herr-Knecht-Metaphorik für die Beziehung zwischen ihm und der als „Tierchen" (Z. 11) verniedlichten Maschine. Großhahn **überhöht sich** geradezu zu einem Beherrscher der Natur („das wildeste Stück Holz", Z. 12), der diese ganz nach seinem Willen zu „formen" (Z. 13) vermag. Mit seiner Aufforderung an Hinkemann, „ein Mann" zu sein, um „der Herr" (Z. 13 f.) zu sein, deutet er implizit einen **Mangel an „Männlichkeit" bei diesem** an, woraufhin Hinkemann erstmals leise sein Problem andeutet (vgl. Z. 15 f.).

detaillierte Interpretation nach Sinnabschnitten

1. Sinnabschnitt

Eine kurze Gesprächssequenz über Großhahns wilden Blick bildet die Überleitung zum **Thema Liebe** (vgl. Z. 17–22). Großhahn referiert über ihre existenzielle Bedeutung für die einfachen Arbeiter (vgl. Z. 23–37), deren klägliche Lebensläufe von Hunger und Verdinglichung (vgl. Z. 28 f.) geprägt seien. Als einziges Vergnügen und einziger **Freiheitsraum**, den sie gegenüber den Herrschenden behaupten könnten (vgl. Z. 31 f.), bleibe nur die Liebe, während die Reichen so viel mehr Möglichkeiten hätten. Seine Einschätzung unterstreichen die enthusiastischen Ausrufe „Die Liebe!" (Z. 30 ff.), mit denen er sich selbst gestellte Fragen beantwortet, und die metaphorische Umschreibung der Liebe als „Lebenskern". Sei dieser „angefault" (Z. 36), könne man sich doch gleich umbringen. Mit Großhahns direkter Ansprache der Eheleute (vgl. Z. 36 f., 43) gerät hier die Frage in den Blick, wie es denn bei ihnen um diesen „Lebenskern" stehe. Davon zeugen Hinkemanns **Anspannung** und Gretes **scheue Antwort** (vgl. Z. 42 ff.). Offenbar aus Sorge, Grete könne angesichts der Überlegungen Großhahns an ihrer Ehe zweifeln, verlässt Hinkemann das Zimmer, um sich Arbeit zu suchen und so seiner Frau ein Weihnachtsgeschenk kaufen zu können.

2. Sinnabschnitt

Im zweiten Sinnabschnitt lenkt Großhahn nun ausdrücklich den Blick auf die **Beziehung des Paares**, wenn er nach Gretes Eheglück fragt und seinen Neid bekundet (vgl. Z. 52 f., 55). Grete beginnt zu weinen. Der Spannungsaufbau bis zu Gretes Enthüllung erfolgt hier durch den Wechsel von **besorgt wirkenden Nachfragen** Großhahns und **steigende Verzweiflung** ausdrückenden Äußerungen Gretes. Diese reichen vom doppelten Ausruf „Ich schrei!" (Z. 61) über die Anrufung Jesu (vgl. Z. 65) bis hin zu Stammeln andeutenden Wiederholungen der Fügungen „ich sags" und „mein Eugen" (Z. 69 f.).

Unter anderem die Ansprache Jesu verleiht ihrer Eröffnung, ihr Mann sei „gar kein Mann mehr“ (Z. 76 f., vgl. auch Z. 71), den Charakter einer **Beichte**. Großhahns wenig einfühlsame Reaktion – er lacht prustend – enttäuscht Grete und lässt sie an ihrer Entscheidung zweifeln, das Geheimnis preiszugeben (vgl. Z. 79 f.).

3. Sinnabschnitt

Der dritte Sinnabschnitt zeigt Großhahns **Annäherungsversuche**. Nach einer halbherzigen Entschuldigung bahnt er erste Zärtlichkeiten an, die zunächst noch als Trost durchgehen könnten (vgl. Z. 85 f.), dann aber immer deutlicher Großhahns **sinnliches Anliegen** verraten („immer zärtlicher werdend“, Z. 96; „Küßt sie“, Z. 106). Die Annäherung zeigt sich sprachlich durch die zunehmende Vertrautheit der Anrede: von „Sie“ (Z. 96) zu „du“ (Z. 102) und von „Frau Hinkemann“ (Z. 82) über „Frau Grete“ (Z. 96) und „Grete“ (Z. 101) hin zu „Greteken“ (Z. 105). Grete ihrerseits wird von Großhahns Trost dazu verleitet, ihm den tatsächlichen Zustand ihrer Ehe mitzuteilen: Sie leidet sehr unter der kriegsbedingten Schwermut ihres Mannes (vgl. Z. 87, 89) bis hin zu Furcht und Ekel vor ihm (vgl. Z. 93 f.). Eine Hell-dunkel-Metapher (vgl. Z. 88 f.) verdeutlicht dabei ihre schwankende Stimmung. Gretes Sorge, Großhahn könne ihrem Mann ihre peinliche Enthüllung offenlegen (vgl. Z. 99), stellt ihr Gesprächspartner als unbegründet dar. Ihre Bedenken bei seinem Kuss, die ihr Satz „Nu werde ich doch schlecht …“ (Z. 107) andeutet, versucht er mit **moralkritischen Erwägungen** wegzuwischen (vgl. Z. 108–113). Ihre weiteren Reaktionen (vgl. Z. 114, 119, 124) auf seine Annäherungsversuche, zu denen auch seine Frage gehört, ob sie ihn besuchen kommen werde, signalisieren Abwehr. Unvermittelt schaltet Großhahn auf rigorose, „plötzlich brutal[e]“ (Z. 125) Aufforderungen um, die Grete kaum eine Wahl lassen (vgl. Z. 125, 127): Sie **bejaht** schließlich ein **heimliches Treffen**. Großhahn hat sein Ziel erreicht und verlässt das Haus.

genauere Betrachtung der Figuren

Nimmt man die Figuren genauer in den Blick, fallen zunächst die **sprechenden Namen der beiden Männer** auf: „Hinkemann“ verweist auf eine Behinderung, während der „Hahn“ in „Großhahn“ als stolz, imposant und männlich gilt, was durch das vorangestellte Adjektiv noch verstärkt wird.

Hinkemanns innere Schwäche

Hinkemann ist vor dem verhängnisvollen Krieg „[d]as blühende Leben“ (Z. 90) gewesen und immer noch „[e]in Mann wie ein Ringkämpfer“ (Z. 51), was auf **äußere Stärke** verweist. Im Kontrast dazu steht seit der Verletzung seine **innere Schwäche**, die durch seine Klagen über die schwere Arbeit und seine häufigen Grübeleien (vgl. Z. 90) zum Ausdruck kommt. Der Krieg hat ihn zu einem **schwermütigen Menschen** gemacht. Dass seine **Ehe** ein **wichtiger**

Halt für ihn ist, den er nicht verlieren möchte, zeigt sein Vorhaben, eine neue Arbeitsstelle zu suchen, um Grete etwas bieten zu können. In der vorliegenden Szene wirkt er im Vergleich zu seinem Freund und späteren Kontrahenten Großhahn **unterlegen**.

berechnender Großhahn

Während die körperliche Liebe für den Kriegsversehrten unerreichbar ist, findet Großhahn in ihr sein „einziges Vergnügen" (Z. 30) und seinen „Lebenskern" (Z. 36). Statt einer festen Beziehung vergnügt er sich gerne mit „Frauensleuten" (Z. 22), die bezeichnenderweise in der Pluralform genannt werden. Treue ist aus seiner Sicht ein religiös unterfüttertes „Ammenmärchen" (Z. 112) und widerspricht dem natürlichen Begehren des Menschen. Seine **gesellschaftskritische Haltung** zeigen seine Beschreibung des Arbeiterlebens und sein Loblied auf die Liebe als einziger Freiheitsraum der Arbeiterschicht. Im Umgang mit Grete verhält er sich **berechnend**, denn auf ihre Enthüllung hin stellt er ihren Mann als **Egoisten** dar (vgl. Z. 84 f.), wohl in der Hoffnung, bei ihr ein Gefühl von Distanz zu ihrem Ehemann wachzurufen. Sogleich versucht er durch Zärtlichkeit, die verzweifelte Frau emotional an sich zu binden. Sein ganzes Verhalten Grete gegenüber scheint auf die Erreichung seines Ziels ausgerichtet, sie zum Ehebruch zu verleiten. Großhahns Selbstdarstellung als **Inbegriff der Männlichkeit** sowie seine **begeisterten Worte über die Liebe** lassen sich vor diesem Hintergrund möglicherweise schon als strategische Vorbereitung der Annäherungsversuche verstehen. Insgesamt kommt seine **Skrupellosigkeit** zum Ausdruck, denn er hat keinerlei Hemmungen, ein Verhältnis mit der Ehefrau seines Freundes anzufangen. Des Weiteren fällt Großhahns **Machtstreben** auf, einerseits gegenüber der Maschine bei der Arbeit, andererseits gegenüber Grete, wie seine herrischen Aufforderungen zu einem Treffen zeigen. Die **Anbahnung des** später folgenden **Ehebruchs geht von ihm aus**.

verzweifelte Grete

Grete leidet unter den Auswirkungen der Kriegsverletzung ihres Mannes. In seiner Gegenwart wirkt sie verschlossen, was durch ihre wenigen, kurzen Redebeiträge im ersten Abschnitt deutlich wird. In der Folge wird sie als eine **unsichere Frau in Not** dargestellt, die sich – sich selbst kleinmachend – als „armes Menschenkind" (Z. 69 f.) bezeichnet. Dass sie sich zur Enthüllung der Einschränkung ihres Mannes bewegen lässt, zeigt die **Dringlichkeit ihres Redebedürfnisses** und ihren Leidensdruck. Gleichzeitig schwankt sie zwischen **Pflicht- und Mitleidsgefühlen** gegenüber ihrem Mann und dem **Bedürfnis nach einem erfüllteren Leben**. Großhahns herrisches Auftreten nötigt sie schließlich zu einer Zusage zu einem Treffen, vor dem sie eigentlich zurückschreckt.

Die Szene offenbart **gesellschaftskritische Züge:** Die Handlung ist im **Arbeitermilieu** angesiedelt, wo kein Geld für Geschenke übrig ist und die einfachen Leute die Folgen des Krieges, in dem sie sich für das Land einsetzen mussten, zu tragen haben – sowohl in physischer als auch in psychischer Hinsicht. Inwiefern Großhahns Aussagen, denen zufolge die reichen Leute alles haben und dürfen, während den Armen die Liebe als einziges Vergnügen bleibt, diesen gesellschaftskritischen Ansatz widerspiegeln, hängt auch davon ab, wie man Großhahn bewertet. Es wäre eine interessante Frage, wie diese hier intrigant wirkende Figur im weiteren Verlauf des Dramas weiter ausgestaltet wird – als skrupelloser Egoist oder ebenfalls als armes Opfer der gesellschaftlichen Verhältnisse, dessen Affäre mit Grete der einzige Lichtblick in einem tristen Leben ist.

Zwischenfazit

Im Vergleich mit dem Fragment gebliebenen sozialen Drama *Woyzeck*, das Georg Büchner 1836 zu schreiben begann, fällt die sehr ähnliche **Grundkonstellation** der beiden Werke auf: Im Zentrum der im **ärmlichen Milieu** spielenden Handlung stehen **zwei Männer und eine Frau**, die mit dem einen – gesundheitlich beeinträchtigten – Mann liiert ist und mit dem anderen, attraktiveren Mann fremdgeht. Ein genauerer Vergleich fördert weitere Gemeinsamkeiten, aber auch gewisse Unterschiede zutage.

Teilaufgabe 2
aufgabenbezogene Überleitung

Eugen Hinkemann und Franz Woyzeck müssen beide **hart arbeiten**, um über die Runden zu kommen. Ersterer ist von der Fabrikarbeit an Maschinen stark belastet und beklagt sich auch darüber. Um seiner Frau etwas bieten zu können, bemüht er sich um einen Zusatzverdienst. Bei dem einfachen Soldaten Woyzeck ist Fabrikarbeit noch kein Thema. Er muss jede Möglichkeit wahrnehmen, um zusätzliches Geld zu verdienen. Bei ihm ist das Motiv dafür allerdings **existenzieller** als bei Hinkemann: Von seinem schmalen Sold allein könnte er Marie und den gemeinsamen Sohn nicht ernähren, was die **gesellschaftskritische Aussage** des Dramas unterstreicht. Im Gegensatz zu Hinkemann beklagt sich Woyzeck aber nicht, auch wenn er demütigende Aufgaben übernehmen muss. Marie und das Kind genügen ihm als Motivation, wobei sich darin ein wichtiger Unterschied zu Hinkemann zeigt: Letzterer hat kein Kind und wird auch keines mehr zeugen können. Beide Titelfiguren wirken **schwach und versehrt**, sowohl in physischer als auch in psychischer Hinsicht – aber aus **unterschiedlichen Gründen:** Hinkemann ist durch den Krieg von einem lebensfrohen in einen **schwermütigen Mann** verwandelt worden, Woyzeck leidet vor allem unter der herabwürdigenden Ausbeutung, zu der auch die verordnete Erbsendiät gehört. Die **psychische Beeinträchtigung** hat bei Woyzeck allerdings sehr viel **größere Ausmaße** – er gleitet immer mehr in Wahnvorstellungen ab. Beide Figuren erscheinen

Vergleich der Texte
Hinkemann und Woyzeck

dabei **in ihrer Männlichkeit eingeschränkt** bzw. wirken wenig attraktiv, was ihre Frauen zum Fremdgehen verleitet.

Großhahn und der Tambourmajor

Die beiden Gegenspieler dagegen treten **selbstbewusst** auf und stellen ihre **Männlichkeit** heraus: Während sich der Tambourmajor als stattlicher Uniformträger präsentiert, im Wirtshaus mit seiner Körperkraft prahlt und Woyzeck verprügelt, inszeniert Großhahn sich als kraftstrotzender Herr über Maschine und Natur. Damit erfüllen sie die Rolle, die Hinkemann und Woyzeck aus verschiedenen Gründen nicht mehr verkörpern können. Der Tambourmajor wirkt dabei allerdings eher **einfach gestrickt und plump**, während Großhahn **rhetorisches Geschick** an den Tag legt und **manipulativ** verfährt. Sowohl Großhahn als auch der Tambourmajor neigen aber auch zu **befehlerischem Verhalten**, um ihren Willen zu bekommen (vgl. Z. 125, 127 und 6. Szene, S. 18). Ein Unterschied zwischen ihnen ist ihr **sozialer Status:** Großhahn ist wie Hinkemann ein armer Fabrikarbeiter, der schick uniformierte Tambourmajor ist dagegen **finanziell bessergestellt** als Woyzeck, wie z. B. das Geschenk an Marie verdeutlicht (vgl. 4. Szene, S. 14). Insgesamt erscheint Großhahn zudem **besonders skrupellos**, weil er seinen Freund mit dessen Frau hintergehen und dessen Schwäche unbarmherzig ausnutzen will. Der Tambourmajor hat mit Woyzeck hingegen keine näheren Berührungspunkte.

Grete und Marie

Die Frauenfiguren sind eher **unterschiedlich charakterisiert**. Grete wirkt **verzweifelt**, **unschlüssig** und **passiv** – sie lässt sich am Ende von Großhahn herumkommandieren und zu einem Besuch bei ihm überreden. Marie hingegen **nimmt sich ihre Freiheiten** und ihr Vergnügen mit dem Tambourmajor ohne Rücksicht auf die Konventionen aktiv heraus. So zeigt sie offen ihre Bewunderung für den Tambourmajor (vgl. 2. Szene, S. 10), flirtet hemmungslos mit ihm (vgl. 6. Szene, S. 17 f.) und ist sich ihrer Schönheit bewusst („hab' ich einen so roten Mund als die großen Madamen", 4. Szene, S. 14). Ein weiterer Unterschied zeigt sich in den **Gründen für das Fremdgehen:** Bei Grete liegen sie offenbar in ihrer **persönlichen Not** angesichts der Einschränkung ihres Mannes und dessen daraus resultierender depressiver Grundstimmung. Marie hingegen lässt sich nicht nur von der schicken Uniform des Tambourmajors und seiner demonstrativen Männlichkeit, sondern auch von den geschenkten Ohrringen **beeindrucken**. In ihr wird die Sehnsucht geweckt, der **Enge ihres ärmlichen Lebens** zu entfliehen und vielleicht auch mehr als eine einfache Frau sein zu können. Allerdings macht sich bei Marie ebenso wie bei Grete **ein schlechtes Gewissen** bemerkbar („Nu werde ich doch schlecht", Z. 107 und „Ich bin doch ein schlecht Mensch", 4. Szene, S. 15, vgl. auch Szene 17, S. 30 f.).

Das Motiv einer Frau zwischen zwei Männern ist also in den beiden Werken ähnlich, aber nicht gleich gestaltet. Zwar wird in beiden Dramen eine **sozialkritische Ebene** deutlich, allerdings kann man unterschiedliche Schwerpunktsetzungen in Bezug auf das genannte Motiv ausmachen. Büchner legt den Fokus sehr auf die **ökonomischen Umstände** der Figuren und insofern auf die gesellschaftliche Struktur: Die **ärmlichen Verhältnisse**, die Woyzeck zur Selbstausbeutung zwingen und denen Marie entfliehen möchte, sind der **maßgebliche Grund** für ihre Affäre mit dem Tambourmajor.

Gesellschaftskritik?

Im *Hinkemann* spricht Großhahn zwar die gesellschaftlichen Ungleichheiten direkt an. Aber weil er im Drama als Verführer eine eher unrühmliche Rolle spielt und seine Einlassungen auch eine strategische Dimension haben, wirkt er eher nicht wie ein Sprachrohr des Verfassers. Im Hinblick auf das Motiv einer Frau zwischen zwei Männern scheinen die **ärmlichen Verhältnisse** zudem mehr **im Hintergrund** zu stehen, **ausschlaggebend** ist hier für die sich anbahnende Affäre das eher **individuelle Schicksal Hinkemanns:** Sein Verlust der Genitalien im Krieg verändert ihn so sehr, dass Grete verzweifelt – und diese Verzweiflung ist der **Ansatzpunkt für die Annäherungsversuche Großhahns**, der die sehr spezifische Ehesituation schamlos ausnutzen will. Von ihm wird Grete sich außerdem auch eher **keinen Aufstieg** erhoffen können, denn dieser ist ein Arbeiter wie Hinkemann – während der Tambourmajor in der militärischen Hierarchie über dem einfachen Soldaten Woyzeck steht und Marie wegen seines höheren Solds mit Geschenken beeindrucken kann.

Fazit

Die **Situation Woyzecks** (und Maries) wirkt insofern im Vergleich zu dem individuelleren Schicksal Hinkemanns **zwangsläufiger, paradigmatischer und mehr strukturell bedingt**. Vielleicht ist das der Grund dafür, warum Toller sein Drama eine Tragödie genannt hat, während Büchners Stück gemeinhin als soziales Drama gilt.

Deutsch (Hamburg) – Erhöhtes Anforderungsniveau
Abiturähnliche Übungsaufgabe 11

Aufgabenart
Erörterung literarischer Texte

Thema
Woyzeck

Verbindlicher Referenztext
Georg Büchner: *Woyzeck*

Aufgabenstellung

Der Dichter Friedrich Schiller formuliert in seinem 1797 erschienenen Gedicht *Die Worte des Glaubens* seine Position zum Wesen des Menschen:

„Der Mensch ist frei geschaffen, ist frei,
Und würd er in Ketten geboren"

Erörtern Sie, ob bzw. inwiefern dieses Menschenbild in Büchners Drama *Woyzeck* zum Tragen kommt.
Berücksichtigen Sie dabei Ihre Kenntnisse zum Drama, zu seiner Entstehungsgeschichte sowie zu Büchners Welt- und Menschenbild.

Zitat aus: Friedrich Schiller. Sämtliche Werke. Band I. München: dtv 2004. S. 214 f.

Hinweise und Tipps

Bei dem Aufgabenformat der ***Erörterung literarischer Texte*** *wird von Ihnen eine differenzierte, kritische und* ***abwägende Auseinandersetzung*** *mit einer strittigen These oder Frage erwartet. Die Basis Ihrer Erörterung bildet das Werk, das Sie im Unterricht behandelt haben, in diesem Fall das Drama „****Woyzeck****" von Georg Büchner. In der vorliegenden Aufgabe sollen Sie die Frage erörtern, ob bzw. inwieweit das in dem* ***Gedichtzitat zum Ausdruck kommende Menschenbild*** *von Friedrich Schiller in Büchners Drama* ***eine Rolle spielt****. Es geht also darum, zu diskutieren, inwiefern sich die einzelnen Figuren im Sinne Schillers verhalten oder auf sein Menschenbild Bezug nehmen. Nachdem Sie sich mit der Aufgabenstellung vertraut gemacht haben, sollten Sie eine* ***Gliederung*** *anlegen. Anschließend können Sie sich an die Ausformulierung machen. Beginnen Sie mit einer funktionalen, das heißt themenbezogenen* ***Einleitung****, in der Sie auch einen* ***Überblick über die Handlung*** *geben und zum* ***Zitat*** *überleiten. Dieses sollten Sie dann möglichst in Ihren eigenen Worten erläutern. Erst danach können Sie entscheiden, an welchen Stellen des Dra-*

*mas **Schillers Menschenbild zum Tragen kommt (Pro-Argumente**), welche Stellen ihm aber auch entgegenstehen (**Kontra-Argumente**). Überlegen Sie, welche Szenen Sie für welche Seite verwenden können. Da eine Erörterung immer abwägend sein muss, sollten Sie **beide Positionen berücksichtigen**. Sie können, wie in diesem Beispiel, nach dem **Sanduhrprinzip** vorgehen, das heißt, Sie beginnen mit der von Ihnen nicht vertretenen Position und führen nach einer Überleitung Argumente für den Standpunkt auf, den Sie selbst einnehmen. Es ist aber ebenso gut möglich, **ausgewählte Figuren des Dramas durchzugehen** und jeweils zu untersuchen, inwiefern sich Schillers Menschenbild an ihnen und ihrer Einstellung zeigt oder auch nicht. Notieren Sie schon bei der Vorbereitung Beispiele und Szenen- bzw. Seitenangaben, auf die Sie bei Ihrer Ausformulierung zurückgreifen können. Da Sie auch auf der Grundlage Ihrer **Kenntnisse zu Büchners Menschenbild** argumentieren sollen, müssen Sie sich überlegen, an welchen Stellen es sinnvoll sein kann, darauf einzugehen. Achten Sie darauf, Thesen nicht einfach aufzulisten, sondern Sie ausführlich anhand von **Textbeispielen und Zitaten** sowie mit Ihrem **Kontextwissen** zu belegen. Nur so gestalten Sie eine schlüssige und **überzeugende Argumentation**. Eine abschließende **Gesamtbetrachtung** fasst Ihre Ergebnisse zusammen und mündet in der Formulierung Ihres **Urteils**, das sich folgerichtig aus den vorherigen Ausführungen ergeben muss. Hier können Sie das stärkste Argument noch einmal aufgreifen, aber auch auf die **Intention des Dichters** eingehen.*

*Achten Sie bei Ihrer Erörterung auf sprachliche **Übergänge und Satzverbindungen**, um **Zusammenhänge** zu verdeutlichen. Das macht Ihren Text verständlicher und zeigt, dass er schlüssig gegliedert ist und einen **roten Faden** hat. Vermeiden Sie umgangssprachliche Wendungen und denken Sie daran, immer im **Präsens** zu formulieren, wenn Sie über das Drama schreiben.*

*In der folgenden Lösung **verwendete Textausgabe:***

Georg Büchner: Woyzeck – Leonce und Lena, Stuttgart, Reclam 2005

Lösungsvorschlag

Einleitung

Vorstellung des Werks und kurzer Handlungsüberblick

In seinem 1836/37 entstandenen **Dramenfragment** *Woyzeck* widmet sich der Dichter Georg Büchner (1813–1837) dem einfachen Soldaten Franz Woyzeck. Damit macht er einen **armen, ungebildeten Menschen** erstmals zum **Helden** eines Dramas. Woyzecks Geld reicht kaum, um sich selbst, seine Freundin Marie und das gemeinsame Kind zu ernähren. Aus diesem Grund stellt er sich zweifelhaften **medizinischen Experimenten** des Doktors zur Verfügung und verrichtet für seinen Hauptmann verschiedene Dienste. Woyzeck, ohnehin **psychisch sehr labil**, leidet auch körperlich unter den **erniedrigenden Umständen** und muss es außerdem ertragen, dass Marie ihn mit dem Tambourmajor betrügt. Seine **Verzweiflung** darüber gipfelt schließlich darin, dass er seine **Freundin ersticht**.

Einen Mann wie Woyzeck könnte man als einen Menschen „in Ketten“ bezeichnen, wie ihn Friedrich **Schiller** in dem Zitat beschreibt, das seinem Gedicht *Die Worte des Glaubens* entnommen ist. Schiller geht jedoch von dem **idealistischen Menschenbild der Aufklärung** aus und sieht den Menschen als „frei geschaffen“ an. Das bedeutet, dass dieser aufgrund seiner Vernunft und unabhängig von seiner sozialen Herkunft („Und würd er in Ketten geboren“) als **freies Wesen** verstanden werden muss. Im Menschenbild der Aufklärung und der Klassik gehen mit Freiheit auch **Verantwortung und Selbstbestimmung sowie ein freier Wille** einher. Diese idealistische Position steht im **Widerspruch** zu Georg **Büchners materialistischer Auffassung**, die die menschliche Freiheit negiert. Es ist deshalb interessant, zu erörtern, inwiefern **Schillers Position** zum Wesen des Menschen sich **in Büchners Drama** *Woyzeck* wiederfinden lässt.

Überleitung zum Zitat und Erläuterung von Schillers Position

Erörterungsfrage

Hauptteil

Pro-Argumente

Maries Streben nach Freiheit und Selbstverwirklichung

Obwohl Woyzecks Freundin **Marie** zwar „nur ein arm Weibsbild“ (4. Szene, S. 14) ist und unter schwierigen Bedingungen ihr **uneheliches Kind** großziehen muss, nach Schillers Worten also ein Leben „in Ketten“ führt, strebt sie nach **Selbstverwirklichung** und zeigt sich als **unangepasst** und damit auf gewisse Weise als modern. Sie nimmt sich die **Freiheit** heraus, **Woyzeck mit dem Tambourmajor zu betrügen** und dadurch ihrem ärmlichen Dasein zumindest für einen Augenblick zu entfliehen. Sie entwirft eine **Gegenwelt zu ihrem Alltag** und ist in der Lage, diese ohne Rücksicht auf Woyzeck und die geltenden bürgerlichen Moralvorstellungen auch zu realisieren. Dabei merkt man, dass sie zu intensiven, **sinnlichen Gefühlen** fähig ist („Über die Brust wie ein Stier und ein Bart wie ein Löw.. So ist keiner..“, 6. Szene, S. 17) und sich trotz ihrer Ärmlichkeit durchaus **ihres eigenen Werts bewusst** ist („doch hab’ ich einen so roten Mund als die großen Madamen“, 4. Szene, S. 14; „Ich bin stolz vor allen Weibern.“, 6. Szene, S. 17). Sie verkörpert also zumindest in Ansätzen das von Schiller vertretene Menschenbild, da sie sich **nicht vollkommen willenlos** ihrem Schicksal ergibt.

Woyzecks Liebe zu Marie und sein Glaube an einen liebenden Gott

Ganz anders verhält es sich zwar bei **Woyzeck**, jedoch lässt sich sogar in seinem Leben eine **Spur von Freiheit** erkennen, auch wenn diese in dem ihn umgebenden Elend fast untergeht. Augenscheinlich wird sie erst dann, wenn man Büchners Woyzeck mit seinem historischen Vorbild vergleicht. Der **historische Woyzeck** befand sich in einer **noch miserableren Lage** als der Dramen-Woyzeck, da er nicht nur arbeits- und obdachlos, sondern auch ohne eine tiefe partnerschaftliche Bindung war. Woyzecks **Liebe zu Marie** unterscheidet die Dramenfigur also vom echten Woyzeck und verleiht ihr zumindest die Möglichkeit zu einer **gewissen inneren Freiheit:** Auch wenn der Dramen-Woyzeck sonst nichts hat,

hat er immerhin seine aufrichtige Liebe zu Marie („ich bin ein armer Teufel, – und hab sonst nichts – auf der Welt“, 9. Szene, S. 22), was ihn auf einer geistigen Ebene frei machen könnte. Ähnliches gilt für seinen zumindest stellenweise zum Ausdruck kommenden **Glauben an einen liebenden Gott**. So antwortet er auf den Vorwurf des Hauptmanns, ein uneheliches Kind zu haben, mit den Worten: „Herr Hauptmann, der liebe Gott wird den armen Wurm nicht drum ansehn, ob das Amen drüber gesagt ist, eh' er gemacht wurde.“ (5. Szene, S. 16) Dass Woyzeck diese **in eine freiheitliche Richtung weisenden Denkansätze** und Gefühle hat, lässt seine psychische Deformation und den daraus erwachsenden Mord umso tragischer wirken. Er **tötet Marie aus Eifersucht**, weil durch ihren Betrug auch noch seine letzte Stütze wegbricht und er neben seiner äußeren auch noch jede Form von innerer Freiheit verliert.

Doktor als Mann der Wissenschaft und Vertreter eines freien menschlichen Willens

Dass die **Natur eines Menschen dem freien Willen unterliege**, erklärt der **Doktor** seinem Versuchsobjekt Franz Woyzeck. Das Ziel des skrupellosen Arztes besteht darin, den Zusammenhang zwischen aufgenommener Nahrung und ausgeschiedenen Stoffen zu untersuchen, weshalb sich Woyzeck täglich zur Urinprobe melden muss. Der Doktor vertritt als **Mann der Wissenschaft** das **Ideal der Forschung**, aber auch das Ideal der **Freiheit und der Unabhängigkeit des Geistes**. Dies äußert er in der achten Szene, als er Woyzeck Vorhaltungen macht, weil dieser seinen Harndrang nicht beherrschen konnte: „[E]r hat auf Straß gepisst, [...] wie ein Hund.“ (8. Szene, S. 19) Als Woyzeck sein Verhalten zu erklären versucht, wird er vom Doktor belehrt, dass der Blasenschließmuskel „dem Willen unterworfen ist“ (8. Szene, S. 19), dass der **Mensch folglich frei** sei. Am deutlichsten wird sein Menschenbild in der Aussage: „[I]n dem Menschen verklärt sich die Individualität zur Freiheit“ (8. Szene, S. 19), dem Menschen seien also keine Grenzen gesetzt. Mit seinem **Fortschrittsoptimismus** und seinem **Glauben an das Ideal der Forschung** sowie seiner Vorstellung vom **freien Willen** des Menschen zitiert der Doktor das **Menschenbild der Aufklärung**. Vom Doktor ausgesprochen, wird es allerdings **als zynisch entlarvt**, da er es dazu nutzt, den Menschen zum **reinen Versuchsobjekt** zu degradieren. Büchner kritisiert sowohl das Wissenschaftsverständnis als auch das Weltbild des Doktors, indem er ihn als **Karikatur** darstellt.

ABER: Doktor als Karikatur → Kritik

Hauptmann als selbsternannter Vertreter von Moral und Tugend

Karikaturistische Züge erhält außerdem der **Hauptmann**, der in endlosen Monologen ebenfalls **Ideen der Aufklärung** zitiert und sich mit den Themen **Moral und Tugend** beschäftigt. Woyzeck dient ihm dabei als wortkarger Zuhörer und muss sich auch noch verhöhnen lassen. Zum Beispiel **beklagt** der Hauptmann **Woyzecks fehlende Tugend:** „Woyzeck, er hat keine Moral!“ (5. Szene,

S. 16) Damit spielt er auf **Woyzecks uneheliches Kind** an, das „ohne den Segen der Kirche" (5. Szene, S. 16) aufwächst. Dabei übersieht er, dass es Woyzeck aus finanziellen Gründen gar nicht möglich wäre, zu heiraten. Nach einigen Erklärungsversuchen von Woyzeck wiederholt der Hauptmann seinen Vorwurf, sein Untergebener habe „keine Tugend, er [sei] kein tugendhafter Mensch" (5. Szene, S. 16). Dass es dem **Menschen möglich** sei, seine **Triebe zu bezwingen** und moralisch einwandfrei zu handeln, belegt er an einem Beispiel, das ihn selbst betrifft. Auch er habe „Fleisch und Blut" (5. Szene, S. 16). Wenn er aus dem Fenster schaue und den „weißen Strümpfen" (5. Szene, S. 17), also jungen Mädchen, nachsehe, „da kommt mir die Liebe" (5. Szene, S. 17). Er versichert seinem Soldaten aber, dass er **sich beherrschen** könne. Auch hier wird, wie schon beim Doktor, das **idealistische Menschenbild** benutzt, **um Woyzeck zu demütigen**. Beide Figuren, sowohl der Doktor als auch der Hauptmann, gehen davon aus, dass Woyzeck sich nur anstrengen müsse, um seine **Natur zu bezwingen und moralisch zu handeln**. Durch ihre **karikaturistische Darstellung** werden sie und das von ihnen vertretene Menschenbild aber ins Lächerliche gezogen und kritisiert. Somit kann es nicht weiter verwundern, dass in Büchners Dramenfragment auch mehrere Stellen zu finden sind, die das **idealistische Menschenbild der Klassik** ganz klar **widerlegen**.

ABER:
Hauptmann als Karikatur → Kritik

Überleitung

So kann auch die Figur der **Marie** trotz ihrer Selbstverwirklichungswünsche als Beispiel dafür herangezogen werden, dass der **idealistische Begriff von Freiheit**, wie Schiller ihn in dem Zitat vertritt, **zum Scheitern verurteilt** ist. Marie ist nicht verheiratet, sie lebt in einer ärmlichen Stube mit ihrem unehelichen Kind und ist **abhängig vom geringen Lohn** ihres Partners. Dieser Situation ist sie sich durchaus bewusst und **beklagt ihren Zustand** („[I]ch bin nur ein arm Weibsbild.", 4. Szene, S. 14). Ihren Sohn bezeichnet sie als „arm Hurenkind" (2. Szene, S. 10), eine Anspielung auf die uneheliche Zeugung des Kindes. Auch in verschiedenen Volksliedern, die sie ihrem Sohn vorsingt, thematisiert sie ihre Situation („Hast ein klein Kind und kein Mann", 2. Szene, S. 10). Obwohl Marie durch ihre Annäherung an den Tambourmajor den Versuch unternimmt, sich aus ihrem Elend zu befreien, muss sie am Ende doch die ihr **gesetzten Grenzen erkennen** („Geht doch alles zum Teufel", 5. Szene, S. 15). Sie scheitert also an der von Schiller formulierten idealistischen Vorstellung und **bezahlt ihr Streben nach Befreiung** von ihren „Ketten" letztendlich sogar **mit dem Tod**.

Kontra-Argumente
Scheitern Maries an ihren Selbstverwirklichungswünschen

Ebenso zurückgewiesen wird Schillers Weltbild von einer **Nebenfigur** im Drama, der **Großmutter**. Marie und einige Kinder befinden sich in der 19. Szene „vor der Haustür" (S. 32, Regieanweisung)

Märchen der Großmutter als Bild für Hoffnungslosigkeit

der Großmutter, die das **Märchen *Sterntaler* in abgewandelter Form** erzählt. Im Original verschenkt ein armes Waisenmädchen ihre spärliche Kleidung an Bedürftige und wird daraufhin von Gott mit Reichtum beschenkt. Ein Leben im Vertrauen auf Gott sowie Standhaftigkeit werden belohnt, so lautet die Moral. Im Märchen der Großmutter dagegen begibt sich das **Mädchen zunächst hoffnungsvoll** auf den Weg zum Himmel. Aber der Mond erweist sich als ein „Stück faul Holz" (19. Szene, S. 32), die Sonne als eine „verwelkte Sonnenblume" (19. Szene, S. 32) und die Sterne werden mit „Mücken" (19. Szene, S. 32) verglichen. Selbst die Erde, zu der das Kind zurückkehrt, ist jetzt ein „umgestürzter Hafen" (19. Szene, S. 32). Das **Mädchen bleibt allein**. Wenn es eine **Moral** gibt, dann die, dass die **Hoffnung auf ein besseres Leben enttäuscht** wird und selbst ein **Streben danach vergeblich** ist. Die Großmutter beschreibt in ihrem Märchen die Welt, in der sie, Marie und die Kinder leben. Auch hier wird die **Vorstellung vom freien Menschen negiert**.

Scheitern Woyzecks an Tugenderwartungen als Ausdruck von Determinismus

Schließlich ist es **Woyzeck selbst**, der am allerdeutlichsten an Schillers idealistischer Vorstellung **scheitert**. Er **muss sich auf entwürdigende Weise Geld dazuverdienen** (vgl. 8. Szene, S. 20) und kann trotzdem nicht heiraten. Zudem muss er sich ständig hetzen, demütigen und entmündigen lassen. Er befindet sich in vielerlei Formen von **Abhängigkeit** und ist demzufolge ein Verlierer auf ganzer Linie. Trotzdem äußert er sich kurz, aber sehr reflektiert zu der Frage, wie frei er sei. Damit wird er zum **Sprachrohr des Dichters** Büchner, dessen Weltsicht er wiedergibt. Woyzeck antwortet auf den Vorwurf des Doktors, er solle seinen Harndrang kontrollieren: „Aber […], wenn einem die Natur kommt" (8. Szene, S. 19). Dann **widerlegt** er die grundsätzliche **Annahme, er habe Einfluss auf seine Natur:** „[M]anchmal hat man so 'nen Charakter […] – Aber mit der Natur ist's was anders" (8. Szene, S. 20). Damit bringt er, wenn auch mit ungeschickten Formulierungen, eine **materialistische Einstellung** zum Ausdruck. Sie besagt, dass er **abhängig von körperlichen Bedürfnissen** ist, der Körper also den Geist regiert, und Woyzeck diesen Gesetzen folgen muss. Dass auch die **soziale Herkunft den Menschen bestimmt**, wird in der 5. Szene deutlich, als Woyzeck sich vom Hauptmann den Vorwurf der mangelnden Tugend anhören muss. Hier stellt Woyzeck den **Zusammenhang zwischen sozialer Herkunft und Moral** heraus. Zunächst vertritt er die Ansicht, dass er seinem **sozialen Stand nicht entfliehen** kann: „Unsereins ist doch einmal unselig […], wenn wir in den Himmel kämen, so müssten wir donnern helfen." (5. Szene, S. 16) Er malt sich den Himmel also als Fortsetzung der Schinderei und Arbeit auf der Erde aus und brandmarkt damit die

Verheißungen der Religion als falsche Versprechungen. Und auch die **Tugend** betrachtet er als eine Art **Luxusgut**, das er sich nicht leisten kann: „Es muss was Schöns sein um die Tugend [...]. Aber ich bin ein armer Kerl.“ (5. Szene, S. 17) Um ein „tugendhafter Mensch“ (5. Szene, S. 17) zu sein, wie es der Hauptmann fordert, müsste Woyzeck also erst einmal einer sozialen Schicht angehören, die ihm dies ermöglicht. Diese Sichtweise spiegelt die **realistische Position Büchners** wider, der Woyzecks Verhalten und damit das Verhalten der Menschen insgesamt in **Abhängigkeit von äußeren Umständen** sieht.

Woyzeck als Sprachrohr Büchners

Schluss

Schillers idealistisches Weltbild vs. Büchners realistische Weltsicht

Damit **lehnt** Büchner **Schiller**, den er als „Idealdichter“ verschmäht, **sowie sein Menschenbild vehement ab**. Er setzt sich zwar, wie die vorliegende Erörterung gezeigt hat, durchaus damit auseinander, begibt sich aber letztendlich in Opposition dazu. Die beiden **Weltbilder** der Dichter Schiller und Büchner werden in den Szenen mit dem Doktor und dem Hauptmann **explizit einander gegenübergestellt** und **Woyzeck** als Held des Dramas **bringt Büchners Ansicht zum Ausdruck**. Die anderen beiden Figuren erscheinen dagegen eher wie **Karikaturen**, sodass ihre **Sichtweise** lächerlich gemacht und **kritisiert** wird. Dass es die gesellschaftlichen Gegebenheiten und Woyzecks labile Natur sind, die ihn zum Verbrecher werden lassen, ist eine wesentliche Aussage in Büchners Drama. Damit markiert das Werk, das zur literarischen Epoche des **Vormärz** (1830–1850) gehört, einen **Bruch mit** dem bislang vorherrschenden **idealistischen Weltbild**. Büchner geht als einer der bedeutendsten Vertreter des **Frührealismus** davon aus, dass der **Mensch** durch seine Natur und **durch gesellschaftliche Zwänge fremdbestimmt** ist und seiner sozialen Schicht nicht entfliehen kann. Daher kann man sein **Drama als Antwort auf das Schiller-Zitat** und den idealistischen Freiheitsbegriff sehen: Der Mensch ist nicht frei, und schon gar nicht der, der in Ketten geboren wird.

Deutsch (Hamburg) – Erhöhtes Anforderungsniveau
Abiturähnliche Übungsaufgabe 12

Aufgabenart
Erörterung eines literarischen Textes

Thema
Woyzeck

Verbindlicher Referenztext
Georg Büchner: *Woyzeck*

Teilaufgaben

1. Arbeiten Sie die Argumentation heraus und bestimmen Sie die Position des Regisseurs Ulrich Rasche. (30 %)
2. Setzen Sie sich mit der Position Rasches auseinander. (70 %)

Was ist das, das in uns lügt, mordet, stiehlt? Auszug aus einem Gespräch mit dem Regisseur Ulrich Rasche (2019)

In einem Interview zu seiner „Woyzeck"-Inszenierung am Theater Basel und dem Münchner Residenztheater erläutert der Regisseur Ulrich Rasche sein Verständnis des Dramas.

Ich finde es wichtig, dass wir Woyzeck nicht nur als Opfer wahrnehmen. Er besitzt viele Eigenschaften, die ihn als einen starken und in sich ruhenden Charakter auszeichnen. Woyzeck wird dadurch für andere zu einem Objekt, dessen Nähe man sucht oder das man vielleicht sogar besitzen möchte. Eine Figur, die einseitig die Repressionen einer Gesellschaft erdulden muss, ohne sie auch als Rad im Getriebe zu begreifen, interessiert mich im Grunde nicht. Wenn wir heute im Theater Machtverhältnisse untersuchen wollen, müssen wir im Auge behalten, dass unser Zusammenleben schon lange nicht mehr in einer oppositionellen Struktur wie Herr und Knecht oder Arm und Reich abgebildet werden kann. Im Grunde leiden alle Figuren in „Woyzeck" unter den gesellschaftlichen Verhältnissen und an der Einrichtung der menschlichen Existenz schlechthin. Beides zusammenzudenken, ist für mich die größte Herausforderung der Arbeit. Büchner zeichnet ein kritisches Bild einer Gesellschaft, wie sie in der Restaurationsphase nach 1815 in Deutschland geherrscht hat. Dabei unterscheidet er klar zwischen der feudalen Klasse, dem liberalen Bürgertum und den Armen am unteren Ende der Leiter. Dennoch schildert Büchner auch soziale Konflikte innerhalb der oberen Klasse und deren Unfähigkeit, ihr Leben so zu gestalten, dass sie es als freie und gleichberechtigte Individuen genießen können. Angesichts der drohenden Aufstände und Proteste innerhalb der Bevölkerung, die in revolutionäre Handlungen münden könnten, wird das Militär zweckentfremdet und zur Unterdrückung der Opposition eingesetzt. Die Offiziere werden ihrer eigentlichen Aufgabe enthoben und sind gezwungen, ein inaktives, monotones Leben in den Garnisonsstädten zu führen. Der Hauptmann beispielsweise leidet aufgrund dieser Situation unter einer Melancholie, wie es bei Büchner heißt, die wir heute als Depression beschreiben würden. Er langweilt sich und weiß nicht, wie er seine Zeit verbringen soll. Da er aufgrund der strikten Verordnungen des Militärs nicht heiraten darf und durch die moralische Doktrin der Kirche zum Triebverzicht verurteilt ist, dehnt sich für ihn der Augenblick zu einer beängstigenden Leere, die er nicht füllen kann. Zwischen Woyzeck und dem Hauptmann bildet sich eine Beziehung zwischen Bewunderung und Ablehnung. Woyzeck liebt sein uneheliches Kind, das er mit Marie gezeugt hat. In ihm erkennt er eine beneidenswerte Hingabe an seine Familie. Diese alle gesellschaftlichen Regeln ignorierende Bindung gibt ihm Grund und Sicherheit zu leben. Woyzeck leidet unter den Umständen seines Lebens nicht wirklich, solange ihm die Liebe zu seiner Frau und seinem Kind nicht genommen wird. Er ist eigentlich ein ganz zufriedener Mensch, der sieht, in welchen Verhältnissen er lebt und damit glücklich sein kann, obwohl alle sozialen Faktoren das Gegenteil sagen. Das ist der Punkt, wo Woyzeck für den Hauptmann interessant wird. Tatsächlich entwickelt sich das Drama auch erst, als Woyzeck das Fundament seines Lebens entzogen wird. Natürlich gibt Büchner den Prozessen, durch die das passiert, großen Raum, aber es ist wichtig, Woyzeck zunächst in einem hellen Licht zu sehen, in seiner charakterlichen Größe und Liebesfähigkeit.

„Woyzeck“ von Georg Büchner. Programmheft des Residenztheaters München. Spielzeit 2019/20.

Hinweise und Tipps

*In der **ersten Teilaufgabe** wird von Ihnen verlangt, die **Kernaussagen Rasches herauszuarbeiten**. Dazu sollten Sie die zentrale(n) These(n) identifizieren und die Argumentationsstruktur des Textes untersuchen. Sie müssen also herausfinden, wie der Autor seine These(n) begründet und anhand welcher Beispiele er sie illustriert. Im Hinblick auf das Vorgehen empfiehlt es sich, den Text mehrmals zu lesen und die unterschiedlichen Aspekte farbig zu markieren sowie Randnotizen anzufertigen. In Ihrem ausformulierten Text sollen Sie die Aussagen des Autors auf sachliche Weise (d. h. ohne Wertungen!) und **in eigenen Worten wiedergeben**, zentrale Formulierungen können Sie zitieren. Bei Rasches Aussagen sollten Sie bedenken, dass der Autor Theaterregisseur ist und seine Deutung des „Woyzeck"-Dramas dementsprechend auf eine **Realisierung des Werks auf der Bühne** ausgerichtet ist. Dies schlägt sich in seiner Interpretation insofern nieder, als er den Dramentext sowohl im Hinblick auf seine Bedeutung für die Gegenwart (zum Zeitpunkt der Theaterinszenierung) betrachtet als auch in seinem historischen Entstehungskontext. Achten Sie beim Lesen bereits auf aus Ihrer Sicht **fragwürdige Aspekte** in Rasches Argumentation. Diese sollten Sie notieren, da Sie sie für die Bearbeitung der zweiten Teilaufgabe benötigen.*

*Ausgehend von Ihren Ergebnissen aus Teilaufgabe 1 sollen Sie sich in der **zweiten Teilaufgabe** eigenständig und auf der Basis Ihrer Textkenntnis zu „Woyzeck" mit dem vorgegebenen Sachtext auseinandersetzen. Es wird also eine **differenzierte Erörterung der Kernthesen aus Rasches Text und ihrer Begründungen** verlangt. Dabei soll **Ihre eigene Position** deutlich werden. Diese kann zustimmend oder ablehnend sein bzw. in einer Kombination aus diesen beiden Haltungen bestehen. Dazu müssen Sie Ihre Position **argumentativ entfalten**, d. h. in der Auseinandersetzung mit den Aspekten aus Rasches Text eigene Thesen entwickeln und diese begründen. Als Basis der Begründung dient **Ihre Kenntnis des „Woyzeck"-Dramas**. Diese schließt ein sehr gutes Wissen über Aufbau, Handlung, Themen, Figuren und (historische) Kontexte ebenso ein wie plausible Deutungen des Werks. Dabei sollten Sie auch auf die im Unterricht erarbeiteten Aspekte zurückgreifen. Rufen Sie sich **zentrale Textstellen** aus Büchners Drama in Erinnerung, die Sie für die Begründung Ihrer Position nutzen können. Bei der Ausformulierung Ihres Textes ist es ratsam, zentrale Stellen aus dem Drama zu zitieren (mit Angabe der Seitenzahl).*

Die sehr pointierten Aussagen Rasches zum Opferstatus von Woyzeck und dem Hauptmann fordern zu einer differenzierten Betrachtung heraus. Es bietet sich zudem an, auch Rasches Ansatz, das Drama aus einer Analyse aktueller gesellschaftlicher Verhältnisse heraus zu deuten, kritisch zu hinterfragen. Wenn Sie einzelnen Positionen widersprechen wollen, sollten Sie Aspekte aus dem „Woyzeck"-Drama herausgreifen, die bei Rasche zu kurz kommen, nicht erwähnt, nicht ausreichend oder schlüssig begründet oder anders gedeutet werden, als Sie es vor dem Hintergrund Ihres Textverständnisses für angemessen halten.

*Beide Teilaufgaben sollten **nicht isoliert voneinander behandelt**, sondern in einem **zusammenhängenden Aufsatz** dargestellt werden. Diesen sollten Sie mit einer Einleitung beginnen, die thematisch zielführend ist und die Basisinformationen zu Werk* *und Außentext enthält. In der **Überleitung** zu Teilaufgabe 2 bietet es sich an, die Thesen Rasches nochmals zusammenfassend auf den Punkt zu bringen. Damit schaffen Sie eine gute Basis für die anschließende **Auseinandersetzung**. Schließen Sie Ihren Aufsatz mit einem **Fazit** ab, das Ihre wesentlichen Ergebnisse knapp und pointiert zusammenfasst.*

Lösungsvorschlag

Teilaufgabe 1
Einleitung
Autor, Titel, Erscheinungsjahr, Thema

Wenn Regisseurinnen und Regisseure Stücke für das Theater inszenieren, tun sie dies auf der Grundlage einer eigenen Interpretation der jeweiligen Werke. Ein wesentliches Ziel sehen die Theatermacher oft darin, kanonische Texte auf ihre Bedeutung für die Gegenwart zu befragen. Zugleich grenzen sie die eigene Sichtweise auf das Werk meist gegenüber älteren Deutungen ab. Von ähnlichen Überlegungen lässt sich der Regisseur Ulrich Rasche in seinen Interpretationsansätzen zu Georg Büchners unvollendetem Drama „Woyzeck" (1837) leiten. In einem Interview anlässlich seiner Inszenierung des Dramas am Münchner Residenztheater (in der Spielzeit 2019 /20) plädiert er für eine – gegenüber traditionellen Deutungen – neue Sicht auf die Figur Woyzeck im Kontext der im Stück vorgeführten gesellschaftlichen Verhältnisse.

Hauptteil
Neudeutung Woyzecks und anderer Dramenfiguren

Im Mittelpunkt von Rasches Ausführungen steht eine **Neubewertung der Opferrolle Woyzecks**. Eine ausschließliche Wahrnehmung Woyzecks als Opfer bzw. als Figur, „die einseitig die Repressionen einer Gesellschaft erdulden muss" (Z. 4 f.), lehnt Rasche ab. Dieser aus seiner Sicht uninteressanten Sichtweise (vgl. Z. 6) stellt er eine **positive Deutung** des Protagonisten als „starke[r] und in sich ruhende[r] Charakter" (Z. 2) gegenüber. Durch diese Eigenschaften werde Woyzeck für andere attraktiv und zu einem „Objekt, dessen Nähe man sucht oder das man vielleicht sogar besitzen möchte" (Z. 3 f.). Zugleich rücken aus Rasches Sicht **andere Figuren** in den Fokus, die **ebenfalls als Opfer gesellschaftlicher Verhältnisse** gedeutet werden können. Der Regisseur formuliert in diesem Zusammenhang die These, dass alle Figuren im Stück unter den sozialen Zwängen und „an der Einrichtung der menschlichen Existenz schlechthin" litten (Z. 10 f.).

Bezug auf historischen Hintergrund und aktuelle Gegenwart

Um diese Position zu begründen, verfolgt der Regisseur **zwei Argumentationsstränge**, die sich auf verschiedene Zeitebenen beziehen: einerseits auf die Gegenwart zum Zeitpunkt seiner eigenen Theaterinszenierung und andererseits auf die Entstehungszeit von Büchners Drama. Beide Ebenen möchte er in seiner Theaterarbeit miteinander verknüpfen (vgl. Z. 11 f.). Die **Gegenwart** wird für Rasche insofern zum Bezugspunkt, als es ihm, ausgehend von Büchners Drama, auch um die **Untersuchung von aktuellen Machtverhältnissen** geht. Diese bestimmt er *ex negativo*, indem er die These aufstellt, dass das gegenwärtige Zusammenleben „nicht mehr in einer oppositionellen Struktur wie Herr und Knecht oder Arm und Reich abgebildet werden" könne (Z. 8 f.). Im Hinblick auf den **historischen Kontext** des Stücks erläutert er die Herabwürdigung des Militärs zu einem Mittel, mit dem nach 1815 – in der restaurativen Phase in Deutschland – freiheitliche Bestrebungen unterdrückt wurden. Indem er ausführt, dass Offiziere aufgrund des Verlusts ihrer angestammten Tätigkeiten zu einem eintönigen, inaktiven Leben (inklusive Triebverzicht) verurteilt waren, charakterisiert Rasche den **Hauptmann als Opfer der gesellschaftlichen Umstände**, das unter Depressionen leide.

Beziehung Hauptmann/Woyzeck

Zudem erkennt er in dem **Verhältnis des Hauptmanns zu Woyzeck** „eine Beziehung zwischen **Bewunderung und Ablehnung**" (Z. 28 f.) sowie ein Interesse des Hauptmanns an seinem Gegenüber, das auch auf Neid (vgl. Z. 30) beruhe. An Woyzeck nehme der Hauptmann positiv konnotierte Aspekte wahr, wie dessen Liebe zu seinem unehelichen Kind und eine „Hingabe an seine Familie" (Z. 30), die sich über alle Konventionen hinwegsetze. Diese Beziehungen gäben Woyzeck Sicherheit und einen Lebenssinn.

Rasches Charakterisierung von Woyzeck

Aufgrund dieser Merkmale charakterisiert Rasche **Woyzeck** als einen – trotz der Verhältnisse, in denen er lebt und die ihm bewusst sind – **glücklichen und zufriedenen Menschen**. Er zeige sich „in seiner charakterlichen Größe und Liebesfähigkeit" (Z. 39 f.), bis ihm die Grundlage seiner Existenz, Maries Liebe, zerbricht (vgl. Z. 36 ff.). Laut Rasche beginnt die **negative Entwicklung** der Dramenhandlung **erst mit dieser Verlusterfahrung Woyzecks**.

Zusammenfassung von Rasches Position

Der Regisseur weist die Reduzierung Woyzecks auf ein Opfer sozialer Verhältnisse also in zweifacher Hinsicht zurück. Erstens deutet er Woyzeck als einen über weite Strecken zufriedenen sowie seine Zufriedenheit wahrnehmenden Charakter. Zweitens relativiert er den Opferstatus Woyzecks insofern, als er postuliert, dass auch andere Figuren als Opfer gesellschaftlicher Strukturen gelten können, was er an der Figur des Hauptmanns festmacht.

Teilaufgabe 2

Überleitung

Wenn Rasche eine einseitige Betrachtung Woyzecks als Opfer gesellschaftlicher Verhältnisse ablehnt, dann erkennt er damit zugleich an, dass Woyzeck zumindest zu Teilen als ein solches betrachtet werden kann.

Position Rasches

Diese **Fremdbestimmung** lässt sich anhand der zahlreichen **Abhängigkeitsverhältnisse** festmachen, die im Drama dargestellt werden. So tritt Woyzeck aufgrund **materieller Not** in die Dienste des Hauptmanns und des Doktors, um den Lebensunterhalt für sich und seine kleine Familie zu sichern. Dabei wird er von den Vertretern gesellschaftlicher Institutionen – des Militärs und der Medizin – auf unterschiedliche Weise **unterdrückt** bzw. in seine untergeordnete Rolle verwiesen. Er ist den **Demütigungen des Hauptmanns** ausgesetzt, der ihn durch Fangfragen als „ganz abscheulich dumm" (S. 16) herabzuwürdigen versucht und sich angesichts von Woyzecks unehelichem Kind als moralisch überlegen darstellt (vgl. S. 16). Der Vertreter des Militärs nutzt also seine Stellung als Vorgesetzter, um Woyzeck dessen Abhängigkeit vorzuführen. Der **Doktor** wiederum bedient sich seiner überlegenen Position als medizinische Autorität sowie der Not Woyzecks, um diesen für **fragwürdige wissenschaftliche Experimente** zu missbrauchen (vgl. S. 19f., 24f.). In beiden Fällen wird Woyzeck für die Vertreter der gesellschaftlichen Ordnung zu einem **Objekt**, an dem sie ein je eigenes Interesse haben. In dem Ernährungsexperiment – Woyzeck darf nur noch Erbsen essen – begegnen sich medizinische und militärische Macht: Versuche an Soldaten mit einseitiger Ernährung dienten dazu, eine günstige und effiziente Versorgung des Militärs zu erproben.

Widerlegung: Woyzeck als Opfer von Hauptmann und Doktor

An diesem Punkt zeigt sich ein Bezug zu Rasches Beobachtung, dass Woyzeck für andere Figuren „zu einem Objekt [wird], dessen Nähe man sucht oder das man vielleicht sogar besitzen möchte" (Z. 3f.). Sowohl der Doktor als auch der Hauptmann zeigen sich in physischer wie psychischer Hinsicht zudringlich und ergreifen Besitz von ihm, indem sie sich über seine Grenzen hinwegsetzen und seine Unversehrtheit bedrohen. Auf diese Weise wird **Woyzeck zum Objekt militärischer und medizinischer Machtausübung**.

teilweise Zustimmung zu Rasches Aussage: Interesse anderer an Woyzeck

Anders als Rasche es nahelegt, dominieren hier jedoch Erkenntnis- und Machtinteressen und **weniger Bewunderung oder Neid**. Der Hauptmann mag Woyzeck möglicherweise um Dinge beneiden, die ihm selbst verwehrt bleiben – vor allem Familie und ein Ausleben der Sexualität. Aufgrund der fehlenden Innensicht – ein Charakteristikum der Gattung Drama – äußert sich dies jedoch allenfalls indirekt in den Aussagen des Hauptmanns. Wenn dieser die eigene Verführbarkeit durch sexuelle Reize erwähnt, seine Triebunterdrückung hervorhebt (vgl. S. 17) und zugleich Woyzecks Triebhaftigkeit anprangert (vgl. S. 16), dann mag man darin auf einer psychologischen Ebene **Projektionen des Hauptmanns** erkennen, mittels derer er eigene Wünsche externalisiert. Diese Deutung ist allerdings höchst **spekulativ** und nicht vom Text gedeckt. Zudem liegt im Drama eine starke **Fokussierung auf Woyzeck** vor, der im Mittelpunkt nahezu aller Szenen steht. Aufgrund dieser Konzentra-

Relativierung: Unklarheit der Motive des Hauptmanns; Fokus auf Ausbeutung Woyzecks

tion auf die Titelfigur führt die Handlung viel stärker vor, wie sich die Verhaltensweisen des Hauptmanns auf Woyzeck auswirken. Die Beweggründe des Militärs geraten dagegen in den Hintergrund. Die **Beziehung Woyzeck – Hauptmann** zeichnet sich somit weniger durch (geheime) Nähe aus als durch ein **Ausnutzen der Machtposition** innerhalb der militärischen Hierarchie, auf deren unterster Stufe der Rekrut Woyzeck steht. In diesem Sinne ist auch ein Leiden an der „Existenz schlechthin" (Z. 11) weniger Thema des Dramas als **konkrete soziale Abhängigkeits- und Machtstrukturen**. Büchner arbeitet hier auf der Basis zeitgenössischer Fakten und Quellen, die etwa in seiner politischen Schrift „Der Hessische Landbote" (1834 gemeinsam mit Friedrich Ludwig Weidig verfasst) erläutert werden.

Zustimmung: Woyzecks Charakterstärke

Dass Woyzeck ein gewisses Maß an **charakterlicher Stärke** aufweist, wie Rasche feststellt, lässt sich am Text durchaus belegen. So setzt er den Demütigungen des Hauptmanns eigenständige Gedanken entgegen, mit denen er sich gegenüber den tautologischen Aussagen seines Vorgesetzten (vgl. S. 16: „Moral das ist wenn man moralisch ist") sogar überlegen zeigt. Auch **durchschaut** Woyzeck die **Verbindung von Armut und Ausbeutung** und die Tugendhaftigkeit als ein Privileg der höheren gesellschaftlichen Schichten: „[A]ber wenn ich ein Herr wär und hätt ein Hut und eine Uhr und en Anglaise und könnt vornehm rede, ich wollt schon tugendhaft sein." (S. 17) Eine Stärke Woyzecks zeigt sich darüber hinaus auch im **Erdulden** der zahlreichen Formen der Unterdrückung, deren Folgen sich in **körperlichen und seelischen Degenerationserscheinungen** offenbaren.

Widerlegung: negative Auswirkungen auf Woyzecks Gesundheit

Diese Auswirkungen thematisiert Rasche nicht. Doch gerade sie sind es, die Woyzeck in viel stärkerem Maße zu einem **Opfer gesellschaftlicher Verhältnisse** machen, als es der Regisseur nahelegt. Zudem widerlegen sie die Aussage, Woyzeck leide „nicht wirklich" (Z. 32 f.) an den Verhältnissen. Er hat mit Angstzuständen, Halluzinationen, Unruhe und erhöhtem Pulsschlag zu kämpfen. Vor allem die körperlichen Beschwerden dürften eine Folge des Ernährungsexperiments sein. In diesem Zusammenhang kann auch nicht von Zufriedenheit und Glück gesprochen werden, allenfalls von einer **Anpassung an seine von Ausbeutung geprägte Lage**, die mit großem Leid verbunden ist.

Widerlegung: negative Auswirkungen auf Familie

Auch die **familiäre Situation** bleibt, anders als Rasche dies sieht, nicht unberührt von den sozialen Determinanten und ist deshalb keine „alle gesellschaftlichen Regeln ignorierende Bindung" (Z. 31): Vielmehr ist sie aufgrund des fehlenden kirchlichen Segens gesellschaftlich **geächtet**, sie ist zudem geprägt von **Armut** sowie einem Mangel an Zeit, die zu einer zunehmenden Entfremdung der Partner führen. Zwar sind die Liebe Woyzecks zu seinem Sohn Christian (vgl. S. 15) und das Sorgen für seine Familie unter schwierigen Bedingungen ein Ausdruck von „**Größe und Liebesfähigkeit**“ (Z. 40). Was Rasche dabei jedoch nicht berücksichtigt, ist, dass Woyzeck **kaum Zeit bleibt, sich seiner Familie zu widmen**. Aufgrund der zahlreichen Arbeiten (Militärdienst, Stöckeschneiden für den Hauptmann, Rasieren des Hauptmanns, Versuchsobjekt und Assistent des Doktors) ist er permanent beschäftigt und kann sich bei seinen kurzen Besuchen zu Hause seiner Familie nicht emotional zuwenden (vgl. Maries Aussage nach einem solchen Besuch: „Er [Woyzeck] hat sein Kind nicht angesehn“, S. 11). Stattdessen liefert er rasch seinen Lohn bei Marie ab, um dann zu einer weiteren Tätigkeit zu hetzen (vgl. S. 15). Somit ist die Liebe zu Frau und Kind keinesfalls eine sorgenfreie.

Widerlegung von Rasches Woyzeck-Bild

Letztlich ist Rasches **Charakterisierung Woyzecks als „in sich ruhende[r] Charakter“ (Z. 2) nicht zutreffend**. Tatsächlich steht diese im Widerspruch zu Woyzecks Rastlosigkeit, seiner Zerrissenheit zwischen der Versorgung der Familie und seinen Arbeiten sowie zu den Beschreibungen anderer (vgl. Hauptmann: „er sieht immer so verhetzt aus“, S. 16). Es ist also fraglich, ob erst die Untreue Maries die Entwicklung zum Schlechten auslöst, wie Rasche mit seiner Anspielung auf das „Fundament seines Lebens“, das Woyzeck entzogen werde, andeutet (vgl. Z. 37). Denn nicht erst der Liebesverrat Maries (vgl. Z. 32 f.) löst das **Leiden** Woyzecks aus. Vielmehr ist dieses **von Beginn der Dramenhandlung an** vorhanden, als Folge seiner ausweglosen sozialen Situation (vgl. etwa die Eingangsszene, die die Angstvisionen und Halluzinationen Woyzecks zeigt, S. 9). Schließlich kulminieren in Woyzecks Eifersucht und der Ermordung Maries die gesamten Erfahrungen der Unterdrückung. Das „Fundament des Lebens“ ist für Woyzeck von Anfang an aufgrund seiner sozialen Stellung und Armut brüchig; mit dem Verlust von Maries Liebe geht es dann vollends entzwei.

bedingte Zustimmung: auch andere Figuren als Opfer deutbar

Gleichwohl ist **Rasche** zumindest **in Ansätzen zuzustimmen**, wenn er feststellt, dass nicht nur Woyzeck durch die sozialen Bedingungen negativ beeinflusst werde, sondern „[i]m Grunde […] **alle Figuren** in ‚Woyzeck‘ **unter den gesellschaftlichen Verhältnissen**“ (Z. 9 f.) **litten**. Im Hinblick auf den **Hauptmann** kann Rasche dies, auch unter Rückgriff auf zeitgeschichtliche Kontexte, plausibel machen. In der Tat scheinen dessen Langeweile und Melancholie Folge seines ereignislosen Dienstes zu sein. Seine Disziplinierung von Woyzeck ließe sich dann – wenn auch, aufgrund der fehlenden Innensicht, wiederum in spekulativer Weise –

als **Kompensation** lesen, die seine eigenen Verlust- und Verzichterfahrungen, allen voran seine Triebunterdrückung, ausgleichen soll. Auch ist der Hauptmann nicht nur aktiv an der Unterdrückung anderer beteiligt, sondern er wird **selbst Opfer von Machtausübung**. So spielt der Doktor mit der Angst des Hauptmanns vor dem körperlichen Verfall und einer tödlichen Krankheit und bringt diesen damit in seelische Nöte (vgl. S. 21). Wie Woyzeck wird er zum Objekt wissenschaftlichen Interesses. Zu ergänzen wäre, dass auch Woyzecks Geliebte **Marie als ein Opfer** der gesellschaftlichen Verhältnisse gesehen werden kann. Ihre soziale und wirtschaftliche Notlage sowie der ebenfalls sozial bedingte Verlust der Bindung an Woyzeck machen sie anfällig für die Verführungen des Tambourmajors, an die sie die Hoffnung auf einen sozialen und materiellen Aufstieg knüpft (vgl. S. 14 f.). Selbst das **Kind** ist stark von der prekären sozialen Lage geprägt, was Woyzeck hellsichtig bemerkt, als er Marie gegenüber sagt, dass sein Sohn „sogar Schweiß im Schlaf" (S. 15) habe.

Woyzeck allerdings als ein „Rad im Getriebe" (Z. 5) und ein Opfer unter anderen einzuordnen, **verfehlt** die im Drama deutlich werdende **Differenzierung**. Es ist zu bedenken, dass sich die gesellschaftlichen Rahmenbedingungen höchst unterschiedlich auf Woyzeck und die anderen Charaktere auswirken – **abhängig von ihrem sozialen Status:** Woyzeck als Vertreter der unterprivilegierten Schicht und die Repräsentanten des Bürgertums mit ihren Privilegien haben mit sehr unterschiedlichen Problemen zu kämpfen. Dies gilt vor allem im Hinblick auf die **Befriedigung materieller Grundbedürfnisse**. Während der Hauptmann unter Langeweile und Beschäftigungslosigkeit leidet, aber materiell abgesichert ist, muss Woyzeck fortwährend um die physischen Grundlagen seiner Existenz fürchten. Hier offenbart sich das Phänomen des Pauperismus, d. h. der Massenarmut, als eines der zentralen Probleme im 19. Jahrhundert.

Einwand: Leugnen sozialer Unterschiede durch Gleichsetzung von Woyzeck mit anderen Figuren

Als höchst **fragwürdig** ist **Rasches Ansatz** einzustufen, seine Deutung mit **heutigen gesellschaftlichen Verhältnissen** zu begründen. Zwar ist es ein nachvollziehbares Erkenntnisinteresse eines Theaterregisseurs, die Bedeutung eines Dramas aus einer früheren Epoche für die Gegenwart zu suchen. Dies ist insofern sinnvoll, als Theater, auch wenn es ältere Texte zur Aufführung bringt, immer im Hier und Jetzt stattfindet. Problematisch erscheint es jedoch, wenn Rasche zentrale Aspekte des Textes so umdeutet, dass sie zwar den Verhältnissen zum Zeitpunkt der Inszenierung entsprechen, nicht jedoch denjenigen, die im Text dargestellt werden. In der Gesellschaft der 1830er-Jahre gab es sehr wohl **klare Oppositionen und soziale Ungleichheiten** (arm vs. reich, privilegiert vs.

Einwand: Hinterfragen der Methode, heutige Erfahrungen auf Dramenfiguren von 1837 zu projizieren

nicht privilegiert, gebildet vs. ungebildet) und auch heute ist das im Übrigen noch der Fall in der deutschen Gesellschaft und, in z. T. noch gravierenderem Ausmaß, weltweit. Die Argumentationslogik, aus einer Diagnose heutiger Verhältnisse die Charakterisierung einer Dramenfigur abzuleiten, die stark von den Bedingungen ihrer Entstehungszeit geprägt ist, ist als **anachronistisch** zu bewerten. Ein solches Vorgehen führt, wie gezeigt werden konnte, zu Deutungen, die am Text vorbeigehen.

Fazit

differenziertes Abwägen zwischen zutreffenden und problematischen Aussagen Rasches

In der Gesamtbewertung erscheint **Rasches Position zwiespältig:** Seine historisch gut informierten Ausführungen zur Figur des Hauptmanns machen überzeugend deutlich, dass auch der Vertreter des Militärs unter gewissen gesellschaftlichen Bedingungen seiner Zeit zu leiden hat. Diesen Zustand jedoch mit demjenigen Woyzecks zu parallelisieren, erscheint höchst fragwürdig. Zu unterschiedlich sind die an die jeweilige soziale Schicht gebundenen Lebensverhältnisse und deren Folgen. Vollends an der im Text geschilderten Lebensrealität vorbei geht Rasches Bild von Woyzeck als einem glücklichen und zufriedenen, in sich ruhenden Menschen. Die damit verbundene **Relativierung seines Opferstatus** missachtet vor allem die sozioökonomischen Bedingtheiten und Machtverhältnisse, die in Büchners Drama deutlich werden. **Fragwürdig** ist auch Rasches **methodischer Zugang**, heutige soziale Verhältnisse zugrunde zu legen, um ein Bild des Protagonisten zu zeichnen. Maßstab einer Interpretation sollte zunächst der Text in seinem Entstehungszusammenhang sein. Die Frage nach Gemeinsamkeiten und Unterschieden zwischen Entstehungs- und Jetztzeit ist ein davon unabhängiger Schritt. Vermischt man beide Aspekte miteinander, wie Rasche das tut, wird man weder dem Text noch der eigenen Gegenwart gerecht.

Deutsch (Hamburg) – Erhöhtes Anforderungsniveau
Abiturähnliche Übungsaufgabe 13

Aufgabenart
Analyse und Erörterung pragmatischer Texte

Thema
Lesen

Text
Hannelore Schlaffer: *Setz einen Frosch auf einen Stuhl*

Teilaufgaben

1. Analysieren Sie, wie die Autorin ihre Position argumentativ entwickelt. Berücksichtigen Sie dabei auch ausgewählte sprachliche Mittel. (60 %)
2. Erörtern Sie die Position der Autorin zur Bedeutung von Literatur und Lesen in der heutigen Gesellschaft. (40 %)

Material:
Hannelore Schlaffer: Setz einen Frosch auf einen Stuhl

Man sollte sich nichts vormachen: Die große Literatur gehört nicht mehr zur Gegenwart

Es gilt als ausgemacht, dass das Vergnügen am Lesen abnimmt. Der Grund dafür liegt, so meint man, auf der Hand: es sind die digitalen Kommunikationsmittel – sie sollen es dahingebracht haben, dass heute, auf die Gesamtheit der Bevölkerung umgerechnet, mehr gelesen, mehr geschrieben wird denn je. Doch ist Internetnutzung eine Handlung, die auf praktische und vorübergehende Wirkungen zielt – anders als das klassische Buch, das dauerhafte Erlebnisse und Gedächtnisstoffe überliefert. Deshalb lässt sich nicht eigentlich der Untergang des Lesens und Sich-Informierens durch Buchstaben beklagen, sondern das Erlöschen einer großen Liebe, der Liebe zum Buch, und mit ihm das Verschwinden einer Existenzform: der *vita contemplativa*[1], in der das Buch ein Freund war.

Seit gelesen wird, gehört die vergangene Literatur zur Leseübung; Lesen überhaupt gewinnt erst seine Autorität durch Namen, die seit Jahrhunderten gelten. Wenn heute akademische und pädagogische Projekte zur „Kompetenzmodellierung" erforschen, wie die „Kulturtechnik Lesen" am geschicktesten an Schüler und Studenten zu vermitteln sei, bleibt deshalb, selbst wenn die Eleven[2] befähigt werden sollen, sich im Alltagsleben zu orientieren, das Lernziel am Ideal eines solch kontemplativen Lesens ausgerichtet. Die Anstrengung, die Lesekompetenz zu schulen, übersieht aber, dass Lesen noch nie nur eine „Kompetenz“ war, sondern ein Lebensstil, der in einer spezifischen Umgebung gedeiht. Das Ambiente jedoch, in dem ausdauerndes und emphatisches Lesen entstehen konnte, war längst im Wandel begriffen, ehe der Siegeszug der Neuen Medien einsetzte.

Während sich in der Pisa-Studie mangelnde Lesekompetenz an Beipackzetteln für Medikamente erweist, bemerken Professoren der geisteswissenschaftlichen Fächer eine tiefergehende Unlust zu lesen an ihren Studenten. Schon 1994 beklagte der amerikanische Dozent und Essayist Sven Birkerts in seinem Buch Gutenberg-Elegien seine Misserfolge, Studenten Werke der vergangenen Literatur zugänglich zu machen. „Es war, als seien noch die letzten Lebensgeister aus ihnen herausgepumpt“, nicht einmal mehr zum Widerstand gegen die Lektüre hätten sie sich aufraffen können, nur „schlechtgelaunte Apathie“ sei ihm entgegengeschlagen. Birkerts und alle seine Kollegen von einst und heute erproben ihre Verführungskünste an jungen Leuten, von denen nur wenige noch von zu Hause aus mit klassischen Werken bekannt gemacht werden.

In der bewegungs- und reiselustigen Gesellschaft von heute bleibt wenig Muße zum Umgang mit diesem altmodischen und zeitraubenden Objekt. Zudem schleusen Eltern ihre Kinder, in der Angst, eine geniale Anlage unentdeckt zu lassen, durch ein Erziehungsprogramm, das sie mit allen Sparten von Sport und Kunst in Berührung bringt, dies überförderte Wesen aber am wenigsten ans Lesen erinnert.

Das Buch tritt daher viel bescheidener auf als früher, als man ihm noch ansehen konnte, dass Lesen Luxus ist. Wo wären die gepunzten[3] Ledereinbände, auf deren Rücken sich die Autoren durch goldgeprägte Namen als Autorität zu erkennen geben? Sartres[4] Großvater liebte das „Knacken“ der stramm gebundenen und fadengehefteten Bände, und sein Enkel „hörte“ das Buch, ehe er lesen konnte. Er nahm die Bände, „roch daran, betastete sie, öffnete sie nachlässig und ließ sie knacken“. Ein solches sinnliches Erlebnis, das Auge, Hand, Nase beschäftigt, verspricht die Stapelware in heutigen Buchhandlungen nicht mehr. Die Pappbände, alle mit einem Cover im selben Stil, zeichnen sich durch keine Individualität aus, für die man sie „körperlich“ lieben könnte.

[...]

Man muss den „Muttermund“ nicht so doppeldeutig verstehen wie der Kulturwissenschaftler Friedrich Kittler in seinen „Aufschreibesystemen“ (1985), um zu begreifen, wie prägend die mündliche Erzählung der Mutter ist. Die Märchen-CDs, die eilige Berufstätige ans Bett des Kindes stellen, können diese leibliche Erfahrung von Literatur nicht ersetzen. Früher verkörperte sich die Neigung zum Buch meist in einer Person aus der Kindheit, sei diese ein lesendes Vorbild oder ein strenger Vater, der die Bücher unter Verschluss hielt, so dass sich die Leidenschaft fürs Buch gerade aus dem Verbot zu lesen entwickelte. Leselust gedeiht in klausnerischer[5] Einsamkeit entweder als Akt der Verehrung oder des Aufstandes. Dass sich jugendlicher Mut mit dem Lesen verbände, ist undenkbar in einer Zeit, in der Bücher Allerweltsgeschenke sind, die mit pädagogischer Aufdringlichkeit überreicht werden.

Es besteht ein Zusammenhang zwischen der heutigen Einstellung zum Buch und jener zum Alter. Ein Großvater, der die Fingerfertigkeit seines Enkels auf dem PC bestaunt, verbürgt ihm nicht die ewige Gültigkeit der Lektüre von Goethe und Schiller, und der junge Mann in der S-Bahn, der den Alten auf wackeligen Beinen stehen lässt, weil er ihn beschämte, wenn er ihm seinen Platz anböte, kann an die Autorität von Alter und Vergangenheit nicht glauben. Nun war es aber nicht nur die bürgerliche Familie, die ihre Kinder auf die Lektüre klassischer Werke vorbereitete. Für die Gesellschaft, die sich zur „besseren" erklärte, war Lektüre ein Mittel der Distinktion[6]. Die Kenntnis der großen Autoren bewies die eigene Zugehörigkeit zu einer großen Tradition. Auf Denkmäler gehoben, waren zudem die Dichter in den Städten als Bürger von einst gegenwärtig. Freundeskreise bildeten sich, von Klopstock[7] bis Joyce[8], um Dichternamen. In seinem Buch „Muttersohn" (2011) stattet Martin Walser den Helden Arno mit Verehrung für Arno Schmidt aus, dem letzten wohl, zu dem eine lesende Jugend sich bekannte: „Arno Schmidt war für ihn ein Ausdrucksmittel. Was er selbst sagen wollte, aber nicht sagen konnte, sagte er mit Arno Schmidt."

Wenn gleich auf nicht ganz so emphatische Weise wie in den Kreisen literaturbegeisterter Jünglinge verband das Dichterwort die Gesellschaft. Das klassische Zitat, Erbe des Bibelwortes, war das Sprichwort der Gebildeten, es gehörte in jede Festrede, zu jedem Geburtstag, in jeden Stammtischwitz und in jede gelehrte Vorlesung. Von seiner Mutter berichtet Ernst Jünger[9]: „Sie kannte den Faust auswendig und konnte ein Gespräch mit Zitaten bestreiten – was damals nicht selten war." „Geflügelte Worte" nannte 1864 Georg Büchmann den Zitatenschatz, mit dessen Hilfe sich die Sprache aus der Banalität des Alltags erhob.

Es gehört zum Stil der heutigen demokratischen Gesellschaft, Reichtum, und sei es den Reichtum der Bildung, nicht zur Schau zu stellen. Wenn der Großvater nicht mehr vom „weisen Salomo" oder „langen Laban" spricht, die Braut nicht in „Paradiesesbetten" schlummert, die Schülerin sich am Morgen nicht mit „Johanna geht, und nimmer kehrt sie wieder" verabschiedet und ihren Klassenkameradinnen kein Poesiealbum herumreicht, in das sich die Freundinnen mit frommen oder poetischen Sprüchen verewigen sollen, dann hat auch der „Zitatencrösus" nicht mit einem Epigramm Wilhelm Müllers zu protzen und seine Mitmenschen abzuwerten: „Setz einen Frosch auf einen weißen Stuhl/Er hüpft doch wieder in den schwarzen Pfuhl." Das Zitat diente eben nicht nur dem Schmuck der Rede, es fasste Erfahrungen in gedrängte Kürze, zeichnete aus und fällte Urteile. Das Zutrauen zu prägnant formulierten Lebensregeln aber ist geschwunden in einer Gesellschaft, die sich unentwegt neuen Technologien und Verhaltensweisen anpassen muss. […]

Aus: Süddeutsche Zeitung vom 10. Mai 2012

1 vita contemplativa (lat.): das dem Nachdenken und Überlegen gewidmete Leben, im Gegensatz zur vita activa
2 Eleven (lat.-frz.): Schüler
3 gepunzt: geprägt
4 Jean Paul Sarte (1905–1980): französischer Philosoph und Schriftsteller
5 Klausner: Einsiedler
6 Distinktion: Auszeichnung, Abgrenzung
7 Friedrich Gottlieb Klopstock (1774–1803): deutscher Dichter, Vertreter der Empfindsamkeit
8 James Joyce (1882–1941): irischer Schriftsteller
9 Ernst Jünger (1895–1998): deutscher Schriftsteller

Hinweise und Tipps

*In der **ersten Teilaufgabe** sollen Sie einen **pragmatischen Text analysieren**. Dabei werden Sie explizit dazu aufgefordert, die **argumentative Struktur** des Artikels und seine **sprachliche Gestaltung** zu berücksichtigen. Es empfiehlt sich also, den Text abschnittsweise durchzugehen und ihn sowohl inhaltlich als auch sprachlich zu durchdringen. Stellen Sie dar, wie die Verfasserin ihre Argumentation entfaltet und welche Intention sie damit verfolgt. Verwendete **sprachliche Gestaltungsmittel** sollten Sie nie nur nennen, sondern immer in ihrer **Funktion** deuten und erklären. So gelingt Ihnen eine nachvollziehbare Analyse und Gesamtdeutung des Artikels.*
*Diese bildet die Grundlage für Ihre **Erörterung**, die die **zweite Teilaufgabe** von Ihnen verlangt. Sie sollen die Position der Autorin bezüglich der **Bedeutung von Lesen und Literatur** in der heutigen Gesellschaft untersuchen. Finden Sie dafür sowohl Gesichtspunkte, die die Sichtweise der Verfasserin stützen, als auch Aspekte, die Ihre Meinung widerlegen. Seien Sie dabei **kritisch** und nehmen Sie den Artikel hinsichtlich seines Inhalts und seines argumentativen Aufbaus genau unter die Lupe. Am Ende können Sie Ihren Aufsatz mit einem zusammenfassenden **Fazit** abschließen.*

Lösungsvorschlag

Teilaufgabe 1
Einleitung
Autor
Titel
Textart
Thema

Der Essay „Setz einen Frosch auf einen Stuhl“ von Hannelore Schlaffer ist 2012 in der Süddeutschen Zeitung erschienen. Die Autorin setzt sich darin mit der Frage auseinander, welche Bedeutung der Literatur in unserer Zeit zukommt. Sie gelangt zu dem Schluss, dass das Lesen von **Literatur** in der heutigen Gesellschaft im Grunde nur noch einen **marginalen Stellenwert** hat. Aus ihrer Sicht erklärt sich dies durch den gesellschaftlichen Wandel.

chronologische Analyse

Ausgangspunkt ihrer Überlegungen ist dabei die allgemeine Überzeugung, dass die Freude am Lesen abgenommen habe. Schlaffer differenziert hier zunächst, indem sie betont, dass im Zuge der Nutzung der neuen Medien letztlich „mehr gelesen, mehr geschrieben wird denn je“ (Z. 4). Doch bestehe ein zentraler Unterschied zwischen dieser Art des Lesens und dem literarischen Lesen, bei dem es nicht um das Lesen zu Zwecken der Informationsverarbeitung gehe, sondern um die „**Liebe zum Buch**“ (Z. 8 f.), also zur Literatur, und damit zugleich – so Schlaffer – um eine **Lebenshaltung**, einen Lebensstil, die „vita contemplativa“ (Z. 9 f.).

zweckgebundenes vs. literarisches Lesen

Schlaffer stellt so einen Gegensatz auf zwischen praxisorientiertem, zweckgebundenem Lesen einerseits und dem literarischen Lesen zur persönlichen Erbauung andererseits, wobei sie dem Lesen von Literatur eindeutig den Vorrang einräumt. Erst durch dieses „ausdauernde und emphatische Lesen“ (Z. 19 f.) exemplarischer Werke der literarischen Tradition erhalte das Lesen „Autorität“ (Z. 12).

Abwertung

Demgegenüber werden der Begriff der „Lesekompetenz“ sowie die damit verbundenen Vorstellungen vom Lesen von Schlaffer abgewertet und lächerlich gemacht, wenn sie beispielsweise anführt, dass die Lesekompetenz im Rahmen der Pisa-Studie am Lesen von „Beipackzetteln für Medikamente“ (Z. 22 f.) nachgewiesen wurde.

mangelnde Lesemotivation

Autoritätsargument

Dass die Lust am Lesen allgemein abnehme, ist laut Schlaffer schon seit Längerem beobachtbar. Als Beleg dafür führt sie ein Zitat eines amerikanischen Dozenten an, der sich schon 1994 über die mangelnde Lesemotivation seiner Studenten beklagte (Z. 24 ff.).

Veränderungen im gesellschaftlichen Umfeld

Schlaffer erklärt die Resistenz der Studenten gegenüber den „Verführungskünsten[n]“ (Z. 30) der Literaturwissenschaftler durch das **gesellschaftliche Umfeld**, in dem sie aufwachsen und in dem die Begegnung mit „klassischen Werken“ (Z. 31) nicht mehr stattfinde.

Ein zentraler Grund ist dabei aus Sicht der Verfasserin, dass es **an „Muße“ fehlt**. Da in der „bewegungs- und reiselustigen Gesellschaft von heute“ (Z. 33) Zeit ein wertvolles Gut ist, muss eine zeitintensive Tätigkeit wie das Lesen fast als Anachronismus erscheinen. Ironisierend wird das Buch deshalb als „altmodisch“ und „zeitraubend“ bezeichnet (Z. 34).

Ironie

Dass dies aus ihrer Sicht eine Fehlentwicklung ist, verdeutlicht sie durch die ironische Kommentierung der Erziehungsbemühungen von Eltern, die in ihrem übertriebenen Ehrgeiz ihre Kinder möglichst früh in vielfacher Hinsicht zu fördern suchen und diese dabei so überfordern und verplanen, dass für das Lesen kein Raum mehr bleibt.

Lesen als Luxus

Veranschaulichung

Personifizierung

Im Gegensatz zu diesem Getriebensein stellt die Autorin das Lesen als Luxus dar. Sie veranschaulicht dies durch ein Zitat des französischen Philosophen Sartre, der sich daran erinnert, wie sein Großvater bereits das Anfassen und Öffnen eines Buches als Genuss empfunden habe, und sie konfrontiert dieses „sinnliche Erlebnis“, das mit der Lektüre eines aufwändig eingebundenen Buches verbunden sei, mit der Präsentation von Büchern als „Stapelware in heutigen Buchhandlungen“ (Z. 44 f.). Das **Buch** erscheint in ihrer Darstellung geradezu **als lebendiges Wesen**, wenn Schlaffer mit erkennbarem Bedauern feststellt, dass es diesen „Pappbände[n]“ an „Individualität“ fehle und man sie deshalb nicht „körperlich“ lieben könne (Z. 45 ff.).

Lesesozialisation

Diesen Verlust von „leibliche[r] Erfahrung von Literatur“ (Z. 52 f.) beklagt Schlaffer auch in anderer Hinsicht. So prangert sie an, dass das Lesen seinen **Platz im Familienleben verloren** habe. Kindern werde häufig nicht mehr von den Eltern vorgelesen, sondern sie würden stattdessen Märchen-CDs hören, ein lesendes Vorbild fehle in der Regel. Auch diesen Wandel bringt Schlaffer mit der Hektik und Schnelllebigkeit der heutigen Gesellschaft in Verbindung, wenn sie von den „eilige[n] Berufstätige[n]“ spricht (Z. 52). Die Ernsthaftigkeit des Lesens, die **prägende und persönlichkeitsbildende Erfahrung** der Auseinandersetzung mit Literatur werde von Kindern nicht mehr erlebt, Bücher seien nur mehr „Allerweltsgeschenke […], die mit pädagogischer Aufdringlichkeit überreicht werden“ (Z. 58 f.).

Wertewandel

Für Schlaffer ist der veränderte Stellenwert des Lesens letztlich auch durch einen gesellschaftlichen Wertewandel begründet, nämlich den **Verlust der „Autorität von Alter und Vergangenheit“** (Z. 64 f.). Dies verdeutlicht sie durch eine Analogie: So wie auch dem Alter letztlich kein Respekt mehr erwiesen werde, da es vor allem mit dem Nachlassen geistiger und körperlicher Fähigkeiten in Verbindung gebracht werde, werde auch das Buch als Zeugnis der Vergangenheit nicht mehr geachtet.

Analogie

Dass diese Entwicklung sich nicht nur auf die bürgerliche Familie beschränkt, sondern ein **gesellschaftliches Phänomen** ist, verdeutlicht Schlaffer im nächsten Absatz.

Stellenwert der Literatur in früheren Zeiten

So sei Lektüre in den gehobenen Kreisen stets „**Mittel der Distinktion**“ gewesen, indem man durch die Kenntnis bedeutender Autoren und Werke seine „Zugehörigkeit zu einer großen Tradition“ bewiesen habe (Z. 67 ff.). Diese, so betont Schlaffer, sei zudem ganz anders im Alltag verankert gewesen. Als Beispiele dafür führt sie die Denkmäler an, die für Dichter errichtet wurden, die Freundeskreise, die sich aufgrund der gemeinsamen Begeisterung für einen bestimmten Dichter zusammenfanden, vor allem aber die Allgegenwärtigkeit der Literatur in Form klassischer Zitate. Deren Kenntnis sei selbstverständlich gewesen, da diese als „Sprichwort der Gebildeten“ (Z. 77) in Reden, Vorlesungen, aber auch in Witzen stets präsent gewesen seien. Sie belegt dies durch ein Zitat des Schriftstellers Ernst Jünger, der sich daran erinnert, dass seine Mutter den „Faust“ auswendig kannte und sogar ein ganzes Gespräch mit Zitaten bestreiten konnte. Schlaffers Bedauern darüber, dass dies heute äußerst unüblich ist, wird deutlich, als sie anmerkt, dass die Sprache sich mittels literarischer Zitate „aus der Banalität des Alltags“ habe erheben können (Z. 82).

Beispiele

Autoritätszitat

gesellschaftlicher Wandel und Bedeutungsverlust der Literatur

Die Autorin sieht eindeutig einen Zusammenhang zwischen den heutigen gesellschaftlichen Bedingungen und dem Verlust der Bedeutung von Literaturkenntnis. So gehöre es nicht zum Stil einer demokratischen Gesellschaft, „Reichtum, und sei es Reichtum der

Bildung […] zur Schau zu stellen“ (Z. 83 f.). Zudem erfordere die **Schnelligkeit des gesellschaftlichen Wandels** ein Maß an Flexibilität und Anpassungsfähigkeit der Menschen, sodass solche „prägnant formulierten Lebensregeln“, wie sie Zitate häufig darstellen, nicht mehr als Orientierungshilfe empfunden würden (Z. 93 f.).

Doch geht damit aus ihrer Sicht auch eine Form der **Verarmung** einher, indem die literarische Tradition in Vergessenheit gerät. Schlaffer verdeutlicht dies virtuos durch eine Reihe von **Bibelworten** und **Zitaten** aus der Literatur, mit denen Alltagssituationen kommentiert werden können. Damit stellt die Autorin nicht nur ihre eigene Literaturkenntnis unter Beweis, sondern wendet sich an ihre gebildete Leserschaft, mit der sie sich letztlich – bei allem rationalen Verständnis für die veränderte gesellschaftliche Situation – einig weiß, wenn sie das schon in der Überschrift zitierte Epigramm Wilhelm Müllers anführt, das den ungehobelten und ungebildeten Mitmenschen abwertet: „Setz einen Frosch auf einen weißen Stuhl / Er hüpft doch wieder in den schwarzen Pfuhl.“ (Z. 90 f.)

Adressatenorientierung

So erklärt die Autorin den Verlust der Lesefreude und die schwindende Bedeutung von Literatur zwar einerseits als mehr oder minder unvermeidliche Begleiterscheinung des gesellschaftlichen Wandels, zugleich lässt sie aber auch durchscheinen, dass für sie selbst – und wohl auch für die Leserschaft, an die sie sich als Feuilletonautorin der Süddeutschen Zeitung richtet – Bildung durchaus noch immer ein Mittel der Distinktion ist.

Intention der Autorin

Teilaufgabe 2

Einleitung

Bezugstext

Erörterungsfrage

Position der Autorin

Welchen Stellenwert hat das Lesen von Literatur in der heutigen Gesellschaft?

Mit dieser Frage befasst sich Hannelore Schlaffer in ihrem Essay „Setz einen Frosch auf einen weißen Stuhl“ und zieht eine ernüchternde Bilanz: Die „große Literatur“ habe ihren Platz in der Gesellschaft verloren, unwiderruflich, wie es scheint. Der Gedankengang, den die Autorin entwickelt, ist klar und stringent. Die gesellschaftlichen Rahmenbedingungen haben sich geändert, es mangelt in unserer hektischen und schnelllebigen Zeit an Muße für das Lesen. So fehlt schon in der Kindheit die wichtige Einführung in die Welt der Literatur durch die Eltern. Diese sind viel zu beschäftigt mit beruflichen Pflichten, zu getrieben von ihren Ansprüchen an sich selbst und an ihre Kinder, als dass sie sich den Luxus gönnen könnten, einfach nur ein Buch zu lesen, ganz ohne erklärten Sinn und Zweck. Die Folge ist eine Gesellschaft, die den Anschluss an ihre eigene kulturelle Tradition verliert – letztlich eine **verarmte, von Zweckrationalismus und Pragmatismus geprägte Gesellschaft**.

Dies, so Schlaffer, war „früher" einmal völlig anders: Da waren die Dichter und Denker sowie ihre geflügelten Worte allgegenwärtig und gaben den Menschen Geleit durch alle Wirren des Lebens – Menschen, die offenbar problemlos dem Luxus des Lesens frönen und sich an kostspielig eingebundenen Büchern erfreuen konnten.

Da stutzt der geneigte Leser und wüsste gern genauer, von **welcher Zeit** und **welchen Menschen** hier die Rede ist. Wen hat Schlaffer vor Augen?

kritische Überprüfung der Argumentation

Es ist, wie sie selbst anführt, die „bessere" Gesellschaft, für die Belesenheit zum Mittel der Distinktion, also der Abgrenzung – vor allem wohl nach unten! – diente. Das von der Autorin gezeichnete Familien- und Bildungsideal lässt sich recht passgenau dem **gehobenen Bürgertum des 19. Jahrhunderts** zuordnen. So muss also zunächst einschränkend angemerkt werden, dass die von der Autorin dargestellte Wertschätzung der Literatur in der Vergangenheit sich letztlich nur auf einen bestimmten Ausschnitt der Gesellschaft beschränkte. Wer wäre so naiv zu glauben, dass auch die Köchin, die Näherin und die Waschfrau zu Hause ihre Kinder mit den klassischen Werken vertraut gemacht hätten? Ihnen wird es an Muße gemangelt haben, sich diesen Luxus zu gönnen – ganz abgesehen von den beschränkten Möglichkeiten für Angehörige unterer Schichten, überhaupt Zugang zu Bildung zu bekommen.

1. verallgemeinernde Darstellung

Interessant ist weiterhin, welche Art von Literatur hier laut der Autorin in aller Munde war. Natürlich ist von Goethes „Faust" die Rede, zuverlässig wird auch Schiller angeführt – alles Weitere wäre dann offenbar in Büchmanns Zitatenschatz nachzulesen. Wenn Schlaffer also vom „klassischen" Zitat spricht, welches das Sprichwort des Gebildeten gewesen sei, dann kann man dies auch einigermaßen wörtlich nehmen: Abgesehen von der Bibel sind es vor allem die **Werke der Klassik**, deren Kenntnis gesellschaftlich anerkannt war – Autoren wie Lenz, Büchner oder Heine wurden vermutlich weniger gern zitiert. Hier liegt also ein **recht enges Verständnis von Literatur** vor.

2. verengter Literaturbegriff

Und da gerade von Verständnis die Rede ist: Welche Art von Literaturverständnis wird eigentlich präsentiert, wenn schon der Stammtischwitz mit einem Goethezitat aus der „Banalität des Alltags" gehoben wird? Als wie profund ist die Belesenheit der besseren (!) Gesellschaft einzuschätzen, wenn im Zweifelsfall das passende Zitat im Handbuch der „Geflügelten Worte" rasch zu finden ist? Tatsächlich ist diese Art von Literaturkenntnis, die da zur Schau gestellt wird, doch nicht als „Reichtum der Bildung" zu verstehen. Es ist nicht mehr als ein Deckmäntelchen, unter dem sich die Bor-

3. oberflächliches Literaturverständnis

niertheit und **Selbstzufriedenheit** derer verbirgt, die eben durch Geburt das Glück hatten, dazuzugehören und privilegiert zu sein.

Ob das die Funktion ist, die Literatur in der Gesellschaft zukommen sollte, darf stark bezweifelt werden. Hier liegt doch eher ein Missbrauch von Werken vor, die eigentlich zur Selbsterkenntnis, zur Persönlichkeitsbildung, zur kritischen Reflexion bestehender Verhältnisse anregen sollten – und nicht zur Selbstvergewisserung und zur **Ausgrenzung und Abwehr anders denkender oder sozial benachteiligter Menschen**.

Überleitung: Entwicklung einer Gegenposition

Wenn also heute diese Art von floskelhaftem Zitatengebrauch aus dem Alltag verschwunden ist, so muss das sicherlich nicht als Verarmung gesehen werden. Wie die Autorin selbst anmerkt, hat ein gesellschaftlicher Wandel stattgefunden. Mit den Grundsätzen einer **demokratischen Gesellschaft**, in der alle Menschen gleichberechtigt sind, ist eine Form der „Distinktion", die etwa im Bildungsbürgertum des 19. Jahrhunderts als selbstverständlich und unabdingbar empfunden wurde, nicht mehr vereinbar.

1. gesellschaftlicher Wandel

Stattdessen gilt es noch einmal, die Bedeutung von Literatur und Lesen in unserer Gesellschaft kritisch zu reflektieren.

Wir leben in einer Gesellschaft, in der **so viele Menschen Zugang zu Bildung** haben **wie nie zuvor**. Zumindest vom Grundsatz her stehen jedem Einzelnen alle Möglichkeiten offen, den Bildungsgrad bzw. den Beruf seiner Wahl anzustreben und seine persönlichen Lebensziele zu verwirklichen. Das Abitur und die akademische Bildung sind längst nicht mehr das Privileg einiger weniger – mehr als 30 Prozent aller Schülerinnen und Schüler schließen ihre Schullaufbahn mit dem Abitur ab und können ein Studium aufnehmen. Das bedeutet in der Folge natürlich auch, dass auf vielen gehobenen Posten und in zahlreichen akademischen Berufen jetzt Menschen arbeiten, die keinen bildungsbürgerlichen Hintergrund haben und deren Zugang zu Literatur tatsächlich von Kindheit an ein anderer war als der, den die Autorin als Idealbild entwirft.

2. allgemeines Recht auf Bildung

Doch bedeutet das ja nicht, dass nicht mehr gelesen wird. Im Gegenteil: Der **Buchmarkt boomt**. Jährlich erscheinen unzählige Titel, und auch der Trend zum E-Book lässt sich wohl kaum so deuten, dass das Buch gestorben ist. Nun werden zugegebenermaßen vergleichsweise wenige Menschen in ihrer Freizeit Goethe und Schiller lesen. Muss das aber zwangsläufig heißen, dass diesen Menschen Literatur nichts mehr bedeutet? Sind sie als „Frösche" abzuurteilen, denen es an Bildung mangelt? Oder ist hier nicht das konservative, elitäre Bildungsverständnis kritisch zu hinterfragen, das in den Ausführungen der Autorin durchscheint?

3. Kritik am konservativen Bildungsverständnis

Die *vita contemplativa*, deren Verschwinden Frau Schlaffer beklagt, war stets nur das Privileg einiger weniger, die meisten Menschen gehörten und gehören tatsächlich zu den eiligen Berufstätigen. Man könnte deshalb das Erziehungsverhalten der Eltern, die bei der Autorin so in der Kritik stehen, auch positiv bewerten: Wie schön, dass diese trotz aller Belastungen dafür Sorge tragen, dass ihre Kinder bestmöglichst ausgebildet werden und ihren Platz einnehmen können in einer Gesellschaft, in der dank der digitalen Kommunikationsmittel mehr gelesen und mehr geschrieben wird denn je.

Zusammenfassung

Neubewertung der von der Autorin kritisierten Aspekte

Deutsch (Hamburg) – Erhöhtes Anforderungsniveau
Abiturähnliche Übungsaufgabe 14

Aufgabenart
Analyse und Erörterung pragmatischer Texte

Thema
Sprache

Text
Jens Jessen: *Die verkaufte Sprache*

Teilaufgaben

1. Analysieren Sie den Text. Zeigen Sie dabei die Einstellung des Autors zur Übernahme von Anglizismen auf und analysieren Sie die wesentlichen sprachlichen Mittel, mit denen er sie zum Ausdruck bringt. (60 %)
2. Erörtern Sie ausgehend von Ihren Ergebnissen, ob Anglizismen in der deutschen Sprache bekämpft werden sollten. (40 %)

Jens Jessen
Die verkaufte Sprache

Aus dem Kreis der Weltsprachen ist das Deutsche schon verschwunden. Nun wird es auch in seiner Heimat zum Sanierungsfall.

Es gibt einen Typus des übellaunigen, heimattümelnden Sprachschützers, dem man nicht im Dunklen begegnen möchte. Aber es gibt auch Gründe, im hellen Mittagslicht der aufgeklärten Vernunft Sorge um den Bestand der deutschen Sprache zu empfinden. Warum ist auf Bahnhöfen kein Schalter für Auskünfte, sondern ein Service Point? Was hat der englische Genitiv-Apostroph in Susi's Häkelstudio zu suchen? Welcher Teufel trieb eine deutsche Wissenschaftsministerin zu einer Kampagne mit dem Motto „Brain up", was weder auf Deutsch noch auf Englisch Sinn ergibt?
Die Überflutung mit englischen Wendungen ist nur ein, wahrscheinlich der kleinste Teil des Problems. Der größere Teil besteht in ihrer kenntnislosen Aneignung zu dekorativen Zwecken. Viel spricht dafür, den Geist einer aufschneiderischen Werbung dabei am Werk zu sehen. Die deutsche Bahn will sich nicht nur technisch modernisieren; sie will auch modern wirken. Dass ihre sprachliche Modernisierung ein fake ist (um ein gutes englisches Wort zu verwenden), scheint ihr egal zu sein. Ähnliches gilt für ihre Neigung, jede Neuigkeit à tout prix[1] kommunizieren zu müssen, anstatt sie einfach mitzuteilen.

Der Ausdruck à tout prix ist übrigens aus einer älteren Epoche überkommen. Den Import von französischen Wendungen des 18. Jahrhunderts hat das Deutsche allerdings gut überstanden. Die meisten Ausdrücke sind wieder verschwunden; die übrigen haben sich bis zur Unkenntlichkeit in den Wurzelbestand des Deutschen eingemoost. Von der erfolgreichen Anverwandlung zeugt sogar die Wortbildung: Die Endung -ieren, die ursprünglich dazu diente, französische Verben einzudeutschen (parlieren), wurde bald auch zu Neubildungen mit deutschen Wortstämmen benutzt (spintisieren, verlustieren).

Um sprachschützerische Einfalt von berechtigter Sorge zu trennen, muss man sich klarmachen, dass Deutsch seit Langem eine Hybridsprache ist, die nicht nur Fluten fremder Wörter aufgenommen hat, sondern auch in ihrer Grammatik mehrfach überformt wurde. Den Anfang machten Mönche des Mittelalters, die zahllose Lehnbildungen nach lateinischem Vorbild prägten – berühmtes Beispiel ist die Neubildung Gewissen nach lateinisch conscientia. Den zweiten Schub besorgten Humanismus und Reformation, als die Syntax dem Lateinischen anverwandelt wurde. Man vergleiche die einfachen Satzmuster des Mittelhochdeutschen mit dem Frühneuhochdeutschen, erst recht aber mit dem barocken Deutsch, in dem die Hypotaxen, die Partizipialkonstruktionen und Verschachtelungen geradezu explodieren. Die Sprache eines Kleist oder Hegel wäre ohne diese syntaktische Überfremdung nicht denkbar.

Daraus folgt freilich keine Entwarnung für die Gegenwart. Denn die früheren Übernahmen haben das Deutsche komplexer, reicher, intellektueller und expressiver, philosophischer und dichterischer, auch wissenschaftsfähiger gemacht. Unter dem Einfluss des globalisierten Englisch aber vollzieht sich eine geradezu atemberaubende Simplifizierung. Die englischen oder pseudoenglischen Ausdrücke kommen nämlich nicht einfach hinzu, sie ersetzen auch nicht nur deutsche Wörter, was schlimmstenfalls überflüssig wäre. Sie verdrängen vielmehr die natürliche Wortbildung des Deutschen, die keinerlei Schwierigkeiten mit Neologismen hätte, weil sie mit ihrer Leichtigkeit der Wortzusammensetzung sonst nur im Altgriechischen einen Vergleich hat.

Es scheint aber, dass die Eigenarten des Deutschen inzwischen selbst zum Ärgernis geworden sind, vielleicht schon als Standortrisiko gelten. Das Hauptärgernis lässt sich freilich nur schlecht leugnen. Es gibt, mit Schweiz, Österreich und Südtirol, kaum 100 Millionen Sprecher des Deutschen. Das Englische, jedenfalls in seiner globalisiert heruntergekommenen Spielart, wird dagegen auf der ganzen Welt verstanden. Es hat daher seine Logik, wenn sich der Gebrauch des Deutschen aus der Wissenschaft zurückzieht, die auf weltweiten Austausch angewiesen ist. Aber muss deshalb neu gegründeten Universitäten in Deutschland gleich das Englische als Unterrichtssprache aufgezwungen werden? Manches spricht dafür, dass hier nicht internationale Konkurrenz, sondern ein Zeitgeistopportunismus am Werk ist, der das Deutsche wie eine überholte Technologie ablegen will. Denn es sind ja nicht Amerikaner, die uns ihre Wörter aufzwingen. Es sind Deutsche, die in ihrer Bewunderung für alles Amerikanische mit der transatlantischen Praxis zugleich die Begriffe dafür mitbringen – wie Geschenke, die glitzernd verpackt werden müssen, damit ihrem dürftigen Inhalt Respekt gezollt werde.

Es lohnt sich, bei der Psychologie des Sprachimporteurs zu verweilen. Es ist nicht deutscher Selbsthass, der ihn antreibt, wie manche Sprachschützer meinen. Der Sprachimporteur ist vor allem ein Marketingexperte in eigener Sache. Er will angeben mit der frisch erworbenen Kenntnis, er kehrt ins verschnarchte Dorf seines Ursprungs zurück und brilliert dort im Glanze seiner Glasperlen, die er den zurückgebliebenen Landsleuten andrehen will. Die Undeutlichkeit und die Euphemismen des Business-Englisch sind kein Mangel, sie sind die Voraussetzung des betrügerischen Tuns. So werden dem Trainee (deutsch: Lehrling) die Karriere-Optionen eröffnet (deutsch: Hoffnungen gemacht), zum Asset Manager (deutsch: Kaffeekocher) aufzusteigen. Unvergessen ist der Bertelsmann-Chef Thomas Middelhoff, dessen Lieblingsmotto „Speed, speed, speed“ lautete und der selbst im internen Schriftverkehr seine leitenden Angestellten anwies, englisch zu schreiben.

Es ist nicht so, dass überpersönliche Mächte für den Unfug verantwortlich wären. Es sind identifizierbare Sprecher, die der Sprache Gewalt antun, und nur selten unterläuft es ihnen. In den allermeisten Fällen ist, was uns ärgert, auch beabsichtigt. Der Business-Schwafler will uns ein X für ein U vormachen. Der Vergleich mit den Glasperlen ist nicht zufällig gewählt. Der Sprachimporteur handelt mit Waren, die in ihrem Herkunftsland bereits als wertlos gelten. Über die Ausdrucksweise der PowerPoint-Präsentationen wird in den USA längst gespottet.

Der Geist eines ridikülen Marketings, der in der Managersprache steckt, will Exklusivität, die elitäre Anmutung eines arkanen[2] Wissensvorsprungs. Den Zweck der Ausschließung teilt sie mit der Jugendsprache, der es seit alters darum geht, sich von der Erwachsenenwelt abzuschotten. Töricht wäre es, sich über Kürzel aufzuregen, die von den Eltern nicht verstanden werden – denn das ist ihr Sinn. Es fragt sich allerdings, was von Geschäftsleuten zu halten ist, die sich wie Kinder gebärden, die Erwachsene verblüffen und ärgern wollen.

Es liegt bei uns, die Antwort zu formulieren. Es liegt in der Macht jeden einzelnen Sprechers, die Zukunft des Deutschen zu gestalten. Das unterscheidet marodes Deutsch etwa von einem maroden Kernkraftwerk, das nur Experten reparieren können. Das Deutsche wird nicht sterben, es sei denn, die Deutschen wollen es. Es sei denn, sie kapitulieren vor der Werbung, vor der Geschäftssprache, vor dem kollektiven Hass auf alles Komplizierte, den die Medien nähren. Aber selbst wenn das Deutsche stürbe – es würde als tote Sprache weiterleben, als eine Art Griechisch oder Latein der Neuzeit. Die Zahl kanonischer Autoren, von Philosophen wie Dichtern, wird den Gelehrten das Deutsche immer attraktiv erhalten. Das ist vielleicht kein Trost – aber ein Gedankenspiel, das uns Heutigen Respekt vor der achtlos malträtierten Umgangssprache einflößen sollte.

Jens Jessen: Die verkaufte Sprache, DIE ZEIT vom 26. 07. 2007 Nr. 31,
https://www.zeit.de/2007/31/Deutsch-Aufmacher/komplettansicht

1 *à tout prix:* franz.: um jeden Preis
2 *arkan:* geheim, von *lat.* „arcanus“: geheim, heimlich

Hinweise und Tipps

*Bemühen Sie sich, in Ihrer **Einleitung** den Kerninhalt des Artikels möglichst prägnant in eigene Worte zu fassen. Wenn Sie danach **Inhalt und Struktur** des Artikels nachzeichnen, sollten Sie die zentralen Argumentationslinien von Jens Jessen herausarbeiten. So kommen Sie unweigerlich auch auf die **Intention des Autors** zu sprechen, nämlich seinen Wunsch, dass jeder Einzelne bewusster mit der Sprache umgeht. Achten Sie darauf, die wesentlichen Thesen mit eigenen Worten wiederzugeben. Dadurch beweisen Sie, dass Sie den Text gedanklich durchdrungen haben.*
*Jessen macht aus seiner **Haltung gegenüber dem Vordringen der Anglizismen** kein Geheimnis. Sie müssen zeigen, wie er diese mithilfe der von ihm eingesetzten rhetorischen Mittel verdeutlicht. Ihre **stilistische Analyse** sollte seine abwertenden Wendungen für das globalisierte Englisch ebenso berücksichtigen wie auch seine positive Darstellung anderer Fremdsprachen (Latein, Französisch), die ebenfalls das Deutsche beeinflusst haben. Zeigen Sie an konkreten Beispielen, wie die formale Gestaltung im Dienst der Aussageabsicht steht, was Jessen mit welchem Stilmittel erreichen will. Verlieren Sie sich nicht in Detailbefunden, sondern behalten Sie stets die Stoßrichtung des Textes im Auge.*
*In Ihrer **abschließenden Erörterung** sollten Sie möglichst differenziert vorgehen und nicht einseitig die Bekämpfung von Anglizismen befürworten oder ablehnen. Jens Jessens Artikel demonstriert die Wichtigkeit guter und treffender Beispiele für die Argumentation. Sammeln Sie daher Anglizismen, die Ihnen aus dem Alltag wie der Werbung vertraut sind, und nutzen Sie sie als Belege für Ihre Beweisführung. Wägen Sie kritisch ab, ob es Sinn macht, englische Lehnwörter zurückzudrängen, und wenn ja, welche. In Ihrem Fazit können Sie auch darüber nachdenken, wie eine solche Beeinflussung der Sprache aussehen würde.*

Lösungsvorschlag

Einleitung
Der Untergang der deutschen Sprache?

In regelmäßigen Abständen prophezeien Linguisten, Politiker und Journalisten den Untergang des Deutschen – und diese Bedenken scheinen nicht unbegründet angesichts der allgegenwärtigen **Anglizismen**, die unsere Sprache sowohl im beruflichen als auch im privaten Bereich immer stärker prägen. In seinem Artikel *Die verkaufte Sprache,* der in der *Zeit* vom 26. Juli 2007 erschien, beschreibt Jens Jessen die **sukzessive Verdrängung des Deutschen** durch das globalisierte Englisch und will zu einer **Rückbesinnung auf den Reichtum der deutschen Sprache** anregen.

Textanalyse
Inhalt und Aufbau des Artikels

Auch wenn sich Jessen gleich zu Beginn von einem negativen Typus des Sprachschützers abgrenzt (vgl. Z. 1 f.), verfolgt er doch ein ähnliches Ziel: Er hinterfragt die **unreflektierten Wortübernahmen** aus dem Englischen und stellt sie als sprachliche Anbiederungen bloß, die in ihrer veränderten Form teilweise selbst in ihrer

Herkunftssprache keinen Sinn mehr ergeben. Jessen umreißt anhand einiger Beispiele das Problem.

Die Menge der sich ausbreitenden Anglizismen ist für Jessen dabei nur ein untergeordneter Aspekt, weit gravierender sei die **Motivation** für solch fremdsprachliche Übernahmen. Der Rückgriff auf englische Vokabeln verfolge vornehmlich den Zweck, den Sprecher als **modern und innovativ erscheinen** zu lassen (vgl. Z. 11 f.). Als Beispiel für eine derartig fragwürdige Sprachpraxis nennt Jessen die deutsche Bahn.

In einem Exkurs rekapituliert der Autor dann die **Entwicklung des Deutschen** unter dem Einfluss anderer Sprachen. Dabei nutzt er die Wendung „à tout prix" (Z. 14) als Einstieg, um die befruchtende Wirkung darzustellen, die das **Französisch** des 18. Jahrhunderts hatte; allerdings seien die meisten französischstämmigen Begriffe längst nicht mehr gebräuchlich oder ganz dem Deutschen anverwandelt. Jessen betont, dass keine sprachliche Reinform existiere, das Deutsche vielmehr eine zusammengesetzte „Hybridsprache" (Z. 25) sei, die unterschiedliche Faktoren geprägt hätten. Vom Mittelalter über den Humanismus bis zum Barock habe gerade der Kontakt mit dem **Latein** der Gelehrten die Sprache bereichert, vielfältiger und bedeutungsreicher werden lassen. Dieser Zugewinn an Tiefe sei die Basis, auf der später Dichter wie Kleist oder Philosophen wie Hegel aufbauten. Jedoch gelte die Aufwertung, die das Deutsche in der Vergangenheit durch den Einfluss anderer Sprachen erfahren habe, nicht mehr für die Gegenwart. Stattdessen sei das Gegenteil der Fall: Das **globalisierte Englisch** verdränge die Wortbildung der deutschen Sprache und bewirke so eine Vereinfachung und Verarmung (vgl. Z. 37–43).

Sprache sei zu einem wesentlichen **ökonomischen Faktor** geworden. Es gebe zu wenig deutsche Muttersprachler, als dass sich Deutsch gegen Englisch behaupten könne. In logischer Konsequenz dominiere Letzteres auch in der Wissenschaft. Für eine fragwürdige und opportunistische Anpassung an den Zeitgeist hält es Jessen allerdings, dass neue Universitäten das Englische sogar zur Unterrichtssprache machen (vgl. Z. 44–58).

In der Folge entwirft er das Profil des „Sprachimporteurs" (Z. 59), der sich **durch den Einsatz von Anglizismen** hervortun und **andere blenden** wolle. Dass die Begrifflichkeiten des Business-Englisch oft vieldeutig und wenig konkret bleiben, komme der Absicht entgegen, andere damit zu täuschen. Diese **Sprachimporteure** handelten ganz bewusst und ließen sich auch eindeutig identifizieren (vgl. Z. 72 f.). Hinter der Managersprache stecke das

Bemühen, den **Eindruck von Exklusivität** zu erwecken und sich nach außen abzuschotten – eine Tendenz, die auch bei der Jugendsprache zu finden sei. Allerdings erscheint es dem Autor kritikwürdig, dass Manager sich wie pubertierende Jugendliche verhielten (vgl. Z. 78–84).

Nachdem Jens Jessen mit zahlreichen Beispielen die Problemlage skizziert und die Gefährdung des Deutschen dargestellt hat, beendet er seinen Artikel mit einem indirekten, aber unverhohlenen **Appell:** Jeder Einzelne könne zum **Erhalt der deutschen Sprache** beitragen. Eine Zukunftsvision soll noch einmal ihren Stellenwert und ihre Bedeutung illustrieren. Deutsch werde nur sterben, wenn die Deutschen dies wollten, wenn sie sich der Sprache der Werbung und Manager beugten und den Reichtum des Deutschen gegen die oberflächliche Beliebigkeit des globalisierten Englisch eintauschten. Und selbst als tote Sprache würde Deutsch seine Strahlkraft behalten dank seiner Dichter und Gelehrten (vgl. Z. 85–93).

Autorenintention und sprachliche Gestaltung

Jens Jessen nimmt gegenüber der zunehmenden Dominanz von Anglizismen somit eine **kritische und ablehnende Haltung** ein, wie bereits der Titel seines Artikels *Die verkaufte Sprache* verrät. In diesem wird vorweggenommen, dass es vorwiegend wirtschaftlich-materielle Strategien sind, die die deutsche Sprache als „Standortrisiko“ (Z. 45) abstempeln und daher zurückdrängen. Während Jessen die Qualität des Deutschen verteidigt, hinterfragt er die beliebige Übernahme englischer oder pseudo-englischer Wendungen. Mit bissigen **rhetorischen Fragen** legt er die aktuellen sprachlichen Missstände bloß (vgl. Z. 4 ff.). Dabei betont er, dass er kein „heimattümelnde[r] Sprachschützer[ ]“ (Z. 1) sei, sondern durchaus differenziert denke.

positive Einflüsse: Latein, Französisch

So weiß er um den Gewinn, den die deutsche Sprache in der Vergangenheit dem Kontakt mit dem Lateinischen oder Französischen zu verdanken hat. Gezielt streut er in seinem Text immer wieder diesen Sprachen entstammende **Lehnworte** ein, um zu demonstrieren, dass eine **Wechselwirkung zwischen Sprachen** durchaus befruchtend und bereichernd sein kann. Das Marketing, das sein Heil im Englisch sucht, nennt er „ridikül[ ]“ (Z. 78), also lächerlich; es diene dazu, einen „arkanen Wissensvorsprung[ ]“ (Z. 79) zu suggerieren. Das Wort „arkan“ ist aus dem Lateinischen übernommen und bedeutet soviel wie „geheim“. Und wenn er die besorgniserregende Entwicklung der deutschen Sprache eine „Simplifizierung“ (Z. 39) nennt, verwendet er ebenfalls einen Begriff, der lateinische Wurzeln hat. Die Bezeichnungen „marode“ und „malträtiert“ (vgl. Z. 86, 94 f.) sind dagegen Relikte aus dem 18. Jahrhundert, als Französisch als Sprache des Hofes und der Bildung galt. Durch den eleganten Einsatz solcher Begriffe zeigt Jessen seine eigene Bildung und führt vor Augen, wie das Deutsche **durch fremdsprachliche Einflüsse um Bedeutungsnuancen bereichert** worden ist. Sprache scheint er als etwas Lebendiges zu verstehen, wenn er ausführt, dass die meisten französischen Ausdrücke „sich bis zur Unkenntlichkeit in den Wurzelbestand des Deutschen eingemoost" (Z. 19 f.) hätten. Er greift auf **Metaphern aus dem vegetativen Bereich** zurück, um die gesunde Entwicklung zu veranschaulichen.

negative Einflüsse: globalisiertes Englisch

Für das globalisierte Englisch gälten dagegen andere Regeln, da hier die deutsche Sprache mit ihren Möglichkeiten zu Wortneuschöpfungen bedroht sei (vgl. Z. 41 f.). Jessen benutzt **abwertende Formulierungen**, um das globalisierte Englisch als dem Deutschen nicht ebenbürtig darzustellen (vgl. Z. 47 f.). So vergleicht er die Anglizismen mit „Glasperlen" (Z. 63), „Geschenke[n], die glitzernd verpackt werden müssen, damit ihrem dürftigen Inhalt Respekt gezollt werde" (Z. 57 f.). Damit spielt Jessen auf die Entdecker Amerikas an, die die Ureinwohner mit glänzenden, doch wertlosen Gaben beeindruckten und ihnen dann ihre Herrschaft aufzwangen. Die englischen Lehnwörter böten also eine **attraktive Hülle** – sie klängen modern und fortschrittlich –, transportierten aber **keinen wirklichen Inhalt**. Verantwortlich für die Zunahme von Anglizismen sei der „Sprachimporteur" (Z. 75), der „Business-Schwafler" (Z. 74), womit Jessen zwei Neologismen einführt, die die Infiltrierung der deutschen Sprache erneut an die Ökonomie anknüpfen. Zugleich zeigt er **Möglichkeiten deutscher Wortneuschöpfungen** auf und greift hierbei auf fremdsprachliche Wörter zurück.

Jessens **Spott über die Sprachpraxis der Wirtschaftsvertreter** spiegelt sich unverhohlen in seinen entlarvenden „Übersetzungen" wider, mit denen er die vollmundigen, im Berufsleben gängigen englischen Begrifflichkeiten ins Deutsche überführt (vgl. Z. 66–68). Und auch der **Vergleich** des Manager-Englisch **mit der Jugendsprache**, die dazu diene, sich gegen die Umwelt abzugrenzen und diese zu täuschen (vgl. Z. 78–84), illustriert noch einmal seine Geringschätzung für die wahllose Übernahme von Anglizismen.

Zwischenfazit: Zusammenspiel von Sprache und Intention

Jessens **inhaltliche Aussage korrespondiert** deutlich **mit** den von ihm eingesetzten **rhetorischen Mitteln**. Während er mit seinem elaborierten, niveauvollen Stil die Güte des Deutschen vorführt und durch den bewussten **Gebrauch fremdsprachlicher Lehnwörter** auch die positiven Auswirkungen anerkennt, die das Lateinische und das Französische auf die deutsche Sprache hatten, würdigt er das globalisierte Englisch konsequent herab. Mit **abwertenden Vergleichen und Metaphern** macht er die Manager und ihre vermeintlich exklusive Sprache lächerlich und demaskiert ironisch ihre Englisch-Begeisterung als Teil eines Täuschungsmanövers. Dabei attackiert er nicht die englische Sprache an sich, sondern vor allem deren unter Managern gebräuchliche, vereinfachte und verflachte Spielart. Die sprachliche Gestaltung des Artikels steht im Dienst eines Ziels: **Respekt vor der deutschen Sprache** zu wecken und für die Gefahren der Anglizismen-Mode zu sensibilisieren.

Erörterung
Sollten Anglizismen bekämpft werden?

In unserer globalisierten Gesellschaft lässt sich eine **wechselseitige Beeinflussung von Sprachen** nicht vermeiden. Englisch hat sich als führende Weltsprache etabliert und ist nötig, um internationale Geschäfte abzuschließen, um den weltweiten Wissenstransfer zu erleichtern, um politische Fragen zu verhandeln. Da ist es nur eine logische Konsequenz, dass immer mehr Spuren des Englischen auch ins Deutsche eindringen. Doch wann und wo sind die englischen Einflüsse zu viel für die deutsche Sprache? **Sollten Anglizismen**, wie es vor allem einige selbsternannte „Sprachschützer" fordern, vielleicht sogar regelrecht **„bekämpft" werden**?

Bereiche, in denen ein Kampf gegen Anglizismen nicht sinnvoll ist

Anglizismen als Ergänzung des Deutschen

Meiner Meinung nach gibt es durchaus Fälle, in denen **Anglizismen sinnvoll** erscheinen. So ist eine Übernahme von Fremdwörtern dann gerechtfertigt, **wenn im Deutschen kein adäquater Begriff existiert** und das neue Wort eine Lücke füllt, wie dies bei *Clown* oder *Interview* der Fall ist. Hier wirkt die englische Sprache ergänzend. In vergangenen Jahrhunderten hatten Felder wie die Philosophie oder die Religion großen Einfluss auf die Gelehrten des Landes. So kamen lateinische und griechische Begriffe – bereichernd! – zur deutschen Sprache hinzu, da Latein und Griechisch die dominierenden Sprachen dieser Disziplinen waren. Im 18. Jahrhundert gewann dann die französische Sprache Einfluss auf das Deutsche – ohne langfristige negative Folgen, denn die französischen Wörter sind, sofern sie nicht wieder verschwunden sind, heute gänzlich mit der deutschen Sprache verschmolzen. Inzwischen stehen häufig **technische Innovationen** im Mittelpunkt des Interesses. Nachdem diese Entwicklungen oft aus dem amerikanischen Raum kommen, verwundert es nicht, dass auf diesem Feld zahlreiche Anglizismen Einzug gehalten haben. Die Begriffe *Computer, Internet* und *Laptop* sind durch keinen gleichwertigen deutschen Begriff auszutauschen. Bestrebungen, englische Begriffe durch neue deutsche Entsprechungen zu ersetzen, etwa *Airbag* durch *Prallkissen,* erscheinen kaum Erfolg versprechend. Gegen die Verbreitung solcher Anglizismen anzugehen, halte ich für wenig aussichtsreich.

Veränderungen als natürlicher Wandlungsprozess

Auch muss man festhalten, dass Sprache einem steten, **natürlichen Wandlungsprozess** unterliegt. Heute noch fremde und nicht jedem verständliche Wörter können morgen schon unangezweifelter Bestandteil des Deutschen sein. Wie der Journalist Jens Jessen konstatiert, ist naturgemäß gerade die Ökonomie empfänglich für Wortübernahmen. Die hier schon vor etlichen Jahren übernommenen Begriffe wie *Manager* oder *Marketing* sind längst deutsches Gemeingut und allgemein verständlich. Auch scheint eine nur mehr in gebildeten Schichten kultivierte tote Sprache, die Jessen offenbar für möglich hält (vgl. Z. 90–92), in weiter Ferne zu sein. Zwar nehmen die Anglizismen tatsächlich immer weiter zu, aber wenn man auf die Wörter blickt, die jedes Jahr neu in den Duden aufgenommen werden, so findet man dort eben nicht nur die *Bad Bank* oder das *It-Girl.* Auch **deutsch-englische Mischformen** wie der *Nacktscanner* werden erfunden, und es gibt sogar **gänzlich deutsche Neologismen** wie das *Dosenpfand* oder die *Raucherkneipe.* Anglizismen bedeuten also längst nicht das Ende deutscher Wortneuschöpfungen.

Bereiche, in denen ein Kampf gegen Anglizismen sinnvoll ist

Scheinanglizismen

Auch wenn es nach wie vor zu neuen deutschen Wortbildungen kommt und englische Begriffe mit der Zeit immer geläufiger werden, stellt sich doch die **Frage nach dem Sinn von Anglizismen**. Denn nicht immer stellen diese ergänzende, bereichernde Wortneuschöpfungen dar. Anders als bei den oben genannten Begriffen (wie z. B. *Computer*) verhält es sich mit den sogenannten **Fantasie-Anglizismen**, pseudo-englischen Begrifflichkeiten, die es im Englischen gar nicht gibt und die oft technische und kulturelle Innovationen bezeichnen, wie z. B. *Handy, Beamer* oder *Beauty Farm.* Hier sollte der englische Klang bei der Bezeichnung neuer Entwicklungen offenbar mehr **Fortschrittlichkeit suggerieren** als mögliche deutsche Begriffe. Dass aktuelle Trends oft mit **Scheinanglizismen** benannt werden, illustriert das sogenannte *Public Viewing,* die öffentliche Übertragung sportlicher oder kultureller Großereignisse auf Leinwand. Im Englischen ist der Begriff kurioserweise für die Aufbahrung von Leichen gebräuchlich, korrekt würde eine solche Übertragung *outdoor screening* heißen.

Verdrängung deutscher Wortfelder durch englische

Daneben gibt es Übernahmen, die bereits bestehende deutsche Wortfelder verdrängen und die vornehmlich in den Medien und der Werbung Anwendung finden. Hier ist die von Jessen kritisierte **Konstruktion von Modewörtern** zu beobachten, die angeblich dem Zeitgeist entsprechen. Worte wie *Powerbrot* oder *Backshop* sind solch fragwürdige Ergebnisse. Diese Wortersetzungen sind dabei ebenso wie die (pseudo)englische Bezeichnung neuer Phänomene keine zufälligen Prozesse, sondern gezielte **ökonomische Strategien**, die Fortschrittlichkeit und Modernität suggerieren sollen. Jessen macht zu Recht darauf aufmerksam, dass die Verwendung des Wortes *Service Point* statt des deutschen *Auskunftschalters* durch die Bahn ein Beispiel **gänzlich überflüssiger Anglizismen** ist – ebenso kritisiert er übrigens die Verwendung des Wortes *kom-*

munizieren aufseiten der Bahn, die damit wohl ihre *Mitteilungen* auf eine höhere Ebene zu heben versucht. Kritikpunkt sollte daher nicht die Verwendung englischer Wörter sein, sondern der Einsatz von (fremdsprachlichen) Begriffen mit der **Absicht**, die **Menschen zu täuschen** und zu blenden, um selbst (wirtschaftlichen) Nutzen daraus zu ziehen.

Ausgrenzung von Personen mit geringen Englischkenntnissen

Auch darf man nicht vergessen, dass überhandnehmende Anglizismen gerade älteren Personen bzw. Menschen mit geringen Englischkenntnissen das Leben erschweren. Sie könnten sich ausgeschlossen fühlen und das Gefühl haben, nicht mehr mit der Mehrheit der Gesellschaft mithalten zu können – obwohl nur ein Übersetzungsproblem vorliegt. Und von diesen **Verständnisschwierigkeiten** sind mehr Personen betroffen, als man annehmen mag: Werbesprüche wie *Come in and find out* sollten die beworbenen Produkte attraktiver und interessanter erscheinen lassen. Allerdings haben Studien gezeigt, dass zahlreiche Verbraucher die Wendungen nicht richtig übersetzen konnten und etwas völlig Falsches verstanden. In der Werbung ist daher auch wieder ein **Gegentrend zu** für die Mehrheit verständlichen **deutschen Formulierungen** feststellbar. Und jüngst hat die Deutsche Bahn beschlossen, aus dem *Service Point* eine *DB Information,* aus dem *Counter* wieder einen *Schalter* zu machen.

Abschließendes Fazit

Ideen zum Umgang mit Anglizismen

Ich lehne Anglizismen daher ab, wenn sie dazu eingesetzt werden, Menschen zu manipulieren und zu täuschen (wie etwa bei den Wörtern *outsourcen* oder *Trainee*) bzw. einfach nur überflüssige bis sinnlose Modewörter sind (wie z. B. *chillen* oder *Handy*). Man sollte allerdings die **Einflüsse der englischen Sprache nicht generell ablehnen** und sich bewusst machen, dass Deutsch seit jeher eine – um es mit Jens Jessen zu sagen – „Hybridsprache" (Z. 25) ist. Auch Englisch kann bereichernde und ergänzende Begriffe zur deutschen Sprache beisteuern, gerade im Bereich der Technik.
Wie kann und soll man nun im alltäglichen Sprachgebrauch mit Anglizismen umgehen? Jessen formuliert in seinem Artikel ein klares Fazit: „Es liegt in der Macht jeden einzelnen Sprechers, die Zukunft des Deutschen zu gestalten" (Z. 85 f.). Offen bleibt, wie eine solche Einflussnahme aussehen soll. Der Verein Deutsche Sprache (VDS) etwa hat es sich zur Aufgabe gemacht, das „Denglisch" zu bekämpfen, jene Vermischung aus englischer und deutscher Sprache, die meist im Englischen gar keinen Sinn macht. Eine durchgreifende und **effektive Zurückdrängung von Anglizismen** könnte zwar durch **staatliche Regelungen** versucht werden, doch hat eine Sprache ihre eigenen Gesetze und widersetzt sich bürokratischen Reglementierungen. Ich denke, dass der **Deutschunterricht** die besten Möglichkeiten hat, die Heranwach-

senden für den Reichtum der deutschen Sprache zu begeistern und auf die Folgen einer unüberlegten Übernahme von Anglizismen hinzuweisen. Und Jessens Artikel ist ein gutes Beispiel dafür, wie die Presse auf die Öffentlichkeit einwirken kann. Ob man dann bewusster mit Sprache umgeht, bleibt zuletzt jedem Einzelnen überlassen. Das Beispiel der Deutschen Bahn zeigt jedoch auf alle Fälle, dass sich eine **bewusste Rückbesinnung auf die deutsche Sprache** durchaus **gegen ökonomische Trends und Werbestrategien** durchsetzen kann.

Deutsch (Hamburg) – Erhöhtes Anforderungsniveau
Abiturähnliche Übungsaufgabe 15

Aufgabenart
Analyse pragmatischer Texte

Thema
Medien

Text
Alexander Kissler: *Donald Trump, Don Giuseppe und das Elend der Berichterstattung*

Teilaufgaben

1. Analysieren Sie den Auszug aus dem Artikel *Donald Trump, Don Giuseppe und das Elend der Berichterstattung* von Alexander Kissler. Berücksichtigen Sie dabei den Gedankengang, die sprachlich-stilistische Gestaltung sowie die Intention des Textes. (70 %)
2. Nehmen Sie – auf Grundlage Ihrer Analyseergebnisse und Ihrer Kenntnisse aus dem Unterricht – zu der Frage Stellung, inwiefern Kisslers Artikel einen überzeugenden Beitrag zum Diskurs über politischen Journalismus leistet. (30 %)

Alexander Kissler (geb. 1969): Donald Trump, Don Giuseppe und das Elend der Berichterstattung (Auszug; 2020)

Hass ist keine Meinung, heißt es. Hetze bereite den Boden für Gewalt, und gegen beides helfe Haltung, die richtige Haltung. Dieser Dreiklang wird heute selten bezweifelt. Ganz falsch ist er nicht. Hass vergiftet den Diskurs (kann aber trotzdem eine Meinung sein), Hetze macht dumm, sich und andere (muss aber nicht in Gewalt münden), eine innere Haltung sollten wir alle haben (es muss aber nicht unbedingt dieselbe sein). Fast zum Schimpfwort wurde Haltung, als sie mehr und mehr zum Vereinsabzeichen verkam, das sich die moralisch Rechtgesinnten gegenseitig ans Revers[1] heften. Für solche Zweckentfremdung kann die Haltung nichts, wohl aber jene, die sie als Surrogat[2] der Vernunft nehmen. Womit wir bei der deutschen Auslandsberichterstattung gelandet wären und bei Donald Trump.

[…] [W]enn wir also zum Beispiel am 3. Juni 2020 die „Berliner Morgenpost“ oder einen anderen Titel der Funke Mediengruppe[3] aufschlagen[, lesen wir] […] einen Korrespondentenbericht aus den Vereinigten Staaten […].

Der Text auf Seite 7 unter der Überschrift „Trump lässt Soldaten aufmarschieren. Der US-Präsident will das Militär gegen seine eigenen Bürger einsetzen – und nutzt die Krise zur Selbstinszenierung“ beginnt so, exakt so: „Er – und schwach? Das darf nicht sein. Die Berichte über seine vorübergehende Flucht in den Sicherheitsbunker des Weißen Hauses am vergangenen Freitag lagen Donald Trump noch übel im Magen, als er am späten Pfingstmontag überraschend im Rosengarten des Weißen Hauses ans Mikrofon trat, um sich krampfhaft die Aura der Stärke zu verleihen.“

Ja, liebe Närrinnen und Narrhalesen[4], da schreibt jemand, der erst im Kopf, dann im Magen und schließlich im Bauch des Donald Trump sitzt, ein Hellseher mit gastroenterologischen[5] Spezialkenntnissen. Solche innere Rede ist ein bewährtes Mittel in Arztromanen und Krimis: „Er – und schwach? Das durfte nicht sein. Professor Schanze-Schönhausen ließ noch einmal den Blick über den Befund schweifen, ehe er ihn energisch zusammenknüllte und angeekelt in den Papierkorb warf. Sein Herz pochte wild. Nun hatte er den ihm so verhassten Paul von Sigmaringen ganz in seiner Hand.“ Oder aber: „Er – und schwach? Das durfte nicht sein. Don Giuseppe hatte gerade seine Cohiba[6] zu Ende geraucht, als da wieder dieses Schrillen in seinem Ohr war. Und dann kamen die Bilder zurück, schlimme Bilder, grausame Bilder. Heftig schoss das Blut in seinen Kopf. Alles in ihm krampfte sich zusammen. Mit Don Giuseppe legte man sich nicht an. Sein Augenlid zuckte, als er zum Telefonhörer griff und mit leiser, aber bebender Stimme Filippos Tod befahl.“

Auf Seite 7 in der „Berliner Morgenpost“ und womöglich in 13 weiteren Zeitungen der Funke Mediengruppe an jenem 3. Juni stand jedoch nicht der Vorabdruck eines Unterhaltungsromans aus dem Hause Bastei[7], sondern, wie gesagt, der Bericht des USA-Korrespondenten aus Washington. Dieser stellte sich vor, Donald Trump habe eine Magenverstimmung, zeige ein krampfhaftes Verhalten und sei überhaupt ein Schurke, wie er im Groschenroman steht. Ihm, dem mustergültigen Groschenromanschurken, widmete der Korrespondent eine erzählerische Skizze von immerhin elf Absätzen, einer halben Zeitungsseite. Liebhaber greller Effekte kommen auf ihre Kosten. […]

Im fünften Abschnitt nennt der Erzähler von der „Berliner Morgenpost“ Trumps Gebaren ein „militärisches Muskelspiel“ – so lautet die Formulierung, die kein Zitat ist und in der wir also die Einschätzung des auktorialen Erzählers selbst erblicken dürfen. Dieser weiß im sechsten Abschnitt zu berichten, Trump wolle in Washington mit Soldaten „ein Exempel statuieren“, rund um das „hermetisch abgeriegelte Gelände des Weißen Hauses“. Meines Wissens zählte das Weiße Haus auch unter Obama[8], Carter und Kennedy zu den am besten geschützten Immobilien dieses Planeten. Oder gab man sich vor Trump mit liquiden Gittern, angelehnten Türen zufrieden?

[…]

Der achte Abschnitt schreibt von – wie wir lernten: durchaus in ihrem Wahrheitsgehalt umstrittenen – Einsätzen mit „Tränengas- und Blendgranaten“ gegen „Protestler“ und zitiert wieder eine Stimme des Trump-kritischen Senders CNN, der sich an das Gebaren von „Möchtegerndiktatoren“ erinnert fühlt. Abschnitt neun liefert den erzählerischen Höhepunkt: Trump ging nicht, nein, er „stiefelte“ zur nahe gelegenen St.-John's-Kirche. Wie es eben Brauch ist, mittags um 12 im Wilden Westen[9], oder nachts, wenn die Schakale kreisen und der alte Powaudy[10] ein letztes Mal das Pferd sattelt. Begleitet wurde der Präsident nicht vom Geheimdienst, sondern von „Heerscharen des Secret Service“, und an der Kirche ließ er sich nicht fotografieren, nein, er „posierte“, und dann ging er nicht zurück, nein, er „zog wieder ab“. Jedes Wort ein Hieb, jedes Verb ein Stich.

So schreibt man, um Leser in den Bann zu ziehen, die im neunten Abschnitt vergessen haben könnten, was man die acht Abschnitte zuvor dargelegt hatte. Diese Geschichte kennt nur einen Verbrecher und ewig nur diesen. Mit einem angemessen düsteren Ausblick endet das beklemmende Stück: Trump könnte „wirklich das Militär gegen die eigene Bevölkerung in Stellung bringen“. Die Kraft zur Unterscheidung zwischen 330 Millionen Amerikanern und einer kleinen Gruppe an Plünderern und Kriminellen bringt der Text nicht auf. So bleibt in dieser Erzählung nur der Wahnsinn übrig als Motiv im Kopf des Donald Trump.

Die als Korrespondentenbericht verkaufte Erzählung „Trump lässt Soldaten aufmarschieren“ ist in ihrer radikal einseitigen Machart bezeichnend und bitter. So schreibt man, wenn man erfinden muss, was nicht vorliegt. So hämmert man Botschaften, denen man selbst nicht ganz traut, in ermattete Ohren. So ersetzt man Information durch Mission, Differenzierung durch Simplifizierung, Urteilen durch Aburteilen.

Derzeit wird so leider an vielen, vielen Stellen, sei es im Fernsehen, sei es im Radio oder der Presse, über Amerikas Präsidenten berichtet, und das ist fatal für alle Beteiligten. Moralischer Überdruck und rhetorische Totaloffensive erwecken den falschen Eindruck, eine sachliche Berichterstattung über Donald Trump sei weder nötig noch möglich.

Wer auf Überwältigung aus ist, misstraut aber der Kraft des Arguments. Wer nicht berichtet, sondern seine Affekte arrangiert, verabschiedet sich aus der Realität, über die zu berichten er vorgibt. Es gibt wahrlich genug an Donald Trumps Politik zu kritisieren. Es gibt genug zu berichten, genug zu tadeln, auch scharf zu tadeln. Scham- und pietätlos etwa war der Versuch, Floyds gewaltsamen Tod[11], die überraschend gute Entwicklung der Arbeitslosenzahlen und „equal justice under the law[12]“ zur bizarren Aussage zu verquicken, heute würde auch Floyd sich freuen, „das ist ein großartiger Tag für ihn, das ist ein großartiger Tag für alle“. Die Behauptung jedoch, dass er stiefelt, wo andere gehen, gereicht Trump nicht zum Nachteil. Schauen wir ins Internet und in ältere Zeitungen, so merken wir, dass es sich bei „Trump lässt Soldaten aufmarschieren“ vielleicht doch um einen Auszug aus einem größeren Werk handelt, einem Werk, dem wir den Arbeitstitel geben könnten „Die hasserfüllten Augen des Donald T.“ oder „Mister Trump und wie er die Welt zerstörte“. […]

Wie gesagt: Hass ist nicht verboten, Hass kann eine Meinung sein. Nie aber hinterlässt Hass Erkenntnis, nie klärt er auf, nie findet er einen freien Blick auf die Welt. All das sollte man von Korrespondentenberichten erwarten und vom politischen Journalismus generell. Je höher die Flammen schlagen, desto kühleren Kopf braucht ihr Chronist.

Alexander Kissler: Donald Trump, Don Giuseppe und das Elend der Berichterstattung. Veröffentlicht am 05. 06. 2020 unter: https://www.alexander-kissler.de/2020/06/05/donald-trump-don-giuseppe-und-das-elend-der-berichterstattung/
Rechtschreibung und Zeichensetzung folgen der Textquelle. Die Internetquelle wurde zuletzt abgerufen am 20. 09. 2020.
Originalaufgabe des niedersächsischen Abiturs auf grundlegendem Anforderungsniveau aus dem Jahr 2021

1 Revers: Umschlag am Jacket
2 Surrogat: behelfsmäßiger, nicht vollwertiger Ersatz
3 Funke Mediengruppe: Medienkonzern mit zahlreichen Beteiligungen an gedruckten und elektronischen Medien in Deutschland, Österreich und Kroatien
4 liebe Närrinnen und Narrhalesen: Anrede des Publikums auf Karnevalssitzungen
5 gastroenterologischen: abgeleitet vom medizinischen Fachgebiet Gastroenterologie, das sich mit Erkrankungen des Magen-Darm-Trakts beschäftigt
6 Cohiba: exklusive kubanische Zigarrenmarke
7 Bastei: gemeint ist der Verlag Bastei-Lübbe, der für die Publikation seichter Unterhaltungsliteratur, sogenannter Groschenromane, bekannt ist
8 Obama, Carter und Kennedy: frühere US-Präsidenten
9 Mittags um 12 im Wilden Westen: Anspielung auf den US-amerikanischen Western-Klassiker Zwölf Uhr mittags, der 1952 in die Kinos kam
10 Powaudy: fiktiver Eigenname
11 Floyds gewaltsamen Tod: Der Schwarze George P. Floyd wurde am 25. Mai 2020 während einer gewaltsamen Festnahme durch die Polizei getötet. Der Fall löste eine antirassistische Protestwelle aus.
12 equal justice under the law: Gleichheit vor dem Gesetz

Hinweise und Tipps

Die ***erste Teilaufgabe*** *fordert Sie dazu auf, einen Auszug aus einem* ***Artikel*** *zu* ***analysieren****. Das bedeutet, dass Sie nicht nur dessen* ***zentrale Inhalte*** *zusammenfassend wiedergeben, sondern diese mit der* ***formalen Gestaltung*** *des Textes in Beziehung setzen müssen. Dabei gibt Ihnen die Aufgabenstellung bereits vor, dass Sie auf den* ***Gedankengang****, die* ***sprachlich-stilistische Ausarbeitung*** *und die* ***Intention*** *des Textes Ihr besonderes Augenmerk richten müssen. Sie haben die Möglichkeit, alle drei genannten Aspekte getrennt voneinander zu behandeln. Dies birgt allerdings die Gefahr von Wiederholungen, weshalb es der zwar schwierigere, aber auch der elegantere Weg ist,* ***alle Bereiche miteinander zu verquicken****. Lesen Sie den nicht ganz einfachen Text von Kissler mindestens zweimal durch und machen Sie sich dabei bereits* ***Notizen*** *zum* ***Argumentationsgang*** *sowie zu auffälligen* ***rhetorischen Mitteln****. Dies hilft Ihnen dabei, Ihren Aufsatz sinnvoll zu strukturieren. Beginnen Sie diesen mit einer* ***Einleitung****, die zum Thema des Textes hinführt und ihn kurz vorstellt. Im Anschluss daran können Sie kurz auf den* ***Titel*** *des Artikels eingehen, um sich dann dem* ***Aufbau*** *zu widmen, den Sie selbstständig in einzelne Sinnabschnitte einteilen müssen. Folgen Sie diesen dann in chronologischer Reihenfolge und stellen Sie ihren* ***Inhalt*** *komprimiert, auf das Wesentliche beschränkt und* ***im Zusammenhang mit der formalen Gestaltung*** *dar. So gelingt es Ihnen, die von Kissler verfolgte* ***Intention*** *herauszuarbeiten, die Sie dann in einem* ***Fazit*** *noch einmal auf den Punkt bringen können. Der Text ist überreich an sprachlich-stilistischen Mitteln, die Sie nicht alle thematisieren können. Wählen Sie des-halb diejenigen aus, die dem Inhalt am dienlichsten sind und deren* ***Funktion und Wirkung*** *Sie möglichst konkret beschreiben können. Auf diese Weise wird die Untersuchung der Form nicht zum Selbstzweck, sondern unterstützt den Gedankengang Ihrer Analyse.*
Diese bildet die Grundlage für die ***zweite Teilaufgabe****, die von Ihnen eine* ***Stellungnahme*** *zu der Frage verlangt, inwiefern Kisslers Artikel einen überzeugenden Beitrag zum* ***Diskurs über politischen Journalismus*** *leistet. Rufen Sie sich dafür ins Ge-*

dächtnis, was Sie im ***Unterricht*** *über Journalismus gelernt haben und welche* ***Erkenntnisse*** *Sie* ***aus der Analyse*** *des Kissler-Textes gewonnen haben. Überlegen Sie dann, ob Sie Kissler grundsätzlich zustimmen und seine Ablehnung der Berichterstattung über Trump teilen oder ob Sie anderer Meinung sind. Führen Sie in Ihrer Stellungnahme zunächst* ***Argumente für die Seite*** *aus,* ***die nicht Ihrer Einstellung entspricht****, um anschließend auf die* ***Argumente*** *zu sprechen zu kommen,* ***die Ihre eigene Perspektive stützen****. Stellen Sie dabei an einzelnen Stellen immer wieder einen* ***Bezug zu Kisslers Artikel*** *her und beenden Sie Ihre Stellungnahme mit einem* ***Fazit****.*

Lösungsvorschlag

Teilaufgabe 1
Einleitung
Hinführung zum Thema
Vorstellung des Textes

Spannung erzeugen, die Leserschaft an Gedanken und Gefühlen der Protagonisten teilhaben lassen und die Bösewichte klar als solche kennzeichnen – all das sind **Kriterien**, die einen unterhaltsamen (Kriminal-)Roman ausmachen. Mit **politischem Journalismus** scheinen sie dagegen nicht viel zu tun zu haben. Liest man jedoch den **Artikel** *Donald Trump, Don Giuseppe und das Elend der Berichterstattung* von Alexander Kissler, den der Journalist und Autor am 5. Juni 2020 auf seiner eigenen Homepage veröffentlicht hat, wird man eines Besseren belehrt. Kissler widmet sich darin der seiner Meinung nach **stilistisch unangemessenen Berichterstattung über** den damaligen US-Präsidenten **Donald Trump** und kritisiert die **reißerische sowie moralisch überhöhte Darstellung politischer Sachverhalte**, die Erkenntnisgewinn und sachliche Aufklärung vermissen lasse.

Analyse des Artikels
Titel

Schon der **Titel** seines Artikels klingt eher nach einem literarischen Werk als nach einem sachlich-neutralen Bericht und deutet den **Vorwurf**, den Kissler dem **politischen Journalismus** macht, damit sowohl implizit als auch explizit („das Elend der Berichterstattung") bereits an. Der Leser fragt sich, was Donald Trump mit Don Giuseppe zu tun hat und wie beide mit dem „Elend der Berichterstattung" in Zusammenhang stehen – Antworten liefert Kissler dann im vorliegenden Auszug seines Artikels.

Aufbau

Seine Veröffentlichung lässt sich in **vier Sinnabschnitte** einteilen: Mit dem ersten Absatz (Z. 1–10) führt Kissler zum eigentlichen **Thema** seines Textes hin, danach folgt eine ausführliche **Kritik anhand eines konkreten Beispiels** (Z. 11–76), an die sich wiederum Kisslers allgemeine **Beurteilung** der Berichterstattung anschließt (Z. 77–94). Der Journalist beendet seinen Artikel, indem er einen Rückbezug zur Einleitung herstellt und diesen mit einem **Plädoyer für Qualitätsjournalismus** verknüpft (Z. 95–99).

„Hass ist keine Meinung, […] Hetze bereite den Boden für Gewalt, und gegen beides helfe Haltung“ (Z. 1 f.) – mit diesen oft gehörten und **vermeintlich feststehenden Tatsachen** steigt Kissler in seinen Text ein, relativiert aber schon wenige Zeilen später die Gültigkeit jenes Argumentationsmusters (vgl. Z. 3 ff.). Vor allem die **Haltung werde oft zweckentfremdet** und als vorgeblicher Ausweis von Vernunft dazu genutzt, um von einem moralischen Standpunkt **tendenziöse Urteile** zu fällen. Mit dieser Behauptung leitet Kissler zu seinem eigentlichen Thema hin, „der **deutschen Auslandsberichterstattung**“ (Z. 9 f.) **über Donald Trump**.

Einstieg über Entkräftung einer vermeintlich feststehenden Behauptung

Im Folgenden zeigt er anhand eines **Korrespondentenberichts aus den Vereinigten Staaten** ausführlich am konkreten Beispiel, was ihm an der **Darstellung Trumps in den Medien** missfällt. Über ein verallgemeinerndes „[W]ir“ (Z. 11 f.) bezieht er den Leser mit ein und verdeutlicht, dass nicht nur er mit dieser Art des Journalismus konfrontiert ist. Anschließend steigt er mit einem längeren Zitat aus dem genannten Bericht ein, der inhaltlich **Trumps Reaktion auf Proteste vor dem Weißen Haus** behandelt, **stilistisch** aber eher **blumig und romanhaft** das Innenleben Trumps charakterisiert („Die Berichte […] lagen Donald Trump noch übel im Magen“, Z. 17 ff.). Dabei weist Kisslers Hinführung durch die Wiederholung des Wörtchens „so“ („Der Text […] beginnt so, exakt so“, Z. 14 ff.) schon auf die **Fassungslosigkeit des Verfassers angesichts einer solchen Art der politischen Berichterstattung** hin.

Beispiel: Korrespondentenbericht aus den USA

Kritik an unsachlicher Berichterstattung über Trump

Was genau Kissler daran auszusetzen hat, wird im nächsten Absatz deutlich, den der Journalist mit einer **ironisierenden Leseranrede** („liebe Närrinnen und Narrhalesen“, Z. 21) beginnt. Hier schwingt bereits die Unterstellung mit, dass die **Leserschaft** der Zeitung durch die Berichterstattung **zum Narren gehalten** wird. Diese Ansicht unterstreicht Kissler noch durch die metaphorische, hyperbolisch-ironische Bezeichnung seines Journalistenkollegen als „Hellseher mit gastroenterologischen Spezialkenntnissen“ (Z. 22 f.). Damit will er den **Schreibstil des Korrespondenten lächerlich machen**, der sich durch die Verwendung des literarischen Stilmittels der erlebten Rede anmaße, zu wissen, was in Trumps Kopf vorgehe und was ihn bedrücke (vgl. Z. 21 ff.). Nicht nur an dieser Stelle verwendet Kissler **Fachbegriffe**, die in der Literaturwissenschaft für die **Analyse literarischer Texte** benutzt werden (siehe auch „auktoriale[r] Erzähle[r]“, Z. 45; „erzählerische[r] Höhepunkt“, Z. 56; „Geschichte“, Z. 64 f.; „Erzählung“, Z. 69) und eigentlich nicht zu einem Zeitungsbericht passen. Auch damit will Kissler den **Korrespondentenbericht in die Nähe eines fiktionalen Textes rücken**. Eindrucksvoll gelingt ihm das, indem er analog zum Zeitungstext zwei Beispiele ausführt, wie man sie in **Gro-**

Vorwurf: Nähe des Berichts zu fiktivem Erzähltext → Effekthascherei

schen- und Gaunerromanen finden könnte (vgl. Z. 24 ff.). Diese bringen Leserinnen und Leser nicht nur zum Lachen, sondern veranschaulichen, für wie **unangemessen** Kissler einen solchen Stil **zum Zweck der politischen Berichterstattung** hält. Damit das auch dem Letzten klar wird, stellt Kissler wenige Zeilen später in einer Antithese noch einmal ausdrücklich fest, dass es sich bei der anfangs zitierten Passage zu Trump „nicht [um den] Vorabdruck eines Unterhaltungsromans aus dem Hause Bastei“ (Z. 35 f.) handle, sondern um einen Korrespondentenbericht aus den USA. Mit einem spöttischen Zwischenfazit betont er, dass der Journalismus seiner eigentlichen Aufgabe nicht nachkomme, sondern stattdessen **Effekthascherei** betreibe: „Liebhaber greller Effekte kommen auf ihre Kosten.“ (Z. 41 f.)

Aufzählung weiterer Kritikpunkte

Diesen Vorwurf unterstreicht Kissler in den folgenden Absätzen noch mit zahlreichen weiteren Beispielen aus dem Korrespondentenbericht und ergänzt seinen Tadel um **zusätzliche Kritikpunkte**. So weist er die **tendenziöse Stoßrichtung** des Berichts nach, wenn er mithilfe einer rhetorischen Frage darauf aufmerksam macht, dass das Weiße Haus auch unter Trumps Vorgängern im Präsidentenamt schon strengsten Sicherheitsvorkehrungen unterlegen habe, es also eigentlich nicht der Erwähnung wert sei, dass es unter Trump „hermetisch abgeriegel[t]“ (Z. 47) sei. Außerdem wirft er seinem Journalisten-Kollegen vor, **umstrittene Ereignisse als Tatsachen** (vgl. Z. 52 f.) und **Trump undifferenziert als Inbegriff des Bösewichts** darzustellen (vgl. Z. 56 ff.). Mit der elliptischen, parallel gebauten Anapher „Jedes Wort ein Hieb, jedes Verb ein Stich.“ (Z. 61 f.) bringt Kissler auf den Punkt, dass er die **Intention des Korrespondentenberichts** entlarvt hat. Diesem gehe es **nicht** um **sachlich-neutrale Informationsvermittlung**, wie es eigentlich seine Aufgabe sei, sondern darum, seiner Leserschaft ein bestimmtes vorgefertigtes **Urteil über Trump auf mitreißende Weise vor Augen zu führen**.

Vorstellung der Wirkungsabsicht des Beispieltextes

Die mit dieser Berichterstattung einhergehende **Wirkungsabsicht** veranschaulicht Kissler im Folgenden mit einer anaphorischen, stets mit „So“ beginnenden Aufzählung (vgl. Z. 63, 72, 73, 74): Der Leser werde von der spannenden Erzählweise **von den Inhalten abgelenkt**, er werde **indoktriniert** statt informiert und mit **einfachen Botschaften** sowie bereits von vornherein **feststehenden Urteilen** zufriedengestellt (vgl. Z. 74 ff.). Kissler spricht hier abschätzig von einer „als Korrespondentenbericht verkaufte[n] Erzählung […] [von] radikal einseitige[r] Machart“ (Z. 71 f.). Durch die Auflistung von Gegensätzen (Information vs. Mission, Differenzierung vs. Simplifizierung, Urteilen vs. Aburteilen, vgl. Z. 74 ff.) **entlarvt** er die Merkmale eines schlechten Journalismus.

Demzufolge fällt **Kisslers Urteil** im vorletzten Sinnabschnitt äußerst **negativ** aus. Er beklagt, dass an „vielen, vielen Stellen" (Z. 77) in der dargelegten Form über Trump berichtet werde, wobei die **übertriebene Moralisierung und Rhetorik** eine wirkliche Auseinandersetzung verhindere. Eine solche Schreibweise offenbare, dass der Verfasser **kein Vertrauen in Argumente** habe und sich davon verabschiede, auf dem Boden der Tatsachen zu berichten (vgl. Z. 82 ff.). Dabei gäbe es wahrlich **genug an Trump zu kritisieren** (Kissler nennt als Beispiel die pietätlose Instrumentalisierung des gewaltsamen Todes von George Floyd durch den US-Präsidenten, vgl. Z. 86 ff.), was aber unterbleibe, wenn man Trump grundsätzlich dämonisiere. Eine solche **Berichterstattung schade Trump nicht** (vgl. Z. 89 f.). Auch hier arbeitet Kissler wieder mit Anaphern („Wer auf Überwältigung aus ist", „Wer nicht berichtet"; Z. 82 f.; „Es gibt", Z. 84 f.), um mithilfe eines eingängigen Satzbaus seinen Standpunkt zu verdeutlichen.

Kisslers Urteil über derartige politische Berichterstattung

Im letzten Absatz greift Kissler seine **Behauptung vom Anfang** wieder auf und betont in eindringlichen Worten noch einmal, was **Hass** nicht leisten könne. Er verhindere die Aufklärung von Sachverhalten und verstelle den Blick auf die Welt, sei demzufolge also **kontraproduktiv für politischen Qualitätsjournalismus** (vgl. Z. 95 ff.). Was er von diesem erwartet, fasst Kissler im letzten Satz als antithetische Metapher in eine abschließende Forderung: „Je höher die Flammen schlagen, desto kühleren Kopf braucht ihr Chronist." (Z. 98 f.) Damit erteilt er dem zuvor beschriebenen Affekt-Journalismus noch einmal eine deutliche Absage und **appelliert an eine sachliche**, an Fakten orientierte, objektive Form der **politischen Berichterstattung**.

Schlussgedanke mit Rückbezug zum Anfang und Appell

Mit seinem Artikel will Kissler seine **Leserschaft für einen kritischen Medienkonsum sensibilisieren**. Er fordert, einfachen Wahrheiten nicht zu trauen sowie **einseitige Berichterstattung zu hinterfragen**. Außerdem lehnt er es ab, sachliche Objektivität durch eine vorgefertigte moralische Auffassung zu ersetzen, und plädiert eindringlich dafür, die **Qualitätsstandards des politischen Journalismus einzuhalten**.

Fazit

Intention

Gerade angesichts der zunehmenden **Polarisierung in der Gesellschaft**, die zum Schwarz-Weiß-Denken neigt und in der eine von der eigenen abweichende Meinung schnell als Bedrohung wahrgenommen wird, gibt es eine breite **Diskussion**, wie **qualitativ hochwertiger**, **demokratischer Journalismus** aussehen sollte. Mit dieser Frage beschäftigt sich auch die Darstellung von Alexander Kissler, der eine klare Meinung zu diesem Thema vertritt. Im Folgenden soll deshalb untersucht werden, inwiefern Kisslers Artikel

Teilaufgabe 2

Einleitung

einen **überzeugenden Beitrag zum Diskurs über politischen Journalismus** leistet.

Kontra-Argumente

starke Leserlenkung durch rhetorisch ausgefeilte Darstellung

So einnehmend Kisslers Ausführungen zunächst wirken, kann man diese in mancherlei Hinsicht doch auch infrage stellen. Durch seine stilistisch und rhetorisch ausgefeilte Gestaltung wird der **Leser in seiner Meinung stark gelenkt**, sodass Kissler sich den gleichen Vorwurf, den er der Berichterstattung über Donald Trump macht, auch selbst gefallen lassen muss. Sein Artikel ist von einer sachlichen, in neutralem Ton gehaltenen Kritik weit entfernt. Vielmehr nutzt er ein **breites Register an Stilmitteln**, um die Leserinnen und Leser von seinen Ansichten zu überzeugen. Damit **unterläuft** er also **seine eigenen Anforderungen an qualitativ hochwertigen Journalismus**, was seinen Artikel zumindest fragwürdig erscheinen lässt.

Bedeutsamkeit einer klaren moralischen Haltung des Journalismus

Darüber hinaus ist es gerade angesichts einer zunehmenden **Spaltung der Gesellschaft** und der **Radikalisierung** einzelner gesellschaftlicher Gruppen von zentraler Bedeutung, dass der **Journalismus eindeutig Stellung bezieht**. Schließlich kommt ihm eine wichtige **Sozialisierungsfunktion** zu, weshalb er sich uneingeschränkt auf die **Werte des Grundgesetzes** berufen und an diesen messen lassen sollte. Gerade wenn es um Themen geht, die die Werteordnung der Gesellschaft infrage stellen, ist es wichtig, dass der Qualitätsjournalismus eine **klare moralische Haltung** einnimmt. Die von Kissler geforderte **strikte Neutralität** kann hier manchmal einer **Bestärkung der Gegenseite** gleichkommen, was dann dazu führt, dass eine laute Minderheit auf einmal als Mehrheit wahrgenommen wird. Hier ist es durchaus angebracht, dass ein qualitativ hochwertiger Journalismus sich eindeutig auf die Seite der grundgesetzlichen Ordnung stellt.

einseitige Sicht auf Berichterstattung über Trump

Kritisch zu sehen ist an Kisslers Bericht außerdem, dass er **nur die negativen Seiten an der Berichterstattung über Donald Trump** wahrnimmt. Dabei vergisst er, zu erwähnen, dass die Form des untersuchten Korrespondentenberichts **möglicherweise auch Vorteile** haben könnte. So **spricht** er gerade über seinen eher erzählerisch-unterhaltsamen Stil die **breite Masse an**, die sich ansonsten vielleicht gar nicht über politische Themen informieren würde. Zudem gibt es, wie Kissler am Ende seines Artikels selbst bestätigt, durchaus **berechtigte Kritik an Trump**, weshalb nichts dagegenspricht, diese auch einmal pointiert und stilistisch versiert zu formulieren.

Trotz der genannten Schwachpunkte kann Kisslers Artikel doch insgesamt in weiten Teilen überzeugen. Gerade wenn man an die in Sozialen Medien und Kommentarspalten betriebene **Meinungsmache** denkt, ist es von enormer Wichtigkeit, mit dem Journalismus ein **sachlich-neutrales Gegengewicht** zu setzen. Es hilft hier wenig, wenn sich der Journalismus ähnlicher Methoden bedient wie die Verfasser von Hassbotschaften im Internet. Stattdessen sollten Zeitungsredakteure mit **fundierten Argumenten und faktenbasierten Darstellungen** zu überzeugen wissen und **nicht** wie der von Kissler zitierte Korrespondent **mit Affekten überwältigen** wollen. Letzteres mag zwar kurzfristig Leserinnen und Leser für die eigene Position einnehmen, langfristig fördert es aber die herrschende Abneigung, sich eingehender mit einer schwierigen Thematik auseinanderzusetzen. Dies macht die **Menschen** wiederum **anfälliger für einfache Botschaften** jeglicher politischen Couleur und bereitet Hetze einen fruchtbaren Boden.

Pro-Argumente

Qualitätsjournalismus als Gegengewicht zu Meinungsmache

Zudem hat Kissler recht, dass ein **an Qualitätsstandards orientierter Journalismus nötig** ist, um die **sachliche Auseinandersetzung** zu befördern. Zu einer solchen kommt es nicht, wenn die moralisch richtige Sichtweise bereits vorgegeben ist und alle anderen **Meinungen von vornherein als nicht vertretbar abqualifiziert** werden. Dies würde jede echte Diskussion unmöglich machen, was wiederum neue Erkenntnisse, die die Gesellschaft voranbringen könnten, verhindern würde. Ein solcher Umgang mit Meinungsverschiedenheiten ist einer **demokratisch-pluralistischen Gesellschaft nicht würdig**, weshalb dem Journalismus hier eine **Vorbildfunktion** zukommt. Er sollte sich also, wie von Kissler gefordert, darauf besinnen, **bei umstrittenen Themen einen kühlen Kopf zu bewahren**, sachlich zu bleiben und keine Meinungsmache in dem Sinn zu betreiben, dass es sowieso nur eine Möglichkeit gebe, über einen Politiker wie Trump zu berichten.

Förderung von Pluralismus und Meinungsvielfalt durch Qualitätsjournalismus

Für den von Kissler geforderten Qualitätsjournalismus spricht außerdem, dass die **Medien als „vierte Gewalt“** eine wichtige Informations- und Kritikfunktion haben. Das heißt, dass sie vor allem stark polarisierende Themen in besonderem Maße sachlich und differenziert behandeln sollten, um die **eigene Meinungsbildung der Konsumenten zu fördern**. Gäbe es nur noch Berichterstattung im Stil des von Kissler kritisierten Auslandskorrespondenten, bestünde die **Gefahr der Überwältigung**, die es den Leserinnen und Lesern unmöglich machen würde, zu einer eigenen Überzeugung zu gelangen und zu **mündigen Bürgerinnen und Bürgern** zu werden. Ein Journalismus, der auf Affekte anstelle von Argumenten setzt und mithilfe rhetorischer Mittel die Lesermeinung lenkt, spricht seiner Leserschaft die Fähigkeit ab, sich selbst ein Bild zu machen.

Medien als „vierte Gewalt“ mit Verantwortung in aufgeklärter Gesellschaft

Er ist also einer aufgeklärten Gesellschaft nicht angemessen, die auf die **politische Beteiligung aller ihrer Mitglieder** angewiesen ist und vom **Pluralismus der Meinungen** lebt.

Fazit
Befürwortung von Kisslers Forderungen

Schlussendlich ist es zwar durchaus wichtig, dass **Journalismus**, wenn es nötig ist, auch einmal **deutlich Stellung bezieht**, wozu es Textsorten wie den Kommentar oder den Leserbrief gibt. Dennoch sollten **Objektivität und Sachlichkeit**, wie von Kissler gefordert, grundsätzlich **zentrale Merkmale von Journalismus** sein. Im Endeffekt profitiert keine Gesellschaft davon, wenn über bestimmte Themen nur auf eine bestimmte Art geschrieben werden darf und damit jede echte Diskussion im Keim erstickt wird.

Kernfach Deutsch (Hamburg): Abiturprüfung 2018
Erhöhtes Anforderungsniveau – Aufgabe IV

Aufgabenart
Vergleich lyrischer Texte

Thema
Lyrik

Texte
Keller, Gottfried: *Abendlied an die Natur.*
Kuhligk, Björn: *Aus den Landschaften*

Teilaufgaben

1. Interpretieren Sie das Gedicht *Abendlied an die Natur.* von Gottfried Keller.
2. Vergleichen Sie die Gestaltung des Verhältnisses zwischen Mensch und Natur in den Gedichten *Abendlied an die Natur.* von Gottfried Keller und *Aus den Landschaften* von Björn Kuhligk.
   Berücksichtigen Sie dabei sowohl inhaltliche als auch sprachliche Aspekte.

Text a: Gottfried Keller (1819–1890): Abendlied an die Natur. (1889)

Hüll' ein mich in die grünen Decken,
Mit deinem Säuseln sing' mich ein,
Bei guter Zeit magst du mich wecken
Mit deines Tages jungem Schein!
Ich hab' mich müd' in dir ergangen,
Mein Aug' ist matt von deiner Pracht;
Nun ist mein einziges Verlangen,
Im Traum zu ruh'n, in deiner Nacht.

Des Kinderauges freudig Leuchten
Schon fingest du mit Blumen ein,
Und wollte junger Gram es feuchten,
Du scheuchtest ihn mit buntem Schein.
Ob wildes Hassen, maßlos Lieben
Mich zeither[1] auch gefangen nahm:
Doch immer bin ich Kind geblieben,
Wenn ich zu dir ins Freie kam!

Geliebte, die mit ew'ger Treue
Und ew'ger Jugend mich erquickt,
Du einz'ge Lust, die ohne Reue
Und ohne Nachweh mich entzückt –

Sollt' ich dir jemals untreu werden,
Dich kalt vergessen, ohne Dank,
Dann ist mein Fall genaht auf Erden,
Mein Herz verdorben oder krank!

O steh' mir immerdar im Rücken,
Lieg' ich im Feld mit meiner Zeit!
Mit deinen warmen Mutterblicken
Ruh' auf mir auch im schärfsten Streit!
Und sollte mich das Ende finden,
Schnell decke mich mit Rasen zu;
O selig Sterben und Verschwinden
In deiner stillen Herbergsruh!

Keller, Gottfried: Abendlied an die Natur. In: Ders.: Sämtliche Werke. Historisch-Kritische Ausgabe, Band 9: Gesammelte Gedichte. Erster Band. Hrsg. von Walter Morgenthaler u. a.; Frankfurt am Main und Zürich 2009, S. 40 f.

Erläuterung:
1 „zeither": seither
Die Rechtschreibung entspricht der Textquelle.

Text b: Björn Kuhligk (*1975): Aus den Landschaften (2005)
(für Peter Wawerzinek)[1]

Man steht an Küsten, unterkühlt
auf Klippen, in Tälern
überpokert von Gipfeln

man hat zwei Zimmerpflanzen
die bekommen Wasser und
dieser Kaktus, der durchhält

man muß nicht wedeln, die Wäsche
trocknet von selbst, die zwei Leben
die man hatte, da paßt ein drittes drauf

man steht unter Bäumen, worunter
auch sonst, da stecken Misteln drin
das sieht verstörend aus

man ist geduldet, ein lebender Gast
mit Schuhwerk am Knöchel, ein
dummes Gewirr, was Größeres will

Kuhligk, Björn: Aus den Landschaften. In: Ders.: Großes Kino. Berlin 2005, S. 10.

Erläuterung:
1 Widmung an einen Schriftstellerkollegen
Die Rechtschreibung entspricht der Textquelle.

Hinweise und Tipps

*Die **erste Teilaufgabe,** auf die ca. 60 % der von Ihnen geforderten Leistung entfallen, verlangt von Ihnen die **Interpretation** des Gedichts „Abendlied an die Natur." von Gottfried Keller. Das bedeutet, dass Sie die **inhaltliche, formale** und **sprachlich-stilistische Gestaltung** des Gedichts untersuchen müssen, um zu einer **Gesamtdeutung** zu kommen. Sie müssen nicht zwingend genau jene Aspekte nennen, die im folgenden Lösungsvorschlag angesprochen werden. Es ist aber wichtig, dass Sie Sinnzusammenhänge zwischen den einzelnen Einheiten des Gedichts herstellen. Dies erreichen Sie, indem Sie die formale und sprachlich-stilistische Gestaltung des Textes im Hinblick auf ihre Funktion und Wirkung für die Gesamtaussage analysieren und deuten. Dabei ist es erforderlich, dass Sie Ihr Textverständnis stets mithilfe von **Zitaten** am Gedicht belegen.*

*Die **zweite Teilaufgabe** (ca. 40 % der geforderten Leistung) verlangt einen Vergleich des Gedichts „Abendlied an die Natur." mit dem Gedicht „Aus den Landschaften" von Björn Kuhligk. Dabei sollen Sie sich auf die **inhaltliche und sprachliche Gestaltung des Verhältnisses zwischen Mensch und Natur** in beiden Werken konzentrieren. Eine vollständige Interpretation des Kuhligk-Gedichts ist hier nicht gefordert. Vielmehr müssen Sie geeignete Passagen daraus auswählen und diese vergleichend auf Kellers Darstellung beziehen. Das bedeutet, dass Sie **Gemeinsamkeiten und Unterschiede** im Hinblick auf die Gestaltung des Verhältnisses zwischen Mensch und Natur in beiden Gedichten herausarbeiten müssen. Fassen Sie abschließend Ihre Ergebnisse in einem Fazit zusammen.*

Lösungsvorschlag

Aufgabe 1
Einleitung
Autor, Titel, Entstehungszeit, Thema und Deutungsthese

Die **Natur** spielt in der deutschen Lyrik über die verschiedenen Epochen hinweg eine zentrale und mannigfaltige Rolle. Dabei steht der Wunsch nach Einklang und Verschmelzen mit der Natur der Distanzierung und Entfremdung des Menschen von seiner natürlichen Umgebung diametral gegenüber. In Gottfried Kellers Gedicht *Abendlied an die Natur.* aus dem Jahr 1889 geht es um die innige und **lebenslange emotionale Verbundenheit** des lyrischen Sprechers **mit der Natur**, von der eine **wohltuende Wirkung** auf das lyrische Ich ausgeht.

Interpretation des Keller-Gedichts
Aufbau und Inhalt des Gedichts

Der Sprecher stellt hier sein enges und emotionales Verhältnis zur Natur dar. In der **ersten Strophe** bittet er die Natur darum, ihn liebevoll **zur Nacht aufzunehmen**, nachdem er den ganzen Tag über ihre Schönheit genossen hat. Die **zweite Strophe** widmet sich zunächst der positiven **Erinnerung** des lyrischen Ich **an seine Kindheit**, in der es die Natur als etwas Aufmunterndes und Erfreuendes erlebt hat. Anschließend verdeutlicht das lyrische Ich, dass es auch noch als Erwachsener die befreiende und **ausgleichende Wirkung** der

Natur spürt und sich seine kindliche Unbeschwertheit in der Natur bewahren konnte. In der **dritten Strophe** schwört der lyrische Sprecher der Natur seine **Treue** und betont, dass ein Bruch des Eides ihm selbst schaden würde. In der **letzten Strophe** bittet das lyrische Ich die Natur um Rückhalt und mütterliche **Fürsorge auch in konfliktreichen Lebenslagen**. Außerdem äußert es den Wunsch nach **Seelenfrieden im Tod** durch ein Eingehen in die Natur.

innige Verbundenheit des lyrischen Ich mit der Natur durch Anrede der Natur

Die **innige Verbundenheit des lyrischen Sprechers mit der Natur** zeigt sich in der konsequenten Verwendung des Personalpronomens „du" im Nominativ, Dativ und Akkusativ (vgl. V. 3, 5, 10, 12, 16, 19, 21, 22) und des Possessivpronomens „dein" (vgl. V. 2, 4, 6, 8, 27, 32). Der mit dieser durchgängigen **direkten Anrede** bereits geweckte Eindruck von einer **Personalität der Natur** wird mithilfe zahlreicher, das ganze Gedicht durchziehender Personifikationen verstärkt (vgl. V. 1–4, 9–12, 17–20, 25–28).

Mutter-Kind-Verhältnis zwischen der Natur und dem Menschen

Die Innigkeit zwischen der Natur und dem Menschen wird in der ersten Strophe als ein **Verhältnis zwischen fürsorglicher Mutter und umsorgtem Kind** ausgestaltet: „Hüll' ein mich in die grünen Decken,/Mit deinem Säuseln sing' mich ein,/Bei guter Zeit magst du mich wecken/Mit deines Tages jungem Schein!" (V. 1–4) Während Mutter Natur dem lyrischen Ich in der ersten Strophe **Geborgenheit** schenkt, gewährt sie ihm in der zweiten Strophe **Schutz** und **Trost:** „Und wollte junger Gram es [das Kinderauge] feuchten,/Du scheuchtest ihn mit buntem Schein" (V. 11 f.). Die Skizze der mütterlichen Beziehung der Natur zum lyrischen Ich ist hier eingebettet in die Erinnerung des Sprechers an sein Erleben der Natur als Kind (vgl. V. 9–12). Diese Idylle besteht auch im Erwachsenenalter fort, da das lyrische Ich in der Natur alle **Probleme der Erwachsenenwelt abschütteln** und wieder Kind sein kann (vgl. V. 13–16). Die **wohltuende Wirkung der Natur** wird in den ersten beiden Strophen mithilfe von Metaphern („grün[e] Decken", V. 1; „deines Tages jungem Schein", V. 4; „mit buntem Schein", V. 12) hervorgehoben. Zugleich wird der Natur durch die zweifache Antithese „Ob wildes Hassen, maßlos Lieben/Mich zeither auch gefangen nahm:/Doch immer bin ich Kind geblieben,/Wenn ich zu dir ins Freie kam!" (V. 13–16) eine **befreiende Wirkung** zugeschrieben. Die Gleichsetzung der Beziehung zwischen der Natur und dem Individuum mit dem Verhältnis zwischen Mutter und Kind wird hier augenscheinlich. Gleiches gilt für die letzte Strophe, in der das lyrische Ich die Natur mit einer als Ausruf gestalteten Metapher um **mütterliche Unterstützung bei Problemen** bittet: „Mit deinen warmen Mutterblicken/Ruh' auf mir auch im schärfsten Streit!" (V. 27 f.)

Das Gefühl der Geborgenheit durch eine herzliche Mutter-Kind-Beziehung wird in der dritten Strophe flankiert von einem **idealisierten Liebesverhältnis des lyrischen Ich zur Natur** (vgl. V. 17–20), die als „Geliebte“ (V. 17) apostrophiert wird. Während die **Natur** als Mutter Sicherheit und Schutz gewährt sowie Trost spendet, „erquickt“ (V. 18) und „entzückt“ (V. 20) sie den lyrischen Sprecher **als Geliebte**. Konsequent folgt dann mithilfe einer Exklamation und einer Personifikation des Herzens, das als Pars pro Toto für das lyrische Ich steht, der **Treueschwur des Sprechers:** „Sollt' ich dir jemals untreu werden, / Dich kalt vergessen, ohne Dank, / Dann ist mein Fall genaht auf Erden, / Mein Herz verdorben oder krank!“ (V. 21–24)

idealisiertes Liebesverhältnis zwischen der Natur und dem lyrischen Ich

Das bereits in der ersten Strophe evozierte Bild von der Natur als fürsorglicher Mutter, die ihr Kind zudeckt, wird in der letzten Strophe mit der euphemistischen Periphrase für den Tod „Und sollte mich das Ende finden, / Schnell decke mich mit Rasen zu“ (V. 29 f.) wieder aufgegriffen. In beiden Strophen wird die **Natur als Ruhe- und Rückzugsort** angesprochen. Während es in der ersten Strophe aber darum geht, sich zur Nacht zu betten (vgl. V. 5–8), bittet das lyrische Ich die Natur in der letzten Strophe darum, nach dem Tod in sie eingehen und in Frieden ruhen zu dürfen. Hervorgehoben wird dies mithilfe der Interjektion „O selig Sterben und Verschwinden“ (V. 31) und der sich in den letzten beiden Wörtern verdichtenden rhetorischen Figuren des Pleonasmus, des Neologismus und der Metapher „In deiner stillen Herbergsruh!“ (V. 32). Die **metaphorische Rahmung durch das Bild des Zudeckens**, Schutzgewährens und Ruhefindens in der ersten und letzten Strophe verdeutlicht die **Allgegenwärtigkeit und die Allmacht der Natur**. Deren Omnipräsenz offenbart sich zudem darin, dass das lyrische Ich die Natur bei Tag und bei Nacht erlebt (vgl. V. 5–8). Die Omnipotenz wird außerdem in der Begegnung des Sprechers mit der Natur im Leben (vgl. zweite Strophe) und im Tod deutlich (vgl. V. 29–32). In allen Lebensphasen des lyrischen Ich von der Kindheit bis zum Tod wirkt die **Natur positiv** auf das Individuum, sodass selbst das „Sterben und Verschwinden“ (V. 31) nicht als Bedrohung, sondern als beglückender Zustand wahrgenommen wird.

Natur als Ruhe- und Rückzugsort

Omnipräsenz und Omnipotenz der Natur

Die Innigkeit und **Harmonie zwischen der Natur und dem lyrischen Ich** wird auch mithilfe der **regelmäßigen Form** des Gedichts verdeutlicht. Dieses besteht aus vier gleich gebauten Strophen zu je acht Versen und weist regelmäßige vierhebige Jamben sowie einen Kreuzreim mit alternierenden weiblichen und männlichen Kadenzen auf. Nach dem vierten Vers einer jeden Strophe erfolgt eine gedankliche Zäsur, was durch den Wechsel des Reims auch formal betont wird.

Korrespondenz von Form und Inhalt

Das Gedicht *Abendlied an die Natur.* betont sowohl inhaltlich als auch formal den **Einklang zwischen** der **Natur und** dem **lyrischen Ich**. Dieses reflektiert die zentrale und **beglückende Bedeutung** der Natur für sein Lebensgefühl und für seinen Lebenslauf von der Kindheit bis zum Tod.

abschließende Interpretation: beglückende Bedeutung der Natur für das lyrische Ich

Der **innigen Verbundenheit** des Sprechers mit der Natur in Gottfried **Kellers Gedicht** steht ein **distanziertes Naturerleben** in dem Gedicht *Aus den Landschaften* von Björn **Kuhligk** aus dem Jahr 2005 gegenüber. In Kellers Gedicht geht es um die **Harmonie zwischen Natur und Mensch**. Das Verhältnis zwischen der Natur und dem lyrischen Ich wird hier als eine Mutter-Kind-Beziehung beziehungsweise als Beziehung zu einer Geliebten dargestellt. Dagegen thematisiert Kuhligks poetisches Werk das **gestörte Verhältnis des Menschen zur Natur**.

Aufgabe 2

Überleitung zum Gedichtvergleich

Dennoch weisen beide Gedichte auch **Gemeinsamkeiten** auf. Sie bieten eine reflexive und resümierende **Bilanzierung der Beziehung zwischen Mensch und Natur**, wobei letztere sowohl in Kellers als auch in Kuhligks Werk als **omnipräsent** dargestellt wird. Außerdem sind in beiden Werken **Form und Inhalt aufeinander bezogen** und ergänzen sich gegenseitig. Bei beiden Gedichten **verweist** bereits der **Titel auf** das jeweils nachfolgend beschriebene **Verhältnis zwischen** der **Natur und** dem **Menschen**. Dieses ist allerdings ganz unterschiedlich gestaltet.

Gedichtvergleich

Gemeinsamkeiten

Thema, Zusammenhang von Form und Inhalt, Verweischarakter der Titel

In Kellers Gedicht *Abendlied an die Natur.* wird die **personal gedachte Natur** als ganzheitlich erlebt und als **harmonische Einheit** betrachtet. Das erkennt man daran, dass in der ersten Strophe summarisch von der „Pracht“ (Text a, V. 6) der Natur gesprochen wird. Lediglich mit „Blumen“ (Text a, V. 10) und „Rasen“ (M 1, V. 30, vgl. auch V. 1) werden einzelne Naturelemente als Pars pro Toto explizit erwähnt. Der **emphatischen Ansprache der Natur** bei Keller wird in Kuhligks Gedicht *Aus den Landschaften* eine **lakonische Bestandsaufnahme** entgegengesetzt, welche die Distanz des lyrischen Ich zur Natur demonstriert. **Einzelne Naturphänomene** werden **getrennt nach Landschaften** separat betrachtet: „Küsten“ (Text b, V. 1), „Klippen“ (Text b, V. 2), „Gipfe[l]“ (Text b, V. 3), „Zimmerpflanzen“ (Text b, V. 4), „dieser Kaktus“ (Text b, V. 6), „Bäum[e]“ (Text b, V. 10), „Misteln“ (Text b, V. 11).

Unterschiede

ganzheitliche Naturbetrachtung (Keller) vs. disparate Naturbetrachtung (Kuhligk)

Das **gestörte Verhältnis** des Sprechers **zur Natur** in Kuhligks Gedicht offenbart sich zudem deutlich in der Verwendung des **unpersönlichen Pronomens „man“** (Text b, V. 1, 4, 7, 10, 13), mit dem anaphorisch jede der fünf dreiversigen Strophen beginnt. Der

Naturnähe (Keller) vs. Distanz zur Natur (Kuhligk)

Mensch erscheint hier nur als **unbeteiligter Beobachter**, der in keinem emotionalen Verhältnis zur Natur steht. Dies bildet einen Kontrast zur innigen und **herzlichen Beziehung des lyrischen Ich zur Natur** in Kellers Gedicht, der durch eine konsequente persönliche Anrede der Natur Ausdruck verliehen wird. Der **Mensch** fühlt sich hier **eng mit der Natur verbunden** und erlebt diese in allen Lebenslagen als beglückend.

positiver Blick auf die Natur (Keller) vs. negatives Naturbild (Kuhligk)

Auffällig ist in Kuhligks Gedicht auch die **negativ konnotierte Wortwahl**: „Man steht an Küsten, unterkühlt/auf Klippen, in Tälern/überpokert von Gipfeln" (Text b, V. 1–3). Die **Natur** scheint dem Menschen hier geradezu **feindselig** gegenüberzustehen. Auf keinen Fall vermittelt sie die bei Keller erkennbare Sicherheit und Geborgenheit. Zwar ist die Natur durchaus **von praktischem Nutzen**, indem sie zum Beispiel Wäsche an der Leine trocknet (vgl. Text b, V. 7 f.), jedoch begegnet der Mensch ihr **ohne große Emotionen**. Seine Pflanzen „bekommen Wasser" (Text b, V. 5), aber viel mehr investiert der Besitzer nicht in ihre Pflege. Dies wird mit der Ellipse „dieser Kaktus, der durchhält" (Text b, V. 6) hervorgehoben. Misteln in Bäumen, die eigentlich Assoziationen an romantische Küsse unter dem Mistelzweig wecken, empfindet der Sprecher in Kuhligks lyrischem Werk als „verstörend" (Text b, V. 12) und er hat den Eindruck, von der Natur nur „geduldet" (Text b, V. 13) zu sein. Im Gegensatz zu dieser pessimistischen Sichtweise überwiegt bei Keller eine **positiv konnotierte Wortwahl**. Die Natur ist eine „Geliebte" (Text a, V. 17), die „erquickt" (V. 18) und „ohne Reue/[...] entzückt" (Text a, V. 19 f.).

gebundene Syntax (Keller) vs. teilweise elliptischer Satzbau (Kuhligk)

Auch der **Satzbau** der beiden Gedichte offenbart Unterschiede im Verhältnis von Mensch und Natur. Kellers Gedicht zeichnet sich durch eine **syntaktische Gebundenheit**, Anreden und Ausrufe aus, was die **Verbundenheit** des lyrischen Ich **mit der Natur** zeigt. In Kuhligks Werk lässt sich dagegen eine unverbundene, monotone und zum Teil **elliptische Syntax** finden, die auf die **Distanz und Fremdheit zwischen** dem lyrischen **Sprecher und** der **Natur** verweist.

formale Regelmäßigkeit (Keller) vs. nüchterne formale Gestaltung (Kuhligk)

Die beide Gedichte auszeichnende **Korrespondenz von Form und Inhalt** unterstreicht ebenfalls die unterschiedlichen Sichtweisen auf das Verhältnis zwischen Mensch und Natur. Während der **regelmäßige formale Aufbau des Keller-Gedichts** auf die **Harmonie** zwischen Individuum und seiner natürlichen Umgebung verweist, untermauert die **nüchterne Gestaltung des Kuhligk-Werks** die zwischen der Natur und dem lyrischen Ich herrschende **Fremdheit**. Das Gedicht *Aus den Landschaften* weist weder Reime noch ein regelmäßiges Metrum auf. Obwohl alle Zeilenbrüche mithilfe von

Enjambements – teilweise gegen gültige Interpunktionsregeln (vgl. V. 4 f., V. 8 f., V. 11 f.) – überspielt werden, trennen sie inhaltlich Zusammengehöriges bisweilen derart künstlich, dass die **Distanz des Menschen zur Natur** besonders betont wird. So führt beispielsweise der stark konstruierte Zeilenbruch in der ersten Strophe zu einer exponierten Stellung der Partizipien „unterkühlt" (V. 1) und „überpokert" (V. 3), welche die vom lyrischen Sprecher als unangenehm empfundene **Macht der Natur** verdeutlicht.

Schutz und Geborgenheit (Keller) vs. Isolation und Fremdheit (Kuhligk)

Während das lyrische Ich bei Keller die **Natur als** Schutz und Geborgenheit gewährende **Mutter** und beglückende **Geliebte** wahrnimmt und ihren **positiven Einfluss** in allen Lebenslagen spürt, betrachtet der Sprecher in Kuhligks Gedicht die **Natur als eine autarke Macht**, von der er sich ausgeschlossen fühlt. Die Empfindung der **Isolation** und der **Entfremdung** wird dabei mithilfe zweier metaphorischer Appositionen untermauert, die **Zweifel an der Sinnhaftigkeit der eigenen Existenz** erkennen lassen: „man ist geduldet, ein lebender Gast/mit Schuhwerk am Knöchel, ein/dummes Gewirr, was Größeres will" (Text b, V. 13–15).

Schluss

Obwohl beide Gedichte das Verhältnis des Menschen zur Natur thematisieren, werden ganz unterschiedliche Sichtweisen deutlich. Keller stellt die Beziehung des Menschen zur Natur als eine **beglückend erlebte Verbundenheit** dar, während Kuhligk das **Verhältnis** von Individuum und Natur als **gestört** ansieht. Der Mensch hat **keine Beziehung zur Natur mehr**, er ist ihr **entfremdet**. So verweisen beide Gedichte auf die **Macht der Natur:** entweder als positive Kraftquelle oder aber als Ausgangspunkt für den Zweifel an der Sinnhaftigkeit der eigenen Existenz.

Kernfach Deutsch (Hamburg): Abiturprüfung 2019
Erhöhtes Anforderungsniveau – Aufgabe III

Aufgabenart
Vergleich lyrischer Texte

Thema
Lyrik

Texte
Ludwig Tieck: *Wonne der Einsamkeit*
Erich Kästner: *Kleines Solo*

Teilaufgaben

1. Interpretieren Sie das Gedicht *Wonne der Einsamkeit* von Ludwig Tieck. (ca. 60 %)
2. Vergleichen Sie die Gestaltung des Themas Einsamkeit in den Gedichten *Wonne der Einsamkeit* von Ludwig Tieck und *Kleines Solo* von Erich Kästner. Berücksichtigen Sie dabei sowohl inhaltliche als auch formal-sprachliche Aspekte. (ca. 40 %)

Text a: Ludwig Tieck (1773–1853): Wonne der Einsamkeit (1802)

O holde Einsamkeit,
O süßer Waldschatten,
Ihr grüne Wiesen, stille Matten[1]
Bei euch nur wohnt die Herzensfreudigkeit.

Ihr kleinen Vögelein
Sollt immer meine Gespielen sein,
Ziehende Schmetterlinge,
Sind meiner Freundschaft nicht zu geringe.

Unbefangen
Zieht ihr des Himmels blaue Luft,
Der Blumen Duft
In euch mit sehnendem Verlangen.
Ihr baut euch euer kleines Haus,
Haucht in den Zweigen Gesänge aus
Von Himmels-Ruhe rings umfangen.

Weit! weit!
Liegst du Welt hinab,
Ein fernes Grab.
O holde Einsamkeit!
O süße Herzensfreudigkeit!

Kommt ihr Beengten
Herzbedrängten,
Entfliehet, entreißt euch der Quaal,
Es beut[2] die gute Natur,
Der freundliche Himmel,
Den hohen gewölbten Saal,
Mit Wolken gedeckt, die grüne Flur:
Entflieht dem Getümmel!

O holde Einsamkeit!
O süße Freudigkeit!

Tieck, Ludwig: Wonne der Einsamkeit. In: ders.: Schriften in zwölf Bänden. Hg. von Manfred Frank, Achim Hölter u. a. Bd. 7: Gedichte. Frankfurt a. M.: Deutscher Klassiker Verlag 1995, S. 471

Erläuterungen:
1 Matten: Bergwiesen
2 beut: bietet

Text b: Erich Kästner (1899–1974): Kleines Solo (1947)

Einsam bist du sehr alleine.
Aus der Wanduhr tropft die Zeit.
Stehst am Fenster. Starrst auf Steine.
Träumst von Liebe. Glaubst an keine.
Kennst das Leben. Weißt Bescheid.
Einsam bist du sehr alleine –
    und am schlimmsten ist die Einsamkeit zu zweit.

Wünsche gehen auf die Freite.[1]
Glück ist ein verhexter Ort.
Kommt dir nahe. Weicht zur Seite.
Sucht vor Suchenden das Weite.

Ist nie hier. Ist immer dort.
Stehst am Fenster. Starrst auf Steine.
Sehnsucht krallt sich in dein Kleid.
Einsam bist du sehr alleine –
    und am schlimmsten ist die Einsamkeit zu zweit.

Schenkst dich hin. Mit Haut und Haaren.
Magst nicht bleiben, wer du bist.
Liebe treibt die Welt zu Paaren.
Wirst getrieben. Mußt erfahren,
daß es *nicht* die Liebe ist …
Bist sogar im Kuß alleine.
Aus der Wanduhr tropft die Zeit.
Gehst ans Fenster. Starrst auf Steine.

Brauchtest Liebe. Findest keine.
Träumst vom Glück. Und lebst im Leid.
Einsam bist du sehr alleine –
und am schlimmsten ist die Einsamkeit zu zweit.

Kästner, Erich: Kleines Solo. In: ders.: Werke. Hg. von Franz Josef Görtz. Bd. II: Wir sind so frei. Chanson, Kabarett, Kleine Prosa. München, Wien: Carl Hanser Verlag 1998, S. 152

Erläuterung:
1 auf Freite gehen: auf Brautschau gehen, sich eine Frau suchen; allgemeiner: um jemanden werben

---

Hinweise und Tipps

Der ***Operator „interpretieren Sie"*** *der ersten Teilaufgabe verlangt für das erste Gedicht (Tiecks „Wonne der Einsamkeit") die umfassende Untersuchung von* ***Inhalt und Aufbau sowie formaler und sprachlich-stilistischer Gestaltung****. Aus der gründlichen Arbeit am Text sollen Sie schlüssige Deutungsansätze entwickeln und das Gedicht interpretieren.*

Ausgehend von Ihren Ergebnissen sollen Sie dann in Teilaufgabe 2 einen ***Gedichtvergleich*** *vornehmen, also* ***Gemeinsamkeiten und Unterschiede*** *aus Tiecks Text und Erich Kästners „Kleines Solo" herausarbeiten. Der Fokus liegt auf dem gemeinsamen* ***Thema „Einsamkeit"****: Die Aufgabenstellung fordert ausdrücklich, dass Sie inhaltliche sowie ausgewählte sprachliche und formale Aspekte berücksichtigen. Das Kästner-Gedicht muss dabei nicht vollständig interpretiert werden, sondern in der Motivgestaltung anhand von* ***selbstgewählten Vergleichskriterien*** *dem ersten Gedicht gegenübergestellt werden.*

Um einen geschlossenen Eindruck zu erreichen, ist es wichtig, auch die ***Einleitung*** *und den* ***Schluss*** *auf den Wesenskern des Gedichts abzustimmen. Im vorliegenden Fall bieten sich dabei Querverbindungen zum* ***Phänomen der Einsamkeit*** *in der heutigen Gesellschaft an. Auch über eine Abgrenzung der Begriffe „Einsamkeit" als subjektive Empfindung und „Alleinsein" als objektiver Zustand kann ein passender Zugang zum Themenfokus erreicht werden. Im Schlussteil könnten auch Parallelen zu eventuell im Unterricht behandelten Texten im Hinblick auf das Einsamkeits-Motiv gezogen werden. Oft ist aber auch das* ***Fazit aus dem Motivvergleich*** *ein geeigneter Schlussgedanke, dem nichts mehr weiter hinzugefügt werden muss.*

Der ***Hauptteil*** *Ihres Aufsatzes beginnt vor der eigentlichen Interpretation mit einer knappen* ***strukturierten Inhaltsangabe****, die den gedanklichen Aufbau des Gedichts in eigenen Worten wiedergibt. Daher sind in diesem überblicksartigen, informierenden Teil noch keine Zitate aus dem Gedicht aufzuführen. Nach dieser inhaltlichen Klärung wählen Sie geeignete* ***Interpretationsschwerpunkte*** *und überprüfen diese am Text. Die Erschließung der* ***formalen*** *und* ***sprachlich-stilistischen Gestaltung*** *sollte nicht getrennt von der Interpretation erfolgen, vielmehr besteht die Hauptaufgabe einer Gedichtinterpretation darin, die* ***Leistung der Form und Sprache für die Aussage des Gedichts*** *herauszuarbeiten. Am Ende dieses Abschnitts lassen sich die erarbeiteten*

Ergebnisse zu einer ***abschließenden zusammenhängenden Deutung*** *zusammenführen, bei der man ggf. auch auf den Epochenhintergrund der Romantik eingehen kann. In jedem Fall müssen Sie* ***Ihre Thesen mithilfe von Textbelegen genau begründen****. Achten Sie dabei auch auf eine korrekte Zitierweise.*
Die ***Vergleichsaufgabe*** *schließt sich nahtlos an. Achten Sie auf eine entsprechende* ***Überleitung****. Eine Möglichkeit bietet z. B. die Gegenüberstellung der beiden* ***Gedichttitel****. Bei der Analyse der Unterschiede sind Sie in der* ***Wahl der Vergleichskriterien*** *frei. Allerdings ist ein Rückgriff auf die Ergebnisse der Untersuchung von Tiecks Gedicht empfehlenswert (z. B. Blickrichtung des lyrischen Ich, Rolle des Raums, Grundstimmung der Sprechhaltung). Da die Aufgabenstellung ausdrücklich auch auf* ***sprachlich-formale Aspekte*** *abzielt, müssen Sie besonders aussagekräftige Auffälligkeiten in Ihre Darstellung einbeziehen. Da eine Epochenzuordnung nicht explizit in der Aufgabenstellung verlangt ist, genügt hier ein rein* ***textbezogener Motivvergleich****.*

Lösungsvorschlag

Einleitung

Einsamkeit – Mangel oder Chance?

Einsamkeit – für die meisten ist dies ein **bedauernswerter Zustand** von Menschen, die ohne Freunde und Familie abgeschieden von der Gesellschaft ein trauriges Dasein fristen. Vor unserem inneren Auge erscheinen hier vor allem alte Menschen, die **sozial isoliert** kaum mehr Kontakte zu ihren Mitmenschen haben. In der Literatur ist die Einsamkeit ein **Motiv**, das immer wieder in unterschiedlichen Kontexten aufgegriffen und thematisiert wird. Vor allem in Texten der Moderne, wie z. B. in Hauptmanns Drama *Einsame Menschen* oder auch in den Parabeln von Kafka, steht der allein auf sich gestellte Mensch im Mittelpunkt. Heißt Einsam-Sein jedoch auch zwangsläufig Unglücklich-Sein? Schon immer suchen Menschen auch ganz gezielt die **Abgeschiedenheit**, um beispielsweise als Eremit oder Einsiedler eine meditative Gotteserfahrung zu erleben.

Einsamkeit in der Literatur

Aufgabe 1
Interpretation

Wonne der Einsamkeit von Ludwig Tieck

Dass die **Einsamkeit auch eine Chance**, ja ein ausgesprochen erstrebenswerter Zustand sein kann, zeigt sich in Texten des Barock, der Romantik oder des Biedermeier. Bereits der Titel von Ludwig Tiecks 1802 erschienenem Gedicht *Wonne der Einsamkeit* schließt mit dem ersten Wort „Wonne" gleich von Anfang an jede negative Assoziation aus und bewertet die vom lyrischen Ich erlebte Einsamkeit in der Natur als einen **Glückszustand**.

Inhalt und Aufbau des Gedichts:

Das sechsstrophige Gedicht lässt sich in **drei gedankliche Abschnitte** gliedern. Im ersten Teil, der die erste bis dritte Strophe umfasst, betrachtet das lyrische Ich voll leidenschaftlicher Empathie die Natur, die dem Leser als idyllische, weiträumige Landschaft zwischen Wiesen und Wald vorgeführt wird. Gleich zu Beginn erfolgt der **Lobpreis der in diesem Naturraum erfahrenen Einsamkeit**,

Lob der einsamen Naturszenerie

die auch als Grund für sein Glücksempfinden benannt wird. Daraufhin erfolgt eine Ansprache an die Vögel und Schmetterlinge als Bewohner dieser friedlichen Idylle, denen sich der Sprecher in besonderer Weise verbunden fühlt (V. 1–15).

Gegenüberstellung der Idylle mit der Gesellschaft

Ein thematischer Einschnitt geschieht zu Beginn der vierten Strophe, wo das Glücksempfinden in der Natur mit der Enge der **Zivilisation** kontrastiert wird (V. 16–20). Aus dem Bewusstsein einer beglückenden Distanz zu dieser als lebensfeindlich beschriebenen Menschenwelt heraus wendet sich der Sprecher im dritten Abschnitt mit einem **Appell an die Stadtbewohner**. Die beiden letzten Strophen sind eine Aufforderung, es ihm gleichzutun und sich aus gesellschaftlichen Zwängen zu befreien, um in der Einsamkeit der Natur Erfüllung zu finden. Bekräftigt wird dies durch eine zusammenfassende **Verherrlichung der Glückserfahrung in der Einsamkeit** (V. 21–30).

Aufforderung, sich der Natur zuzuwenden

Form und Sprache:

Ungewöhnlich für die Entstehungszeit um 1800, in der die Orientierung an der klassisch-harmonischen Form die Regel war, sind die im Strophenbau und auch in der Versgestaltung auffälligen **Abweichungen von und Brüche mit lyrischen Mustern**. Das Erleben der Natur wird nicht nur inhaltlich als befreiend von gesellschaftlichen Zwängen empfunden, sondern spiegelt sich auch in der zwanglosen formalen Darstellung. Die unverstellte, direkte Gefühlsaussprache korrespondiert mit der Aussage des Textes, welcher **Freiheit und natürliche Ungebundenheit** einfordert. Mit den vielen Apostrophen und Interjektionen (vgl. V. 1 f., 16) orientiert sich die sprachliche Gestaltung eher an den hymnischen Naturgedichten des Sturm und Drang als an der Regelmäßigkeit klassischer Gedichte. Abgesehen von den zwei vierzeiligen Strophen zu Beginn lässt sich im formalen Aufbau **kein einheitliches Kompositionsprinzip** erkennen, lange und kurze Strophen wechseln sich ab. Die beiden Vierzeiler bewirken dabei einen dynamisch-fließenden Einstieg in die Naturszenerie. Auch durch Enjambements innerhalb der Strophen (vgl. V. 11 f.) erweckt das Gedicht den Eindruck einer **spontanen Gefühlsaussprache**.

gefühlsbetonte Sprache

keine einheitliche Form

Versmaß: Nähe zur gesprochenen Sprache

Zudem ist das Metrum nah an der gesprochenen Sprache. Das wechselnde Versmaß mit unregelmäßiger Hebungszahl lässt dabei sowohl Ausrufe der Begeisterung wie Kommentierungen der Naturszenerie zu. Die Interjektion „O“ erscheint insgesamt sechs Mal jeweils gedoppelt in der ersten, vierten und sechsten Strophe und ist dadurch unmittelbarer **Ausdruck von Pathos und Emotion**. Das **Reimschema** variiert stark und zeugt im unregelmäßigen Wechsel zwischen unbetonten und betonten Kadenzen von der **Impulsivität des Sprechers**. Die Verflechtung der Verse geschieht jeweils durch die

Reimschema

Verbindung mit mindestens einem anderen Vers durch einen Paarreim, Kreuzreim oder umarmenden Reim. Trotz der offenbar spontanen Gefühlsaussprache des lyrischen Ichs erhält das Gedicht so eine fast unbewusst scheinende formale Struktur.

Sprechsituation und Sprechhaltung:

lyrisches Ich

Der Gedankengang des Gedichts ist damit wesentlich geprägt durch die **Blickrichtung des Sprechers** und durch den Raum, in dem er sich befindet – die einsame Natur. Das lyrische Ich tritt im Text jedoch nicht direkt in der „Ich"- Aussprache auf. Seine Gegenwart in der Naturidylle erschließt sich vielmehr zunächst indirekt durch die Verwendung von Possessivpronomina („meine Gespielen", V. 6; „meiner Freundschaft", V. 8) und in der **direkten empathischen Ansprache** der Umgebung. Eine innige Vertrautheit zeigt sich bei der Anrede der „kleinen Vögelein" (V. 5) im Diminutiv und der Schmetterlinge in der zweiten Person Plural (vgl. V. 10).

Anrede an Tierwelt

Diese dadurch personifizierten Lebewesen werden so zu einem **lyrischen Du**, mit dem der Sprecher gleichsam einen Dialog führt. Deren Lebensfreude macht diese Tiere, die Lebendigkeit wie Zartheit verkörpern, zum Inbegriff des sorglosen Glücks. In ihrer „[u]nbefangen[en]" (V. 9) Naivität und bedingungslosen Zuversicht zeigt sich, „umfangen" (V. 15) von „Himmels-Ruhe" (V. 15), das Ideal eines Aufgehobenseins in der Natur. Durch den Begriff „Freundschaft" (V. 8) findet auch hier eine **Übertragung in den menschlichen Bereich** statt.

Bemühen um Objektivität

Um seine **Haltung und Anschauung zu objektivieren**, wird die Anrede durchgehend im Indikativ Präsens formuliert. Damit erhält das Glücksempfinden in der einsamen Natur den Rang einer allgemeingültigen Tatsache. Der **Sprecherstandpunkt** in der beschriebenen Natur wird auch durch die ausholende sprachliche Verweisgeste mit dem gedoppelten, adverbial gebrauchten Adjektiv „Weit! weit!" (V. 16) deutlich gemacht. Die stark verkürzte, atemlose Exclamatio betont die Distanz zwischen seinem Standort oben („Luft", „Himme[l]", V. 10) und der Menschenwelt unten („hinab", V. 17) und verstärkt den **Gegensatz zwischen diesen beiden so unterschiedlichen Sphären**. Die metaphorische Herabwürdigung der Welt als „fernes Grab" (V. 18) könnte den Kontrast zu der „süße[n] Herzensfreudigkeit" (V. 20) kaum größer machen. Die Position des lyrischen Ichs wirkt hier wie die eines euphorischen Wanderers auf einer baumbestandenen Lichtung, fern vom Alltagsgeschehen der Stadt.

sprachliche Auffälligkeiten

Gegensatz: oben – unten

Appell an die Stadtbewohner

Vor allem im zweiten Teil des Gedichts bekommt die Sprechhaltung einen enthusiastischen, beinahe missionarischen Gestus, wenn das lyrische Ich vom fast intimen Gespräch mit Vögeln und Schmetterlingen zur direkten, wenn auch nur fiktiven **Ansprache an die Stadtbewohner** wechselt. Mittels Interjektionen (V. 16, 19 f.) und einer Häufung von Imperativen (V. 21, 23, 28) wird eine geradezu **euphorische** Stimmung für den **Appell** erzeugt, aus dem Leben in der Zivilisation auszubrechen und Befreiung inmitten der Natur zu suchen.

Die Schmetterlinge und Vögel dienen dabei als Vorbilder für ein ungezwungenes, seelenruhiges und freies Leben in **aktiver Selbstverwirklichung**. Das Adjektiv „[u]nbefangen" (V. 9) beschreibt sie nicht nur als physisch frei in der Luft, sondern auch als frei in ihrem Urteil, fern von allen gesellschaftlichen Zwängen und (Vor-)Urteilen. Mit der Synästhesie „blaue Luft" (V. 10), der „Blumen Duft" (V. 11) und dem „sehnende[n] Verlangen" (V. 12) wird das romantische Zentralmotiv der „blauen Blume" anzitiert. Dieser Inbegriff der **Sehnsucht nach einem Ausbrechen aus der bürgerlichen Existenz** erscheint in der Sphäre des Himmlischen gestillt.

Kontrastierung von Gesellschaft und Natur

blaue Blume

Ein religiöser Hintergrund zeigt sich auch in der Vorstellung von der **Natur als idealem Wohnraum**. Verben und Partizipien, die Behaglichkeit und das „Zu-Hause-Sein" ausdrücken (vgl. V. 4, 13, 26 f.), verleihen dem Gedicht durch nahezu alle Strophen eine thematische Verklammerung. Bereits in Strophe 1 wird der Aufenthalt auf Wiesen mit dem Verb „wohnen" (vgl. V. 4) verbunden. Die Vögel bauen ein „kleines Haus" (V. 13) statt eines Nestes, das ein **Zufriedensein mit dem zum Leben Nötigen** andeutet. Dagegen erhält der Naturraum in der vorletzten Strophe einen fast schon **sakralen Charakter**. Der Himmel wird zu einem „hohen gewölbten Saal" (V. 26), der einer Kathedrale gleicht. Die Natur bietet durch ein „[m]it Wolken gedeckt[es]" (V. 27) Himmelszelt eine architektonische Schönheit, die die städtischen Behausungen mit künstlich eingezogenen Zimmerdecken nicht bieten können. Freiheit und Schönheit der einsamen Landschaft steht auch hier gegen das mit der Metonymie „Getümmel" (V. 28) abgewertete Leben der Stadtbewohner.

religiöse Anklänge in der Naturdarstellung

Natur als Wohnraum

Natur als Kirche

Die Wortwahl bedient sich häufig des **Mittels der Kontrastierung** durch extrem negative bzw. positive Konnotationen. Die Verben „[e]ntfliehet" (V. 23, vgl. V. 28) und „entreißt" (V. 23) wecken Assoziationen an ein Gefängnis und lassen die **Stadt als Ort der Freiheitsberaubung** erscheinen. Auch die metaphorische Gleichsetzung mit einem „ferne[n] Grab" (V. 18) und „Quaal" (V. 23) degradiert die menschliche Gesellschaft zu einem **Platz des Leidens und der Tötung jeder Lebensfreude**. Die Bezeichnung der Stadtbewohner als „Beengt[e]" (V. 21) spielt dabei einerseits auf die **städtebauliche Enge** an, umfasst andererseits aber auch die durch die gesellschaftlichen Ansprüche und Regeln innerlich „Herzbedrängten" (V. 22). Dieser negativ konnotierte Neologismus wird begrifflich direkt der

effektvolle Wortwahl: die Stadt als Gefängnis und Grab

Neologismus „Herzbedrängte"

„Herzensfreudigkeit" (V. 20) gegenübergestellt. Die Wortneuschöpfung aus Vers 4 wird hier aufgegriffen und als thematische Klammer zu dem zu Beginn evozierten Glücksgefühl in der Natur genutzt.

sprachliche Überhöhung der Natur

Die Kräfte der Natur erzeugen so nicht nur ein subjektives Glücksempfinden, sondern auch **sprachschöpferische Kraft**, um den euphorisierenden Zustand auch adäquat benennen zu können. Bei der Überhöhung der Natur dienen Adjektive wie „hold" und „süß" (vgl. V. 1 f.) sowie die Fügungen „gute Natur" (V. 24) und „freundliche[r] Himmel" (V. 25) als **Lobpreis** in einem volksliedhaften – „natürlichen" – Ton. Sogar die Verortung des Sprechers im „Waldschatten" (V. 2) erhält durch das Adjektiv „süß" eine positive Zuschreibung im Sinne einer erfrischenden Kühle.

Rückzug in die Natur: Ausdruck der Sehnsucht nach Sinnerfüllung

Zusammenfassend lässt sich Tiecks Gedicht als enthusiastische Aufforderung an seine Zeitgenossen begreifen, zur Erfahrungsreise in die Natur aufzubrechen und die eigene Lebenssituation zu verändern. Die **Hingabe des Einzelnen an die einsame Natur** erhält hier eine **heilende Kraft**, da er den sozialen Zwängen in der Stadt entkommt. Einsamkeit wird zum Weg der Selbstfindung und der **Verwirklichung eines umfassenden Glücksempfindens** auch im Sinne eines romantischen Universalitätsanspruchs. *Wonne der Einsamkeit* hat damit einen starken appellativen Charakter; der Text liest sich als eine Art Ratgeber zu einem besseren Leben in der Natur, das ganz im romantischen Sinne als eine bessere und musterhafte Alternativlösung für alle vorgeführt wird, die unter dem Zustand der Welt als „Quaal" (V. 23) leiden.

Ausbruch aus qualvoller Welt

geschichtliche Einordnung des Gedichts

Im Entstehungsjahr 1802, während der Napoleonischen Kriege, könnte dies für viele ein mehr als nachvollziehbarer Gedanke gewesen sein. Die Abwendung vom gegenwärtigen Geschehen wird damit zu einer **Weltflucht** und Flucht in die **Natur, die religiös überhöht als Seelenlandschaft** und Sinnbild „süßer" (V. 30) Empfindungen und poetischer Anmutung erscheint. Einsamkeit, d. h. die Ferne von jeglicher menschlichen Gesellschaft, verhilft zum wohltuenden „Wonne"-Glück, das man mit den Naturgeschöpfen als Seelenverwandten teilt und mit dem man selbst in der universalen Schöpfung aufgeht.

Aufgabe 2

Gedichtvergleich

Einsamkeit in Tiecks Gedicht und in Kästners *Kleines Solo*

Bedeutung der Gedichttitel

Auch in Erich Kästners Gedicht *Kleines Solo* (1947) ist die Erfahrung von Einsamkeit **Anlass einer intensiven Reflexion**. Wie bei Tieck weist der Titel auf das Thema hin, bleibt dabei aber sehr viel offener. Der Begriff „Solo" lässt zunächst an ein **Musikstück** denken, das allein durch einen Solisten ausgeführt wird. Durch die Attribuierung „klein" erhält der Titel **etwas Beiläufiges**, wenig Bedeutungsvolles. Die Erwartungshaltung für das folgende Gedicht wird eher im Ungefähren gelassen im Gegensatz zu Tiecks Werk, bei dem bereits die programmatische Überschrift *Wonne der Einsamkeit* die Kernaussage des Textes ankündigt – ein Harmonie und Behaglichkeit ausstrahlendes Glücksgefühl, das durch Einsamkeit hervorgerufen wird. Beide Gedichte beschreiben eine Szenerie, in der weitere Personen fehlen, die Sprecher sind alleine, fern von anderen Menschen.

Allerdings unterscheiden sich sowohl Sprechsituation wie Perspektive in beiden Texten ganz wesentlich voneinander. Während der Sprecher in Tiecks Naturpreis inmitten seiner „Gespielen" (V. 6) alles andere als alleine ist, trifft Kästners Gedicht gleich im ersten Vers die entschiedene Feststellung: „Einsam bist du sehr alleine." Aber auch hier bleibt der Text allgemeiner als bei der konkreten Situierung bei Tieck. Die „Du"-Ansprache wird zur **Selbstreflexion im Stil eines Monologs**, die jedoch eine Übertragung auf andere Personen zulässt und so einen **Allgemeingültigkeitsanspruch** erhält. Auch im Tieck-Gedicht wird ein lyrisches Du angesprochen, jedoch viel konkreter. Zunächst ist das Gegenüber die Natur und ihre Lebewesen, im appellativen Teil dann die Leser des Textes als mögliche Gefolgsleute auf dem **Weg in die glücksbringende Einsamkeit**.

unterschiedliche Sprechersituation und Perspektive

„Du"-Ansprache bei Kästner

Bestimmend für die unterschiedliche Sprechhaltung sind die Räume, in denen sich die Sprecher befinden und die in beiden Texten eine **symbolische Bedeutung** haben. Die geistige und persönliche Entfaltungsmöglichkeit erhält der Sprecher in *Wonne der Einsamkeit* durch die grenzenlose Weite des Naturraums in einer waldumsäumten Wiesenlandschaft. Das *Solo* wird in einem begrenzten Zimmer gesprochen, das lyrische Ich steht „am Fenster" (V. 3, 13, 24) und wendet dem Raum den Rücken zu. Das gerade in der Romantik so beliebte Fenstermotiv als Ausdruck unstillbarer Sehnsucht nach Freiheit und Grenzüberschreitung wird hier zur **Metapher für eine ausweglose Situation**. Der Blick trifft nicht wie bei Tieck auf eine paradiesische Idylle, sondern „starrt auf Steine" (vgl. V. 3, 13, 24).

Bedeutung des jeweiligen Raums für die Aussage

das Fenstermotiv bei Kästner

Auch im modernen Text wird die Sehnsucht benannt, aber personifiziert als **Leidenserfahrung** („Sehnsucht krallt sich in dein Kleid", V. 14). Einsamkeit, die durch das **Alleine-Sein des Sprechers** auch objektiv vorgeführt wird, erhält in dieser Perspektivlosigkeit eine zutiefst **pessimistische und negative Bewertung**. Die Unüberwindbarkeit dieser als existenziell beschriebenen Erfahrung wird durch die paradox erscheinende, dreimal wiederholte Feststellung „und am schlimmsten ist die Einsamkeit zu zweit" (V. 7, 16, 28) potenziert. Der Kästner-Text erhält durch die Ausweitung des Themas auf die **innerlich erlebte Einsamkeit in einer Paarbeziehung** eine neue Dimension. Der Zustand „alleine" wird sogar zur Steigerung des „Einsam-Seins", wenn er auf paradoxe Weise die Situation eines intimen Zusammenseins beschreibt: „Bist sogar im Kuß alleine." (V. 22)

negative Einsamkeit in *Kleines Solo*

Steigerung: „Einsamkeit zu zweit"

Das *Kleine Solo* beschreibt damit das **Nebeneinanderherleben vieler moderner Paare**, bei denen der Austausch über die Gedanken und die Anteilnahme an den Gefühlen des anderen verloren gegangen sind. Sprachlich wird dies durch **plastische Bilder** illustriert: So beschreibt die Metapher einer Wanduhr, aus der die Zeit „tropft" (V. 2, 23), die **quälende Unausweichlichkeit einer erkalteten Paarbeziehung**. Bei Tieck dienen sprachliche Bilder vor allem seiner Argumentationsführung im fiktiven Dialog mit dem Leser. Verherrlichende Personifizierungen der Natur und abschreckende Metaphern für die menschliche Gesellschaft sollen einen möglichst großen Kontrast dieser beiden Welten aufmachen und den Leser dadurch von der **Glückserfahrung in der einsamen Natur** überzeugen. *Wonne der Einsamkeit* will zur Umkehr der Lebensweise aufrufen, ja durch seinen enthusiastischen Sprachduktus wie in einer Predigt den Leser dazu bekehren, es dem lyrischen Ich gleichzutun.

Kleines Solo: Einsamkeit in einer Paarbeziehung

Wonne der Einsamkeit: willkommene Einsamkeit in der Natur

So unterscheidet sich auch der **Grundton beider Texte**, was sowohl in der Versgestaltung als auch im Versmaß sichtbar wird. Kästners Gedicht konstatiert in knappen, parataktischen Aussagesätzen nüchtern und lakonisch die **Vereinsamung des modernen Menschen als Gesetzmäßigkeit**. Seinen Ausdruck findet das formal in der Wiederholung von Versen und Versteilen, insbesondere beim Eingangsvers „Einsam bist du sehr alleine" (V. 1, 6, 15, 27), der gleichsam als **Refrain** erscheint und so die Ausweglosigkeit zementiert. Zudem verleiht der alternierende Versfuß des Trochäus dem Text eine **Schwere** und Nachdrücklichkeit, die die **Monotonie** der alltagssprachlich gehaltenen kurzen, teils elliptischen Sätze unterstreicht. Auch bei Tieck sind Wiederholungen von Versteilen Gestaltungsprinzip, hier werden jedoch Ausrufe und direkte Gefühlsaussprache als **Bekräftigung einer empathischen Grundhaltung** gebraucht.

Versgestaltung bei Kästner und Tieck

Wirkung des Refrains bei *Kleines Solo*

Beiden Gedichten ist die Feststellung gemeinsam, dass das **Zusammenleben mit anderen Menschen keine Befriedigung und Erfüllung** bietet. Im Gegensatz zu Tiecks Gedicht, das in der Besinnung auf die heilenden Kräfte der Natur nicht nur einen **Lösungsansatz** bietet, sondern sogar „Herzensfreudigkeit" (V. 4, V. 20) verspricht, bleibt im modernen Text Kästners nur **Resignation und passives Sich-Fügen** in das als unvermeidlich Erkannte. Die Einsamkeit ist hier unüberwindlich, der Mensch ist auf sich allein gestellt, das Lebensglück ist fern, ja es meidet sogar die Menschen, sucht „vor Suchenden das Weite" (V. 11). Die Fokussierung auf die Zweierbeziehung der Moderne, in der man sich körperlich nah und emotional doch so fern ist, ist typisch für die Strömung der „Neuen Sachlichkeit". Vordergründig kühl und sachlich wird in Aussagesätzen die gesellschaftliche Realität beschrieben und doch schwingt gerade in

Tieck: Optimismus – Zuwendung zur Natur

Kästner: Resignation – Melancholie und Trauer

dieser Kühle auch **Melancholie und tiefes Bedauern über die verloren gegangenen Gefühle** mit: „Träumst vom Glück. Und lebst im Leid." (V. 26)

Schluss
das Phänomen der Einsamkeit in der Gesellschaft heute

Die Bewertung von **Einsamkeit als sinnstiftende Chance oder als deprimierende Erfahrung** hängt wohl zuallererst von der Lebenseinstellung jedes Einzelnen ab. „Ich bin sehr gerne mit mir alleine", verkünden wohl eher die Menschen, die in einem stabilen sozialen Umfeld leben und das Gefühl der Einsamkeit nicht als Verlassenheit erleben. Einsamkeit im negativen Verständnis nimmt jedoch gerade in unserer modernen Medienwelt auch bei jungen Menschen immer mehr zu. **Soziale Netzwerke und mediale Kontaktbörsen** sind offensichtlich kein Ersatz für persönlichen Austausch und für reale soziale Beziehungen. Das im *Kleinen Solo* vorgeführte lähmende Gefühl der Einsamkeit kann insbesondere jene treffen, die unreflektiert nur ein gesellschaftlich normiertes Leben führen, anstatt die Tieck'sche „Herzensfreudigkeit" wahrzunehmen, die nicht nur im intensiven Erleben der Natur, sondern auch im bewussten Anteilnehmen am Leben des Gegenübers entsteht.

Kernfach Deutsch (Hamburg): Abiturprüfung 2019
Erhöhtes Anforderungsniveau – Aufgabe IV

Aufgabenart
Analyse und Erörterung pragmatischer Texte

Thema
Sprache

Text
Jens Jessen: *Die große Heuchelei*

Teilaufgaben

1. Stellen Sie den Argumentationsgang sowie die Intention des Textes *Die große Heuchelei* von Jens Jessen dar. (ca. 40 %)
2. Erörtern Sie textbezogen, ob man durch eine gezielte Sprachverwendung Einfluss auf die Wirklichkeit nehmen kann. Beziehen Sie dabei im Unterricht erworbenes Wissen sowie eigene Kenntnisse und Erfahrungen zum Themenbereich „Sprache – Denken – Wirklichkeit" mit ein. (ca. 60 %)

Jens Jessen: Die große Heuchelei (2014)

Das Paradox der Situation liegt offen zutage. Während die Prüderie im öffentlichen Diskurs[1] rapide zunimmt, kleinste Anzüglichkeiten, unschuldige Direktheit oder auch nur altmodische Redewendungen den Verdacht auf Sexismus auslösen, herrscht im Internet die totale Verfügbarkeit kruder[2] und krudester Pornografie. […]

Wie also soll man die Situation beschreiben? Prüderie wäre als Begriff höchstens für einen Teil, wenn nicht eine akademische Nische der Gesellschaft treffend. Heuchelei würde schon eher das Gesamte der Lage bezeichnen – die Praxis dulden, aber ihre sprachliche Abbildung verbieten. […]

Wie eine Gesellschaft sich anfühlt, in der […] Heuchelei […] ubiquitär[3] ist, lehrt ein Blick in die Literatur des 19. Jahrhunderts. Bekanntlich markiert die Französische Revolution auch sittengeschichtlich einen scharfen Bruch […]. Waren freie Liebe und Spott auf die Religion zuvor offene Praxis der Oberschicht, geradezu ein Merkmal von Eleganz, wurden nach Napoleon strikte Ehemoral und Katholizismus die Norm. Sogar die Bücher des Rokoko zu kennen galt als lasterhaft; am tugendhaftesten war es für Frauen, gar nicht zu lesen. Man muss jedoch nur die Romane von Stendhal oder Balzac[4] aufschlagen, um zu sehen, dass dem Normenwechsel keine Verhaltensänderung entsprach; jeder Ehemann hatte seine Mätresse, jede verheiratete Frau ihre Liebhaber, gerne auch Freunde des Ehemannes, oft auch mit dessen Zustimmung. Das waren keine Geheimnisse; sie durften aber auch nicht beredet werden. Für das Salongespräch galt, wie Stendhal in seinem Roman *Lucien Leuwen* notierte, dass nur Dinge gesagt werden durften, von denen alle wussten, dass sie nicht stimmten. Die Lüge war das Merkmal einer eleganten Konversation nach 1815.

Von einer solchen offenen Heuchelei – die sich selbst als Zeichen guter Erziehung feierte – sind wir heute noch weit entfernt. Wenn man indes den Blick etwas weitet und das engere Feld der Sexualmoral verlässt, entdeckt man die Mutter der Heuchelei, eine weltfremde Prüderie, in vielen Bereichen. Prüde, das heißt streng sprachlich reguliert, ist die Rede über Krieg und Gewalt, über Klassenunterschiede, Begabungsdifferenzen, geschlechtliche Identitäten, ganz allgemein über die Macht von Herkunft und Schicksal. Jeder dieser Punkte darf nur im Zusammenhang einer bestimmten Formel erwähnt werden – Gewalt nur als Bestandteil der Formel „ist keine Lösung", Herkunft nur als etwas, „das keine Rolle spielen darf", Geschlecht nur mit dem Attribut „gleichwertig", und so weiter und so fort. [...]

Das Problematische daran ist nicht die Moral, die dabei hochgehalten wird – dass Kriege verdammenswert und Klassenunterschiede ungerecht seien, dass Begabungsdifferenzen ausgeglichen werden sollten, Geschlechtsidentitäten keine Diskriminierung nach sich ziehen dürften. Problematisch ist die systematische Ausblendung unserer Realität, die fast nirgends der beschworenen Moral entspricht. Es ist nämlich ein Charakteristikum der Political Correctness (um den etwas abgegriffenen, aber einschlägigen Ausdruck zu benutzen), dass sie den Abgrund zwischen Norm und Praxis nicht benannt wissen möchte. Es genügt ihr nicht, für den idealen Zustand zu werben; sie möchte die Wirklichkeit so beschrieben haben, als sei in ihr das Ideal schon wirksam.

Die pädagogische Absicht dahinter beruht auf dem Glauben, dass die politisch korrekte Sprechweise auch das Denken korrigieren könne – und damit die Wirklichkeit. Am weitesten fortgeschritten, fast zur Üblichkeit gediehen ist das Verfahren auf dem Feld der feministischen Sprachpolitik [...]. Wenn es nur gelänge, die Gesellschaft an „ProfessorInnen" oder „Professorx" zu gewöhnen, werde sie sich auch, so der Gedanke, daran gewöhnen, Frauen auf Professorenstellen für selbstverständlich anzusehen – als gebe es für die weibliche Karriere nicht noch ganz andere Hindernisse, die robuste materielle Ursachen haben oder echte Machtfragen berühren.

Aus der totalitären Politik ist der Versuch, den Blick auf die Wirklichkeit durch Euphemismen zu verstellen, gut bekannt. Schon die Nazis verfuhren so, als sie den Terminus „Endlösung" für den Judenmord einführten – indes umsonst. Nach kurzer Zeit nahm „Endlösung" just die grausige Bedeutung des Verbrechens an, das damit verschleiert werden sollte. Das Beispiel mag für unsere Zusammenhänge monströs überzeichnet wirken, hat aber den Vorzug, den Mechanismus genau zu zeigen. Wörter tragen keine feste Bedeutung in sich; sie nehmen stets die Bedeutung der Sache an, für die sie verwendet werden. [...]

Was ist der tiefere Grund für die heuchlerische Unterstellung tugendhafter Verhältnisse? Der Grund ist: Alles andere verstieße gegen die Gleichheit. Gleichheit [...] ist tatsächlich das heilige Ideal der Gegenwart. Schicksal dagegen, Herkunft, Geschlecht sind die Produzenten von Ungleichheit, ihnen Wirksamkeit zuzugestehen, hieße für viele Zeitgenossen, vor den schlechten Verhältnissen zu kapitulieren. Darum wird Gleichheit nicht als etwas behandelt, das in Kämpfen mühsam errungen werden muss – denn damit würde ja die aktuell bestehende Ungleichheit eingestanden. Die Heuchelei besteht darin, Gleichheit als etwas schon Eingetretenes zu behandeln oder als etwas mit einem simplen linguistischen Trick jederzeit Herstellbares – eine Frage der Gutwilligkeit letztlich und keine Machtfrage. […]

Das ist die Nemesis[5] der Heuchelei, dass sie in Wahrheit die Waffen vor den Verhältnissen streckt und so tut, als habe das Tugendideal schon gewonnen. Man kann es überall in den Internetdebatten, aber auch im Umgang mit Literatur beobachten. Wer immer versucht, die Welt zu beschreiben, wie sie ist, einschließlich uneinholbarer Klassenprivilegien oder notorischer Formen sexueller Ausbeutung, bekommt eins auf die Finger. Überall wird der Bote für die Botschaft bestraft. […]

Die Prüderie unserer Tage, die wirklich drückende Prüderie, ist die Prüderie vor der Wirklichkeit. Wage nur einer zu sagen, dass es mit der ganzen weiblichen Emanzipation auch im Westen nicht weit her sei und selbst das Emanzipationsideal nur im akademisch gebildeten Kleinbürgertum verbreitet! Besser, er wagt es nicht.

Der Shitstorm wäre unausweichlich, der jeden Hinweis darauf quittiert, dass unsere moralischen Ideale nur partikulare Reichweite beanspruchen können. Vielleicht wäre der überwältigende Eindruck einer neuen Prüderie und Meinungsaufsicht nicht entstanden ohne das Netz, das dem Kontrollkollektiv den Resonanzraum gibt, den früher nur die Kleinstadt oder der adlige Salon geboten hat. Im Netz wird aber auch offenbar, dass alles politisch korrekte Meinen nichts gegen die verkommene Wirklichkeit ausrichtet. Gleich neben der Frauenseite mit ihrer feministischen Sprachtüdelei wird gegen Ausländer gepestet, werden Schwule gehasst […].

Und damit sind wir wieder bei unserem Ausgangspunkt, dem ursprünglichen Betätigungsfeld aller Prüderie – der sexuellen Grenzverletzung. Dass ein entspannterer Umgang mit dem körperlichen Begehren, wie man uns einmal einzureden versucht hat[6], etwas zur Humanisierung beigetragen hat, wird man jedenfalls nicht mehr behaupten können. Die Gegenbewegung, die nun wieder im Namen der Emanzipation den Sexus unter Verdacht stellt, wird gegen die wölfische Menschennatur nichts ausrichten. Es muss der Diskurs sich auch einmal der Wirklichkeit stellen. Sonst endet alles emanzipatorische Gerede bei jener krassen Form der Heuchelei, die man in Sachsen oder Brandenburg beobachten kann, wo der Antifaschismus zwar politisch beschworen, aber der neofaschistische Hintergrund von einschlägigen Gewalttaten regelmäßig durch die Justiz unterschlagen wird.

Jens Jessen: Die große Heuchelei, DIE ZEIT Nr. 35/2014 vom 21. 08. 2014, https://www.zeit.de/2014/35/pruederie-pornografie-sittenmoral-heuchelei

Erläuterungen:
1 Diskurs: Art und Weise, wie in einer Gesellschaft über die Welt bzw. Ausschnitte der Welt gesprochen wird
2 krude: grob, plump, ohne Feingefühl
3 ubiquitär: überall vorkommend
4 Stendhal oder Balzac: Stendhal (1783–1842) und Honoré de Balzac (1799–1850), französische Schriftsteller, zählen zu den großen Vertretern des literarischen Realismus ihrer Zeit
5 Nemesis: in der griechischen Mythologie Göttin des gerechten Zorns; allgemeiner eine ausgleichende, vergeltende bzw. strafende Gerechtigkeit.
6 Anspielung auf die sogenannte „Sexuelle Revolution“ ab der Mitte der 60er-Jahre, deren Ziele u. a. darin bestanden, das Sprechen über Sexualität zu enttabuisieren und eine größere Freiheit beim Ausleben derselbigen zu erreichen.

Anmerkung zum Autor:
Jens Jessen (geb. 1955) ist ein deutscher Journalist und Publizist.

Hinweise und Tipps

*In der **ersten Teilaufgabe** wird von Ihnen verlangt, den **Aufbau der Argumentation** des gegebenen Textes darzustellen. Lesen Sie den Kommentar zunächst einmal ganz durch, um sich einen ersten Eindruck über dessen Thematik zu verschaffen. Wenn Sie den Text im Anschluss Abschnitt für Abschnitt durchgehen, ist es hilfreich, sich **Zwischenüberschriften und Stichpunkte zum Inhalt** am Rand zu notieren. Auf diese Weise können Sie den Gedankengang des Autors besser nachvollziehen. Um ein vertieftes Textverständnis zu erreichen, macht es Sinn, sich eigenes Wissen zum Thema in Erinnerung zu rufen. Hierbei könnten Sie sich folgende Fragen stellen: Von welchen Gegenständen wird in der Gesellschaft nur eingeschränkt gesprochen? In welchen Bereichen wird besonders Wert auf sprachliche Sensibilität gelegt? Kenne ich Beispiele für einen sensiblen Sprachgebrauch? Achten Sie bei Ihrer Darstellung darauf, nicht nur die Aussagen des Autors zusammenzufassen, da Sie ja den **Gang der Argumentation nachvollziehen** sollen. Dafür müssen Sie durchdringen, wie die einzelnen Abschnitte zusammenhängen. Zur ersten Teilaufgabe gehört es auch, die **Intention des Verfassers** darzulegen. Hier hilft ein Blick auf den letzten Abschnitt. In einem Kommentar wird die Autorenabsicht häufig am Ende des Textes auf den Punkt gebracht. Stellen Sie der Analyse der Argumentation eine Einleitung voran, die die wichtigsten Angaben zum Text enthält und über dessen Kernthema Aufschluss gibt.*

*In der **zweiten Teilaufgabe** sollen Sie **erörtern**, ob man durch eine gezielte Sprachverwendung Einfluss auf die Wirklichkeit nehmen kann. Bevor Sie **Pro- und Kontra-Argumente** zu dieser Themenstellung ausarbeiten, sollten Sie sich über die Formulierung „gezielte Sprachverwendung" Gedanken machen. Wo wird Sprache bewusst als Mittel eingesetzt, um bestimmte Ziele zu erreichen? Wer ist es, der über die Art und Weise, wie gesprochen (und geschrieben) wird, entscheidet? Antworten auf diese Fragen können Sie auch dem gegebenen Text entnehmen. Da Sie das Thema **textbezogen** erörtern sollen, müssen Sie **geeignete Zitate** in Ihre Argumentation integrieren. Achten Sie aber darauf, dass die zweite Teilaufgabe auf sprachtheoretische Überlegungen abzielt, während im Ausgangstext eher eine Gesellschaftskritik im Vordergrund steht. Sie müssen deshalb in Ihre Erörterung **Inhalte** einfließen lassen, **die nicht im Text verankert sind**. Greifen Sie dazu auf im Unterricht erworbenes Wissen sowie auf eigene Kenntnisse und Erfahrungen zurück, wie es die Aufgabenstellung vorschlägt. Bevor Sie sich an die Abfassung Ihres Aufsatzes machen, sollten Sie eine **Stoffsammlung** anlegen. Ordnen Sie anschließend die ausgewählten Argumente so an, dass es Ihnen bei der Ausformulierung nicht schwerfällt, von einem Aspekt zum anderen überzuleiten. Schließen Sie den Hauptteil der Erörterung mit der Seite, der Sie auch persönlich eher zuneigen, wobei das **überzeugendste Argument an letzter Stelle** steht. Ziehen Sie am Ende Ihres Aufsatzes ein **begründetes Fazit**, warum Sie der Ausgangsthese zustimmen oder weshalb Sie diese verneinen.*

Lösungsvorschlag

Teilaufgabe 1
Basissatz

Der **Kommentar** „Die große Heuchelei" wurde von Jens Jessen verfasst und erschien am 21. August 2014 im Online-Magazin der ZEIT. Darin kritisiert der Autor, wie in der Gesellschaft Diskurse geführt werden, denn die gegebene **Wirklichkeit** werde dabei von einem idealistischen Weltbild, das sich in **politisch korrekter Sprache** manifestiere, **verdeckt**.

Analyse der Argumentation
direkter Einstieg durch Aufzeigen eines Widerspruchs

Jens Jessen stellt seine **Kernthese**, wonach in der Gesellschaft ein **hohes Maß an Heuchelei** herrsche, unmittelbar an den Beginn seines Textes und verdeutlicht sie am **Widerspruch** zwischen den teils **moralisierenden** sprachlichen **Forderungen** in der Sexismusdebatte einerseits und der **Omnipräsenz** derber **sexueller Inhalte** im Netz andererseits (vgl. Z. 1 ff.).

historischer Vergleich zur Veranschaulichung eines Phänomens

In Form eines **historischen Rückblicks** macht der Autor darauf aufmerksam, dass Heuchelei, die sich aus einem **Gegensatz von Schein und Sein** ergebe, nichts Neues ist. So seien im 19. Jahrhundert außereheliche Beziehungen weitverbreitet gewesen, in der Zeit nach Napoleon habe man aber über dieses Thema nicht mehr öffentlich sprechen dürfen (vgl. Z. 17 ff.).

Ausweitung der Gegenwartsanalyse

Bei seiner **Gegenwartsanalyse** geht Jessen im Folgenden über den sexuellen Diskurs hinaus und zählt mehrere **Themengebiete** auf, **die** in verstärktem Maß einer **sprachlichen Reglementierung unterliegen**. Dazu gehören seiner Meinung nach unter anderem Gewalt, soziale und individuelle Unterschiede oder Geschlechtsidentitäten (vgl. Z. 26 ff.). Nur auf eine vorgegebene Art und Weise über diese Themen sprechen zu dürfen, bezeichnet der Verfasser als Prüderie (vgl. Z. 29 ff.).

kritische Position des Autors

Die anschließende **Kritik** des Journalisten besteht darin, dass ein derart normiertes Sprachverhalten bestehende Unterschiede verdecke, da ein **erwünschter gesellschaftlicher Zustand als bereits eingetretene Wirklichkeit ausgegeben** werde. Mit **Beispielen aus Gegenwart und Vergangenheit** möchte Jessen seine Ansicht untermauern. So habe die feministische Sprachkritik nicht zu einer Verwirklichung der Chancengleichheit geführt (vgl. Z. 45 ff.). Zudem zeige ein Blick in die Zeit des Nationalsozialismus, dass die von einer bestimmten Gruppe propagierten Begriffe nicht die intendierte Bedeutung annehmen müssten (vgl. Z. 51 ff.). Daraus zieht Jessen den Schluss, dass sich eine Verschleierung der Wahrheit durch einen bestimmten Sprachgebrauch letztlich nicht durchsetzen könne.

Als **Ursache** für die sprachliche Vortäuschung einer fortschrittlichen Gesellschaft nennt der Autor die **Verabsolutierung des Gleichheitsgrundsatzes** (vgl. Z. 60 f.). Alles, was diesem Prinzip zuwiderlaufe, werde negiert, um so zu tun, als sei Gleichheit bereits voll verwirklicht oder lasse sich zumindest ganz einfach herstellen (vgl. Z. 65 ff.).

weiterführende Erklärung für das beschriebene Phänomen

Im Folgenden zeigt Jessen die **Konsequenzen** dessen auf, was er als Heuchelei bezeichnet. Wer versuche, die Wirklichkeit so zu beschreiben, wie sie ist, und Formen von Ungleichheit offen zur Sprache bringe, werde **sanktioniert** (vgl. Z. 71 ff.). Das **Auseinandertreten von Ideal und Wirklichkeit** sei besonders stark in der Netzkommunikation zu beobachten, denn hier würden moralische Empörung auf der einen Seite und Ausdrucksformen bösartiger Gehässigkeit auf der anderen Seite unmittelbar aufeinandertreffen (vgl. Z. 80 ff.).

Aufzeigen der Folgen einer Tabuisierung

Am Ende des Textes **knüpft** der Kommentator **an den Ausgangspunkt** seiner Überlegungen **an**, indem er auf den gegenwärtig geführten Diskurs über Sexualität zurückkommt: Er vertritt die Meinung, dass weder ein zu liberales noch ein zu stark normiertes Sprechen über Sexualität zu einer Humanisierung der Gesellschaft beigetragen hätte (vgl. Z. 88 ff.). Daher kommt Jessen zu folgendem Schluss: **Wie über die Welt gesprochen wird, muss sich an der Wirklichkeit messen lassen.** Er unterstreicht die Dringlichkeit seiner Forderung mit dem Hinweis darauf, dass der rechtsradikale Hintergrund von in Ostdeutschland verübten Straftaten vonseiten der Justiz immer wieder verschwiegen werde, obwohl die Politik faschistischen Tendenzen den Kampf angesagt habe (vgl. Z. 95 ff.).

Wiederholung der eigenen Position und abschließendes Fazit

Mit seinem Kommentar möchte Jessen die Leserinnen und Leser davon **überzeugen**, dass es nicht ausreicht, bestimmte Themen möglichst sensibel und nach dem Grundsatz der Gleichheit zu diskutieren. Das führe dazu, dass zwar bestimmte Ideale hochgehalten würden, die Wirklichkeit aber aus dem Blick gerate. Auf sprachlicher Ebene so zu tun, als sei die Welt besser als sie ist, nennt Jessen „[d]ie große Heuchelei“ (Überschrift). Der ehrlichere Weg besteht seiner Meinung nach darin, die Realität so abzubilden, wie sie ist. Implizit ist damit auch der **Appell** verbunden, **es nicht bei** wohlüberlegten **sprachlichen Äußerungen zu belassen**, um einen erwünschten gesellschaftlichen Zustand herbeizuführen, sondern sich auch aktiv für dessen Verwirklichung einzusetzen.

Intention des Textes

Im Zuge seiner Gesellschafts- und Sprachkritik greift Jens Jessen immer wieder auf historische Beispiele zurück, um zu zeigen, dass **Heuchelei im Sprachgebrauch** kein neues Phänomen ist. Deutlich wird dabei auch: Ob und wie über bestimmte Themen gesprochen wird, unterliegt einem **Wandel**. Dieser wird maßgeblich vorangetrieben von **Instanzen**, die die in der Gesellschaft geführten Diskurse mitbestimmen. Dazu zählen unter anderem **politische Parteien, Interessenvertreter** einflussreicher Gruppierungen oder **Publikationsorgane** wie Verlage oder Zeitungen. Die verschiedensten Akteure wollen darauf Einfluss nehmen, **wie Sprache gebraucht wird**, weil deren Einsatz unseren **Blick auf die Welt** prägt. Ohne Zweifel hat Sprache mit unserem Denken und unserer Wahrnehmung zu tun. Ob eine **gezielte Sprachverwendung** letztlich auch unsere **Wirklichkeit beeinflussen** kann, soll im Folgenden erörtert werden.

Teilaufgabe 2
Einleitung

Zunächst ist festzustellen, dass mit einem festgelegten Sprachgebrauch bestimmte Ziele verfolgt werden. Dass diese Ziele tatsächlich erreicht werden, ist aber keinesfalls sicher. Sprache ist nämlich kein Instrument, das man nur auf die rechte Art benutzen muss, um einen bestimmten Zweck zu erreichen. An diesem **mechanischen Verständnis von Sprache** dürfen berechtigte Zweifel angemeldet werden. Sprachlicher Wandel wird durch die breite Masse der Sprecher vorangetrieben und folgt nicht den Zielen bestimmter Interessengruppen. Man muss nicht eigens auf die Verfehlungen nationalsozialistischer Sprachpolitik zurückgreifen (vgl. Z. 51 ff.), um diese Einsicht zu verdeutlichen. Auch in der Gegenwart gibt es Beispiele dafür, dass sich der **Sprache aufgezwängte Strukturen und Begriffe letztlich nicht durchsetzen** können. So wollte der Verein Deutsche Sprache e.V. im Wortschatz vorhandene Anglizismen durch deutsche Begriffe ersetzen. Aus dem Airbag sollte das Prallkissen, aus dem Laptop der Klapprechner werden. Es überrascht nicht, dass sich diese altertümlich klingenden Ausdrücke nicht durchsetzen konnten. Das verdeutlicht, dass sich die Wirklichkeit, in diesem Fall der derzeit große Einfluss des Englischen auf das Deutsche, nicht einfach über eine gezielte Verwendung der Sprache verändern lässt.

Hauptteil

Kontra-Argumente

Sprache nicht steuerbar

Vergessen werden darf auch nicht, dass es **nicht die *eine* Sprache** gibt, die mit der Wirklichkeit einer ganzen Gesellschaft zu tun hat. Vielmehr stehen in einem Sprachraum ganz **unterschiedliche sprachliche Codes** nebeneinander, die jeweils von einer bestimmten Gruppe von Sprechern gepflegt werden. Die Art und Weise, wie innerhalb eines Systems miteinander kommuniziert wird, lässt sich **nicht immer** gezielt **auf einen anderen Bereich übertragen**. In

begrenzte Reichweite eines bestimmten Sprachgebrauchs

seriösen Zeitungen achtet man beispielsweise darauf, dass journalistische Grundsätze mit demokratischen Prinzipien in Einklang stehen. So wird auch bei meinungsbildenden Texten Wert auf eine ausgewogene Darstellung gelegt und Begriffe, die Minderheiten stigmatisieren, werden nicht verwendet. Es ist allerdings zu beobachten, dass die durch die Sprache transportierten Werte allenfalls bei einer „akademische[n] Nische" (Z. 6) verfangen. Eine **gezielte Sprachverwendung beeinflusst** hier also **nur die Wirklichkeit eines bestimmten Teils** der Bevölkerung. In anderen Bereichen, allen voran der Netzkommunikation, scheint es, als seien geltende Werte und Normen außer Kraft gesetzt. Hier wird „offenbar, dass alles politisch korrekte Meinen nichts gegen die verkommene Wirklichkeit ausrichtet. Gleich neben der Frauenseite mit ihrer feministischen Sprachtüdelei wird gegen Ausländer gepestet, werden Schwule gehasst" (Z. 83 ff.). Mit einer gezielten Sprachverwendung erreicht man in der Regel also nur eine bestimmte Gruppe von Menschen und nimmt demzufolge allenfalls **auf einen begrenzten Bereich der Wirklichkeit Einfluss**.

Erzeugen einer Scheinwirklichkeit

Skeptiker behaupten sogar, dass die Wirklichkeit weder zu einem kleinen Teil, noch überhaupt durch eine gezielte Sprachverwendung beeinflusst werden kann. Stattdessen werde höchstens eine **Scheinwirklichkeit erzeugt**, die aber keinerlei Einfluss auf reale Machtverhältnisse habe. So erwecke **geschlechtergerechtes Formulieren**, wenn beispielsweise von Politikerinnen und Politikern oder von ProfessorInnen die Rede ist, den Eindruck, als sei man auf dem besten Weg zur vollen Gleichberechtigung in der Gesellschaft. Die Wirklichkeit, die in erster Linie von „materielle[n] [Faktoren] oder echte[n] Machtfragen" (Z. 50) bestimmt wird, sieht jedoch anders aus. Immer noch verdienen Frauen in Deutschland im Schnitt weniger als ihre männlichen Kollegen und in führenden deutschen Unternehmen gehören Frauen auch nach Einführung einer Quotenregelung zu einer Minderheit. Daran wird auch eine in der Sprache praktizierte Geschlechtergerechtigkeit so schnell nichts ändern.

Pro-Argumente
Sprache als Einflussfaktor auf das Bewusstsein

Auf der anderen Seite gibt es auch **Argumente dafür**, dass Sprache Auswirkungen auf unsere Realität hat. Entscheidend dabei ist, dass **Sprache unser Denken beeinflusst**. Unsere Vorstellungen und Überzeugungen bestimmen wiederum maßgeblich, wie wir die Welt gestalten. Ein Beispiel hierfür ist erneut das **geschlechtergerechte Formulieren**. Indem neben der männlichen Form auch die weibliche genannt wird, werden Frauen in der Sprache sichtbar gemacht. Damit kommt auch der Anspruch zur Geltung, dass Frauen gleichberechtigt an den verschiedenen Bereichen des Zusammenlebens beteiligt sein müssen. **Maßnahmen** zur Durchsetzung von Gleichberechtigung, z. B. die zuvor genannte Quotenregelung, aber auch das jüngst eingeführte Rückkehrrecht auf eine Beschäftigung in Vollzeit, sind als **Folge eines Bewusstseinswandels** zu verstehen. Dabei darf nicht übersehen werden, dass sich dieser **Wandel nicht ad hoc** und nicht in allen Bevölkerungsschichten gleichermaßen schnell vollzieht. Den Einfluss von Sprache auf unsere Wirklichkeit gänzlich zu bestreiten, wäre jedoch falsch.

enger Zusammenhang von Denken und Sprache

Auch vonseiten der **Wissenschaft** gibt es Ansätze, die der Sprache einen großen Einfluss auf das Denken – und damit auch auf die Wirklichkeit – zugestehen. Nach der **Sapir-Whorf-Hypothese** beeinflusst die Art und Weise, wie wir sprechen, unser Denken nicht nur, sondern bestimmt es sogar. Der amerikanische Ingenieur und Sprachwissenschaftler Benjamin Lee Whorf stellte in Anknüpfung an Edward Sapir die These auf, dass das „linguistische System" der Muttersprache festlegt, wie wir unsere Welt sehen. Der Wissenschaftler will beispielsweise herausgefunden haben, dass Mitglieder des Stammes der Hopi in Nordamerika nicht über ein Zeitkonzept verfügen, das mit unserem zu vergleichen ist. Das liege daran, dass in der Sprache dieser Ethnie Begriffe wie „gestern", „heute" und „morgen" fehlen. Auch wenn man nicht gleich – wie Whorf behauptet – von einem sprachlichen Determinismus ausgehen muss, so steht doch fest, dass **Sprache** einen **wesentlichen Einfluss auf unser Denken**, auf unsere Weltsicht und damit letztlich auch auf unser Verhalten hat. Im Falle der Hopi-Indianer könnte man beispielsweise davon ausgehen, dass diese viel mehr im Hier und Jetzt leben, als das in anderen Kulturen der Fall ist.

gesellschaftliche Veränderungen durch Aufbrechen von Tabuthemen

Doch auch in unserem Kulturkreis gibt es Belege für den engen Zusammenhang von Sprache, Denken und Wirklichkeit. Gesellschaftliche Entwicklungen können angestoßen werden, wenn sich nicht nur ändert, wie gesprochen wird, sondern auch worüber. Das ist unter anderem der Fall, wenn **Dinge**, über die lange Zeit geschwiegen wurde, endlich **beim Namen genannt** werden. Hier zeigt sich die **befreiende und die Wirklichkeit verändernde Wirkung** von Sprache. Besonders eindrücklich sieht man das am Beispiel der **MeToo-Bewegung**. Ausgehend von einer Hollywood-Affäre um den Filmproduzenten Harvey Weinstein brachen immer mehr Frauen ihr Schweigen und machten auf Twitter unter dem Hashtag #MeToo ihre Erfahrungen von Belästigung und sexuellem Missbrauch öffentlich. In der Folge dieser Bewegung mussten nicht nur einzelne Produzenten und auch Schauspieler ihren Hut in der Filmindustrie nehmen, sondern in verschiedensten Branchen wurden **Strukturen hinterfragt, die** einen **Missbrauch** männlicher Macht überhaupt erst **möglich machen**. Wie und worüber gesprochen wird, kann also eine Gesellschaft nachhaltig beeinflussen und zu großen Umwälzungen führen.

Schluss

In seinem Kommentar bezweifelt der Journalist Jens Jessen, dass es möglich sei, der Heuchelei in der Sprache ein Ende zu setzen, ohne dabei negative Konsequenzen in Kauf nehmen zu müssen. „Wer immer versucht, die Welt zu beschreiben, wie sie ist, [...], bekommt eins auf die Finger" (Z. 71 ff.), so der Kommentator. Diese Aussage spiegelt auch die eher **kulturpessimistische Haltung des Verfassers** wider, die einhergeht mit einem **Skeptizismus** gegenüber dem wirklichkeitsverändernden Potenzial eines politisch korrekten Sprachgebrauchs. Ohne Zweifel ist es so, dass Sprache nicht beliebig steuerbar ist und gesellschaftliche Gruppen nicht gleichermaßen durch eine gezielte Sprachverwendung erreicht werden. Allerdings zeigen die genannten Beispiele, wie groß der **Einfluss der Sprache auf unsere Wirklichkeit** ist. Wie und worüber gesprochen wird, **prägt** maßgeblich **unser Denken** und kann schließlich zu einem **Bewusstseinswandel** führen. Ob sich unsere Wirklichkeit zum Positiven oder Negativen verändert, hängt im Umkehrschluss also auch davon ab, wie wir öffentlich, aber auch privat miteinander kommunizieren.

Kernfach Deutsch (Hamburg): Abiturprüfung 2020
Erhöhtes Anforderungsniveau – Aufgabe IV

Aufgabenart
Analyse und Erörterung pragmatischer Texte

Thema
Sprache

Text
Eisenberg, Peter: *Finger weg vom generischen Maskulinum!* (2018)

Teilaufgaben

1. Stellen Sie den Argumentationsgang des vorliegenden Textes von Peter Eisenberg dar und erläutern Sie die Intention des Textes. (40 %)
2. Erörtern Sie ausgehend vom Text die Berechtigung einer Sprachregulierung in Bezug auf Gendergerechtigkeit. Beziehen Sie dabei Ihre im Unterricht erworbenen Kenntnisse über Sprachverwendung in gesellschaftlichen Zusammenhängen und über das Verhältnis von Sprache, Denken und Wirklichkeit ein. (60 %)

Peter Eisenberg: Finger weg vom generischen Maskulinum! (2018)

Seit mehr als vierzig Jahren gibt es bei uns einen öffentlichen Diskurs über Notwendigkeit und Möglichkeit einer geschlechtergerechten Sprache, aber selten war er so intensiv wie in diesem Sommer. Und die vertretenen Positionen erweisen sich als kaum vereinbar, echte Kompromisse sind selten. Das gilt weitgehend auch für die beteiligten Sprachwissenschaftler, besonders bei der zu ihrer Domäne gehörenden Frage nach dem Verhältnis von Genus und Sexus, dem grammatischen und dem natürlichen Geschlecht.

Zugespitzt hat sich der Streit am sogenannten generischen Maskulinum, das bei Personenbezeichnungen wie Lehrer, Schlosser, Soldat, Spion in Erscheinung tritt. Dienen sie in der Grundbedeutung der Bezeichnung von Männern oder sind sie geschlechtsneutral in dem Sinn, dass sie gar keinen Bezug zum natürlichen Geschlecht haben, also weder auf männlich oder weiblich noch auf inter, trans, queer[1] und so weiter fixierbar sind? Ist es so, dann wäre durch das generische Maskulinum auch niemand diskriminiert, gleichgültig, welche Geschlechtsidentität er persönlich hat.

Um es deutlich zu sagen: Die hier vorgelegte Verteidigung des generischen Maskulinums richtet sich nicht gegen die Verwendung des Deutschen als geschlechtergerechte Sprache, sondern gegen seine Misshandlung und Manipulierung in vermeintlich guter Absicht. Denn gerade das generische Maskulinum ist eine in der Sprache tief verankerte, elegante und leistungsstarke Möglichkeit zur Vermeidung von Diskriminierung.

Am Diskurs beteiligte Sprachwissenschaftler sind geteilter Meinung, einige haben sich in letzter Zeit vom generischen Maskulinum distanziert. So schreiben die Kolleginnen Gabriele Diewald und Anja Steinhauer in der Dudenbroschüre „Richtig gendern“ (Berlin 2017), man solle das Maskulinum vermeiden. Es mache Frauen unsichtbar und sei nicht der Grammatik eingeschrieben, sondern lediglich eine Gebrauchsgewohnheit, die man ändern könne. Dem Leser wird geraten, einmal jemanden zu fragen: Wer ist dein Lieblingsschauspieler? Als Antwort würden ihm fast ausschließlich Männer genannt werden. Denn in unseren Köpfen seien solche Wörter fest mit „männlich“ verbunden. Man spricht hier auch von männlichen Stereotypen.

Solche Stereotypen gibt es, das ist keine Frage. Sie sind aus der Grundbedeutung von Lehrer (einer, der lehrt) oder Schauspieler (einer, der schauspielert) und so weiter abgeleitet, sie ändern aber an der Grundbedeutung nichts. Die von den Autorinnen gegebene semantische Charakterisierung des generischen Maskulinums „Frauen sind mitgemeint“ ist inkorrekt. Frauen sind gar nicht gemeint, ebenso wenig wie Männer oder Geschlechtsidentitäten jenseits der binären[2] Norm. Darin liegt gerade das Spezifische des generischen Maskulinums. Ein Wort wie Lehrer hat genau zwei Bausteine, nämlich den Verbstamm *lehr* und das Substantivierungssuffix *er*, das zu Bezeichnungen von Personen führt, die das tun, was der Verbstamm besagt. Solche Substantive können eine ganze Reihe von daraus abgeleiteten Bedeutungen haben, die alle nichts an der Grundbedeutung ändern.

So kann Raucher nicht nur jemanden bezeichnen, der raucht, sondern auch ein Abteil, in dem geraucht werden darf. Ein Seufzer kann auch eine Lautäußerung sein, ein Träger kann ein T-Träger, ein Gepäckträger, ein Hosenträger und vieles mehr sein. Und ist ein Gesetzgeber männlich oder auch nur belebt? Solche abgeleiteten Bedeutungen sind regelhaft und gut verstanden. Sie zeigen, dass es mit der Bindung der er-Substantive an „männlich“ nicht weit her ist. An der Grundbedeutung ändern sie nichts. Sie bleibt gültig und ist jeweils vorausgesetzt.

Schon als Kinder haben wir gern jemanden gebeten, ein Möbelstück, ein Musikinstrument und eine Farbe zu nennen. Die Antwort war mit statistisch signifikanter Häufigkeit Tisch, Geige und rot. Das sind die jeweiligen Prototypen, die wir zuerst im Kopf haben, die aber wie die Stereotype nicht das Geringste an der Bedeutung von Möbelstück und so weiter ändern. Assoziationstests sind unbrauchbar, wenn es um die Frage geht, welches die Grundbedeutung von Lehrer, Spion oder Soldat ist. Das gilt sogar dann, wenn fast alle Spione und Soldaten Männer sind. Schon ein einfacher Satz wie „Unter den Grundschullehrern gibt es zu wenig Männer“ zeigt das. Der ungerechtfertigte Kampf gegen einen produktiven Mechanismus zur Bildung von Substantiven (wie die auf *er*) kann nicht gewonnen werden. Er kann jedoch erheblichen Schaden anrichten.

In der genannten Dudenbroschüre (Seite 114) findet sich ein bemerkenswertes Zitat aus einem Text von Antje Baumann, die im Sprachbüro des Bundesjustizministeriums tätig ist: „Denn die spezielle Textsorte ‚Gesetz‘ hat Merkmale, die mit dem geschlechtergerechten Formulieren kollidieren: Abstraktion von allen Merkmalen einer Person, die für das zu regelnde Rechtsverhältnis irrelevant sind (wie z. B. vom natürlichen Geschlecht eines Schuldners, Täters etc.).“ Genau. Warum sollen wir bei Rechtstexten, bei wissenschaftlichen und anderen Textsorten dauernd das natürliche

Geschlecht vor uns hertragen? Das kann gut, notwendig und richtig sein, darf aber niemals zum Zwang werden.

Eine weitere Attacke auf die Maskulina wird in einer Reportage der Wochenzeitung „Die Zeit" (30. Mai) geritten. Sie zitiert den Berliner Anglisten Anatol Stefanowitsch mit der Äußerung, es gebe auf der Höhe des aktuellen Forschungsstandes keine einzige linguistisch fundierte Verteidigung des generischen Maskulinums. Im „Tagesspiegel" (6. Juni) erklärt der Kollege, was er damit meint: Wieder sind es Assoziationstests des Typs *Nennen Sie Ihren Lieblingsmusiker*. Wir brauchen ihn nach den Ausführungen zur Duden-Broschüre nicht weiter zu kommentieren.

Eine linguistisch fundierte Verteidigung der in der „Zeit" geäußerten diffamierenden Äußerung des Kollegen ist das nicht. Und immerhin sollte man zur Kenntnis nehmen, dass die Seite der Zeitung, auf der Stefanowitschs Text steht, voll von generischen Maskulina ist. Da ist die Rede vom Fortschrittsbringer, vom Kämpfer, vom Syrer, vom Vertreter des syrischen Volkes, von den Kurden, den Sunniten und so weiter und so fort. Was sollten wir bloß ohne das generische Maskulinum anfangen?

Auch die „Süddeutsche" beteiligt sich an der Jagd auf die unschuldige grammatische Kategorie generisches Maskulinum. Prominente Autoren sind der neue Direktor des Instituts für Deutsche Sprache Mannheim, Henning Lobin, und die Mainzer Sprachwissenschaftlerin Damaris Nübling. Unter dem Titel „Genus, Sexus, Nexus" („SZ" vom 7. Juni) stellen sie fest, die Idee des generischen Maskulinums sei falsch. Grundlegend für ihre Behauptung ist, „dass Personenbezeichnungen wie Terrorist, Spion, Physiker, Lehrer, Erzieher, Florist oder Kosmetiker ein sogenanntes soziales Geschlecht aufweisen, das unterschiedlich stark ausgeprägt sein kann. Es leitet sich aus dem realen Geschlechteranteil ab und aus Stereotypen, die man der jeweiligen Personengruppe zuschreibt."

Erneut wird dann von einem Assoziationstest erzählt, der deutlich macht, dass beim Wort Spion das soziale Geschlecht „männlich" ausgeprägt ist. Und wieder zeigen einfache Sätze wie „Der BND stellt heute vermehrt Frauen als Spione ein" ein Maskulinum, dessen Grundbedeutung generisch ist. Man kann das für alle von Lobin/Nübling genannten Wörter ebenso zeigen. Und wie eben ist der Artikel auf der Zeitungsseite und auf ihrer Rückseite von generischen Maskulina umgeben: Manager, Philharmoniker, Ex-Knackis, Flüchtlinge, Betreuer, junge Polen, Amerikaner und so weiter und so fort.

Wir sollten unsere Sensibilität für offene und besonders für versteckte sprachliche Diskriminierung von Frauen weiter schärfen. Genauso rücksichtsvoll haben wir mit Geschlechteridentitäten umzugehen, die nicht ins binäre Schema passen.

Das Deutsche ist in dieser Hinsicht sehr ausdrucksstark. Ein geschlechtergerechtes Durchregeln, das Eingriffe in die Sprache einschließt und uns ein permanent schlechtes Sprachgewissen macht, lehnen wir ab. Wo die Normalsprecherin und der Normalsprecher nicht mehr reden und schreiben können, wie ihnen Hand, Kopf und Schnabel gewachsen sind, vergehen wir uns an ihnen und an der Sprache.

Wenn wir dafür sorgen, dass es in Zukunft mehr Dirigentinnen, Richterinnen, Pfarrerinnen und Filmemacherinnen gibt als jetzt, tun wir etwas für die Gleichstellung aller in der Gesellschaft. Das soziale Geschlecht vieler Personengruppen wird sich dann verändern, und falsch bewertete Assoziationstests werden überflüssig. Über einen Krieg gegen das generische Maskulinum erreichen wir das mit Sicherheit nicht.

(1189 Wörter)

Aus: Peter Eisenberg: Finger weg vom generischen Maskulinum!, Tagesspiegel vom 08. 08. 2018, https://www.tagesspiegel.de/wissen/debatte-um-den-gender-stern-finger-weg-vom-generischen-maskulinum/22881808.html

Erläuterungen:

1 inter, trans, queer:
inter: Kurzform für: intergeschlechtliche Menschen, d. h. Personen, die mit körperlichen Merkmalen geboren werden, die medizinisch als „geschlechtlich uneindeutig" gelten.
trans: Kurzform für: transgeschlechtliche Menschen, d. h. Personen, die nicht in dem Geschlecht leben können oder wollen, welchem sie bei ihrer Geburt zugeordnet wurden.
queer: Kurzform für: queer lebende Menschen, d. h. Personen, deren Geschlecht oder Sexualität sich nicht mit den gängigen Kategorien der Zwei-Geschlechter-Ordnung erfassen lässt.

2 *binär:* aus zwei Einheiten bestehend.

Hinweise und Tipps

*Bei der **ersten Teilaufgabe** sollen Sie den **Argumentationsgang** des gegebenen Textes darstellen. Es kommt also nicht nur darauf an, die zentralen Aussagen des Textes wiederzugeben, sondern vor allem darauf, wie der Autor seine in der Überschrift formulierte Position argumentativ entwickelt. Hierzu müssen Sie zunächst die **inhaltlichen Zusammenhänge durchdringen**. Halten Sie neben jedem Absatz in Stichpunkten fest, worum es in der jeweiligen Passage im Kern geht. Im nächsten Schritt bilden Sie **übergeordnete Sinnabschnitte**, die dem **Gedankengang des Autors** entsprechen. Dabei helfen Ihnen folgende Fragen:*

- *Welcher **Ausgangspunkt** liegt den Ausführungen zugrunde?*
- *Was ist die **zentrale These** des Autors?*
- *Wie **begründet** er diese?*
- *Welche **Beispiele** werden im Text genannt und was soll damit veranschaulicht werden?*
- *Zu welcher **Schlussfolgerung** kommt der Autor?*

*Die Länge eines Sinnabschnitts ist von den Schwerpunktsetzungen abhängig. So stellt der Autor die Gründe, die andere gegen seine Position anführen, eher überblicksartig zusammen, während er durch eine umfassende Sammlung von Kritikpunkten die Argumente seiner Gegner entkräften möchte. Ihre Darstellung gewinnt an Kontur, wenn Sie auf die **zentralen Argumente** des Autors mit der gebotenen **Ausführlichkeit** eingehen und längere Passagen, die vor allem der Veranschaulichung dienen, stärker raffen.*
*Im Rahmen der ersten Teilaufgabe sollen Sie auch genauer auf die **Intention des Textes** eingehen. Da Sie den Text bereits in übergeordnete Sinnabschnitte eingeteilt haben, wird es Ihnen nicht schwerfallen, die zentralen **Absichten des Autors** zu benennen. Durch **passende Zitate** aus dem Ausgangstext können Sie diese erläutern. Im vorliegenden Fall bietet es sich an, auch auf die **Überschrift** des Kommentars einzugehen,*

da hier nicht nur die inhaltliche Position des Autors deutlich zum Ausdruck kommt, sondern auch seine Haltung in der Diskussion zur gendergerechten Sprache.
Der Schwerpunkt der Aufgabenstellung liegt auf der ***zweiten Teilaufgabe*** *(60 % der Bewertung). Es soll* ***erörtert*** *werden, ob* ***Sprachregulierung in Bezug auf Gendergerechtigkeit berechtigt*** *ist. Dieser Arbeitsauftrag zielt auf eine* ***dialektische Betrachtung*** *des Themas ab. Das heißt, Sie* ***müssen sowohl Argumente für als auch gegen entsprechende Eingriffe in die Sprache*** *finden. Da Sie in Ihrer Erörterung vom Text ausgehen sollen (vgl. Aufgabenstellung), sollten Sie bei der Vorarbeit prüfen, an welchen Stellen Sie Eisenberg zustimmen können und an welchen Sie eine andere Position haben. Ihre Suche nach Argumenten beginnen Sie also am besten beim Text, der Ihnen Anhaltspunkte sowohl für die Kontra- als auch für die Pro-Seite liefert – sie sollte aber auch darüber hinausgehen. Denn laut Aufgabenstellung sollen Sie* ***aus dem Unterricht erworbene Kenntnisse*** *über* ***Sprachverwendung in gesellschaftlichen Zusammenhängen*** *und über das* ***Verhältnis von Sprache, Denken und Wirklichkeit*** *in Ihre Ausführungen einfließen lassen. Vergegenwärtigen Sie sich daher, was Sie im Unterricht darüber gelernt haben, und versuchen Sie, es auf die zu erörternde Thematik zu beziehen. Überlegen Sie beispielsweise, inwieweit* ***Sprache das Denken der Menschen beeinflussen*** *kann und ob dies für die* ***Geschlechtergerechtigkeit relevant*** *sein könnte.*
Bevor Sie mit dem Schreiben beginnen, sollten Sie ***mithilfe eines Schreibplans*** *Ihre Erörterung so vorstrukturieren, dass ein Gliederungsprinzip erkennbar ist. Bei der vorliegenden Lösung sind die* ***Argumente alternierend angeordnet****, da jedem Kontra-Argument ein entsprechendes Pro-Argument gegenübergestellt wird. Es ist jedoch* ***auch eine blockweise Anordnung denkbar****. Wichtig ist, dass Sie am Ende beide Seiten gegeneinander abwägen und Ihren* ***eigenen Standpunkt*** *herausstellen.*

Lösungsvorschlag

Einleitung
Angaben zur Textvorlage
Position des Verfassers

In seinem Kommentar „Finger weg vom generischen Maskulinum!“, der am 8. August 2018 im Tagesspiegel erschienen ist, spricht sich Peter Eisenberg **für die Verwendung des generischen Maskulinums** aus und **warnt vor zu starken Eingriffen** in die deutsche Sprache.

Hauptteil
Argumentation des Textes
Sinnabschnitt 1: aktueller Anlass als Ausgangspunkt und Formulierung der Kernfrage

Im ersten Sinnabschnitt (vgl. Z. 1–20) konstatiert Eisenberg zunächst, dass der jahrzehntelange Streit um geschlechtergerechtes Formulieren noch nie so hitzig geführt wurde wie im Sommer 2018, und **stellt die Kernfrage** in dieser Diskussion heraus. Es gehe im Grunde darum, **welche Bedeutung Personenbezeichnungen** zugrunde liegt, die **in grammatischer Hinsicht männlich** sind. Sind damit in erster Linie Männer gemeint oder sind diese Bezeichnungen geschlechtsneutral? Bevor der Sprachwissenschaftler seine Argumentation entfaltet, um sich für die zuletzt genannte Sichtweise auszusprechen, möchte er sich von dem Verdacht befreien, dass er sich gegen Geschlechtergerechtigkeit in der Sprache wende. Daher betont er, es gehe ihm in erster Linie darum, das Deutsche **vor gewaltsamen Eingriffen zu schützen**, die gar nicht dem Ziel einer geschlechtergerechten Sprache dienlich sind.

Sinnabschnitt 2: Darstellung der Gegenposition

Am Beispiel von Empfehlungen in einer Duden-Broschüre zeigt Eisenberg im zweiten Sinnabschnitt (vgl. Z. 21–29) den **Standpunkt seiner Gegner** auf. Diese würden gegen die Verwendung des generischen Maskulinums folgende Argumente ins Feld führen: Es sei nicht tief im Sprachsystem verwurzelt, sondern nur eine **veränderbare Sprachgewohnheit** und es lasse **Frauen in der Sprache verschwinden**. Als Beleg würden die Duden-Autorinnen anführen, dass man mit Begriffen wie „Schauspieler", die in Bezug auf das Genus männlich sind, automatisch Männer assoziiere.

Sinnabschnitt 3: Argumentation gegen die Position seiner Gegner

Grundbedeutung vs. abgeleitete Bedeutung

Bei seiner **nachfolgenden Replik** (vgl. Z. 30–58) konzentriert sich Eisenberg auf den zuletzt genannten Punkt. Er räumt zwar ein, dass es stereotype Vorstellungen bei bestimmten Begriffen mit männlichem Genus gebe. Er meint aber, deswegen ändere sich nichts an der **Grundbedeutung** dieser Begriffe. Als Beispiel führt er das Wort „Lehrer" an. Sprachwissenschaftlich betrachtet sei das eine Person, die lehrt. Auch andere Begriffe, die auf das **Suffix -er** enden, können Eisenberg zufolge je nach Kontext eine **große Bandbreite an Bedeutungen** einnehmen. Durch diese **Analogie bekräftigt** der Autor sein zuvor genanntes Argument, Wörter wie „Lehrer" seien in ihrer Grundbedeutung offen, also **geschlechtsneutral**. Mit einer weiteren **Analogie** versucht der Autor die **Unbrauchbarkeit von Assoziationstests** zu unterstreichen: Frage man nach einem Exemplar einer Kategorie (z. B.: „Nenne mir eine Farbe."), werde meist der Prototyp (hier: „Rot.") genannt. Wie bei Stereotypen ändert sich dadurch aber laut Eisenberg nichts an der **Grundbedeutung** des Wortes, mit dem die Kategorie bezeichnet wird (hier: Farbe).

Sinnabschnitt 4: Beispiele für Positionierungen gegen das generische Maskulinum – mit Gegenargumentation

Im vierten Sinnabschnitt (vgl. Z. 59–98) nennt Eisenberg mehrere **Beispiele für Widersprüche und Unzulänglichkeiten**, die in diversen Wortmeldungen der Gender-Befürworter seiner Ansicht nach zutage treten. Die gegnerische Seite müsse einräumen, dass der Gebrauch des generischen Maskulinums bei manchen Textsorten unverzichtbar sei. Sie würden reflexartig das Assoziationsargument wiederholen, über die inkonsequente Handhabung des Genderns in den Zeitungen hinwegsehen und zu Unrecht an der These festhalten, es gebe einen engen Zusammenhang zwischen Genus und Sexus. Durch diese Auflistung von Kritikpunkten möchte der Autor die **Glaubwürdigkeit der Gegenseite infrage stellen**.

Sinnabschnitt 5: Schlussfolgerung

Am Ende des Kommentars (vgl. Z. 99–111) erhebt Eisenberg auf Basis seiner Argumentation mehrere **Forderungen**. Er spricht sich dafür aus, weiterhin **sensibel mit Fragen der Geschlechtergerechtigkeit** umzugehen, **lehnt aber sprachliche Reglementierungen** im Zuge des Genderns ab. Statt Gleichheit zwischen den Geschlechtern sprachlich zu erzwingen, solle man lieber **Frauen in Berufe bringen**, die bislang **eher Männern vorbehalten** waren.

Intention des Textes

Die **Intention des Textes** wird durch die pointiert formulierte **Überschrift** deutlich zum Ausdruck gebracht. Wie Eltern ihre Kinder mahnen („Finger weg vom Kuchen!"), ruft Eisenberg seinen Kolleginnen und Kollegen in der Sprachwissenschaft zu: „Finger weg vom generischen Maskulinum!" Dadurch erscheint das generische Maskulinum als etwas Schützenswertes, das vor den (vermeintlich) impulsiven und ungeduldigen Zugriffen der Gender-Befürworter gerettet werden müsse. Argumentativ verfolgt Eisenberg das Ziel, das generische Maskulinum gerade als **kraftvolles Mittel gegen Diskriminierung zu verteidigen**, indem er mithilfe sprachwissenschaftlicher Erwägungen dessen Geschlechtsneutralität herausstellt. Unter anderem weil er sein Plädoyer gegen entsprechende **Sprachreglementierungen** in einer Zeitung veröffentlicht, darf man davon ausgehen, dass es ihm nicht einfach nur um eine **fachwissenschaftliche Einschätzung** geht, sondern dass er in der **gegenwärtigen** (vgl. Z. 2 f.) **öffentlichen Diskussion** auf die Meinung der Bürgerinnen und Bürger **Einfluss nehmen will**. Entsprechend versucht er die Leserinnen und Leser auch **emotional anzusprechen**, indem er suggeriert, das Gendern führe zu einer Einschränkung der Sprecher und Sprecherinnen, die sich dann nicht mehr äußern könnten, wie sie es möchten (vgl. Z. 104 ff.).

Überleitung

zahlreiche Varianten des gendergerechten Formulierens

Mit der Anerkennung nichtbinärer Geschlechtsidentitäten durch den Bundesgerichtshof stellt sich die Frage nach der Geschlechtergerechtigkeit auf eine neue Weise. Es geht nicht mehr allein um die Gleichheit von Männern und Frauen, der sprachlich beispielsweise durch **Doppelformen** (wie z. B. Bürgerinnen und Bürger) Ausdruck verliehen wird, sondern auch um die Anerkennung von Personen, die sich weder eindeutig dem männlichen noch dem weiblichen Geschlecht zurechnen. Deshalb wird nach Möglichkeiten gesucht, auch Menschen, die sich weder mit dem männlichen noch dem weiblichen Geschlecht identifizieren können, in der Sprache zu repräsentieren. **Gendergap und Gendersternchen** haben sich als eine zusätzliche Form des gendergerechten Formulierens etabliert. Inzwischen gibt es daher eine **Vielzahl an Möglichkeiten des sogenannten Genderns**. Unumstritten ist der Zweck, der hinter solchen Innovationen steht: Es geht um die Förderung der Gleichheit zwischen den Geschlechtern. Aber bei den Mitteln herrscht Uneinigkeit, da kontrovers diskutiert wird, ob man überhaupt derart in die Sprache eingreifen darf. Daher stellt sich die Frage: **Ist Sprachregulierung berechtigt, um Gendergerechtigkeit herzustellen?**

Erörterung

Kontra-Argument: Verlust von Ungezwungenheit in der Sprache

Der Sprachwissenschaftler Peter Eisenberg verneint dies unter anderem deshalb, weil sprachliche Vorgaben, die zur Realisierung von Gendergerechtigkeit beitragen sollen, seiner Meinung nach **dem natürlichen Sprachgebrauch zuwiderlaufen**. Tatsächlich ist es so, dass wir **im Alltag**, also beispielsweise bei Unternehmungen mit Freunden, beim Einkaufen oder bei Gesprächen mit der Familie, **auf komplizierte sprachliche Formen und umständliche Formulierungen verzichten**. Wenn aber in anderen Kontexten, etwa beim Lesen von Zeitschriften oder im Unterricht, Formen der gendergerechten Sprache begegnen, könnte das die Erwartung wecken, sich diesem **Sprachgebrauch anpassen** zu müssen. Wer dem Trend – vielleicht aus Bequemlichkeit beim Sprechen – nicht folgt, läuft Gefahr, **„ein permanent schlechtes Sprachgewissen“** (Z. 103 f.) zu haben, da er das Gefühl hat, sich nicht ausreichend an der Verwirklichung von Geschlechtergerechtigkeit zu beteiligen. Eisenberg richtet sich daher mit einer warnenden Botschaft an Gender-Befürworter. Er meint: „Wo die Normalsprecherin und der Normalsprecher nicht mehr reden und schreiben können, wie ihnen Hand, Kopf und Schnabel gewachsen sind, vergehen wir uns an ihnen und an der Sprache.“ (Z. 104 ff.)

Pro-Argument: Ausdruck für gesellschaftlichen Fortschritt

Es darf jedoch nicht übersehen werden, dass eine Gesellschaft flexibel auf Veränderungen reagieren kann. Das ist auch durch die **Wandelbarkeit der Sprache** möglich. Die Mitglieder einer Sprachgemeinschaft können durch ihre Äußerungen deutlich machen, dass sie **gesellschaftliche Lernprozesse** verinnerlicht haben. Aus der Geschichte heraus sind sich viele Deutsche der Tatsache bewusst, dass es ein hohes Gut ist, in einer Demokratie zu leben, die auf **Werten wie Gleichheit und Freiheit** basiert. Ein großer Teil der Sprecher vermeidet es daher, Wörter in den Mund zu nehmen, die diesen Werten widersprechen. Begriffe wie „Fräulein“, „Zigeuner“ oder „Neger“ sind im Zuge einer wachsenden Sensibilität für **„political correctness“** aus dem Wortschatz der meisten Menschen so gut wie verschwunden. Diese Entwicklung ist auf einen Bewusstseinswandel zurückzuführen, der auch durch bestimmte Maßnahmen, wie das **Streichen problematischer Begriffe aus Kinderbüchern**, vorangetrieben wird. Es scheint daher legitim zu sein, durch Sprachregulierungen auch im Bereich der Gendergerechtigkeit einen Wandel hin zu einer rücksichtsvollen und gerechten Gesellschaft zu beschleunigen.

Anhänger und Anhängerinnen der Position Eisenbergs werden entgegnen, solche Maßnahmen seien gar nicht notwendig, um dieses Ziel zu erreichen. Ihrer Argumentation zufolge eröffnet das **generische Maskulinum** die Chance, dass sich nicht nur **Männer**, sondern auch **Frauen** und **nicht-binäre Personen** mit Bezeichnungen identifizieren können, die ein männliches Genus aufweisen. Eisenberg verdeutlicht das an einem Beispiel. Er erklärt: „Ein Wort wie Lehrer hat genau zwei Bausteine, nämlich den Verbstamm *lehr* und das Substantivierungssuffix *er*, das zu Bezeichnungen von Personen führt, die das tun, was der Verbstamm besagt." (Z. 36 ff.) Da also Begriffe wie „Lehrer", „Mediziner", „Sportler" **nichts über das natürliche Geschlecht** der so bezeichneten Person aussagen würden, entsprächen sie gerade der gendergerechten Sprache. Folgt man diesem Gedanken, so wären die Formen, die bislang im Zuge des Genderns vorgeschlagen wurden, wie beispielsweise das **Binnen-I**, **Schrägstrichvarianten oder das Gendersternchen**, **überflüssig**. Das generische Maskulinum erscheint dann als „elegante und leistungsstarke Möglichkeit zur Vermeidung von Diskriminierung" (Z. 19 f.).

Kontra-Argument: Neutralität des generischen Maskulinums

Weshalb betreibt man also den sprachlichen Aufwand, um mit verschiedenen Mitteln Gendergerechtigkeit in der Sprache herzustellen? Kurz gesagt: Weil ein **großer Teil der Sprechenden nicht so denkt wie der Sprachwissenschaftler**. Der Begriff „Sportler" mag zwar aus linguistischem Blickwinkel tatsächlich eine auf kein Geschlechter bezogene Grundbedeutung haben, aber er hat eben auch eine andere Bedeutung, da er auch nur den Mann, der Sport treibt, bezeichnen kann. Diese Ununterscheidbarkeit kann dazu führen, dass der Adressat bzw. die Adressatin einer Aussage **hinter dem sozusagen generisch gemeinten Maskulinum** das **biologische Maskulinum** wahrnimmt. Daher ist im Sprachgebrauch das generische Maskulinum nicht „leistungsstark[]", wie Eisenberg meint, sondern eher anfällig für Missverständnisse. Und deshalb sind auch die **Assoziationstests** durchaus nützlich: Denn sie legen die Bedeutungsräume hinter den Begriffen offen. Diese Bedeutungen sind dabei sicherlich auch von **stereotypen Zuschreibungen** bestimmt, aufgrund derer Genus und Sexus im allgemeinen Sprachgebrauch nicht so einfach zu trennen sind. Besonders stark sind diese Stereotype bei Bezeichnungen ausgeprägt, die sich auf Tätigkeiten oder Berufe beziehen, die vor allem von Männern ausgeübt werden. Man denke etwa an die Begriffe „Fußballer" oder „Lkw-Fahrer". Erst wenn von „Fußballerinnen" und „Lkw-Fahrerinnen" die Rede ist, wird dem Gedanken Ausdruck verliehen, dass **auch Frauen in „männlichen Domänen" tätig** sein können. Die Frauen, die diese Bereiche bereits mitgestalten, werden überhaupt nicht wahrgenommen, wenn nur immer die männlichen Personenbezeichnungen genannt werden. Es

Pro-Argument: Durchbrechen männlicher Stereotype

besteht also die Gefahr, dass **Frauen in der Sprache unterrepräsentiert** sind. Wer das ändern will, wird gegen eine Regulierung der Sprache eher nichts einzuwenden haben.

Kontra-Argument: Alternativen auf dem Weg zur Gendergerechtigkeit

Zu fragen ist allerdings, ob es nicht effizientere Wege gibt, Gleichheit zwischen den Geschlechtern herzustellen. Statt die Wirklichkeit mittelbar über die Sprache beeinflussen zu wollen, so die Gender-Gegner, solle man lieber **direkt die gegebenen Verhältnisse ändern**. Da Sprache Wirklichkeit abbildet, müsste sich nach deren Auffassung dann ein **sensibler Sprachgebrauch von allein** einstellen. In Bezug auf die Gender-Debatte heißt das: „Wenn wir dafür sorgen, dass es in Zukunft mehr Dirigentinnen, Richterinnen, Pfarrerinnen und Filmemacherinnen gibt als jetzt, tun wir etwas für die Gleichstellung aller in der Gesellschaft." (Z. 107 ff.) Denn dadurch könnten **fragwürdige Assoziationen vermieden** werden und in den Köpfen entstünde gar nicht erst die Vorstellung, eine bestimmte Tätigkeit oder ein bestimmter Beruf könne nur von Männern ausgeübt werden. Wer geht heute beispielsweise noch selbstverständlich davon aus, dass in den nächsten Jahren immer nur ein Mann Bundeskanzler wird? Seit 2005 steht Angela Merkel an der Spitze wechselnder Regierungen. Das hat dazu geführt, dass sich Bürgerinnen und Bürger unter einem Kanzler nicht allein einen Mann, sondern eben **auch eine Frau, eine Kanzlerin**, vorstellen. Unsere Einstellungen, Haltungen und Erwartungen werden also stark von **Rollenbildern** geprägt. Auf politischem Wege muss daher die Gleichberechtigung vorangetrieben werden, dann werden sich die Rollenbilder ganz von allein anpassen. Eingriffe in die Sprache können Befürwortern des generischen Maskulinums angesichts des großen Einflusses, den die soziale Wirklichkeit auf unser Denken hat, als überflüssig erscheinen.

Pro-Argument: Veränderung des Denkens und Handelns durch Sprache

Die Wirkung, die Sprache im gesellschaftlichen Kontext entfalten kann, ist jedoch nicht zu unterschätzen. Man muss kein strikter Anhänger der Sapir-Whorf-Hypothese sein, nach der unser Sprachsystem das Denken determiniert, um davon auszugehen, dass **Sprache nicht einfach nur ein Abbild der Wirklichkeit ist**, sondern dass sie auch **unsere Vorstellungen von der Welt prägt**. In negativer Hinsicht zeigt sich das aktuell an den Folgen einer Sprache, die in manchen Bereichen, wie der Netzkommunikation, zunehmend verroht. Deutlich wird: Wo eine **Sprache des Hasses** gepflegt wird, kommt es mit größerer Wahrscheinlichkeit zu **Gewalttaten**. Umgekehrt kann Sprache aber auch ein **Instrument** sein, um den **gesellschaftlichen Zusammenhalt** zu stärken. Gendergerechtes Formulieren ist ein Zeichen dafür, dass man die **Gleichberechtigung von Frauen, Männern und nicht-binären Personen** anerkennt und auf diese hinwirkt. Politikerinnen und Politiker sind sich dessen in der

Regel bewusst. Sie wissen, dass sie durch ihre **Worte das Denken und Handeln** derjenigen, an die sie sich wenden, **beeinflussen** können. Daher ist in politischen Äußerungen oft von Bürgerinnen und Bürgern, Soldatinnen und Soldaten oder von Polizistinnen und Polizisten die Rede. In manchen Parteiprogrammen findet sich auch das Gendersternchen. Ein solcher Sprachgebrauch **schärft das Bewusstsein** dafür, dass zu unserer Gesellschaft sowohl Männer und Frauen als auch nicht-binäre Personen gehören. Daneben wird auf diese Wiese der **Anspruch** formuliert, dass sich die in der Sprache praktizierte **Gleichstellung auch in den realen Verhältnissen widerspiegeln** soll. Das Wissen um diesen Anspruch erhöht die Bereitschaft, Maßnahmen zur Förderung der Gleichheit zwischen den Geschlechtern einzuleiten. Eingriffe in die Sprache im Sinne der Gendergerechtigkeit erscheinen daher sinnvoll.

Schluss
Synthese
flexible Handhabung des Genderns je nach Kommunikationsform

Abschließend bleibt festzuhalten, dass es **sowohl gute Gründe für als auch gegen eine Sprachregulierung** in Bezug auf Gendergerechtigkeit gibt. In den Sprachgebrauch der Menschen einzugreifen, ist sicherlich **keine Kleinigkeit** und natürlich dürften **andere Maßnahmen** wie z. B. die Sicherstellung gleicher Bezahlung von Männern und Frauen die **Geschlechtergerechtigkeit in größerem Maße fördern**. Doch wegen der im Sprachgebrauch vorhandenen engen Verbindung von Genus und Sexus könnte die Regulierung der Sprache als ein weiteres Mittel eingesetzt werden, dem **Ideal der Gleichheit zwischen den Geschlechtern** Ausdruck zu verleihen und auf eine gerechtere Gesellschaft hinzuwirken. Da **Sprache je nach Kontext unterschiedlich verwendet** wird, ist es dabei meines Erachtens nicht notwendig, „die vertretenen Positionen [...] als kaum vereinbar" (Z. 3 f.) anzusehen. Gendergerechte Sprache eignet sich vor allem, um **in der beruflichen und öffentlichen Kommunikation** zu zeigen, dass man den Grundsatz der Gleichheit zwischen den Geschlechtern beherzigt. In **privaten Gesprächen** wird und soll aber weiterhin so geredet werden, wie einem der „Schnabel gewachsen" (Z. 105 f.) ist.

Kernfach Deutsch (Hamburg): Abiturprüfung 2021
Grundlegendes Anforderungsniveau – Aufgabe II

Aufgabenart
Interpretation eines lyrischen Textes

Thema
Lyrik

Text
Kaléko, Mascha: *Das Ende vom Lied*

Aufgabe

Interpretieren Sie Mascha Kalékos Gedicht *Das Ende vom Lied.*

Mascha Kaléko: Das Ende vom Lied (1933)

Ich säh dich gern noch einmal, wie vor Jahren
Zum erstenmal. – Jetzt kann ich es nicht mehr.
Ich säh dich gern noch einmal wie vorher,
Als wir uns herrlich fremd und sonst nichts waren.

Ich hört dich gern noch einmal wieder fragen,
Wie jung ich sei … was ich des Abends tu –
Und später dann im kaumgebornen ‚Du'
Mir jene tausend Worte Liebe sagen.

Ich würde mich so gerne wieder sehnen,
Dich lange ansehn stumm und so verliebt –
Und wieder weinen, wenn du mich betrübt,
Die vielzuoft geweinten dummen Tränen.

– Das alles ist vorbei … Es ist zum Lachen!
Bist du ein andrer oder liegts an mir?
Vielleicht kann keiner von uns zwein dafür.
Man glaubt oft nicht, was ein paar Jahre machen.

Ich möchte wieder deine Briefe lesen,
Die Worte, die man liebend nur versteht.
Jedoch mir scheint, heut ist es schon zu spät.
Wie unbarmherzig ist das Wort: ‚Gewesen!'

Kaléko, Mascha: Das Ende vom Lied. In: Dies.: Das lyrische Stenogrammheft. Reinbek 1978, (erstmals erschienen 1933), S. 67.

Hinweise und Tipps

Die vorliegende Aufgabe fordert Sie dazu auf, das ***Gedicht*** *„Das Ende vom Lied" von Mascha Kaléko zu* ***interpretieren****. Mit diesem sehr umfassenden Operator ist gemeint, dass Sie auf der Basis einer eingehenden* ***Analyse*** *Sinnzusammenhänge erschließen und unter Berücksichtigung von* ***Form, Inhalt und Sprache*** *zu einer* ***Gesamtdeutung*** *gelangen sollen. Dabei haben Sie die Möglichkeit, die drei genannten Bereiche getrennt voneinander zu betrachten, um sie am Ende sinnvoll zusammenzuführen. Eleganter, wenn auch etwas schwieriger, ist es allerdings, alle drei* ***Aspekte*** *gleich miteinander zu* ***verflechten****. So laufen Sie nicht Gefahr, die formalen und stilistischen Mittel nur aufzuzählen, ohne sie nach ihrer Funktion für den Text zu befragen. Außerdem vermeiden Sie auf diese Weise inhaltliche Wiederholungen.*

Beginnen Sie am besten damit, das ***Gedicht*** *mehrmals genau durchzulesen und es auf Sie* ***wirken zu lassen****. Fragen Sie sich, was Sie beim Lesen empfinden: Macht es Sie traurig, fröhlich, bringt es Sie zum Lachen oder erzeugt es Widerspruch? Diese Überlegungen können Ihnen dabei helfen, die* ***Richtung zu bestimmen****, in die Ihre Analyse gehen soll. Teilen Sie das Gedicht dann in einzelne* ***Sinnabschnitte*** *ein und markieren Sie auffällige* ***formale und sprachliche Mittel****, die Sie in Ihrer Interpretation deuten können. Vergessen Sie nicht, auch dem* ***Titel*** *Beachtung zu schenken. Ihre Assoziationen dazu eignen sich zum Beispiel für Ihre* ***Einleitung****, in der Sie erste Vermutungen zum Gedichtinhalt formulieren sollten. Gehen Sie dann auf die* ***formale Gestaltung*** *des Gedichts ein, indem Sie Strophenbau, Metrum und Reim untersuchen. Denken Sie daran, dass diese wahrscheinlich nicht zufällig von der Verfasserin so gewählt wurde, und stellen Sie heraus, inwiefern sie zum Inhalt passt. Fassen Sie dann kurz die* ***Gesprächssituation*** *und den* ***Aufbau*** *des Gedichts zusammen, um es anschließend Strophe für Strophe durchzugehen und zu untersuchen. Ihre Hauptaufgabe besteht dabei darin,* ***Form, Inhalt und Sprache aufeinander zu beziehen*** *und im Hinblick auf eine* ***Gesamtaussage*** *zu deuten. Zur Bezeichnung des lyrischen Ich wurde in der vorliegenden Lösung teilweise auch „Sprecher-Ich" (statt „Sprecherinnen-Ich") als technischer Begriff gewählt, um deutlich zu machen, dass es sich beim Ich des Gedichts nicht zwingend um die Verfasserin Mascha Kaléko handelt. Es wäre hier aber auch möglich, die weibliche Form zu wählen, wenn plausibel am Text begründet wird, dass es eine Frau ist, die sich hier äußert. Denken Sie bei Ihrer Interpretation daran, dass hinter einem Gedicht oft mehr stecken kann, als es auf den ersten Blick scheint. Diese* ***übergeordnete Aussage*** *können Sie aber nur dann erfassen, wenn Sie sich wirklich auf den Text einlassen und sich immer wieder fragen, warum er genau so und nicht anders gestaltet ist. Am* ***Schluss*** *können Sie Ihre Gesamtdeutung noch einmal zusammenfassend darstellen oder einen weiterführenden Gedanken ausführen, auf den Sie das Gedicht gestoßen hat.*

Lösungsvorschlag

Bereits der **Titel** von Mascha Kalékos 1933 erschienenem Gedicht „Das Ende vom Lied“ **macht neugierig:** Man fragt sich, was hier zu Ende geht und ob dieses Ende vielleicht von Anfang an absehbar war? Außerdem will man wissen, ob es als schlimm empfunden oder so beiläufig hingenommen wird, wie es der **an ein Sprichwort angelehnte** Titel vermuten lässt. Antworten auf diese Fragen finden sich erst bei einem genaueren Blick auf Kalékos Gedicht, in dem ein lyrisches Ich über die **nicht mehr vorhandene Liebe** zu seinem Partner nachdenkt.

Einleitung
Assoziationen zum Titel

Thema

Formal fällt an dem Gedicht zunächst seine **Regelmäßigkeit** auf, da es aus **fünf Strophen mit jeweils vier gleich langen Versen** besteht. Diese sind alle im Metrum eines **fünfhebigen Jambus** gestaltet, bei dem sich am Versende männliche und weibliche Kadenzen abwechseln. Dadurch erhält das Gedicht einen **fließenden Rhythmus**, der das beschriebene **Ausklingen einer Liebe** untermalt. Zur Behandlung einer Paarbeziehung passen auch die durchgängigen **umarmenden Reime**, deren **Unreinheit** an einigen Stellen (vgl. V. 9 ff., 14 f., 18 f.) allerdings schon erahnen lässt, dass es in der Verbindung nicht unbedingt zum Besten bestellt ist. Und tatsächlich tauchen die unreinen Versenden genau in den Strophen auf, in denen es um Betrübnisse in der Beziehung bzw. um das **Verblassen der Gefühle** geht. Die sehr regelmäßige Form und der phrasenhafte Titel lassen allerdings vermuten, dass sich hier **kein aufgewühltes lyrisches Ich** artikuliert, das geschockt von einer dramatischen Trennung ist. Stattdessen erwartet man eine reflektierende, **sachlich-nüchterne Selbstaussprache**, die das Zu-Ende-Gehen einer Liebe zum Thema hat. Und tatsächlich bestätigt sich im Zusammenspiel mit dem Inhalt diese Deutung: Hier betrachtet ein lyrisches Ich mit einer lakonischen, teilweise ins Saloppe reichenden, aber durchaus melancholisch gefärbten Distanz das plötzliche **Vergehen einer zuvor so gefühlstief empfundenen Liebe**.

Hauptteil
Form

Die Gesprächssituation des gesamten Gedichts ist von einer **Unterhaltung des lyrischen Ich mit einem imaginierten Du** gekennzeichnet und lässt sich in **drei inhaltliche Abschnitte** einteilen: In den Strophen 1 bis 3 blickt das lyrische Ich auf die gemeinsame Vergangenheit zurück und **lässt die Anfänge der Liebe** sowie deren weitere Entwicklung **Revue passieren**. In Strophe 4 ändert sich die Perspektive und das Sprecher-Ich wendet sich mit nüchternem Blick den **Tatsachen der Gegenwart** zu. Die letzte Strophe bildet eine Art **Resümee**, in dem das lyrische Ich versucht, Vergangenheit und Gegenwart zusammenzuführen.

Gesprächssituation und Aufbau

Dass insgesamt vier von fünf Strophen anaphorisch mit dem Personalpronomen „Ich" beginnen (vgl. V. 1, 5, 9, 17), weist schon auf die **Subjektivität** des Gedichts hin. Hier bringt ein lyrisches Ich in einem als Dialog imaginierten **Selbstgespräch** seine persönlichen Gefühle im Hinblick auf eine zu Ende gegangene Liebe zum Ausdruck. Dabei ist das Personalpronomen stets mit einem Verb im Konjunktiv verknüpft, was zeigt, dass sich das Sprecher-Ich seinen **Wunschvorstellungen und Sehnsüchten** hingibt, die aber nichts mit der Realität zu tun haben. Es schwelgt in **Erinnerungen** an den Anfang der Liebe „vor Jahren" (V. 1), als sich die beiden Beteiligten zum „erstenmal" (V. 2) begegnet sind. Der darauffolgende Gedankenstrich und der Wechsel in den Indikativ („Jetzt kann ich es nicht mehr.", V. 2) machen aber sowohl an dieser Stelle als auch am Anfang von Strophe 4 unerbittlich deutlich, dass es **damit jetzt vorbei** ist: Nie mehr wird es dem lyrischen Ich möglich sein, den ehemaligen Geliebten noch einmal so wahrzunehmen, wie es ihn bei der allerersten Begegnung gesehen hat. Aus der **Nostalgie** des Sprecher-Ich erklärt sich auch die ungewöhnliche Kombination des Adverbs „herrlich" mit dem Adjektiv „fremd" (vgl. V. 4), die die **Unbeschwertheit in der Anfangszeit** der Beziehung zum Ausdruck bringt, als die beiden Liebenden sich noch „herrlich fremd und sonst nichts waren" (V. 4) und ganz unbelastet miteinander umgehen konnten. Jetzt scheint längst der **Alltag** in die Beziehung eingekehrt zu sein, der die früher dem Partner entgegengebrachte **Zärtlichkeit abgestumpft** hat.

Inhalt

1. Strophe: Rückblick auf Anfangszeit der Beziehung

Doch nicht nur in Bezug auf den Sehsinn würde das lyrische Ich gerne noch einmal zu den Anfängen der Verbindung zurückkehren, sondern es sehnt sich auch danach, den Geliebten noch einmal unwissend die **ersten tastenden Fragen** stellen zu hören, um einander näherzukommen (vgl. V. 5 f.). An dieser Stelle schwingt implizit der Gedanke mit, dass sich die beiden Liebenden jetzt wohl nicht mehr viel zu sagen haben und **kein größeres Interesse mehr füreinander** aufbringen. Der Gedankenstrich in Vers 6 deutet hier wieder einen Bruch und das Vergehen von Zeit an, allerdings folgt in diesem Fall in der Erinnerung eine **Steigerung der positiven Verliebtheitsgefühle** zu „tausend Worte[n] Liebe" (V. 8), die nur kurz nach dem Kennenlernen zwischen den Liebenden ausgetauscht worden sind.

2. Strophe: Erinnerung an frühere Gespräche unter den Liebenden

Die dritte Strophe zeigt dann mit Verben wie „sehnen" (V. 9) und „weinen" (V. 11 f.), die eine tiefe Ergriffenheit voraussetzen, dass das lyrische Ich vor allem die dem Partner entgegengebrachten **intensiven Gefühle vermisst**. Darauf deutet auch der Wunsch hin, „wieder [zu] weinen, wenn du mich betrübt" (V. 11). Eigentlich sollte man davon ausgehen, dass das lyrische Ich eher froh darüber ist, nun nicht mehr von seinem Partner verletzt zu werden, was laut

3. Strophe: Sehnsucht nach ehemals starken Gefühlen

Vers 12 anscheinend „vielzuoft“ vorgekommen ist. In der Kombination mit dem Verlangen, den Geliebten wieder „stumm und so verliebt“ (V. 10) betrachten zu wollen, wird aber deutlich, dass das lyrische Ich die **Gefühlsarmut betrauert**, mit der es gegenwärtig der **vormals an Emotionen so reichen Beziehung** gegenübersteht. Es vermisst die Zeit, in der es den **Partner beinahe übersensibel wahrgenommen** hat und die kleinste Trübung des gemeinsamen Glücks es zum Weinen gebracht hat. Im Nachhinein kann es die damals „geweinten [...] Tränen“ (V. 12) beinahe von oben herab als „dum[m]“ (V. 12) bezeichnen, weil es nun nicht mehr versteht, wie eine Äußerung oder ein Verhalten des Partners es so aufwühlen konnte. Eventuell versucht das lyrische Ich hier aber auch, durch das **Kleinreden seiner früheren Gefühlsausbrüche** immer noch vorhandene Emotionen zu überspielen und sich selbst daran zu erinnern, dass es unsinnig ist, gedanklich weiter an der verlorenen Liebe festzuhalten.

4. Strophe: Reflexionen über Vergehen der Liebe

Mit der vierten Strophe begibt sich das lyrische Ich dann ins **Hier und Jetzt**, wo es nüchtern feststellt: „Das alles ist vorbei“ (V. 13). Da überrascht es fast, dass im Anschluss daran und in einer Antithese zu den in Strophe 3 erwähnten Tränen der **lakonisch-ironische Ausruf** folgt: „Es ist zum Lachen!“ (V. 13) Dieser zeigt, dass das lyrische Ich selbst gar nicht glauben kann, wie sich seine vorher so **intensiven Gefühle auf einmal verflüchtigen** konnten, sodass es seine frühere **Gefühlsduselei** sogar als **lächerlich** empfindet. Außerdem weist der Ausruf (ähnlich wie das Adjektiv „dumm“ in der vorherigen Strophe) darauf hin, dass das lyrische Ich zwar theoretisch noch weiß, wie es einmal für seinen Partner gefühlt hat, jetzt aber feststellen muss, wie **kalt** dieser es lässt. Trotzdem schwingt auch hier der Versuch mit, eine aufkommende Trauer über das **Verblassen der Gefühle** im Keim zu ersticken. Erstaunt stellt das lyrische Ich die Frage „Bist du ein andrer oder liegts an mir?“ (V. 14), um gleich darauf die Antwort zu liefern, dass die **Schuld vielleicht bei keinem der beiden Partner** zu suchen ist. Vielmehr wird die **vergangene Zeit** (vgl. V. 16) dafür verantwortlich gemacht, dass dem lyrischen Ich seine **Gefühle abhandengekommen** sind, ohne dass es dafür einen wirklichen Auslöser gegeben hätte.

5. Strophe: Unmöglichkeit, Liebe wiederaufleben zu lassen

Nachdem das Sprecher-Ich sich das eingestanden hat, äußert es in der fünften Strophe noch ein letztes Mal den **Wunsch**, die **früheren Gefühle wieder aufleben zu lassen**. Dabei ist ihm jedoch selbst klar, dass das nicht möglich ist. Zwar könnte es die alten Liebesbriefe seines Partners wieder hervorkramen, jedoch würde es dieselben Worte, die es damals so bewegt haben, jetzt nicht mehr verstehen (vgl. V. 18). Um sich von diesen berühren zu lassen, müsste man sie mit den Augen des Liebenden lesen und das scheint dem lyrischen Ich **trotz seines Wollens nicht mehr möglich** zu sein – es ist „zu spät" (V. 19). Dass sich daran auch zukünftig nichts mehr ändern wird, verkündet der letzte Vers, wenn er das Wort „Gewesen!" (V. 20) ganz nach dem Motto **„Vorbei ist vorbei"** als „unbarmherzig" (V. 20) charakterisiert. Damit stellt das lyrische Ich abschließend noch einmal klar, dass man **Gefühle nicht erzwingen** kann, auch wenn man sich noch so sehr wünscht, sie würden sich (wieder) einstellen. Ob die **Beziehung** des lyrischen Ich und seines Partners **zerbricht oder** ob die beiden **trotz ihrer erkalteten Gefühle zusammenbleiben**, wird hier genauso wenig gesagt, wie auf die Empfindungen des angesprochenen Du eingegangen wird.

Schluss
Gesamtdeutung

Auf eine Art ist das Gedicht von Mascha Kaléko genauso **desillusionierend**, wie es sein sprichwörtlich-resignativer Titel schon andeutet. Hier wird nichts weniger **entzaubert** als das **Versprechen der ewigen Liebe**. Schließlich geht es um das **Verblassen von Gefühlen**, die man einmal für unveränderlich stark gehalten hat. So leicht Kalékos Gedicht auf den ersten Blick daherkommt, **erschüttert** es doch eine der **Grundhoffnungen des Menschen**, nämlich, dass es die große, einzige, immerwährende Liebe gibt. Man kann also nur aus vollem Herzen dem Schlussurteil des lyrischen Ich zustimmen, dass es „unbarmherzig" (V. 20) ist, wie schnell etwas unwiederbringlich Vergangenheit sein kann, obwohl man sich nichts mehr wünscht, als es für immer festzuhalten. Auf der anderen Seite macht ja das gerade das Wunder und die **Faszination der Liebe** aus: Dass sie sich weder erzwingen noch herbeireden lässt und man ihr **im Positiven wie Negativen machtlos ausgeliefert** ist.

Kernfach Deutsch (Hamburg): Abiturprüfung 2021
Erhöhtes Anforderungsniveau – Aufgabe II

Aufgabenart
Gedichtinterpretation und Vergleich mit einem Kurzprosatext

Thema
Lyrik

Texte
Domin, Hilde: *Vorsichtige Hoffnung*
Kunert, Günter: *Häuser an der Spree*

Teilaufgaben

1 Interpretieren Sie das Gedicht „Vorsichtige Hoffnung" von Hilde Domin. (ca. 70 %)

2 Vergleichen Sie die Gestaltung des Motivs der Erneuerung in Hilde Domins Gedicht „Vorsichtige Hoffnung" mit derjenigen in Günter Kunerts Kurzprosatext „Häuser an der Spree". Berücksichtigen Sie dabei neben inhaltlichen auch ausgewählte sprachliche und formale Aspekte. (ca. 30 %)

Text a: Hilde Domin (1909–2006): Vorsichtige Hoffnung (1959)

Weiße Tauben
im Blau
verbrannter Fensterhöhlen,
werden die Kriege für euch geführt?

Weiße Taubenschnur
durch die leeren Fenster
über die Breitengrade hinweg.
Wie Rosensträucher auf Gräbern
achtlos nehmt ihr das Unsre.
Auf den mit Tränen gewaschenen Stein
setzt ihr das kleine Nest.

Wir bauen neue Häuser,
Tauben,
die Schnäbel der Krane ragen
über unseren Städten,
eiserne Störche, die Nester für Menschen richten.
Wir bauen Häuser
mit Wänden aus Zement und Glas

an denen euer rosa Fuß
nicht haftet.
Wir räumen die Ruinen ab
und vergessen die äußerste Stunde
im toten Auge der Uhr.
Tauben, wir bauen für euch:
ihr werdet
in den glatten Wänden nisten,
ihr werdet
durch unsere Fenster fliegen
ins Blau.

Und vielleicht sind dann ein paar Kinder da
– und das wäre sehr viel –,
die unter euch
in den Ruinen
unserer neuen Häuser,
der Häuser, die wir mit den hohen Kranen
den Tag und die Nacht durch bauen,
Verstecken spielen.

Und das wäre sehr viel.

Domin, Hilde: Vorsichtige Hoffnung. In: Dies.: Nur eine Rose als Stütze. Frankfurt am Main 1959, S. 24–25.

Text b: Günter Kunert (1929–2019): Häuser an der Spree (1972)

Zu mir sprechen die Steine. Wenn auch nicht alle. Aber es sind auch nicht alle Menschen befähigt, sich auszudrücken. Die grauen Großblöcke, die frischen jungen Ziegel sagen mir gar nichts, nur die von Erfahrung brüchigen, die vom Dasein lädierten, die von neuem und anderem Leben bereits befallenen, bemoosten, überwucherten. So stehe ich vorm Gemäuer alter Berliner Häuser, vor den Altersflecken fehlenden Putzes, streifig von herabrinnendem Wasser, von Granatsplittern noch immer versehrt und von Kugeleinschlägen, innen geräumt und abrißbereit, da auch an ihrerstatt der viereckige Beton ersetzen soll, was unersetzlich ist: die Zeichen gelebten Lebens. Große Anteilnahme befällt mich vor solchem Gestein, und weil man mit ihm nicht anders umspringt, als mit den Städtebewohnern aus Fleisch und Blut. Was wir uns zu sagen haben, ist nicht viel; wir verstehen einander mit wenigen Worten, die nichts Wichtiges besagen, sondern nur – da wir beide nicht wissen, ob wir einander je wiedersehen, Umbau und Verschleiß der Welt beschleunigen sich stetig – daß wir voneinander Abschied nehmen.

Kunert, Günter: Häuser an der Spree. *In: Ders.: Tagträume in Berlin und andernorts. Kleine Prosa, Erzählungen, Aufsätze. München 1972, S. 147.*

Hinweise und Tipps

Diese Aufgabe verlangt eine vergleichende Interpretation zweier Texte, die verschiedenen literarischen Gattungen angehören. Biografische Kenntnisse zu Hilde Domin und Günter Kunert werden nicht vorausgesetzt. Als notwendig erweist sich aber die ***Berücksichtigung der angegebenen Zusatzinformationen*** *(Jahreszahlen, Quellen).*
Wie in der Aufgabenstellung angegeben, sollen Sie den ***Schwerpunkt auf die Interpretation des Domin-Gedichtes*** *„Vorsichtige Hoffnung" in der ersten Teilaufgabe legen. Hier stellen Sie zunächst Ihre Methodenkenntnisse bei der Interpretation lyrischer Texte unter Beweis. Nach einer differenzierten* ***Analyse von Inhalt, Struktur und sprachlich-künstlerischen Mitteln*** *haben Sie die Aufgabe, die von Ihnen erarbeiteten* ***Analyseergebnisse in ihren Wirkungszusammenhängen zu deuten*** *und zu werten. Der vorgestellte Lösungsvorschlag beinhaltet eine strophenweise Analyse, wahlweise können Sie auch aspektorientiert vorgehen.*
Die sich anschließende zweite Teilaufgabe fordert Sie auf, einen ***Vergleich zwischen dem Gedicht Domins und Günter Kunerts Kurzprosatext*** *„Häuser an der Spree" unter Berücksichtigung eines vorgegebenen Vergleichsaspektes durchzuführen. Die* ***Gestaltung des Motivs der Erneuerung*** *in beiden Texten bildet den roten Faden für Ihren Textvergleich. Es ist nicht verlangt, vor dem Vergleich eine umfassende Analyse und Interpretation des Kurzprosatextes durchzuführen. Nach einer kurzen* ***Inhaltszusammenfassung*** *des Kunert-Textes sollten Sie eine* ***kriteriengeleitete Gegenüberstellung beider Texte*** *erarbeiten, indem Sie Gemeinsamkeiten und Unterschiede der Texte beschreiben und nach deren Ursachen fragen. Beachten Sie, dass die Aufgabenstellung neben einem* ***inhaltlichen Vergleich*** *auch den Vergleich* ***ausgewählter sprachlicher und formaler Aspekte*** *verlangt.*
Vergessen Sie nicht, Ihre Aussagen (Gedichtinterpretation und Textvergleich) stets mit Textbelegen zu stützen und durchgehend funktional und korrekt Bezug auf die Textgrundlagen zu nehmen.
Für eine resümierende Deutung und somit das ***Fazit*** *Ihres Vergleichs sollten Sie die Entstehungszeiten der Texte und die daraus resultierenden unterschiedlichen Intentionen der beiden Autoren berücksichtigen. Durch das Formulieren von Deutungsvarianten können Sie Ihren Aufsatz aufwerten.*

Lösungsvorschlag

Einleitung
thematische Hinführung

Die Menschen in Deutschland standen **nach dem Ende des Zweiten Weltkriegs** oft vor den Trümmern ihres bisherigen Lebens. Nahe Familienangehörige waren ums Leben gekommen, das eigene Zuhause war zerstört und nicht wenige Menschen verloren infolge des Kriegs sogar ihre Heimat. Trotzdem gaben die meisten Menschen die Hoffnung nicht auf und wagten einen **Neuanfang**. Hilde Domins

Gedicht *Vorsichtige Hoffnung* aus dem Jahr 1959 bewegt sich zwischen trauriger Bestandsaufnahme und erwartungsfroher Beschreibung des Wiederaufbaus.

Interpretation des Domin-Gedichts

Assoziationen zum Titel und Thema des Gedichts

Der Titel des Gedichts lässt für den Rezipienten zunächst offen, worin genau die von der Autorin in Aussicht gestellte Hoffnung besteht, und weckt Vermutungen darüber, warum diese nur als vorsichtig beschrieben werden kann. Nach der Rezeption des Gedichts wird dem Leser sehr schnell deutlich, dass Domin in ihrem Text die **Sorge um die Zukunft der Menschen** ausdrückt, indem sie deren Fehlverhalten und die Unfähigkeit, aus Fehlern zu lernen, demonstriert, was ihrer Meinung nach immer wieder zu neuen Kriegen führe. Jene im Titel erwähnte „[v]orsichtige Hoffnung" setzt sie in die **Kinder der Gesellschaft**, die die Chance haben, die Fehler der früheren Generationen nicht zu wiederholen.

kommunikative Situation

Das lyrische Subjekt des Textes hält in dem Gedicht **Zwiesprache mit den neuen Bewohnern der durch den Krieg zerstörten Häuser** – einer Taubenschar. Das Entstehungsjahr des Werkes 1959 legt die Vermutung nahe, dass Domin beim Schreiben ihres Textes die Zerstörungen durch die Bombenangriffe und die Kampfhandlungen des Zweiten Weltkriegs vor Augen gehabt hat. Das lyrische Subjekt des Gedichts steht vor den zerstörten, menschenleeren Ruinen, die nun von Tauben bevölkert sind. Die Tiere haben von den für Menschen unbewohnbaren Gebäuden Besitz ergriffen und für sich neuen Lebensraum geschaffen. Da Menschen als Kommunikationspartner offensichtlich nicht zur Verfügung stehen, spricht das lyrische Subjekt die Tauben mehrfach konkret an (z. B. V. 1 ff., 5, 13, 24). Es äußert seine Gedanken beim Anblick der zerstörten Häuser und der inzwischen regen Bautätigkeit, mit der die **Kriegsschäden unsichtbar gemacht** werden sollen. Das lyrische Subjekt wagt unter Verwendung der beiden einzigen Futurformen des sonst durchgängig im Präsens verfassten Textes (V. 25 und V. 27) einen vorsichtigen Blick in die Zukunft und artikuliert seinen **Wunsch nach einem friedlichen Miteinander der Menschen**. Eine Antwort von den neuen Bewohnern der Häuser kann das lyrische Subjekt trotz seines Kommunikationsbedürfnisses leider nicht erwarten, was die vom Gedicht ausgehende **nachdenkliche und leicht resignative Stimmung** unterstützt.

Tauben als Ruinenbewohner

Verdrängung des Krieges

angesichts neuer Bauten: Wunsch nach Frieden

Gliederung und formale Auffälligkeiten

Das Gedicht ist dadurch gekennzeichnet, dass es **weder eine feste Struktur noch andere formale Regelmäßigkeiten** aufweist. Die Länge der **fünf Strophen** variiert zwischen einem und 18 Versen, wobei die Strophenlänge bis zur Strophe 3 zunehmend, danach abnehmend ist. Während sich die inhaltlich zusammengehörenden

Strophen 1 und 2 mit den unmittelbaren Kriegsfolgen auseinandersetzen und eine Art Ist-Zustand beschreiben, gewährt die dritte Strophe einen zunächst optimistischen Blick in die Zukunft, der jedoch in den Strophen 4 und 5 wieder relativiert wird. Es fällt auf, dass die Verse eine unterschiedliche Länge haben und oft durch Enjambements verbunden sind. Die dadurch willkürlich erscheinenden Zeilenumbrüche schaffen eine **unharmonische und unruhige Textstruktur**, die den sorgenvollen und teils assoziativen Gedanken des lyrischen Subjekts auch optisch Ausdruck verleiht und dem Leser ein hohes Maß an Emotionalität suggeriert. Unregelmäßig wechselnde zwei- und dreisilbige Versmaße, ohne erkennbares System alternierende männliche und weibliche Kadenzen und die freien reimlosen Rhythmen, in denen das Gedicht verfasst ist, unterstützen diesen Eindruck.

Sorgen des lyrischen Subjekts

Die ersten beiden Verse des Gedichts rufen durch die **Erwähnung weißer Tauben und eines blauen Himmels** beim Leser zunächst eine positive Assoziation hervor, die jedoch im dritten Vers durch die verbrannten Häuser, die das vom lyrischen Subjekt wahrgenommene Bild ergänzen, vehement unterlaufen wird. Tauben und Blau sind wie durch einen Bilderrahmen der zerstörten Fenster wahrzunehmen, die metaphorisch bedrohlich als „Fensterhöhlen" (V. 3) beschrieben werden. Erst die sich anschließende Frage: „[W]erden die Kriege für euch geführt?" (V. 4) verweist auf die Zwiesprache des lyrischen Subjekts mit den im Vers 1 erwähnten Tauben. Somit handelt es sich in den ersten drei Versen des Gedichts um eine **Anrede**. Die den Tauben gestellte Frage zeigt, dass das lyrische Subjekt über die **Sinnhaftigkeit der von Menschen immer wieder geführten Kriege** nachdenkt und offensichtlich zu keinem Ergebnis kommt, außer dass durch die zerbombten Häuser paradoxerweise neuer Wohnraum für andere Lebewesen – die Tauben – geschaffen wird. Die Autorin hat mit der Beschreibung von weißen Tauben vor einem blauen Himmel bewusst den **Kontrast zwischen dem Symbol der weißen Friedenstaube und den Kriegsruinen** dargestellt. Unterstützt wird dieser Gedanke durch die Tatsache, dass die normalerweise die Städte bevölkernden Tauben nicht weiß, sondern meist grau sind.

Strophe 1:

direkte Ansprache an Tauben

Kritik an zerstörerischen Kriegen

weiße Tauben als Symbol für Frieden

Die in der ersten Strophe vom lyrischen Subjekt als Kommunikationspartner gewählten „[w]eiße[n] Tauben" (V. 1) werden in der nächsten Strophe anaphorisch mit dem Neologismus „Weiße Taubenschnur" (V. 5) angesprochen. Beim Leser entsteht so das **Bild einer in einer Reihe fliegenden Schar Tauben**, die laut lyrischem Sprecher nicht nur in Deutschland Kriegsruinen bewohnen, sondern wie ein alles verbindendes Band „über die Breitengrade hinweg" (V. 7) fliegen und die **Friedensbotschaft in alle Länder** tragen könnten. Überall

Strophe 2:

Friedensbotschaft für die ganze Welt

auf der Welt werden Kriege geführt, die Leid und Elend verursachen und als Mahnmal Ruinen mit „leeren Fenster[n]" (V. 6) zurücklassen. Die Anwesenheit der Tauben suggeriert jedoch auch eine leise Hoffnung auf eine friedliche Zukunft. In den folgenden vier Versen (V. 8–11) merkt das lyrische Subjekt vorwurfsvoll an, dass die Tauben „achtlos" (V. 9) den „mit Tränen gewaschenen Stein" (V. 10) bevölkern und **keine Empathie für das Unglück der Menschen** aufbringen, das mit den Zerstörungen einhergeht und mit vielen Tränen beweint wird. Für die Tauben sind die Ruinen, in denen die Menschen dem Tod begegnet sind, ein **Ort, um Nester zu bauen und ihre Jungen aufzuziehen**. Dabei ruft das „kleine Nest" (V. 11) beim Leser einerseits ein Gefühl der Geborgenheit hervor, andererseits aber auch den **Eindruck der Schutzlosigkeit der Tauben und der Fragilität allen Lebens**. Krieg und Frieden, Zerstörung und Wiederaufbau wechseln sich ab. Tod und Leben existieren gleichberechtigt und bestimmen das Dasein des Menschen. Diese Antithetik wird verstärkt durch den paradoxen Vergleich mit auf Gräbern wachsenden Rosensträuchern (vgl. V. 8). Die **Schönheit der Rose**, die symbolhaft für das **Leben** steht, und der **Tod**, metonymisch beschrieben durch die **Gräber**, begegnen sich, wodurch das lyrische Subjekt emotional berührt scheint.

Bedeutung der Ruinen für Tauben

von Kontrasten geprägter Lauf der Welt

Nach den beiden ersten eher resignativ und nachdenklich wirkenden Strophen vermittelt die nächste Strophe – mit 18 Versen ist es die umfangreichste – zunächst einen sehr optimistischen Eindruck. Denn das lyrische Subjekt, das sich nun erstmals als einer Gruppe von Menschen zugehörig kennzeichnet, beschreibt eine **rege Bautätigkeit**, durch die neue Häuser entstehen und die traurigen Ruinen bald aus dem Stadtbild verschwunden sein werden. Gleich drei Verse dieser Strophe beginnen anaphorisch mit dem Pronomen „**Wir**" (V. 12, 17, 21). Sie demonstrieren den Tauben, die einen eigenen Vers zugesprochen bekommen (vgl. V. 13), wie tatkräftig die Menschen mit der **Beseitigung der Kriegsfolgen** beschäftigt sind. Zur Beschreibung der für den Wiederaufbau benötigten Krane nutzt das lyrische Subjekt mehrere **Metaphern aus dem Bereich der Ornithologie**. Mit den Formulierungen „Schnäbel der Krane" (V. 14), „eiserne Störche" (V. 16) versucht das lyrische Subjekt eine gedankliche Verbindung zu den Tauben herzustellen – auch durch den Hinweis, dass die Krane keine Wohnungen, sondern „Nester für Menschen" (V. 16) errichten.

Strophe 3:

Bau- und Erneuerungsmaßnahmen der Menschen

metaphorische Ausdrucksweise

Andererseits wird sofort deutlich, dass dieser Gedanke scheitern muss. Die Störche bestehen aus Eisen (vgl. V. 16) und die Baumaterialien Zement und Glas (vgl. V. 18) sollen von vornherein verhindern, dass der „rosa Fuß" (V. 19) der Tauben an den neu errichteten Bauwerken Halt findet. Tauben sind unerwünscht und werden vom Menschen in den Städten oft **als zu bekämpfende Plage betrachtet**. Hier stellt sich

Taubenfeindlichkeit der neuen Gebäude

die Frage, ob das Fernhalten der Tauben die **Ignoranz der Menschen gegenüber der Natur** thematisieren soll oder ob die Menschen das Symbol der Friedenstaube vergessen, da sie sich in falscher Sicherheit wähnen.

neue Häuser als zukünftige Ruinen

Im zweiten Teil der dritten Strophe prognostiziert das lyrische Subjekt den Tauben jedoch, dass die jetzt **neu gebauten Häuser perspektivisch auch wieder zu Ruinen zerfallen** und den Tauben trotz der „glatten Wänd[e]“ (V. 26) neuen Wohnraum bieten werden. Den Grund dafür sieht das lyrische Subjekt in der Tatsache, dass die Menschen mit der Beseitigung der Ruinen und der optisch wahrnehmbaren Kriegsfolgen auch den Krieg selbst ausblenden, der hier unter Verwendung eines Superlativs als „äußerste Stunde“ (V. 22) metaphorisch umschrieben wird. Die Metapher des „toten Auge[s] der Uhr“ (V. 23) könnte auf den Moment der Bombardierung verweisen, in dem das **Ziffernblatt zerstört** worden und die **Uhr stehen geblieben** ist. Die Personifizierung der Uhr und ihr Tod deuten darauf hin, dass die Menschen die Erinnerung an diesen Moment „zu Grabe tragen“. Mit der Beseitigung der Ruinen „vergessen [sie auch] die äußerste Stunde / im toten Auge der Uhr“ (V. 22 f.). Am Ende der dritten Strophe greift das lyrische Subjekt das Bild von den durch zerstörte Fenster ins Blaue fliegenden Tauben aus der ersten Strophe erneut auf. Allerdings verweist die anaphorische Verwendung der Futurformen „ihr werdet […] nisten“ (V. 25 f.) und „ihr werdet […] fliegen“ (V. 27 f.) eindeutig auf die Zukunft. Alle neu errichteten Häuser werden **wieder Wohnraum für die Tauben** bieten, da die Menschen immer wieder Kriege führen und somit das zuvor Aufgebaute erneut zerstören werden.

Vergessen der Kriegserlebnisse

auffällige Futurformen

Strophen 4 und 5:

In der vorletzten Strophe äußert das lyrische Subjekt dennoch eine „[v]orsichtige Hoffnung“. Erst in den nun folgenden Versen erschließt sich dem Rezipienten des Textes die **Bedeutung des Gedichttitels**. Beschrieben wird die Chance, dass die Kinder und somit die zukünftigen Generationen diesen ewigen und weltweiten **Kreislauf der immer wieder aufflammenden Kriege mit all ihrem Leid und Unglück durchbrechen** könnten. Mit der zaghaften Vision „Und vielleicht sind dann ein paar Kinder da“ (V. 30) und der im nächsten Vers formulierten Wertung „und das wäre sehr viel“ äußert das lyrische Subjekt den Wunsch, die Menschheit möge sich nicht selbst vernichten und Kinder sollen am Leben bleiben, damit sie die Welt zum Positiven verändern und friedlicher gestalten können. Dies ist als **Parenthese** formuliert, wodurch der Vers optisch hervorgehoben wird. Die Wiederholung dieser Worte am Ende des Gedichts unterstreicht deren besondere Bedeutung (vgl. V. 38).

Hoffnung auf Kinder und zukünftige Generationen

Das lyrische Subjekt entwirft in der vorletzten und letzten Strophe eine **ambivalente Zukunftsvision**, indem es Inhalte aus verschiedenen Strophen zusammenführt. Die in Strophe drei erwähnten „mit den hohen Kranen" (V. 35) „Tag und […] Nacht" (V. 36) eifrig errichteten Neubauten sind inzwischen **wieder zu Ruinen geworden**, in denen die Tauben ihre Nester bauen können. Aber während die Tauben hoch oben ihre Jungen aufziehen, spielen unter ihnen ein paar Kinder Verstecken. Eine Deutungsvariante könnte beinhalten, dass die durch die Fenster fliegenden Tauben (vgl. V. 27 f.) tatsächlich den Frieden bringen werden und das in Strophe 4 erwähnte Spiel der Kinder in den Ruinen der jetzt neu erbauten Häuser (vgl. V. 34) stattfinden wird, die nicht durch den Krieg, sondern einfach **durch natürlichen Verfall in einer andauernden Zeit des Friedens entstanden** sind. Welche Sichtweise das lyrische Subjekt hier genau verfolgt, lässt sich nicht eindeutig bestimmen.

verschiedene Deutungen der letzten beiden Strophen

Offenheit des Gedichts

Die Lyrikerin Hilde Domin reflektiert in ihrem über zehn Jahre nach Kriegsende entstandenen Gedicht *Vorsichtige Hoffnung* ihre **Befürchtungen über die latente Gefahr, dass wieder neue Kriege ausbrechen**, da die Menschen ihrer Ansicht nach nicht in der Lage sind, Kriege zu vermeiden und in Frieden miteinander zu leben. Die Autorin versucht mit ihrer behutsamen Lyrik, die Menschen für Dinge zu sensibilisieren, die in ihren Augen einer Veränderung bedürfen. Obwohl die Menschen noch mit den Folgen des Zweiten Weltkriegs zu kämpfen haben, sind die Großmächte schon zur **Phase des Kalten Kriegs** übergegangen, die auf eine Politik der Konfrontation ausgelegt ist und eine neue Kriegsgefahr heraufbeschwört. Die im Jahr 1945 auf Nagasaki und Hiroshima abgeworfenen Atombomben haben Leid nie gekannten Ausmaßes hervorgerufen und lassen Domins Sorge darüber, ob zukünftig überhaupt noch Kinder da sein werden, aus damaliger Sicht als berechtigt erscheinen.

Fazit zum Domin-Gedicht

Verweis auf Entstehungszeit des Gedichts

In dem von Günter Kunert im Jahr 1972 verfassten Kurzprosatext *Häuser an der Spree* setzt sich ein Ich-Erzähler mit den **baulichen Veränderungen in der Stadt Berlin** auseinander und bewertet vor diesem Hintergrund das Verhalten der Gesellschaft. Es ist zu vermuten, dass Kunert mit seinem sehr kritischen Text auf **bedenkliche Tendenzen der Stadtentwicklung** und auf negative Konsequenzen der Auslöschung geschichtsträchtiger „sprechender Steine" in Berlin aufmerksam machen möchte. Die Titel des Textes *Häuser an der Spree* und des Sammelbandes *Tagträume in Berlin und andernorts* legen die Vermutung nahe, dass Kunert eine enge persönliche Bindung zu dieser Stadt hatte und sich oft dort aufhielt. Der Autor zeichnet in seinem Text in einer resignativen, teilweise melancholischen Art und Weise am Beispiel der Großstadt Berlin das Bild einer sich zum

Vergleich mit Kunerts Kurzprosatext

Thematik des Kunert-Textes

fehlendes Bewusstsein für geschichtsträchtige Gebäude

Negativen verändernden, oberflächlichen **Gesellschaft mit mangelndem Geschichtsbewusstsein**.

Gemeinsamkeiten und Unterschiede bzgl. des Motivs der Erneuerung:

Bedauern über Abriss der „sprechenden" Häuser

So wie das lyrische Subjekt aus dem Gedicht *Vorsichtige Hoffnung* findet auch der Ich-Erzähler des Kurzprosatextes seine Kommunikationspartner nicht unter den Menschen, sondern wendet sich mit seinen Gedanken direkt an die **dem Untergang geweihten alten Häuser Berlins**, **deren baldigen Abriss er bedauert**. Der Ich-Erzähler beschreibt, dass die Häuser, vor denen er steht und die ihm sehr vertraut sind, ihre Lebensgeschichte mit ihm teilen. Aufmerksam nimmt er viele **vertraute Details ihres Äußeren** wahr, die „Altersflecken fehlenden Putzes, streifig von herabrinnendem Wasser" (Z. 5 f.). Aber es ist nur das „Gemäuer alter Berliner Häuser" (Z. 5), das aufgrund der „Zeichen gelebten Lebens" (Z. 8) etwas zu erzählen hat und von dem sich der Ich-Erzähler emotional ergriffen und traurig verabschiedet, da seine geliebten alten Häuser „grauen Großblöcke[n]" und „frischen jungen Ziegel[n]" (Z. 2) weichen müssen.

unterschiedliche Bewertung der Bautätigkeiten bei Domin und Kunert

Die in beiden Texten beschriebene Bautätigkeit wird in sehr unterschiedlicher Weise gewertet. Domin stellt in ihrem Gedicht den Wiederaufbau der vom Krieg zerstörten Häuser als positiven Neuanfang dar, der auch als alternativlos angesehen werden muss, da die **Beseitigung der Kriegsschäden zwingend erforderlich** ist. Kunert hingegen macht deutlich, dass der Stadt Berlin durch die Zerstörung alter und historischer Häuser ein **irreparabler Schaden** zugefügt wird. Nur wenige Menschen engagieren sich zu diesem Zeitpunkt dafür, auf Fehler in der Stadtentwicklung aufmerksam zu machen, da der Wille zur Erneuerung und das Streben nach Fortschritt dominieren.

Ruinen als Erinnerung an Krieg bei Domin

Während das lyrische Subjekt bei Domin besorgt darüber scheint, dass mit den aus dem Stadtbild verschwindenden Ruinen auch die **Erinnerung an den Krieg und dessen Ursachen ausgelöscht** wird, stellt dies im Kurzprosatext nur eine Facette der Erinnerung dar. Auch hier mahnen die an alten Gebäuden sichtbaren „Granatsplitte[r]" (Z. 6) und „Kugeleinschläg[e]" (Z. 7) die Menschen, den Frieden zu schützen. Jedoch ist das Bewahrenswerte und aus Sicht des Ich-Erzählers zu wenig Wertgeschätzte hier weiter gefasst. Während die Ruinen in Domins Text nur noch über den Moment ihrer Zerstörung „sprechen" können, haben „die von Erfahrung brüchigen, die vom Dasein lädierten, die von neuem und anderem Leben bereits befallenen, bemoosten, überwucherten" (Z. 3 f.) Häuser des Kurzprosatextes viel mehr zu erzählen: eine **eigene, durch Generationen von Hausbewohnern geprägte Lebensgeschichte**, die den Ruinen bereits genommen wurde.

vielfältige Lebensgeschichte der Häuser bei Kunert

Die im Kunert-Text **durchgängige Personifizierung der alten Berliner Gebäude**, erzeugt durch die fiktive Kommunikation mit dem Ich-Erzähler, verstärkt beim Leser den Eindruck, dass der Ich-Erzähler eine enge Bindung zu den dem Abriss geweihten Häusern hat. Unterstützt wird diese Sichtweise durch den traurigen, wortarmen Abschied („[w]as wir uns zu sagen haben, ist nicht viel", Z. 10 f.), den der Ich-Erzähler von seinen ihm vertrauten „sprechenden Steinen" nimmt. Während der Ich-Erzähler die **mangelnde Kommunikationsfähigkeit vieler Menschen** direkt anspricht und bedauert (Z. 1 f.), sieht sich das lyrische Subjekt bei Domin durch die mehrfache Verwendung des Pronomens „wir" als einer Gruppe zugehörig, was eine Kommunikation zumindest theoretisch ermöglicht.

Kommunikation des Erzählers mit den alten Häusern

fehlende menschliche Kommunikation

Auffallend ähnlich werden in beiden Texten die neu gebauten Häuser gezeichnet. Die im Kurzprosatext beschriebenen „grauen Großblöcke" und „frischen jungen Ziegel" (Z. 2) haben keine Geschichte zu erzählen. Sie haben „ihr Leben" noch vor sich. Aber jeder kennt das Bild trister Plattenbausiedlungen, die in allen Städten gleich aussehen. Zum Preis der Schaffung günstigen Wohnraums werden **gestaltlose, monotone Wohnblöcke** gebaut, deren Äußeres das Erzählen individueller Lebensgeschichten erschwert. Die Häuser in Domins Gedicht haben „Wänd[e] aus Zement und Glas" (V. 18), und diese „glatten Wänd[e]" (V. 26) sollen verhindern, dass Tauben die Neubauten als ihr Zuhause wählen. Das gezeichnete Erscheinungsbild der neu errichteten Gebäude suggeriert, dass die **Erinnerungen an den Krieg und das Streben nach Frieden verdrängt** werden und für die Menschen in ihrem Wunsch nach neuem Wohnraum sekundär sind. Die Beschreibung der Neubauten vermittelt somit in beiden Texten den Eindruck, dass die Menschen **auf blinde Weise fortschrittsgläubig** sind.

Darstellung der eintönigen und gesichtslosen Neubauten

Geschichtsvergessenheit und Fortschrittsgläubigkeit der Menschen

Beide Texte wirken unabhängig von der jeweiligen literarischen Gattung berührend und fürsorglich. Ich-Erzähler und lyrisches Subjekt äußern unter Nutzung einer bildhaften und eindringlichen Sprache ihre **Sorgen und Ängste im Kontext des Erneuerungswillens der Menschen**. Während in Kunerts Text die konkreten Ängste um die Stadt Berlin gespiegelt werden, ist Domins Gedicht allgemeiner gefasst und bezieht sich auf keinen konkreten Ort in Deutschland oder sogar „über die Breitengrade hinweg" (V. 7) irgendwo auf der Welt. Der Rezipient kann dadurch die im Gedicht beschriebene lyrische Situation auf für ihn persönlich relevante Orte übertragen. Obwohl die beiden zu vergleichenden Texte verschiedenen Gattungen angehören, spielt die gezielte Verwendung spezifischer Gattungsmerkmale bei der Auseinandersetzung mit dem Motiv der Erneuerung ganz offensichtlich nur eine untergeordnete Rolle.

Bedenken gegenüber dem Erneuerungswillen

Berlin bei Kunert vs. anonymer Ort bei Domin

Der im Kurzprosatext ausschließlich negativ beschriebene Wille der Menschen zur Erneuerung („Umbau und Verschleiß der Welt beschleunigen sich stetig", Z. 12f.) suggeriert eine latente Oberflächlichkeit und **Ignoranz der Menschen gegenüber bestehenden Werten und Traditionen**. Dem Fortschritt und der Moderne wird alles geopfert. Im Gegensatz dazu zeigt sich in Domins Gedicht die Hoffnung, dass mit dem Fortschritt auch ein gesellschaftlicher Wandel einhergeht und die Menschen aus ihren Fehlern lernen. Während Kunerts Text durch die Zerstörung der geschichtsträchtigen Häuser resignativ wirkt, setzt das lyrische Subjekt am Ende von Domins Gedicht seine **Hoffnung in die Kinder der Gesellschaft**.

Schluss

Es wird deutlich, dass beide Autoren das Motiv der Erneuerung in ihren Texten mit sehr unterschiedlichen Intentionen verwendet haben. Das Gedicht von Domin wirkt insgesamt sehr zukunftsorientiert und spricht eine „[v]orsichtige Hoffnung" auf eine positive Entwicklung der Gesellschaft aus. Kunerts Text bringt diesen Optimismus nicht auf und zeichnet eine eher düstere Prognose für die Gesellschaft. Veränderungen bestimmen das Leben der Menschen. Es gilt jedoch, eine **gute Balance zwischen Fortschrittsgläubigkeit und anachronistischen Tendenzen** zu finden. Die Basis dafür ist eine Verbesserung der in beiden Texten als problematisch thematisierten Kommunikationsfähigkeit der Menschen.

vorsichtiger Optimismus bei Domin vs. Resignation bei Kunert

Aufgabenart
Analyse und Erörterung pragmatischer Texte

Thema
Lesen

Text
Ingendaay, Paul: *Ungefesselte Phantasie*

Teilaufgaben

1. Analysieren Sie den Text von Paul Ingendaay. Berücksichtigen Sie dabei den Gedankengang, die sprachlich-stilistische Gestaltung und die Intention des Textes. (ca. 80 %)

2. Beurteilen Sie die Überzeugungskraft des Textes. (ca. 20 %)

Paul Ingendaay: Ungefesselte Phantasie (2018)

Vor vielen Jahren sprach eine junge Frau an einer deutschen Universität zum Thema „Student und Arbeitsmarkt". Es ging um die Frage, wie all diese Philologen und Philologinnen im Hörsaal jemals einen Job kriegen sollten. Die junge Frau am Podium hatte an ebendieser Universität eine Magisterarbeit über Flaubert[1] geschrieben, doch nun sprach sie als eine, die es draußen in der Welt geschafft hatte: Sie leitete die Presseabteilung eines Dachverbands der holzverarbeitenden Industrie, und sie bekam ganz offenbar Geld dafür. Kein übler Sprung, dachten wir, von „Madame Bovary" dorthin! Natürlich saß uns allen derselbe Zweifel im Nacken: Was war unser Lesen überhaupt wert in einer Gesellschaft, die Holz nicht nur zu Büchern, sondern auch zu Obstkisten, Barhockern und Industriepaletten verarbeitete?

Seitdem haben die Universitäten um Bücher und das Lesen praxisnahe Studiengänge geschaffen. Aber auch wir selbst, die Leser, die Leserinnen, fühlen uns mächtig umworben. Offenbar muss man sich um uns Sorgen machen – um unsere Zahl, den entsprechenden Artenschutz und auch um die Industrie, die uns beliefert. Dabei weiß jeder Leser, dass das Lesen unendlich und unzerstörbar ist. Verlage sind „gut", wenn sie unsere Lieblingsautoren in schöner Ausstattung herausbringen, entlegene Texte aufspüren und dergleichen. Ob sie damit am Markt überleben, ist nicht mehr unser Problem. Am krassesten zeigt sich das, wenn wir im Antiquariat ein nagelneues Buch zu einem Viertel des Ladenpreises erwerben; für den Verlag waren das mal Remittenden[2], und irgendwann wurden sie für einen lächerlichen Preis verramscht.

Das Gesums, das sich um das Lesen erhoben hat, ist also mehrstimmig – einerseits ermutigend, andererseits ein Dekadenzphänomen. Und ob manche Bücher Signale kultureller Selbstvergewisserung oder aber von Nostalgie senden, steht auch noch nicht fest. Ein charmanter Bestseller wie „84, Charing Cross Road: Eine Freundschaft in Briefen" ist so ein Buch. Helene Hanff erzählte darin – 1970! – von einer Londoner Buchhandlung in der Nachkriegszeit. Doch erst 2002 wurde das Werk ins Deutsche übersetzt und ein riesiger Erfolg. Bücher werden darin tatsächlich zu einer Welt für sich, einer Sache, die Menschen auf verschiedenen Kontinenten verbindet und auch von Entbehrungen ablenkt. Kaum weniger aufwühlend ist „Lolita lesen in Teheran" von Azar Nafisi (deutsch 2008), denn hier geht es um die Freiheiten des Lesens in einer unfreien Gesellschaft.

Heute, heißt es, drohe etwas anderes: Die Leser sterben aus. Die Nachgeborenen daddeln vor allem auf digitalen Endgeräten. Sind die Hürden beim Lesen wirklich so hoch? Nein, sagen jene, die seit dem achten oder neunten Lebensjahr regelmäßig lesen, mit Büchern aufgewachsen sind und abends vorgelesen bekamen. Lesen ist eine Gewohnheit, auch eine Sucht. Für Junkies wie uns hat Alberto Manguel vor zwanzig Jahren seine „Geschichte des Lesens" verfasst. Eine der unerwarteten Erfahrungen, die er in seinem Vorwort beschreibt, hätte eigentlich die erste, die allergewöhnlichste Erwartung sein müssen: dass es eine „weltweite Gemeinde von Lesern" gab, die an anderen Orten und unter ganz anderen Lebensumständen ähnliche Erfahrungen gemacht hatten wie er und von den gleichen „Initiationsriten, Offenbarungen und Obsessionen" zu berichten wussten. Wir sind wirklich eine große Familie, könnte man sagen, all die Büchernarren und Lesewütigen, die Schatzjäger und Bibliophilen. Doch niemand von uns weiß, wie unsere hübsche Bücherwelt in zwanzig Jahren aussehen wird.

Das größte Vergnügen beim Lesen? Man kann immer und überall eine andere Gedankenwelt betreten. Meistens eine, die sich lohnt, die einen beschäftigt, ergreift, bezaubert. Lesen ist erst einmal zweckfrei. Es hat kein „Ergebnis". Dabei geht die Beschäftigung so tief, als stünde ein Leben auf dem Spiel. Sind Lesende einmal in die Lektüre versenkt, kann um sie herum ruhig Getöse herrschen, eine Tür zufallen und eine Espressomaschine zischen. Sie sind längst abgetaucht, unerreichbar. Allein zu sein, ohne einsam zu sein, auch das definiert den Idealzustand der Leserin.

Wie schnell man liest, wählt man selbst, und man braucht keinen Knopf dafür. Oder wie viel und wie lange. Hier ist nichts zu leisten, nichts zu schaffen oder zu beweisen: Das Buch dient mir, nicht umgekehrt. Manche lesen mit Bleistift, mehr ohne. Die allermeisten Leser ziehen Papier dem Bildschirm vor, weil sie wissen, dass die Erinnerung sich am liebsten an physische Merkmale klammert – Textur, Farben, Gerüche, die Materialität des Einbands, die Bewegung beim Umblättern der Seite. Deshalb wirken auch ungelesene Bücher im Regal, die man täglich sieht, subtil auf uns ein. Hier sind wir, sagen sie. Lass dich nicht stören. Vielleicht brauchst du drei Jahre, um uns herauszunehmen, vielleicht sieben. Aber irgendwann wird es so weit sein. Nichtleser kann man übrigens schlecht vom Sinn des Lesens überzeugen. Leser dagegen finden einander immer und fühlen sich verbunden. Nichtleser haben: nichts.

Ich habe mal herumgefragt, was das Lesen für andere bedeutet. Ein Freund sagte: „Allein zu sein! In Ruhe gelassen zu werden, meine eigene Welt zu haben." Ob er schon als Kind so viel gelesen habe, fragte ich ihn. „Ja“, lautete die Antwort. „Nur zwischen fünfzehn und achtzehn habe ich Blödsinn gemacht.“ Ich fragte den Nächsten. „Lesen ist ubiquitär“, sagte der, „ich kann es im Himalaja ebenso tun wie am Meeresboden, vorausgesetzt, ich habe eine Tauchkugel.“

Aufschlussreich ist, dass die mit Lesen verbrachten Stunden in der Rückschau nicht bereut werden, obwohl wir viele der Bücher, die wir damals gelesen haben, nicht wieder anrühren würden. Die verlesene Zeit erlebt in der Erinnerung oft einen wundersamen Wertzuwachs, wie Aktien, die lange in der Truhe lagen und unbemerkt gestiegen sind.

Das hat verschiedene Gründe. Einer ist, dass man als Leser – wie als Mensch, als Sportler oder Schachspieler – einen Weg mit den üblichen Kurven zurückzulegen hat. Bücher verbinden uns mit unserer eigenen Geschichtlichkeit. Wir erkennen uns noch in unseren Lektüren. Deshalb ist die Lesegruppe, der Lesezirkel ein so reizvolles Band zwischen innerem und äußerem Leben. Ein weiterer Grund ist, dass aktive Leser das Gelesene in der Phantasie nachbearbeiten. Schon der Anblick des gelesenen Buchs im Regal erinnert sie daran. Auch wer sich nur noch bruchstückhaft an das Aussehen früherer Wohnungen oder der vor dreißig Jahren abgelegten Kleidung erinnert, bewahrt ein genaues, manchmal leuchtendes Bild von den Geschichten, mit denen er sich vor langer Zeit einmal beschäftigt hat – je weiter zurück, desto intensiver.

Denn dies waren Welten, die er oder sie bewohnen wollte. Orte der Zuflucht, Reiche der Sehnsucht, der ungefesselten Phantasie. Kaum etwas in der Kindheit ist so positiv besetzt wie das „heimliche Lesen“. Offenbar gibt es ein Bewusstsein davon, dass Bücher zu bestimmten Zeiten wichtig sind, weil sie uns auf einen Weg bringen, den wir anderenfalls nicht gefunden hätten; weil sie uns helfen in einer Zeit, in der andere Hilfe nicht zu haben gewesen wäre; weil sie uns auf eine Weise beschäftigen, animieren und antreiben, uns festhalten, orientieren und trösten, wie es zu dieser Zeit nichts und niemand anderes gekonnt hätte.

Zwischen Lesen und Erinnerung besteht ein magisches Verhältnis. Deswegen erinnern wir uns nicht nur an Gelesenes, sondern auch an Orte, an denen wir bestimmte Autoren gelesen haben. Filmabende mit Freunden könnten nie dasselbe leisten, denn für dieses innere Erleben muss man allein sein. Der Segen des Lesens ist, unter anderem, die völlige Kommunikationsstille. Nur ein Mensch und ein Buch. Dann ein erster Satz wie: „Anfang Juli, es war außerordentlich heiß, trat gegen Abend ein junger Mann aus seiner Kammer, die er in der S.-Gasse zur Untermiete bewohnte, auf die Straße hinaus …“ (Dostojewskij, „Verbrechen und Strafe“). Oder: „An einen Spaziergang war an diesem Tag nicht zu denken.“ So beginnt Charlotte Brontës „Jane Eyre“ einer der größten Romane über die Emanzipation des Menschen durch neugieriges Lesen.

Schopenhauer[3], der so viele kluge Sachen zu Büchern geschrieben hat – etwa, dass wir die Zeit, sie zu lesen, beim Erwerb von Büchern nicht mit kaufen –, lag ausgerechnet bei der menschlichen Phantasieleistung während der Lektüre falsch: „Wenn wir lesen“, schrieb er, „denkt ein anderer für uns: wir wiederholen bloß seinen mentalen Prozess.“ Daher, so dachte Schopenhauer, werde uns die Denkarbeit beim Lesen abgenommen; eigentlich sei unser Kopf „nur der Tummelplatz fremder Gedanken“.

Stimmt aber nicht ganz. Die fremden Gedanken laufen ja durch uns hindurch, setzen ihrerseits Gedanken und Gefühle frei, die nichts mit den Absichten des Autors zu tun haben müssen, und während wir das eine tun (Lesen), geschieht im Inneren der Lesenden etwas sehr komplexes anderes, für welches das Wort „Denken“ nicht ausreicht: Es ist Mitleben, Mitempfinden, Mitreflektieren, und wer wissen will, wie daraus eine Schule der Wahrnehmung werden kann, greife nach dem Roman „Bildnis einer Dame“ von Henry James.[4]

Wie ein Pianist ein Klavierstück zum Leben erweckt, hat die britisch-jamaikanische Schriftstellerin Zadie Smith einmal gesagt, so sind auch gute Leser(innen) gefordert, ein Buch mit allen Sinnen lebendig zu machen. „Ein Text“, sagt Smith, „kann einem nur geben, was man hineinsteckt.“ Und weil das Lesen literarischer Werke verschiedene Arten von Sensibilität voraussetzt, dazu Geduld, Offenheit, Engagement, sieht Zadie Smith im guten Lesen eine „Erziehung des Herzens“ und eine „Analogie zum guten Leben“.

Was genau dieses gute Leben sei, ist dadurch immer noch nicht gesagt. Aber die Suche danach wird mit Sicherheit leichter, wenn man liest.

Ingendaay, Paul (2018): Ungefesselte Phantasie. FAZ vom 17. 10. 2018.

Erläuterungen:
1 Gustave Flaubert (1821–1880): französischer Schriftsteller und Romancier; „Madame Bovary“ zählt zu seinen bekanntesten Romanen
2 Remittenden: beschädigte oder fehlerhafte Druckerzeugnisse, die an den Verlag zurückgeschickt werden
3 Arthur Schopenhauer (1788–1860): deutscher Philosoph
4 Henry James (1843–1916): amerikanisch-britischer Schriftsteller. Der Roman „Bildnis einer Dame“ handelt von einer jungen Ehefrau zwischen zwei Männern und schildert in besonders eindringlicher Art die Selbstreflexionen der jungen Frau in der Dreiecksbeziehung.

Anmerkung zum Autor:
Paul Ingendaay (*1961 in Köln) ist ein deutscher Schriftsteller, Journalist und Literaturkritiker und -wissenschaftler.

Hinweise und Tipps

Die vorliegende Aufgabe ist zweigeteilt: ***Teilaufgabe 1*** *verlangt von Ihnen die* ***Analyse*** *eines Zeitungsartikels von Paul Ingendaay,* ***Teilaufgabe 2*** *fordert eine* ***Beurteilung der Überzeugungskraft*** *des Textes. Die Prozentangaben zur Gewichtung der Teilaufgaben verdeutlichen Ihnen, dass der* ***Schwerpunkt auf der Analyse*** *liegen soll (ca. 80 %). Das erscheint auch aufgrund der Länge und Komplexität des Textes angemessen.*
Zur Bearbeitung von ***Teilaufgabe 1*** *lesen Sie den Text zunächst einmal aufmerksam, um einen* ***ersten Eindruck*** *von Thema, Argumentation und Gestaltung zu bekommen. In weiteren Lesedurchgängen erarbeiten Sie sich den Text am besten mit Stift und Textmarker. Notieren Sie am Rand wichtige* ***Beobachtungen zu Inhalt und Bedeutung*** *der einzelnen Textteile (z. B. Z. 1–10: Erinnerung an einen Vortrag in der Studienzeit als Ausgangspunkt) und markieren Sie im Text* ***Kernaussagen*** *(z. B. Z. 113: „Mitleben, Mitempfinden, Mitreflektieren"). Möglichst mit einer anderen Farbe heben sie dann* ***sprachliche Auffälligkeiten*** *hervor (z. B. aussagekräftige Metaphern wie „Schule der Wahrnehmung", Z. 114).*
Überlegen Sie nach dieser Vorarbeit, wie Sie Ihren ***Aufsatz aufbauen*** *wollen – insbesondere, ob Sie die Untersuchung der* ***sprachlichen Gestaltung direkt mit der Untersuchung des Inhalts verknüpfen*** *oder ob Sie* ***beide voneinander trennen*** *wollen. Bei dem vorliegenden Text, der verhältnismäßig lang ist, besteht die Gefahr, sich in Einzelbeobachtungen zu verlieren, wenn man die sprachlichen Besonderheiten direkt an Ort und Stelle behandelt. Deshalb wurde beim folgenden Lösungsvorschlag das zweite Vorgehen gewählt. Außerdem wurde der Untersuchung des Inhalts ein Abschnitt vorangestellt, der sich mit der* ***Textsorte*** *des Artikels beschäftigt. Das ist bei dieser Aufgabe sinnvoll, weil sich so schon orientierende Hinweise zu seiner gedanklichen Grundanlage geben lassen.*
Beginnen Sie Ihren Aufsatz mit einer ***Einleitung****, in der Sie kurz zum Text und zu seinem* ***Thema hinführen****. Anschließend analysieren Sie den Text in der Reihenfolge, für die Sie sich entschieden haben. In jedem Fall sollten dabei der* ***Gedankengang*** *des Verfassers und seine* ***wesentlichen Aussagen*** *sowie die* ***sprachlich-stilistische Gestaltung*** *im Hinblick auf ihre* ***Funktion bzw. Wirkung*** *herausgearbeitet werden. In einem* ***Fazit*** *zur Analyse können Sie die Ergebnisse noch einmal kurz zusammenfassen und die Intention des Textes knapp beschreiben.*
Nach einer ***Überleitung*** *setzen Sie sich dann mit der Frage auseinander, inwiefern der Essay zu* ***überzeugen*** *vermag. Auch hier sollten Sie Vorarbeit leisten, indem Sie sich Notizen machen – zum Beispiel zu folgenden Fragen:*

- *Wie könnte die Art, wie Ingendaay seine Aussagen formuliert, auf die Leserinnen und Leser wirken?*
- *Inwieweit hat der subjektive Zugang des Verfassers positive oder negative Auswirkungen auf die Überzeugungskraft?*
- *Ist die Darstellung ausgewogen?*
- *Überzeugt der Aufbau des Textes?*

Auf dieser Grundlage können Sie dann den zweiten Teil Ihres Aufsatzes verfassen. Schließen Sie diesen möglichst mit einem ***Fazit*** *ab, in dem Sie Ihr Urteil noch einmal klar herausstellen.*

Lösungsvorschlag

Teilaufgabe 1

Einleitung

Hinführung zum Thema

Vorstellung des Textes

Immer wieder wird in den Zeitungen die Frage diskutiert, wie es um die Zukunft des Buches bestellt ist, wie man der (vermeintlichen) Leseunlust der heutigen Jugend begegnen könne oder auch wie sich die Kulturtechnik des Lesens in Zeiten der Digitalisierung bewahren lasse. Auch Paul Ingendaay streift in seinem Artikel „Ungefesselte Phantasie", der am 17. Oktober 2018 in der FAZ erschienen ist, diese Fragen – sein Hauptanliegen besteht aber darin, seinen Leserinnen und Lesern den **Wert**, den die **Lektüre von literarischen Werken** für ihn hat, nahezubringen.

Analyse des Sachtextes

Textsorte: Essay

Dafür wählt Ingendaay die **Textsorte des Essays:** Sein Artikel weist **keine geschlossene Struktur** auf, in der Pro- und Kontra-Argumente dargestellt und abgewogen würden. Die Verbindung der verschiedenen Textteile wirkt vielmehr **assoziativ**, manchmal **sprunghaft** (vgl. z. B.: „Ich habe mal herumgefragt, was das Lesen für andere bedeutet", Z. 64; „Und ob manche Bücher Signale kultureller Selbstvergewisserung […] senden", Z. 22 f.). Der Artikel wirkt daher wie ein locker gefügter **Gedankenspaziergang**, bei dem mithilfe verschiedener Perspektiven der Gegenstand des Essays, das Lesen, umkreist wird: Ingendaay greift auf eigene Erinnerungen zurück, gibt wie nebenbei indirekte Leseempfehlungen (vgl. Z. 24 ff.), lässt Freunde und Schriftsteller in Zitaten zu Wort kommen und durchdenkt auf abstrakter Ebene sein Thema. Essaytypisch ist dabei vor allem auch die **Subjektivität** der Gedanken, die sich z. B. in den persönlichen Berichten (vgl. Z. 7 ff., 64 ff.), aber auch in eindeutigen Wertungen wie „charmanter Bestseller" (Z. 24) oder „[k]aum weniger aufwühlend" (Z. 29) zeigt.

Gedankenentfaltung und zentrale Inhalte

– Ausgangspunkt: Erinnerung ans eigene Studium

Die Erinnerung an einen länger zurückliegenden Vortrag an der Universität (vgl. Z. 1–10), der dem Verfasser und seinen Mitstudierenden das Problem vor Augen geführt hat, dass ein Philologie-Studium zu den Anforderungen des Arbeitsmarktes nicht passen könnte, bildet den Ausgangspunkt von Ingendaays Überlegungen. Mit seinen damaligen Zweifeln, ob das eigene Lesen in einer produktionsorientierten Gesellschaft überhaut Früchte tragen könne (vgl. Z. 8 ff.), gibt der Journalist indirekt die Frage vor, die seinen Text prägen wird – die **Frage nach dem Wert des Lesens**.

– zwei Perspektiven: Markt vs. Leser

Im nächsten Sinnabschnitt (vgl. Z. 11–22) **kontrastiert** der Verfasser zwei **Blickrichtungen** miteinander: die **Sorge des Buchmarktes** um den **Leserschwund** und die **Zuversicht des individuellen Lesers**, dass das Lesen nicht gefährdet sei (vgl. Z. 15: „unendlich und unzerstörbar"). Dabei darf man seinen Verweis auf den Erwerb von neuen Büchern zu erheblich reduziertem Preis als **Kritik am**

Kaufverhalten der Menschen verstehen, die zwar Lust aufs Lesen hätten, sich aber keine Gedanken darüber machen würden, wie Verlage wirtschaftlich überleben können. Ingendaay folgert aus seiner Darstellung, dass seine Beobachtungen zum einen positiv stimmen („ermutigend", Z. 22), zum anderen aber auf kulturellen Verfall („Dekadenzphänomen", Z. 22) hindeuten.

Unvermittelt stellt der Autor dann die Frage in den Raum, ob Bücher, die vom Lesen handeln, eine **gesellschaftliche Funktion** haben, weil sie zur „kulturellen Selbstvergewisserung" (Z. 23) beitragen – oder ob sie nur die „Nostalgie" (Z. 23) der Leserschaft bedienen und insofern eher von **individueller Bedeutung** sind. Mit den beiden Buchbeispielen, die er anführt (vgl. Z. 24 ff.), will er die Unentschiedenheit dieser Frage belegen. Er nutzt das **Herausgreifen von zwei Romanen** aber vor allem auch dazu, drei Aspekte des Lesens, auf die er im Folgenden wiederholt eingehen wird, anzureißen: Bücher als **menschenverbindende Medien** (vgl. Z. 28), als Möglichkeit, **in andere Welten einzutauchen** (vgl. Z. 27 ff.), und als **Tor zur Freiheit**, selbst angesichts gesellschaftlicher Unterdrückung (vgl. Z. 30 f.).

– Funktion /Bedeutung des Lesens

Ausgehend von der zitierten Diagnose, die Leser stürben wegen der **Vorherrschaft digitaler Medien** aus (vgl. Z. 32 f.), formuliert Ingendaay die Zwischenfrage, ob die „Hürden beim Lesen wirklich so hoch" (Z. 33 f.) seien. Er verneint sie für die **literarisch sozialisierten und regelmäßig lesenden Menschen**, denen er sich dann auch im Folgenden zuwendet (vgl. Z. 35 ff.). An dieser Stelle greift er den zuvor angedeuteten Aspekt, dass **Bücher gemeinschaftsstiftend** seien, wieder auf – und zwar mit einem Verweis auf Alberto Manguels Werk „Geschichte des Lesens" (vgl. Z. 36 ff.). Die leidenschaftlichen Leserinnen und Leser sind – so darf man Ingendaay verstehen – durch ihre Leseerfahrungen tief miteinander verbunden.

– Lesen als Leidenschaft und gemeinschaftsstiftende Tätigkeit

Mit der Frage, was das „größte Vergnügen beim Lesen" (Z. 46) sei, leitet er zu weiteren **Vorzügen des Lesens** über. Es bietet laut Ingendaay die orts- und zeitunabhängige Möglichkeit, in andere, meist emotional ergreifende **Vorstellungswelten einzutauchen** (vgl. Z. 46 f.) und sich **abgeschottet von der Wirklichkeit** in diese zu versenken, ohne sich dabei allein zu fühlen (vgl. Z. 49 ff.). Zudem sei Lesen von **Zweckfreiheit** (vgl. Z. 48) und **Selbstbestimmtheit** geprägt sowie **losgelöst von jedem Leistungsdruck** (vgl. Z. 53 ff.). Nach Ingendaay ist das Lesen eines Buches wegen dessen spezifischen physischen Eigenschaften auch eine **sinnliche** und damit **tief gehende Erfahrung** – im Unterschied zum digitalen Lesen (vgl. Z. 56 ff.). Wie als Beleg für zwei der zuvor genannten Aspekte gibt

– weitere Vorzüge des Lesens

der Verfasser Aussagen von zwei Freunden wieder, die das Versinken in andere Welten und die Allverfügbarkeit des Lesens bestätigen (vgl. Z. 65 ff.).

– Lesen und Erinnerung: das Weiterwirken von Büchern

Wie Bücher in uns **über die Zeit weiterwirken**, erläutert Ingendaay im Anschluss (vgl. Z. 70–102): Die Bücher, die man gelesen hat, und die Erfahrungen, die man dabei gemacht hat, ermöglichen für ihn zum einen, **zu sich selbst in Beziehung zu treten** und **sich selbst zu „erkennen“** (vgl. Z. 77). Zum anderen würden Bücher dazu anregen, sich auch später noch weiter mit dem Gelesenen zu befassen, es „in der Phantasie nach[zu]bearbeiten“ (Z. 80). Den Aspekt der **Erinnerung** an bestimmte Bücher und deren hohen Wert unterstreicht Ingendaay durch seinen Verweis auf die **Kindheitslektüren**, die **orientierende, unterstützende oder motivierende Funktion** gehabt hätten (vgl. Z. 88 ff.). In einer Art **Zwischenfazit** hält Ingendaay fest: „Zwischen Lesen und Erinnerung besteht ein magisches Verhältnis.“ (Z. 93) Das ist für ihn auch der Grund dafür, dass man die Orte bestimmter Lektüren nicht vergisst. Diesen Aspekt führt der Verfasser aber nicht weiter aus. Stattdessen hebt er noch einmal das **Alleinsein beim Lesen** und die **Ruhe** als Besonderheiten hervor (vgl. Z. 96 f.).

– Gegenargument Schopenhauers und dessen Entkräftung

Im nächsten Absatz berücksichtigt Ingendaay ein **Argument gegen das Lesen** (vgl. Z. 103–108): Nach dem Philosophen Arthur Schopenhauer wiederhole man beim Lesen nur den Gedankenprozess eines anderen, aber denke nicht selbst. Ingendaay zitiert diese Aussage, um sie dann umgehend zu **relativieren** (Z. 109–115): Für ihn ist Lesen ein sehr viel **komplexerer Vorgang**, bei dem im Leser **etwas ausgelöst** wird – „Gedanken und Gefühle“ (Z. 110) jenseits des vom Autor Beabsichtigten und „Mitleben, Mitempfinden, Mitreflektieren“ (Z. 113) jenseits reinen Denkens.

– Produktivität des Lesens: Erwecken des Buches zum Leben und Herzensbildung

Als Gewährsfrau für seine Sicht führt Ingendaay schließlich noch Aussagen der Schriftstellerin Zadie Smith an, für die das Verhältnis von Leser und Werk ein **produktives** ist – zum einen müsse der Rezipient das Buch „lebendig […] machen“, und zwar „mit allen Sinnen“ (Z. 118), zum anderen trage es zur **Herzensbildung** bei (vgl. Z. 121). Ingendaay schließt mit der zuversichtlichen Einschätzung, dass Lesen die **Suche nach dem guten Leben erleichtern** könne (vgl. Z. 123 f.).

sprachlich-stilistische Gestaltung

– flexibler Einsatz verschiedener Sprachebenen und -strukturen

Passend zur Textsorte Essay bedient sich der Verfasser eines sehr **variablen Sprachstils:** So finden sich neben **umgangssprachlichen Begriffen** (z. B.: „Das Gesums“, Z. 21), die Lockerheit signalisieren, **gehobenere Formulierungen** (z. B.: „Dekadenzphänomen“, Z. 22), in denen sich der hohe Anspruch des Textes widerspiegelt. Der

Verfasser verwendet neben **hypotaktischen Satzstrukturen**, die oft komplexere Sachverhalte ausdrücken (vgl. z. B. Z. 109 ff.), auch eine **parataktische Syntax**. Mal wirkt diese **erzählerisch** (vgl. Z. 24 ff.), mal betont sie den **konstatierenden Redegestus** (vgl. Z. 48) und wieder ein andermal unterstreicht sie die **Kontrastierung** zweier Feststellungen: „Leser dagegen finden einander immer und fühlen sich verbunden. Nichtleser haben: nichts." (Z. 62 f.) Der gezielte Einsatz verschiedener Sprachstrukturen macht den Text **abwechslungsreich** und für die Leserschaft attraktiver.

– weitere sprachliche Mittel

Ellipsen benutzt Ingendaay vor allem, um bestimmte Gedanken zu **bekräftigen**. Beispielsweise hebt er die Notwendigkeit, beim Lesen allein zu sein, so hervor: „Nur ein Mensch und ein Buch." (Z. 97) **Verstärkend** wirken darüber hinaus die **asyndetischen Reihungen**, die der Verfasser meist dann verwendet, wenn der große Einfluss von Büchern auf die Leser und Leserinnen im Zentrum steht – z. B. in dem folgenden Satz, in dem die Intensität der Aussage noch zusätzlich mit einer Klimax gesteigert wird: „Meistens eine [Gedankenwelt], die sich lohnt, die einen beschäftigt, ergreift, bezaubert." (Z. 47 f.; vgl. z. B. auch Z. 85 f.) Solche Reihungen dienen Ingendaay auch dazu, die **verschiedenen Bedeutungen von Büchern** für die Menschen auszudifferenzieren (vgl. Z. 88 ff., 113).

– Bildlichkeit

Der Verfasser greift – wie es ebenfalls für Essays typisch ist – auf eine **bildliche Sprache** zurück, insbesondere wenn es darum geht, zu vermitteln bzw. zu **veranschaulichen**, welche Potenziale in Büchern stecken. So charakterisiert er beispielsweise die Welten, die sich Kinder mit ihren Büchern erschlossen haben, so: „Orte der Zuflucht, Reiche der Sehnsucht, der ungefesselten Phantasie." (Z. 85 f.) Diese fast **hyperbolischen Bilder** lassen das Lesen plastisch als eine Möglichkeit erscheinen, sich der **Wirklichkeit zu entziehen** und die gedankliche **Freiheit** auszuleben. Mit der Metapher „Familie" (Z. 42) überhöht der Autor die Lesenden zu einer Gemeinschaft, die von **großer Nähe** und **emotionalen Beziehungen** geprägt ist, die Metapher „Segen des Lesens" (Z. 96) erhebt das einsame, ungestörte Lesen fast zu einem **religiösen Akt**. Und mit bildsprachlichen Begriffen und Wendungen wie „Artenschutz" (Z. 14), „Junkies" (Z. 36) und „die Büchernarren und Lesewütigen, die Schatzjäger und Bibliophilen" (Z. 43) kennzeichnet Ingendaay die Lesenden als eine **besondere Spezies**. Die Personifizierung der **Bücher** („Hier sind wir, sagen sie.", Z. 60) lässt diese **wie lebendige Wesen** erscheinen, die mit den Lesenden **kommunizieren**, ihr **Aufforderungscharakter** wird dadurch eindrücklich ausgemalt. Dass Ingendaay gegen Ende seines Artikels Metaphern aus dem Bereich des Lernens („Schule der Wahrnehmung", Z. 114; „Erziehung des Herzens", Z. 121) verwendet, unterstreicht dann auch, dass er das Lesen nicht nur als eine glücklich machende Tätigkeit begreift, sondern ihm auch positive Effekte für die **Persönlichkeitsbildung** zuschreibt.

All diese bildsprachlichen Elemente – wie im Übrigen auch verschiedene Vergleiche (vgl. Z. 49, 73 f., 116) – sind darauf angelegt, die große **Bedeutung**, die das **Lesen** für den Verfasser hat, **anschaulich zum Ausdruck zu bringen** und so seine Rezipienten von der **Sinnhaftigkeit des Lesens zu überzeugen**.

– Verdeutlichung der Intention

Auffällig ist der an manchen Stellen **kategorisch wirkende Stil**. Viele Aussagen, insbesondere über die Wirkung von Büchern, erscheinen in der Art und Weise, wie Ingendaay sie ausdrückt, wie **unumstößliche Wahrheiten:** „Aufschlussreich ist, dass die mit Lesen verbrachten Stunden in der Rückschau nicht bereut werden" (Z. 70). Dazu tragen auch absolute Begriffe wie „jeder" (Z. 15), „nichts" (Z. 63), „nie" (Z. 95) oder „völli[g]" (Z. 97) bei, mit denen der Verfasser seinen Feststellungen Nachdruck verleiht.

– Sprechgestus

Paul Ingendaay formuliert mit seinem Essay ein **leidenschaftliches Plädoyer für das Lesen von Literatur**. Er ist davon überzeugt, dass es dem Menschen Erfahrungen ermöglicht, die sich nur mit Büchern machen lassen. Er begreift das Lesen als erfüllende Beschäftigung und bescheinigt ihm darüber hinaus das Potenzial, den Lesenden in einen besseren Menschen zu verwandeln.

Fazit

Inwieweit aber vermag Paul Ingendaay mit seinem Essay zu **überzeugen**?

Überleitung

Teilaufgabe 2

Beurteilung der Überzeugungskraft des Textes

Pro-Argument: Expertenmeinung

Als Schriftsteller ist Ingendaay sicherlich dafür qualifiziert, eine **Einschätzung zur Wirkkraft von Literatur** abzugeben. Teile der Leserschaft werden ihn möglicherweise als einen **Experten** für sein Thema wahrnehmen und deshalb geneigt sein, seinen Überlegungen zu folgen.

Kontra-Argument: Allgemeinheit der Aussagen

Allerdings könnte sein Beruf auch einen gegenteiligen Effekt haben: Weil Ingendaay an vielen Stellen **allgemeine Aussagen** formuliert, könnte man den Verdacht haben, dass hier ein Literat sein berufsbedingtes **individuelles Empfinden verallgemeinert**, indem er sozusagen unterstellt, dass alle Menschen beim Lesen so fühlen würden wie er selbst. Dabei dürften die **Leseerfahrungen** sehr **unterschiedlich** sein – je nach bisherigen Erlebnissen und individueller Persönlichkeit. Auch unter der **kategorischen Einteilung in Leser und Nichtleser** (vgl. Z. 62 f.) leidet die Überzeugungskraft des Textes. Ingendaay unterschlägt, dass es auch Menschen gibt, die nur gelegentlich – vielleicht im Urlaub – zu einem Buch greifen.

Zugleich gelingt es Ingendaay aber, über seinen **subjektiven Zugang** glaubwürdig die eigene **Begeisterung für das Lesen** zu vermitteln. Vor allem bei Leserinnen und Lesern, die schon ähnliche Erfahrungen – z. B. in der Kindheit – gemacht haben, könnte diese **ansteckend wirken** und die eigene Leidenschaft für das Lesen (wieder-)beleben.

Pro-Argument: glaubwürdige Vermittlung der eigenen Begeisterung

Doch die Subjektivität des Essays ist auch wiederum sein Problem: So **verzichtet** der Verfasser darauf, **wissenschaftliche Erkenntnisse** aus der Leseforschung heranzuziehen. Auch wenn seine Überlegungen zu den Vorgängen im Lesenden (vgl. Z. 113 f.) erst einmal plausibel klingen, so wären sie doch noch sehr viel überzeugender, wenn hier eine Studie angeführt würde, die beispielsweise die geschulte Wahrnehmung (vgl. Z. 114) von Lesenden bestätigt.

Kontra-Argument: Subjektivität statt Wissenschaftlichkeit

Ingendaay versucht, seinem Text **mehr Objektivität** zu verleihen, indem er andere zu Wort kommen lässt, zum Beispiel Alberto Manguel, Zadie Smith oder auch zwei seiner Freunde. Mit seiner Leidenschaft für das Lesen ist er also – so der vermittelte Eindruck – nicht allein. Das erhöht durchaus die Überzeugungskraft.

Pro-Argument: Einbeziehen von Äußerungen anderer Personen

Allerdings bezieht der Verfasser **nur an einer Stelle** ausführlicher eine **Gegenposition** ein, und zwar die Kritik von Arthur Schopenhauer, die er sofort wieder relativiert. Eine ausgewogene Auseinandersetzung mit dem Thema hätte durchaus **weiterer Argumente gegen die eigene Position** bedurft: Können beispielsweise Hörbücher nicht zum Teil etwas Ähnliches leisten wie Bücher? Und ist exzessives Lesen nicht auch manchmal Realitätsflucht?

Kontra-Argument: kaum Gegenpositionen

Inwieweit Ingendaays Liebeserklärung an das Lesen Leserinnen und Leser vom Wert des Buches überzeugen kann, dürfte daher **personenabhängig** sein. Für „die Büchernarren und Lesewütigen, die Schatzjäger und Bibliophilen" (Z. 43), die aufgrund ihrer ähnlichen Erlebnisse tendenziell ohnehin schon seiner Auffassung sind, wird die sehr **erfahrungsbezogene Darstellung** eher nachvollziehbar sein als für die „Nichtleser" (Z. 63), die man – so räumt Ingendaay selbst ein – kaum „vom Sinn des Lesens überzeugen" (Z. 62) könne. Vielleicht lassen sich aber Menschen, die nur gelegentlich lesen oder lange nicht mehr gelesen haben, von Ingendaays **enthusiastischem Plädoyer für das Lesen** dazu bewegen, häufiger bzw. wieder einmal zu einem Buch zu greifen. Und vielleicht wäre damit das Ziel des Verfassers ja schon erreicht.

Fazit

abwägendes und differenziertes Urteil

Abiturprüfung Hamburg – Deutsch 2022
Grundlegendes und erhöhtes Anforderungsniveau

Um Ihnen die Prüfung 2022 schnellstmöglich zur Verfügung stellen zu können, bringen wir sie in digitaler Form heraus.

Sobald die Original-Prüfungsaufgaben 2022 freigegeben sind, kann eine Auswahl als PDF auf der Plattform **MyStark** heruntergeladen werden (Zugangscode vgl. Farbseiten vorne im Buch).

Prüfung 2022

www.stark-verlag.de/mystark

Perfekt vorbereitet in die Prüf

+ Original-Abituraufgaben 2018 bis 2022 (Ausw
+ Übungsaufgaben im Stil der Abiturprüfung
+ Ausführliche Lösungen zu allen Aufgaben
+ Hilfreiche Tipps zum Lösungsansatz
+ Hinweise zu Ablauf und Anforderungen der Prüfung

ActiveBook
Interaktives Training

DEIN COACH ZUM ERFOLG!

- Zusätzlich zu den Aufgaben im Buch
- Kleinschrittige Analyse von literarischen und pragmatischen Texten
- Veranschaulichung der Textanalyse anhand von Videos
- Interaktives Lernen mit PC und Tablet
- Sofortige Ergebnisauswertung

€ 14,95 Verlags-Nr. C02540
ISBN 978-3-8490-5337-6
9 783849 053376
www.stark-verlag.de